Katharina Seck

Die Dunkeldorn-Chroniken

RANKEN AUS ASCHE

KATHARINA SECK

DIE DUNKELDORN-CHRONIKEN

RANKEN AUS ASCHE

Roman

blanvalet

MIX
Papier | Fördert gute Waldnutzung
FSC® C083411
Klimaneutral
Druckprodukt
ClimatePartner.com/14044-1912-1001

Penguin Random House Verlagsgruppe FSC® N001967

1. Auflage 2022

Dieses Werk wurde vermittelt durch die Literarische Agentur Thomas Schlück GmbH, 30161 Hannover.

Redaktion: Angela Kuepper
Umschlaggestaltung und -motiv: Anke Koopmann
BL · Herstellung: sam
Satz: Vornehm Mediengestaltung GmbH, München
Druck und Bindung: CPI books GmbH, Leck
Printed in the EU
ISBN 978-3-7341-6325-8

www.blanvalet.de

Für Kathrin,
für deine Arbeit, deinen Support und
weil es echt mal langsam Zeit wird!

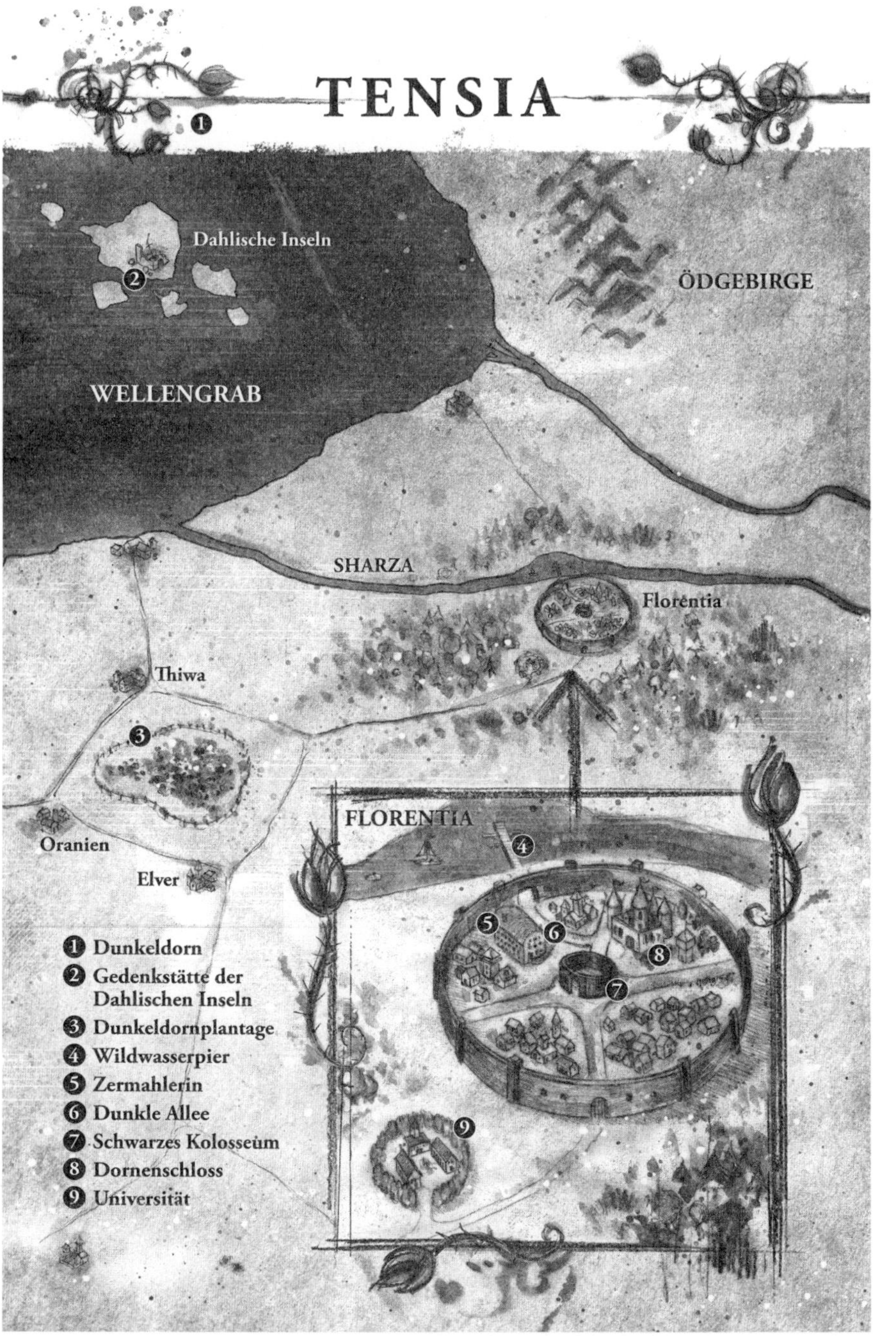
TENSIA
1
Dahlische Inseln
2
ÖDGEBIRGE
WELLENGRAB
SHARZA
Florentia
Thiwa
3
FLORENTIA
4
Oranien
Elver
5
6
8
7
9
1 Dunkeldorn
2 Gedenkstätte der Dahlischen Inseln
3 Dunkeldornplantage
4 Wildwasserpier
5 Zermahlerin
6 Dunkle Allee
7 Schwarzes Kolosseum
8 Dornenschloss
9 Universität

PROLOG

Die Tage waren bereits in den frühen Morgenstunden spürbar wärmer geworden. Die Zeit, in der die Morgendämmerung oder das Leuchten der Nacht Linderung vor der drückenden Hitze versprachen, schwand allmählich.

Dem alten Mann schmerzten die Knochen. An Lebensjahren gezählt, war er noch gar nicht so alt, er mochte in der Mitte der Vierziger sein. Doch die jahrzehntelange Knochenarbeit hatte aus ihm einen Greis gemacht, dem man bei jedem einzelnen Schritt ansah, dass er die Last eines zerstörten Körpers und viel erlebtes Leid mit sich schleppte. Weil er die schwere Maschinerie der Wasserverteiler nicht mehr bedienen konnte, half er den jungen Frauen, die die blühenden Dunkeldornen entstäubten, trug ihre Ausrüstungen und bereitete die geernteten Pflanzen für die Entsorgung vor.

Seine Schicht hatte gerade begonnen. Er blickte über die Plantage, die Hand schützend über die von all dem Blütenstaub bereits trüb gewordenen Augen gelegt, um trotz der aufgehenden Sonne seine Umgebung erkennen zu können. Die Männer und Frauen verteilten sich in gewohnter Manier auf den Plantagenblöcken, ohne unnötig Zeit zu verlieren. Sie waren eingespielt, konzentriert, geübt und so routiniert wie in all den Jahren zuvor, in denen er die Drecksarbeit für die Dunkeldornmagier erledigte.

Der junge Mann im alten, zerschundenen Körper gönnte sich diesen kurzen Augenblick und betrachtete die Feldarbeiterinnen, wie sie nach ihren Wassereimern griffen, und die Männer, die die Maschinen überprüften, bevor sie auf ihre Sitze klettern würden.

Alles war wie immer.

Alles war völlig anders.

Seit Elver war nichts mehr wie zuvor.

Obwohl Elver einige Tagesmärsche von dieser Plantage entfernt war, hatte sich die Kunde über das Unglück wie ein Lauffeuer verbreitet. Die Aufpasser hatten sie alle zusammengetrommelt und ihnen von einer Tragödie berichtet: einer Tragödie, die schlimm war, aber einzigartig. Dass es dort besondere Windverhältnisse gegeben habe, dass sie sich keine Sorgen machen müssten, ihnen würde nichts geschehen, sie waren sicher, sie könnten weiter sorgenfrei ihre Arbeit erledigen. Es war eine Tragödie gewesen, die den Tod gebracht hatte, die sich aber nicht wiederholen würde, das hatte man ihnen versichert.

Und dann hatte man sie zurück an die Arbeit geschickt, denn diese Arbeit war wichtig, war essenziell für das Land, schenkte ihnen allen Wohlstand und Magie, die sie vor den Feinden an den Außengrenzen schützte, die den anderen Mächten ordentlich Angst und Respekt einflößen sollte.

Sie, hatten die Aufpasser feierlich gesagt, waren die Helden des Landes, und dann hatten sie die Peitschen gegen die Helden des Landes geschwungen, weil sie nicht schnell genug waren, weil die Beine schwer und müde waren und der Kopf voller Trauer war und die Hände zitterten und der Blick panisch zu den edlen schwarzen Pflanzen flackerte.

Alles war wie immer.

Alles war völlig anders.

Seit Elver war nichts mehr wie zuvor.

Der junge, alte Mann spürte die Angst, die in seinen Eingeweiden lauerte und seinen Brustkorb verengte und die auch in den anderen Eingeweiden saß, in den anderen Gesichtern, in den anderen Blicken. Sie sprachen es nur leise und im Geheimen, im Schutz der eigenen vier Wände aus, dass das, was die Aufpasser ihnen erzählt hatten, eine Lüge war.

Was in Elver geschehen war, konnte überall passieren. Jederzeit. Jeder Windstoß, jeder Sonnenstrahl, jeder Schritt konnte den Tod bedeuten, darin waren sie sich alle einig.

Einer der Aufpasser brüllte ihm einen Befehl zu. Der junge, alte Mann hatte zu lange gewartet und zu lange nachgedacht. Schwerfällig setzte er seinen ausgemergelten Körper in Bewegung, bevor ihn das dünne Seil der Peitsche treffen konnte. Der Zorn in ihm half, den Schmerz in seinen Gliedern zu überlagern.

Der Zorn, der schon seit Jahrzehnten wie Kohlen gezündelt hatte, war nun aufgeflammt.

Seit Elver war nichts mehr wie zuvor.

Seit Elver wuchsen neue Gedanken in den Köpfen der Menschen, die nicht länger unsichtbar und ersetzbar sein wollten.

Seit Elver formte sich auf den Plantagen und in den müden Herzen der Feldarbeiter Widerstand.

1

Der Blender

Sengend heiß schien die Sonne auf meine geschundene Kopfhaut nieder und brannte dabei so intensiv, als würden ihre Strahlen durch große, gläserne Linsen verstärkt werden. Der Asphalt unter meinen Füßen fühlte sich an wie glühende Kohlen und heizte sich mit fortschreitender Stunde weiter auf. Ich sehnte den Abend herbei, der nicht nur Linderung brachte, sondern auch die Dunkelheit, die mich besser vor neugierigen Blicken verbergen konnte als Sonnenbrand und Schmutzflecken in meinem Gesicht und eine weitere Schicht erdigen Drecks, der meine Haarfarbe übertünchen sollte.

Ohne Geld und ohne Arbeit war jeder einzelne Tag auf den Straßen Florentias ein Überlebenskampf. Ich war hungrig, mein Körper ausgelaugt. Er lechzte nach Wasser in der Hitze, nach Abkühlung und Schatten.

Das Schlimmste waren aber nicht die Entbehrungen, die mein Körper erdulden musste. Das Schlimmste war das schlechte Gewissen, das mich bei jedem Schritt wie ein an mir klebender Schatten begleitete.

Ich hatte ein Versprechen gegeben.

Ein Versprechen, das mich jagte.

Ein Versprechen, das mich jede Nacht aus meinen Träumen hochfahren ließ, wenn ich auf dem bloßen Asphalt schlief oder zwischen den blühenden Bäumen am Waldrand oder irgendwo zwischen den dürren Büschen der Dunklen Allee, nicht weit vom Fluss Sharza entfernt, die Geräuschkulisse des heruntergekommenen Hafens namens Wildwasserpier immer im Ohr.

Ein Versprechen, das ich dabei war, zu brechen, weil ich nicht schnell genug, nicht gut genug war, während ich zu überleben versuchte.

Mit jedem Tag, den ich hier draußen mit Nichtstun vergeudete, steckte Julian in einem Überlebenskampf, den mein Freund aus Kindheitstagen langfristig verlieren würde.

Wenn es mir nicht bald gelang, ihn aus dem unterirdischen Labor der Universität von Florentia zu befreien, dann würde er so enden wie die anderen. Dann würde er sich als Folge der geheimen Experimente an Menschen, die Professorin Weisdorn dort durchführte, in ein animalisches Dornenmonster verwandeln.

Er hatte mich angefleht, ihn zu töten und ihn vor diesem Schicksal zu bewahren, aber ich hatte ihn nicht aufgeben können. Ich konnte einfach nicht. Ich konnte ihn nicht ein zweites Mal verlieren.

Mit gesenktem Blick schob ich mich dicht an den Häuserwänden entlang, um eine möglichst weite Distanz zu den anderen Menschen zu halten, die hier unterwegs waren. Ich durfte das Risiko nicht eingehen, dass mich jemand auf offener Straße erkannte. Dieses Risiko war verdammt hoch: Überall in der Stadt hingen Plakate mit Gesuchen nach mir, einer beunruhigend treffenden Zeichnung meines Gesichts und dem Versprechen einer großzügigen königlichen Belohnung.

Der Königsgleiche höchstpersönlich suchte nach mir. Was für eine Ehre!

Ich wusste, dass ich nicht ewig so weitermachen konnte. Auch wenn die Zeichnung zu einer Person zu gehören schien, die ich nicht mehr war, auch wenn mein Gesicht extra voller Schmutz und meine Haare staubig und mit Erde bestrichen waren: Es war nur eine Frage der Zeit, bis sie mich kriegen würden, bis mich jemand hier, auf der Dunklen Allee, auf den Straßen rings um die Zermahlerin, erkennen und verraten würde. Die Dunkle Allee war ein Ort voller bröckelnder schwarzer Häuser und kaputter Straßen, auf denen sich Bettelnde und Kriminelle herumtrieben, Menschen, die verzweifelt waren, die ihre Familien durchbringen mussten, ehe sie verhungerten. Niemand von ihnen hätte Gewissensbisse, mich auszuliefern, und ich konnte es ihnen nicht verdenken. Und wenn ich erst einmal selbst in den Laboren säße, wäre jede Möglichkeit, mein Versprechen einzulösen, unwiederbringlich dahin. Ich wusste, dass Julian mir das nie verzeihen würde.

Vielleicht würde er mir jetzt schon niemals mehr verzeihen.

Die Leute, an denen ich vorbeischlich, sahen größtenteils noch heruntergekommener aus als ich. Die meisten von ihnen hatten einen Teil ihres Lebens als Arbeitskraft in der Zermahlerin verbracht. Wenn man das überlebte, wurde man an dem Tag, an dem man das Pensum in der Fabrik nicht mehr aushalten konnte, weil man zu alt oder zu krank war, auf die Straße geworfen, um zu verhungern, während man der wenigen Sachen beraubt wurde, die man am Leib trug.

In den fünf Wochen, in denen ich mich nun auf den Straßen durchschlug, auf den Märkten Nahrung stahl und sogar einige Kleidungsstücke von Wäscheleinen in den nobleren

Vorgärten entwendet hatte, hatte ich den rauen Umgangston in diesem Viertel zu schätzen gelernt. Es gab einen unausgesprochenen Ehrenkodex, gegen den nur die schäbigsten Verbrecher verstießen – und die hielten sich nicht lange hier auf der Dunklen Allee, der Straße, in welcher die Zermahlerin ihren Sitz hatte. Wer nur noch eine einzige Sache, eine einzige Kostbarkeit, ein einziges Erinnerungsstück besaß, dem stahl man nichts. Jeder brauchte diese eine Sache, diese eine wichtige Erinnerung, um in dieser Hölle am Leben bleiben zu wollen.

Dieser Leitspruch verhalf zu einem erstaunlichen Frieden, der die Obdachlosen, die Verstümmelten, die Ausgemergelten, die Gebrechlichen vereinte und ihnen gemeinsame Widersacher gab: die Zermahlerin. Die Obrigkeit. Den Dunklen Rat. All jene, für die sie buckeln mussten, und das alles im Namen Tensias.

Tagsüber pflegten sich die von der Fabrik zerstörten Männer und Frauen in der Stadt zu verteilen, um zu betteln, zu stehlen oder zwielichtigen Geschäften nachzugehen, wenn sie nicht in irgendeiner stillen, dunklen Gasse einsam an ihren Verletzungen und Krankheiten starben. Gegen Abend versammelten sie sich am Ufer des Sharzas, der an der Hinterseite der Zermahlerin vorbeifloss und der – wie manche Leute zu sehen glaubten – in seinem schwarzen Gewässer pflanzlichen Müll, Unrat und während der Arbeit verstorbene Menschen aus der Stadt hinaustrieb, fort von zu aufmerksamen Augen und Ohren. Ganz abwegig war das nicht, wenn man bedachte, wie giftig der Sharza war.

Auch ich hatte am Ufer manche Nächte verbracht. Manchmal hatte ich gedacht, in der Dunkelheit Blütenblätter auf der Oberfläche treiben zu sehen, aber sicher war ich mir nicht gewesen, denn das Wasser war so schwarz, dass man es kaum von den winzigen Dingen auf seiner Oberfläche unterscheiden konnte.

Eine Weile hatte ich dort nach Keya Ausschau gehalten, wenn die Uniformierten die Arbeiterinnen und Arbeiter zum Ausladen der Kisten, die von den Plantagen herangekarrt wurden, nach draußen ließen. Aber ich hatte sie nie zwischen all den unzähligen dürren, blassen Gestalten ausmachen können.

Ein harter Stoß holte mich aus meinen Gedanken in die Realität zurück. Jemand hatte mich angerempelt. Mein Herz setzte für einen Schlag aus, als mich ein älterer Mann laut anbrüllte, dass ich gefälligst aufpassen sollte, wohin ich ging, ob ich keine Augen im Kopf hätte, ich naives, dreckiges Ding.

Ohne ihm zu antworten, schlüpfte ich unter seinem wild gestikulierenden Arm hindurch und entfernte mich im Laufschritt von dem zeternden Herrn, während mein Puls raste. Hatte er mich erkannt? Hatte er in dem naiven, dreckigen Ding die junge Frau von den Plakaten sehen können? Doch als ich einen Blick über die Schulter zurückwarf, bemerkte ich, wie er ohne Eile weiterspazierte, noch leise vor sich hin murrend. Ich atmete auf.

Ich konnte keine Komplikationen gebrauchen. Nicht jetzt. Nicht heute. Nicht, da ich verdammt noch mal endlich einen Plan hatte, Julian aus diesem Rattenloch zu befreien.

Bei dem Gedanken an den Plan, an dem ich die ganze Woche gearbeitet hatte, wurde mir flau. Es war gewagt, was ich da vorhatte. Vielleicht war es sogar vollkommen abwegig, Selbstmord. Ich würde mir eine Zielscheibe auf die Stirn brennen.

Aber ich hatte genug Nächte am Ufer des Sharzas, dem Schlaflosen, verbracht, manchmal zitternd vor Kälte, manchmal glühend vor Hitze und mich windend wegen wiederkehrender Albträume, dass ich all das Flüstern und Wispern der anderen nicht hatte ausblenden können. Das Flüstern und Wispern über den Blender.

Der Blender.

Ein Mann voller Mythen, ein Mann der Unterwelt, ein Mann, der alles möglich machte, wenn man ihm im Gegenzug etwas geben konnte, das ihn interessierte. Aber das Interesse des Blenders zu wecken war schier unmöglich, sagte man.

Bei dem Gedanken daran wollte mir das Herz in die Hose rutschen. Ich hatte so viel zu verlieren und im Gegenzug nichts Besonderes zu bieten. Ich führte nichts bei mir, das für den Blender möglicherweise von Interesse wäre und womit ich ihn um einen Gefallen bitten konnte.

Das ist nicht wahr. Du hast etwas Besonderes. Du bist *etwas Besonderes.*

Ich senkte den Kopf, als ich in eine deutlich belebtere Straße wechselte, die ich nicht umgehen konnte. Hier waren viele Geschäfte angesiedelt, einige Bars und Gasthäuser und auch eine verkommene Spelunke, bestehend aus einer Spielothek und einer Saufstätte mit billigem Fusel und dem vertrauenerweckenden Namen *Die gefälschte Münze*. Diese Spelunke war im Besitz des Blenders, dessen wahren Namen ich nicht hatte herausfinden können. Aber zumindest hatte ich in Erfahrung gebracht, wo man nach ihm fragen konnte; die Leute am Sharza waren erstaunlich auskunftsfreudig.

Ich konnte das Gebäude bereits aus der Ferne erkennen. Die Spelunke stach aus der mit bunten Wildblumen gerahmten grünen Straße hervor wie ein Klecks schwarzer Farbe, der irrtümlich auf einem Sommergemälde gelandet war. Die dunklen Holzwände wirkten heruntergekommen, alt und wenig in Schuss gehalten, das Glas der Tür war zerbrochen und wieder zusammengeklebt worden. Außerdem prangte ein großes *Geschlossen*-Schild daran.

Ich ließ mich davon nicht beirren und stemmte mich gegen die Tür. Sie gab unter dem Druck nach und schwang quietschend auf. Von innen schlug mir verqualmte, abgestandene Luft entgegen, in die sich der Geruch von billigem Parfüm, Alkohol und Zigarren mischte.

Dafür, dass die Spelunke geschlossen war, drängten sich erstaunlich viele Menschen, Männer wie Frauen, um die Bar. Einige hatten die Tische in Beschlag genommen und spielten lautstark Karten, während sie rauchten und Bier oder Whisky oder anderes günstiges Zeug tranken.

Mit meinem Eintreten kehrte augenblicklich Stille ein, und viele Augenpaare musterten mich, manche misstrauisch, andere neugierig.

»Wir haben geschlossen, Mädchen, oder hast du Tomaten auf den Augen?«, rief eine stämmige Frau, die hinter der Theke Gläser mit einem fleckigen Geschirrtuch abtrocknete und dann mit einem Klirren auf den Tresen knallte.

»Das habe ich gesehen«, erwiderte ich betont ruhig und ging ein paar Schritte weiter in den Raum hinein. Die alten Holzdielen unter meinen Schuhen knarrten.

»Na, dann mach, dass du abhaust«, rief ein brummiger, bärtiger Kerl in einem abgewetzten hellen Hemd mit roten Flecken. Vor ihm auf dem Tisch lag gut sichtbar ein Messer neben seinem halb vollen Bierhumpen.

Julian. Um Himmels willen, Julian, ich tue das hier für dich. Für dich und für mich. Hoffen wir, dass wir nicht beide im Sharza landen.

Ich nahm meinen verdammten Mut zusammen und schüttelte den Kopf, eine Hand halb hinter meinem Rücken verborgen und zur Faust geballt, weil ich nicht wusste, wohin sonst mit meiner Anspannung.

»Ich suche den Blender.« Ich gab mich selbstbewusster, als ich mich angesichts eines Dutzends Menschen, von denen einige Messer oder Pistolen an den Gürteln trugen, tatsächlich fühlte.

Für einen Moment war die Stille im Raum so präsent, dass man eine Nadel hätte fallen hören können, dann brach schallendes Gelächter aus.

»Die ist ja lustig, die Kleine«, dröhnte der Mann mit dem fleckigen Hemd und hieb mit seiner Pranke so schwungvoll auf den Tisch, dass die abgestellten Gläser gefährlich ins Wanken gerieten.

Die Frau hinter der Bar zuckte die Schultern. »Findest du? Ich finde es eher nervig, wenn jeden Tag Dutzende Touristen hier hereinspazieren, weil sie mal etwas Aufregendes sehen wollen.«

»Ich bin keine Touristin«, widersprach ich. »Oder seit wann laufen Touristen in solcher Kleidung herum?«

Die Wirtin machte eine unwirsche Geste. »Was oder wer auch immer du bist, scher dich von dannen. Du bist hier nicht willkommen. Komm heute Abend wieder, wenn du es nicht lassen kannst, aber bring genügend Geld für die Spieltische mit, sonst gibt es keinen Eintritt.«

Sie drehte sich abrupt um und warf sich das nasse Geschirrtuch über die Schulter. Es war eindeutig, dass das Gespräch für sie beendet war. Auch die anderen Anwesenden straften mich nun mit Missachtung und nahmen ihre Unterhaltung, das Trinken und das Kartenspielen wieder auf.

Lass dich nicht abwimmeln. Nicht jetzt. Noch nicht. Nicht, solange das Messer noch still auf dem Tisch liegt und nicht eingesetzt wird.

»Ich habe etwas für den Blender, das ihn interessieren könnte«, sagte ich energisch und reckte das Kinn, um selbstsicher zu wirken.

Wieder sorgten meine Worte für einsetzendes Schweigen, aber dieses Mal folgte kein Gelächter. Dieses Mal wurde die Stimmung im Raum merklich angespannter. Der Mann mit dem Fleckenhemd erhob sich langsam. Bei der Bewegung schob er den Stuhl mit einem bedrohlichen Quietschen über den alten Boden.

»Wir sagen es dir noch ein zweites Mal im Guten, junge Dame«, drohte er leise. »Und wir sind dafür bekannt, beim dritten Mal nicht zimperlich zu sein. Zisch ab.« Seine Fingerspitzen berührten die Tischkante, nur wenige Zentimeter von der matt glänzenden Messerklinge entfernt, die bloß darauf zu warten schien, dass er die Hand um sie schloss.

Ich zwang mich dazu, ruhig zu bleiben und dem Drang zu widerstehen, auf der Stelle kehrtzumachen und all den feindseligen Mienen zu entfliehen.

Julian. Julian im Labor. Julian angekettet. Julian mit schwarzen Schuppen im Gesicht. Julian, der nicht mehr lange durchhalten würde.

Diese Bilder halfen mir, nicht sofort zu türmen, sondern den Fluchtimpuls niederzuringen.

»Ich möchte dem Blender etwas anbieten, das ihn mit Sicherheit interessieren wird«, wiederholte ich behutsam. »Im Gegenzug für einen Gefallen.«

Der Mann mit dem Fleckenhemd schnaubte. In der nächsten Sekunde lag das Messer nicht mehr auf der Tischplatte, sondern in seiner Hand. Seine Miene war nicht länger misstrauisch, sondern plötzlich begierig. »Wisch dir mal den Dreck vom Gesicht, Mädchen. Man erkennt dich ja kaum.«

Mist. Hat er mich erkannt? Verdammt.

»He, guckt euch die doch mal an. Merkt ihr was? Ich glaube, die Zeche für die nächsten Abende ist damit gezahlt.«

Ich sprang zurück, bevor er sich auf mich stürzen konnte, und brachte mich hinter einer Sitzgruppe vor seinen greifenden Händen in Sicherheit. Aber diese Sicherheit würde nicht länger als zwei, vielleicht drei Atemzüge währen, dann würden sie mich in die Finger kriegen. Ich konnte hoffen, schnell genug zur Tür hechten zu können, oder das letzte und einzige Ass spielen, das ich noch im Ärmel hatte.

»Bitte«, rief ich verzweifelt. »Ich kann Dunkeldornmagie brechen. Ist das nicht etwas für den Blender?«

Der Fleckenhemdmann war jäh bei mir und packte mich an den Haaren. Ich stieß einen Schmerzenslaut aus, als er mich hinter der Sitzgruppe hervorzerrte und mich auf den Boden schleuderte. Feine Splitter bohrten sich in meine Hände und Knie, als ich hart auf dem Holz aufkam.

Aber bevor er sich über mich beugen und erneut packen konnte, drang ein gellender Pfeifton durch die Spelunke.

»Aufhören«, befahl eine leise, samtene Stimme.

Der Mann mit dem Fleckenhemd nahm seine schwieligen Hände von mir und trat widerwillig einen Schritt zurück.

Ich atmete auf, auch wenn mein Körper nach wie vor in einer angespannten, fluchtbereiten Haltung verharrte. Von ganz hinten, aus einer verrauchten Ecke der Spelunke, die gut von einem quer durch den Raum reichenden Balken verdeckt wurde, näherte sich eine zierliche, elegant gekleidete Frau. Die Farbe ihrer Haut hob sich deutlich von dem hellen Beige ihres geknöpften Hemdes und ihrer weißen Hose ab.

An ihren Ohren hingen zwei schlichte Silberohrringe in Form eines Ankers.

Sie kam so nahe, dass sie nur noch eine Armlänge von mir entfernt war. Ein frischer, blumiger, angenehmer Duft stieg mir in die Nase und machte mir deutlich, wie erbärmlich ich im Gegensatz zu dieser adretten Dame riechen musste. Am liebsten wäre ich zurückgewichen, damit ihr diese Tatsache nicht auffiel.

»Was hast du eben gesagt? Dass du Dunkeldornmagie brechen kannst?«, fragte die Frau und beugte sich zu mir nach vorne. Auf ihren Lippen lag dunkelroter Lippenstift, und ihre Lider waren mit einem schwarzen Kohlestift nachgezogen, während die dunklen Haare ihr gerade bis zu den Schultern reichten. Als sie sich noch weiter zu mir beugte und dabei leicht in die Knie ging, nahm ich das dünne, schon lange verheilte Narbengeflecht an ihrem Hals wahr, das sich bis hoch übers Kinn und die Wangen zog.

Ich blieb auf der Hut. »Das bespreche ich nur mit dem Blender selbst.«

Die geschminkten Lippen der Frau verzogen sich zu einem Lächeln. »Ach, da hast du aber Glück.«

Ich musterte sie mit zusammengekniffenen Augen. »Wie meint Ihr das?«

Im Hintergrund ertönte dröhnendes Lachen, und einige Männer hieben sich auf die Schenkel.

»Steh auf und komm mit«, sagte sie, ohne auf meine Frage zu reagieren. Weil mir ohnehin nichts anderes übrig blieb, rappelte ich mich auf. Während ich den Raum hinter ihr durchquerte, zupfte ich mir verstohlen die kleinen Splitterreste aus den zerschrammten Handinnenflächen.

Entgegen meiner Annahme nahm die Dame nicht wie

zuvor in der hintersten Sitzecke Platz, sondern führte mich durch eine weitere Tür in ein kleines Büro. Dort umrundete sie den wuchtigen Schreibtisch, auf dem neben einigen Stapeln Akten auch mehrere Bündel Geldscheine und fein säuberlich sortierte Münzen lagen, und setzte sich auf einen Stuhl. Mit der rechten Hand wies sie auf den wackelig anmutenden Holzstuhl auf meiner Seite des Schreibtisches.

Verwirrt nahm ich Platz. »Ich … Soll ich hier auf den Blender warten?«

Die Frau stieß ein Schnauben aus. »Hast du es wirklich immer noch nicht verstanden?«

Die Erkenntnis traf mich. »*Ihr* seid der Blender?«

»Dein Unglauben verletzt mich«, erwiderte sie schnaubend. »Aber er ist nichts Neues.«

Ich war im ersten Augenblick so verdattert, dass ich sie beinahe entsetzt angesehen hätte, aber im nächsten schämte ich mich dafür. Ich war zu sehr in den hierarchischen Strukturen und Gewohnheiten gefangen, als dass ich mir hätte vorstellen können, dass ein stadtweit bekannter Ganove auch eine Frau sein konnte.

»Ich wollte Eure Ehre nicht verletzen«, murmelte ich zerknirscht. »Aber da ich eben noch glaubte, gleich von einem Mann mit einem Messer erstochen zu werden, verzeiht Ihr mir vielleicht meinen langsamen Verstand, hoffe ich.«

Die Blenderin – wie ich sie nun in meinem Kopf nannte – lehnte sich zurück. Wieder stahl sich ein lauerndes Lächeln auf ihre Lippen. »Sag mir, hast du wirklich geglaubt, dass nur Männer die großen Positionen in diesem Land einnehmen können?«

Ich dachte kurz nach und schüttelte dann den Kopf. Sofort war mir Professorin Weisdorn vor dem inneren Auge erschienen, für die ich bis vor Kurzem noch gearbeitet hatte. Die Professorin, die mich verraten hatte, die an Menschen herumexperimentierte, die, gemeinsam mit der Dornenfamilie, meine Heimat auf dem Gewissen hatte. Sicher, sie war skrupellos und unberechenbar, aber sie war auch groß und genial in dem, was sie tat – auf eine schreckliche, abscheuliche Weise.

»Nein, eigentlich nicht«, murmelte ich beschämt, was der Blenderin ein weiteres Lachen entlockte.

»Bevor wir allzu philosophisch werden: Du sagtest vorhin, dass du Dunkeldornmagie brechen kannst. Hast du das einfach dahergesagt, um deine Haut zu retten oder um meine Aufmerksamkeit zu erhaschen? Oder kannst du das tatsächlich?«

Ich wusste, wie immens das Risiko war, das ich in diesem Augenblick einging. Ich entblößte mein größtes Geheimnis, meine Stärke, die zugleich meine Schwäche war.

»Bevor ich das beantworte, stelle ich eine Gegenfrage. Habt Ihr vor, mich auszuliefern, wenn ich Euch die Antwort darauf gebe?« Ich lehnte mich scheinbar lässig zurück und schlug die Beine übereinander, was in Anbetracht der zerschlissenen Hose nicht annähernd so eine Wirkung hatte, wie ich es beabsichtigte.

»Ich sehe, wir haben eine ähnliche Denkweise«, kommentierte die Blenderin trocken. »Aber ich weiß einen guten Geschäftssinn durchaus zu schätzen.«

»Das ist keine klare Antwort auf meine Frage«, gab ich zurück.

Die Blenderin gab ein belustigtes Schnauben von sich. »Gut erkannt. Aber da ich Ehrlichkeit zu schätzen weiß, will ich sie dir entgegenbringen. Wenn du geflunkert hast, werden wir das nette Sümmchen für deinen Kopf gerne kassieren. Wir sind kein Wohlfahrtsverein, und der Finderlohn ist durchaus königlich. Solltest du hingegen nicht gelogen haben und sich deine Aussage bewahrheiten, nun, dann wäre ich geneigt, die Sache mit der Suche nach dir vielleicht vorerst zu vergessen.«

»Sehr gnädig«, murmelte ich, woraufhin die Blenderin eine Augenbraue hochzog.

»Selbst wenn du die Wahrheit sprichst: Du musst dich auch als nützlich erweisen, um einen Gefallen von mir erwirken zu können.«

Nun wagte ich ein Lächeln, das etwas selbstbewusster als zuvor ausfiel. »Ich säße nicht hier, wenn Euch nicht schon etwas Konkretes vorschwebte, oder?«

Ich glaubte, einen Hauch von Belustigung über ihre Miene huschen zu sehen. »Möglicherweise hätte ich da eine Idee, bei der du mir beweisen könntest, dass du mehr wert bist als die Belohnung, die auf dein hübsches Gesicht unter der Schmutzschicht ausgesetzt ist.«

Innerlich zitternd holte ich tief Luft, ehe ich alles auf meine letzte Karte setzte. Ich brauchte nicht nur die Bestätigung, nicht ausgeliefert zu werden. Ich brauchte mehr. Ich brauchte diesen verdammten Gefallen, von dem es hieß, dass er unglaublich viel wert sei. Der Blender, so erzählte man sich, konnte fast alles möglich machen. Genau das brauchte ich am dringendsten.

Ich brauchte fast alles.

»Dafür benötige ich Eure Zusicherung für den berühmten Gefallen, sollte ich meinen Teil der Abmachung zu Eurer Zufriedenheit ausführen.«

Ich hielt dem bohrenden Blick der Blenderin stand, die mich schweigend und mit undurchdringlicher Miene musterte. Die Stille zwischen uns war zum Zerreißen gespannt, und ein Teil von mir wartete bereits darauf, dass sie nach ihren Kumpanen rief, damit die mich zum Königsgleichen schleppen und sich ihr Kopfgeld abholen konnten.

»Man kann dir auf jeden Fall nicht absprechen, dass du mutig bist«, sagte sie scharf. »Andere würden den Mut als Torheit bezeichnen, aber zum Glück bist du heute bei mir gelandet. Ich gebe dir den Vertrauensvorschuss, aber ich warne dich: Solltest du mich angelogen haben, finden wir dich. Wir kennen jeden Winkel in dieser Stadt, und es wird keinen Ort geben, an dem du dich vor uns verkriechen kannst.«

Mir war klar, dass sie mir zeigen wollte, wer die Stärkere von uns beiden war, wer die Oberhand hatte, wer die andere zerstören konnte. Als ob ich das nicht wüsste! Aber trotzdem war ich mir sicher, dass ich nur hier saß, weil sie etwas ganz Bestimmtes von mir wollte. Und das war der Strohhalm, nach dem ich mit letzter Verzweiflung griff.

»Der Gefallen?«, erinnerte ich sie sanft. »Habe ich Euer Wort?«

Für einen Moment hatte ich den Eindruck, nun wirklich zu weit gegangen zu sein.

Aber dann wurde die starre, fast bedrohliche Körperhaltung der Blenderin lässiger, und sie schlug ein Bein über das andere. »Welchen Gefallen forderst du ein?«

Ich ließ mir die Erleichterung, die mich durchflutete, nicht anmerken.

Bloß keine Schwäche zeigen. Bloß nicht zeigen, wie abhängig du von dieser Frau bist.

»Ich brauche Zutritt zur Universität von Florentia.«

Wenn die Blenderin überrascht war, so verstand sie es gut zu verbergen. Als wäre es das Selbstverständlichste der

Welt, gab sie ein leises Zischen von sich. »Ich kann dir einen Schlüssel verschaffen. Ist das ausreichend?«

War es ausreichend? Ich war mir nicht sicher. Mein Plan, Julian zu befreien, bestand aus so vielen Eventualitäten und Unmöglichkeiten, dass ich ihn noch nicht bis zum Ende durchdacht hatte. Erst einmal reinkommen, war die Devise, dann weitersehen.

»Ich brauche auch Werkzeug, um jemanden von Ketten zu befreien«, sagte ich hastig.

Die Blenderin lehnte sich nach vorne. »Streng genommen sind das *zwei* Gefallen.«

Ich starrte sie an, bemühte mich aber, möglichst würdevoll und entschlossen zu wirken. Irgendwie hatte ich das dumpfe Gefühl, dass die Blenderin zugänglicher war, wenn man ihr zumindest annähernd ebenbürtig war.

»Wenn du deine Arbeit gut machst, werde ich gnädig sein.«

Nun hätte ich beinahe doch einen lauten Seufzer der Erleichterung ausgestoßen und hielt mich erst im letzten Moment zurück.

»Danke«, sagte ich schlicht.

Die Blenderin winkte ab. »Ein Tausch ist wie ein Vertrag. Darin ist kein Platz für Dank. Jeder erledigt seinen Part, und man geht in Frieden auseinander.«

Allmählich dämmerte mir, dass ich einem Vertrag zugestimmt hatte, dessen Eckpunkte ich noch nicht vollständig kannte. Allerdings musste man mir zugutehalten, dass über mir ein Kopfgeld schwebte, das mich zusätzlich unter Druck setzte. Außerdem hätte ich einen Pakt mit der göttlichen Dornenmutter, die auf den Dahlischen Inseln abseits des Wellengrabs angebetet wurde, höchstselbst abgeschlossen, wenn ich die Wahl zwischen ihr und dem Königsgleichen gehabt hätte. Jedes Kind wusste, dass ein Pakt mit einer Gottheit immer mit einem hohen Preis einherging.

»Was soll ich überhaupt für Euch tun?«, fragte ich.

Die Blenderin stieß ein Lachen aus. »Ich dachte schon, du fragst nie.« Sie hielt einen Augenblick inne und zog aus einem der Papierstapel ein Plakat hervor. Kurz dachte ich, es wäre das Gesuch nach meiner Person, aber als sie es mir wortlos entgegenhielt, erkannte ich, dass es die Werbung für eine Veranstaltung war, die ich im Vorbeigehen selbst schon hier und da aus den Augenwinkeln gesehen, allerdings nie weiter beachtet hatte. Das Plakat war in dunklen, hauptsächlich grauen und schwarzen Tönen gestaltet. Eine mir nur zu vertraute Person war schemenhaft darauf abgebildet; das schöne Gesicht war von einem mystischen Schatten gerahmt, der sich von dort aus auf dem kompletten Plakat ausbreitete.

Die Prophezeiung wird wahr.

Jede Frau, jeder Mann, jede Licht- und Schattengestalt ist geladen, mit eigenen Augen zu sehen, wie der Königsgleiche zum ersten Mal seine vorhergesagte Macht preisgibt.

Ich betrachtete das zerknitterte Papier in meiner Hand wie einen Fremdkörper. Die Worte waren gestochen scharf und verschwammen dennoch vor meinen Augen. Widerstreitende Gefühle machten sich in mir breit. Sosehr ich den Königsgleichen ächtete, sosehr ich ihn für seine Heimlichkeiten und seine menschenverachtende Arbeit verabscheute, die er mit der Professorin hinter verschlossenen Türen leistete, so sehr war noch da, was sich entwickelt hatte, bevor ich dahintergekommen war … So sehr war die Verbundenheit noch da, die Erinnerung an kurze, brennende Berührungen, an ein Feuer, das nie hätte entfacht werden dürfen.

»In zwei Tagen wird es eine große Veranstaltung in der

Parkanlage geben«, erklärte die Blenderin. »Der Königsgleiche und andere wichtige Leute werden da sein. Die Veranstaltung ist zwar für alle gedacht, aber das gewöhnliche Fußvolk ist bei Auftritten dieser Art durch eine Art magische Grenze von den Dunkeldornmagiern und dem Königsgleichen selbst abgetrennt.«

»Was genau ist meine Rolle bei dieser Veranstaltung?«, fragte ich tonlos. Der Gedanke daran, dem Königsgleichen – wenn auch aus der Ferne – wieder zu begegnen, erfüllte mich mit Unruhe. Die Gefahr, in einer solchen Menschentraube erkannt zu werden, war außerdem Grund zu äußerster Vorsicht.

»Mich durch diese unsichtbare Grenze schleusen.«

Ich spürte, wie sich die Unruhe in mir vertiefte. Ich, nicht nur inmitten einer Menschenmenge, sondern auch umringt von Dunkeldornmagiern: Das war keine einladende Vorstellung.

Verdammt, Julian, wenn ich all das riskiere, musst du durchhalten. Du musst irgendwie durchhalten.

»Was wollt Ihr hinter dieser Grenze?«, erkundigte ich mich. »Euch muss doch klar sein, dass Ihr dennoch keine Chance gegen die Macht der Dunkeldornmagie habt.«

Die Blenderin winkte mit einer unwirschen Geste ab. »Glaub mir, ich lege mich ganz sicher nicht mit denen an. Aber solche Auftritte sind die besten Gelegenheiten, Dunkeldornpulver zu stehlen und es teuer weiterzuverkaufen. Es gibt genug Menschen, die, auch wenn sie die Kunst der Dunkeldornmagie nicht beherrschen, ein Vermögen dafür ausgeben. Sei es aus Gründen des Aberglaubens oder um es auf dem Schwarzmarkt irgendeinem Tölpel weiterzuverkaufen, der meint, die Gabe der Dunkeldornmagie zu besitzen.

Eine einzige Ampulle, Opal, lässt uns und viele andere auf der Dunklen Allee, für die wir mitsorgen, für einige Zeit über die Runden kommen.«

Ich stieß einen leisen Seufzer aus. »Dann haben wir wohl eine Abmachung.«

So würde es also laufen: Ich würde einen Pakt mit der Blenderin eingehen. Ich würde riskieren, dass sie am Ende des Tages doch noch auf die Idee käme, dass das Kopfgeld auf mich ein lohnenswertes Geschäft war. *Du setzt all dein Vertrauen in diese Fremde, Opal.*

Aber hatte ich eine Wahl? Konnte ich mir Misstrauen überhaupt leisten?

Die Blenderin ließ sich schließlich zu einem kaum merklichen Grinsen hinreißen. »In der Tat, Opal. Jetzt musst du mich allerdings entschuldigen: Wir öffnen bald, und es gibt noch einige Vorbereitungen zu treffen. Lass dir bitte von Vic, die du eben an der Bar kennengelernt hast, hier ein Zimmer und eine Mahlzeit geben, du siehst nämlich schrecklich aus, wenn du mir die Bemerkung verzeihst. Wir müssen dich wirklich herrichten, damit du übermorgen nicht auffällst. Denn eins ist gewiss: Ich habe einen Ruf zu verlieren. Wer für *den* Blender arbeitet, kann sich in dieser schönen Stadt *so* nicht sehen lassen.«

2

EINE KÖNIGSGLEICHE VORSTELLUNG

Ich weiß, dass Menschen einander nur Dinge erzählen, wenn sie sich davon etwas versprechen, es sei denn, sie sind Familie oder Freunde. Und Ihr und ich, wir sind beides nicht.

Nein, das sind wir nicht. Aber wir könnten es sein. Wir könnten alles sein, Opal. Wir könnten alles sein.

Ich würde mich in die Höhle des Löwen wagen müssen. Mitten hinein. Das war pure Selbstauslieferung.

Nervös sprang ich auf die Beine und begann, mich mit einem kleinen Stück duftender Seife und dem kalten Wasser vom Vorabend zu waschen. Dass ich mich säubern konnte, war in dieser Spelunke ein Luxus, denn die wenigen Zimmer hier waren noch spärlicher ausgestattet als die Schlafräume des Personals an der Universität.

Außerdem hatte ich eine Garnitur neuer Kleidung zur Verfügung gestellt bekommen und meine eigene, völlig verdreckte im Zuber waschen können, sodass ich, wenn der Auftrag erledigt war, zumindest vorzeigbar wieder auf die Straße zurückkehren würde.

Dann aber hoffentlich mit dem Schlüssel zur Universität in der Tasche.

Unruhe machte sich in mir breit. Ich hatte schlecht geschlafen und fühlte mich unausgeruht. Zu den finsteren Träumen, in denen Menschen schrien und brüllten und starben und von schwarzen Nebeln gefressen wurden, hatte sich in den letzten beiden Nächten noch ein weiterer gesellt: ein Traum, in dem der Königsgleiche mich fand.

Wie in den unzähligen Nächten zuvor hatte ich mich am Vorabend in den Schlaf gequält und mir Gedanken über das letzte Zusammentreffen mit dem Königsgleichen gemacht. Nicht jenes in dem Haus seines Bediensteten, in dem wir uns zum ersten Mal nähergekommen waren, in dem uns das laute Aussprechen von Geheimnissen einander vertraut gemacht hatte, sondern das, in dem ich sein wahres Gesicht kennengelernt hatte.

Du bist zu wertvoll für mich, das waren seine Worte gewesen, sie hatten sich in mir eingebrannt. Aber bis heute hatte ich ihre Bedeutung nicht verstanden. Wie sollte ich, die Dunkeldornmagie nur aufbrechen, nur inhalieren, nur zerstören oder neutralisieren konnte, irgendeinen Wert für ihn haben? Brauchte er nicht genau das Gegenteil? Jemanden, der ihm zu Dunkeldornmagie verhalf? Jemanden wie die Professorin, wenn sie nur Erfolg vorweisen konnte?

Ich nahm die neue Kleidung vom Stuhl und zog mich an. Streifte das schlichte, knöchellange schwarze Kleid mit Spitze an den Ärmeln und am Halsausschnitt über den Kopf, kämmte dann meine am Vorabend gewaschenen Haare und band sie zu einem Dutt zusammen. Ich hätte mich, von all dem Straßenschmutz befreit, besser fühlen müssen, stattdessen kam ich mir ohne diese Schicht, die mich verborgen und verzerrt hatte, entblößt und unsicher vor.

Ich schüttelte heftig den Kopf, als könnte ich diese Gedanken dadurch loswerden. Ich durfte mich vom Königsgleichen nicht so sehr vereinnahmen lassen, vor allem, wenn er noch viele Straßenviertel von mir entfernt war und ich mich auf meine abendliche Aufgabe konzentrieren musste.

Aber der Gedanke daran machte es auch nicht besser, und die Panik unter meiner Haut drohte mich zu übermannen, wie sie es in den letzten beiden Tagen immer wieder getan hatte. Was hatte ich mir verdammt noch mal bei diesem waghalsigen Plan gedacht? Ich hatte keinen Schimmer, wie ich meine Fähigkeiten kontrollieren oder bewusst einsetzen konnte – wie also sollte ich eine Grenze aus Dunkeldornmagie durchbrechen? Und zwar ohne dass es jemand mitbekam, vor allem besagte Dunkeldornmagier oder gar der Königsgleiche nicht? In den Wochen auf der Flucht hatte ich mir um wichtigere Dinge Gedanken machen müssen als darum, meine Gabe zu stählen.

Unten im Hauptraum, in dem Bier und Essen ausgegeben und Haus und Hof bei Karten- und Würfelspielen verzockt wurden, wartete Vic bereits mürrisch auf mich.

»Du bist zu spät«, herrschte sie mich an. »Du sollst noch was essen, bevor es losgeht. Der Blender hat Schiss, dass du sonst vor Aufregung in Ohnmacht fällst und ihm den Plan versaust.«

Sie hatte die Hände in die Hüften gestemmt und musterte mich so böse, als wäre ich an ihrem Elend und dem der ganzen Welt schuld. Aber nach zwei Tagen hatte ich gelernt, ihre schroffe Art nicht persönlich zu nehmen. Sie behandelte jeden so, nicht nur mich, also hatte sie nicht mit mir, sondern eher mit sich selbst ein Problem.

Ich zuckte mit den Schultern und setzte mich auf einen der Barhocker am Tresen, wo sie einen tiefen Teller und einen Krug Weinschorle abgestellt hatte. Ein dickflüssiger Eintopf aus Kartoffeln und Gemüse mit zwei Scheiben hartem Brot warteten auf mich. Allein bei dem Geruch wollte sich mir der Magen umdrehen. Entgeistert starrte ich auf die Pampe. Wie sollte ich auch nur einen Bissen herunterbekommen, wenn ich in wenigen Stunden, sobald der Abend zu dämmern begann, dem Königsgleichen gegenüberstehen würde? Auch wenn – wie die Blenderin sagte – aus sicherer Entfernung und unter einem edlen Hut verborgen und von einer oder zwei Untergebenen der Blenderin umringt.

»Mach kein Theater«, murrte Vic. »Runter damit.«

Ich schüttelte den Kopf. »Ich kann nicht.«

Vic rollte die Augen und knallte das Handtuch, das sie über die Schulter geworfen hatte, auf den Tresen. Ihre kurzen angegrauten Haare umrahmten das schmale, kantige Gesicht.

»Meine Güte, keine Ahnung, wieso die Chefin auf dich baut, wenn du es nicht mal mit einem Teller Eintopf aufnehmen kannst. Kapier echt nicht, was die an dir findet.« Sie fuhr fort, sich über mich und meine Unfähigkeit zu beschweren, während sie durch den Raum stapfte und in einem Hinterzimmer verschwand. Durch die offene Tür drangen Geschirrklappern und leises Zetern zu mir herüber, während ich mir einige Löffel Eintopf einverleibte und dagegen ankämpfte, dass er wieder hochkam. Er schmeckte widerlich.

Ich nutzte Vics Abwesenheit, um den Rest unangetastet stehen zu lassen und mich mit der Weinschorle unbemerkt wieder nach oben zu verziehen. Ich war so müde und erschöpft von den letzten Nächten, in denen ich kaum ein Auge zugetan hatte und, wenn doch, nur von quälenden Träumen heimgesucht worden war.

Vor dem Spiegel, der mit Staub und fettigen Fingerabdrücken überzogen war, blieb ich kurz stehen und betrachtete mein Gesicht. Ein paar feine Sommersprossen hoben sich von der blassen Haut ab. Die Angst vor der Nacht stand mir überdeutlich in der Miene geschrieben. Das musste ich in den Griff bekommen, wenn ich meinen Auftrag mit Erfolg hinter mich bringen wollte.

Aber wenn ich ehrlich zu mir war, hatte ich Angst. Nicht nur vor dem Gefangenwerden, vor dem Königsgleichen, vor einer möglichen Falle, nein. Vor allem hatte ich Angst davor, zu versagen, dass meine Kräfte mich im Stich ließen, weil ich, seit ich auf der Flucht war, keine Gelegenheit mehr gehabt hatte, mich mit ihnen zu beschäftigen oder gar zu üben. Was, wenn es mir nicht gelingen würde, die Blenderin durch die magische Grenze zu schleusen, oder wenn – was viel dramatischer wäre – ich dabei alle anwesenden Dunkeldornmagier auf mich aufmerksam machen würde? Was, wenn meine Gabe für sie wie eine leuchtende Sonne war? Wie sollte ich Julian aus seinem Kerker befreien, wenn ich selbst in einen gesteckt wurde?

Ich hob die Hände und musterte sie nachdenklich. »Kann ich mich auf euch verlassen?«, flüsterte ich in den stillen Raum, der mir nur mit Schweigen antwortete. »Oder lasst ihr mich im Stich, wenn ich euch am meisten brauche?«

Als ich mich auf das Bett legte, um noch für einen Moment zu ruhen, hatte ich das Gefühl, von innen heraus zu erfrieren. Kaltes Eis aus Panik, Sorge und Unsicherheit kroch von meinen

Füßen aufwärts über meine Haut und wollte mich einhüllen, bis ich nicht einmal mehr einen Atemzug tätigen konnte.

Wir könnten alles sein, Opal. Wir könnten alles sein.

Ein polterndes Klopfen an der Tür ließ mich aufschrecken. Ich war tatsächlich eingenickt und fühlte mich nun noch mehr gerädert.

»Opal, bist du fertig?«, tönte die Stimme der Blenderin dumpf durch die geschlossene Tür.

Ich räusperte meine schlaftrunkene Stimme, ehe ich zu einer Antwort ansetzte. »Einen Augenblick noch, ich komme sofort.«

Ich sprang auf und zerrte hastig an dem schwarzen Kleid, um die knittrigen Falten wieder glatt zu bekommen. Fahrig überprüfte ich meine Frisur und setzte den Hut auf, der schon seit dem Vortag auf dem Tisch auf seinen Einsatz wartete.

Dann entriegelte ich die Tür und zog sie auf. Im Gang standen die Blenderin und zwei Männer, allesamt ordentlich und bürgerlich, aber nicht zu fein gekleidet. Auch die Blenderin, die sonst deutlich eleganter daherkam als ihre Gefolgschaft, hatte ihre gewohnte Kleidung gegen etwas Schlichteres getauscht. Über dem Arm trug sie einen kleinen Korb, der mit einem Tuch abgedeckt war. Ich stutzte kurz. Dann blinzelte ich.

»Das Tuch bewegt sich«, stellte ich fest.

»Aber natürlich«, erwiderte die Blenderin so gut gelaunt, als stünde uns ein Jagdausflug bevor.

Ich zuckte die Schultern und hakte nicht weiter nach. Stattdessen stiegen wir die Stufen hinab und verließen die Spelunke. Draußen atmete ich die warme Luft ein, die bereits nach Festlichkeiten, Aufregung und Mystik roch. Ich hatte die Bar in den letzten beiden Tagen nicht verlassen, weil wir beide Furcht gehabt hatten, dass man mich so kurz vor dem Ziel noch schnappen könnte. Dass der Königsgleiche sich unter das gemeine Volk mischte, geschah nicht sehr oft, sodass es in den Straßen schließlich nur so von Uniformierten wimmelte, die nach möglichen Sicherheitslücken suchten, Sperren errichteten und Stationen aufbauten, durch die man den Königsgleichen und die Zunft aus Dunkeldornmagiern sicher zur Parkanlage schleusen konnte, ohne dass sie dafür dieselben Wege wie die einfachen Bürger nutzen mussten.

Die Blenderin hielt sich so dicht an mir, dass sich unsere Arme beim Gehen berührten. Ihre beiden Gefolgsleute teilten sich Vor- und Nachhut. Ob sie Angst hatte, dass ich mich im Getümmel von ihr losreißen würde? Ob sie nicht verstanden hatte, dass ich das alles hier für diesen verdammten Schlüssel tat?

Wir ließen das ärmlichere Arbeiterviertel, in dem die Dunkle Allee und die Zermahlerin lagen, bald hinter uns und folgten dem Schwarm an Schaulustigen zur Parkanlage. Ich wusste, dass der Park, der normalerweise nicht für die Öffentlichkeit zugänglich, sondern den Adeligen, der Dornenfamilie und den Dunkeldornmagiern und an den Wochenenden auch den Studierenden vorbehalten war, in der Nähe des Schwarzen Kolosseums gelegen war. Ich hatte mich in den letzten Wochen von jenem Ort ferngehalten, weil ich ihn nicht nur mit schlechten Erinnerungen verband, sondern auch mit einer Vielzahl an Uniformierten. Die Fabrik hatte ihre eigenen Schläger, um sich um widerspenstige Arbeitende oder zu aufdringliche Bettler zu kümmern.

»Halt den Kopf gesenkt«, raunte die Blenderin mir zu.

»Wir sind bald da. Dementsprechend werden wir bald von Uniformierten umringt sein. Es dämmert zwar, aber wer dir zu nahe kommt, könnte dich dennoch erkennen.«

Nun berührte ihre Hand meinen Unterarm, ob aus einer Geste der unterschwelligen Drohung oder des Trostes, vermochte ich nicht zu sagen.

Obwohl ich ihrem Rat Folge leistete und den Blick auf die Füße der Menschen richtete, die vor uns liefen, wagte ich hier und da vorsichtige Seitenblicke auf die Umgebung. Die Straße zur Parkanlage war mit Lichterketten gesäumt, die an den Ästen der Bäume befestigt waren. Die anderen Menschen, die mit uns zum Ort der Veranstaltung strömten, redeten laut miteinander, lachten, versprühten Freude und merkliche Aufregung über ein wenig Abwechslung im tristen Alltag. Viele von ihnen hatten den Königsgleichen noch nie zu Gesicht bekommen und witterten nun eine Möglichkeit, ihm aus der Ferne zuwinken zu können. Ihm, dem Königsgleichen, der wahr gewordenen Prophezeiung.

Wenn sie nur wüssten …

Bald wandelte sich der Boden unter meinen Füßen. Das graue, die Hitze des Tages abstrahlende Pflaster wich grünem Gras, Gänseblumen und Kleeblättern. Ich wagte es, das Kinn anzuheben. Der Park war voller Schatten spendender Bäume, aber gleichzeitig so groß und weitläufig, dass die mannshohe Bühne, die in der Mitte aufgebaut worden war, von allen Seiten gut einzusehen war. Auch hier war alles mit Lichterketten, die von einem Baum zum nächsten gespannt waren und sich quer durch die Parkanlage zogen, angenehm dezent erleuchtet. Viele – hauptsächlich ärmere – Menschen hatten es sich auf der Grünfläche bequem gemacht und sich an den äußeren Rändern in Gruppen hingesetzt, aber die meisten drängten zur Mitte hin, um möglichst nahe am Geschehen zu sein.

Um *ihn* zu sehen, ihm nahe zu sein, vielleicht ein wenig von seinem Schein einzufangen.

Schon jetzt konnte ich die Grenze, von der die Blenderin gesprochen hatte, sehen. Wie eine schmale, schwarz flirrende Mauer erstreckte sie sich rings um die Bühne und umschloss zugleich die vordersten Stuhlreihen für die Wohlhabenden. Erstaunlicherweise ähnelte sie jenen unsichtbaren Türen in der Bibliothek, die ich während meiner Zeit an der Universität erkundet hatte. Einige Meter hinter der Bühne gab es außerdem ein Zelt aus dicken, weichen Teppichen und schwarz-goldenen Stoffbahnen, in die das königliche Emblem in Form einer Dunkeldornblüte eingestickt war. Wer sich hinter den Zeltwänden verbarg, ließ sich nur erahnen, aber die hohe Zahl an Uniformierten ließ mich zu dem Schluss kommen, dass der Königsgleiche sich dorthin zurückgezogen hatte und sich auf seinen Auftritt vorbereitete.

Aber auf was für einen Auftritt?

Ich wusste, dass er ein Betrüger war, er hatte es mir höchstpersönlich gesagt. Dass er die Legende, die Prophezeiung an sich gerissen hatte, dass er mit ihr spielte und sich selbst als der Auserwählte inszenierte, obwohl er nicht einmal ansatzweise die Macht der Dunkeldornmagie beherrschte. Was also wollte er hier vorführen? Würde er mit der Hilfe verbündeter Dunkeldornmagier ein Spektakel ertricksen, das aus faulen Zaubern bestand?

»Wir müssen dichter heran«, wisperte die Blenderin in mein Ohr, als ich ihr gezeigt hatte, wo sich in etwa die Grenze befand. Sie hatte mich immer noch nicht losgelassen, im Gegenteil. Bisher war sie die Souveränität in Person gewesen, doch an der Heftigkeit, mit der sie meinen Arm umklammerte, spürte ich, dass auch ihre Nervosität zugenommen hatte.

»Wie soll das gehen?«, fragte ich leise zurück. »Da sind überall Uniformierte.«

Statt mir eine Antwort zu geben, zerrte sie mich weiter durch die sich immer enger aneinanderdrängenden Menschen. Eine seltsam elektrisierende Stimmung lag in der Luft. Das Gerede war trotz der offenen Anlage unter freiem Himmel so laut, dass die Blenderin und ich unsere Gesichter zusammenstecken mussten, wenn wir einander verstehen wollten.

Je weiter wir uns nach vorne drängelten, desto lauter wurde das Rauschen in meinen Ohren. Die Riege der Dunkeldornmagier wurde nicht nur durch die flirrende Mauer aus Magie von uns abgetrennt, die ich mit jedem Schritt besser erkennen konnte, sondern auch durch unzählige Uniformierte, die sich in gleichmäßigen Abständen zwischen den Besuchern aufgestellt hatten. Nur noch wenige Schritte, und wir würden vor einem der Bewaffneten stehen, hinter dem drei Armlängen weiter die magische Grenze flimmerte.

Die Blenderin versuchte, uns an dem Uniformierten vorbeizulotsen, indem sie ihn zunächst ignorierte. Der Mann aber streckte den Arm aus und hinderte uns am Weitergehen.

Jetzt, dachte ich. *Jetzt ist es vorbei. Jeden Moment fliegt meine Tarnung auf.*

»Erst durchsuchen«, sagte er überraschend freundlich. »Für die Menschen in den vorderen Reihen gelten leider verschärfte Sicherheitsregeln. Wir müssen Euch auf Waffen und spitze Gegenstände hin kontrollieren.«

Die Blenderin widersprach nicht, sondern bedeutete ihren

Begleitern, zurückzubleiben, und streckte die Arme ein Stück nach oben, damit er ihre Kleidung nach Messern, Pistolen oder sonstigen Waffen absuchen konnte. Ich tat es ihr gleich, und natürlich fand er nichts.

Als die Blenderin weitergehen wollte, hielt er uns abermals auf. »Entschuldigt. Menschen mit Körben oder Tragetaschen können wir leider nicht vorlassen«, erklärte er bedauernd. »Den müsst Ihr leider hierlassen.«

Die Blenderin riss die Augen auf. »Oh nein, verzeiht mir, guter Mann, das wusste ich nicht.« Sie schüttelte den Korb kaum merklich, sodass das Tuch sich direkt wieder bewegte. Ich fragte mich, was genau sie vorhatte, weil ich ihr Handeln nicht durchschaute.

Sie hob das wollene Tuch ein wenig an, bis sich eine neugierig schnüffelnde Nase ans Tageslicht schob. Beinahe hätte ich gelacht, riss mich aber rechtzeitig zusammen.

»Seht, ich wollte meinem kleinen Bert auch einmal den Königsgleichen zeigen«, sagte die Blenderin mit einem weinerlichen Unterton. »Ich wusste ja nicht, dass es verboten ist, einen Korb mitzubringen. Aber bei all den Menschen hätte ich ihn nicht an der Leine führen können, er würde doch zertrampelt werden, da er noch so klein ist. Jetzt habe ich ihn ganz umsonst mit auf den weiten Weg genommen, nur dass wir so kurz vor dem Ziel scheitern.« Sie stieß einen Klagelaut aus, um den sie jede Schauspielerin beneidet hätte.

Ich konnte dem Uniformierten an der Nasenspitze ansehen, wie unwohl er sich fühlte. Er trat von einem Fuß auf den anderen und kratzte sich an der Stirn, als wüsste er nicht, wie er mit der wehklagenden Frau vor sich umgehen sollte.

Die Blenderin schüttelte kaum merklich das Körbchen,

sodass der Hund darin jaulte. »Oh, armer Berti!«, rief sie laut aus. »Jetzt kannst du den Königsgleichen gar nicht sehen, obwohl ich es dir versprochen habe. Bitte sei nicht böse auf dein Frauchen. Ich wusste es doch nicht besser.« Sie schniefte vernehmlich.

Der Uniformierte blickte über die Schulter, als wollte er sich vergewissern, dass ihn keiner seiner Kollegen hören konnte. »Geht schnell voran, Madame. Ich möchte ausnahmsweise ein Auge zudrücken. Aber sagt nicht, dass ich derjenige war, der Euch *übersehen* hat.« Er zwinkerte verschwörerisch, und die Blenderin strahlte ihn an. »Oh, danke«, zischte sie begeistert. »Berti und ich danken Euch vielmals!«

Bevor der Uniformierte es sich anders überlegen konnte, hatte sie sich bei mir untergehakt und zerrte mich weiter.

»Einen Hund habe ich nicht erwartet«, wisperte ich mit einer Mischung aus Staunen und Anerkennung. »Was genau habt Ihr unter dem armen Tier versteckt?«

Die Blenderin schenkte mir ein strahlendes, selbstgefälliges Lächeln. »Man geht niemals ohne Waffen auf eine solche Mission, Opal. Lass dir das gesagt sein.«

Es war nicht leicht, bis in die vordersten Reihen vorzudringen. Die beiden Untergebenen der Blenderin konnten uns mit ihrer bedrohlichen Ausstrahlung nicht mehr helfen, und die Zuschauer, die sich bereits einen Platz ergattert hatten, waren bereit, ihn bissig und bis aufs Blut zu verteidigen. Einen Königsgleichen, murrten einige, sah man schließlich nicht alle Tage.

Aber die Blenderin wäre nicht die Blenderin gewesen, wenn sie nicht eine gewisse Ellenbogenfähigkeit besessen hätte, um uns durch die Menge zu schleusen. Wir landeten schließlich unmittelbar vor der magischen Mauer, nicht ganz mittig vor der Bühne, weil wir das Risiko nicht eingehen wollten, in direkter Sichtweite des Königsgleichen zu enden, sondern am linken Rand. Die Blenderin streckte vorsichtig die Hand aus, die nur ein paar Zentimeter vor uns in der Luft hängen blieb. Sie konnte die Grenze im Gegensatz zu mir, die ich schon in der Magie der Verschleierung geübt war, nicht sehen, aber durchaus spüren.

Die magische Grenze wurde auch auf der anderen Seite bewacht. Ich hatte noch nie so viele Dunkeldornmagier auf einem Haufen gesehen wie am heutigen Tag. Viele der in schwarze Umhänge mit goldenen Stickereien eingekleideten Männer und Frauen waren an der Grenze positioniert. Ein leichter Schatten umgab sie – das Dunkeldornpulver entfaltete seine Macht und hüllte sie in ihre Magie ein, mit der sie die Mauer errichtet hatten.

Die Furcht, die ich über dem Ablenkungsmanöver der Blenderin kurz vergessen hatte, war mit einem Schlag wieder da. Was, wenn eine Art Alarmsystem in der Magie eingewoben war? Wenn die anwesenden Dunkeldornmagier es sofort spüren würden, sollte sich jemand an der Grenze zu schaffen machen?

»Alles in Ordnung?«, flüsterte die Blenderin in mein Ohr. »Du siehst aus, als würdest du jeden Moment in Ohnmacht fallen. Untersteh dich!«

»Ich bin nervös«, gab ich zu, auch wenn ich mich noch im selben Augenblick darüber ärgerte, Schwäche zu zeigen.

Doch die Blenderin nickte zufrieden. »Das ist gut. Wer nervös ist, wird nicht unvorsichtig oder zu waghalsig. Eine gesunde Prise Angst schadet nie, pflege ich zu sagen. Sie darf einen nur nicht übermannen. Aber das wird bei dir nicht passieren, Opal.« Ihre Stimme triefte vor Optimismus.

Danke für den Druck.

Noch brauchte ich mir keine Gedanken darüber zu machen, wie ich unbemerkt ein Schlupfloch in die Mauer aus schimmernder Dunkeldornmagie brechen konnte. Das sollte ich erst dann tun, wenn die Menschen so gebannt von der Darbietung des Königsgleichen waren, dass niemand – nicht das gewöhnliche Volk und auch nicht die Dunkeldornmagier – auf mich achten würde.

Wir warteten einige Minuten, während sich immer mehr Menschen in den Park treiben ließen und sich Körper an Körper reihte. Verirrte Hände berührten fremde Haut, hier versehentlich, da aus Absicht, manche raunten einander etwas zu, andere lachten, wieder andere schwiegen, als wären sie bereits von einer feierlichen Laune ergriffen, nur weil der Königsgleiche über denselben grünen Rasen wandelte wie sie alle.

Wenn sie nur wüssten, dass sogar dasselbe gewöhnliche Blut in seinen Adern floss. Menschliches, nichtdunkeldornmagisches Blut. Nichts Außergewöhnliches, nichts Prophezeites.

Aber mir blieb keine Zeit, mir weiter Gedanken über die schuldlose Unwissenheit des Publikums zu machen. Es war so weit. Die wallende Tür des schwarz-goldenen Zelts wurde von einem Uniformierten zurückgeschlagen, und jemand trat in Begleitung von zwei weiteren Uniformierten hinaus.

Nein.

Nicht *jemand.*

Er.

Der Königsgleiche.

Mir stockte unweigerlich der Atem, obgleich ich mich für diese Reaktion hasste. Der Königsgleiche war nicht königsgleich, und genau aus dem Grund, dass er mich – und alle anderen – belogen und betrogen hatte, hatte er meinen Respekt und meine Faszination nicht verdient.

Dennoch stockte mir der Atem, und ich konnte nichts, aber auch gar nichts dagegen tun. Vielleicht, weil er trotz allem doch königsgleich daherkam, weil er aufrecht und stolz über das Gras schritt, weil das Schwarz, das er trug, ihn majestätisch, weil das angedeutete, kühle Lächeln auf seinen Lippen sein Gesicht schöner und ferner und schrecklicher machte.

In diesem Augenblick war er alles, aber nicht gewöhnlich. Ich hatte nur nicht sofort erkannt, wieso das so war, wieso er heute anders wirkte als bei jenen Malen, in denen wir manchmal nur handbreit voneinander entfernt gewesen waren.

Ihn umgab ein Schatten, der ihn größer machte, der aus ihm mehr formte, als er normalerweise war.

Ihn umgab der Schatten der Dunkeldornmagie.

Ich biss mir auf die Lippen, um keinen Laut der Überraschung auszustoßen, der mich womöglich verraten hätte.

Wie zur Hölle war das möglich? Er hatte mir ins Gesicht gesagt, dass er alle nur an der Nase herumführte. Ich wusste, dass er keine Macht über die Dunkeldornmagie besaß, also wie verdammt noch mal war das möglich?

Die beiden Uniformierten blieben vor der hölzernen Bühne stehen, deren Umrandungen mit schwarzen Blumengirlanden aus nichts weniger als dem Dunkeldorn selbst geschmückt waren – vermutlich, um einen zusätzlichen Schutz für den Königsgleichen zu bilden. Der Königsgleiche trat langsam die Stufen hoch. Das ehrfürchtige Murmeln der Menge, das soeben noch geherrscht hatte, ebbte allmählich ab.

Mir fiel erst jetzt auf, dass er keinen Umhang anhatte, wie es unter Dunkeldornmagiern sonst üblich war. Stattdessen trug er nur ein schwarzes Hemd, in dessen Kragen goldene Fäden eingestickt waren, die ihn als einen Dunkeldornmagier auswiesen, obwohl er noch keinen Abschluss an der Universität abgelegt hatte.

Oder hat er das mittlerweile doch? Oder ist er vielleicht so besonders, dass diese Regeln für ihn nicht gelten, wie sie es für alle anderen tun?, dachte ich ironisch.

Aber der leichte Schatten, der ihn wie eine zweite Haut umgab, beunruhigte mich. War das auch Dunkeldornmagie? War es eine Illusion? War es das Werk eines anderen Dunkeldornmagiers? War es jemand der anwesenden Männer und Frauen, die rings um die Bühne verteilt waren, manche, um die Grenze zu bewachen, andere, um das Schauspiel auf den gepolsterten Stühlen inmitten anderer Hochwohlgeborener zu verfolgen? War jemand von ihnen so mächtig, dass er aus der Ferne Dunkeldornmagie auf den Königsgleichen legen konnte?

Das war unmöglich. Aber wie konnte der Königsgleiche dann vor meinen Augen den Schatten kontrollieren?

»Guten Abend, liebe Frauen, Männer und Kinder von Florentia«, sagte der Königsgleiche in die eingetretene Stille. Obwohl er nicht laut sprach, drang seine Stimme mühelos durch den weitläufigen Park, zwischen Bäumen und Blättern hindurch bis in die hintersten Reihen.

War auch das Magie? Aber wenn ja, wessen Magie dann?

»Lange haben wir alle auf diesen Tag gewartet. Auf den Tag, an dem sich zeigen würde, ob die Prophezeiung, die vor so vielen Jahrhunderten gesprochen wurde, sich tatsächlich als wahr erweisen oder ob sie nur das Hirngespinst einer alten

Frau sein würde. Der Tag, an dem ich mich euch, Bewohnerinnen und Bewohner von Florentia, als würdig erweisen und euch einen Beweis erbringen muss, damit wir gemeinsam eine neue Zukunft gestalten können. Der Tag, an dem der erste Nachfahr der Dornenfamilie – gewöhnlichen Menschen, wie ihr es seid – auch Herr über die Dunkeldornmagie sein kann.«

Die anwesenden Dunkeldornmagier, die ich trotz der Dämmerung noch erkennen konnte, verzogen keine Miene. Aber ich wusste, dass einige von ihnen zum Dunklen Rat gehören mussten und ihnen das Reden über eine neue Zukunft sicherlich ganz und gar nicht schmeckte. Hatten sie nicht immer genau davor Angst gehabt? Davor, dass ihnen jemand eines Tages die Herrschaft über Tensia streitig machen würde?

Aber das konnte der Dornenprinz nicht. Er besaß keine Macht. Die Dunkeldornmagier, allen voran der Dunkle Rat, konnten sich unmöglich von einer Illusion täuschen lassen. Was also hatte er vor?

Der Königsgleiche ließ den Blick langsam über die vordersten Reihen schweifen. Bevor er in meine Richtung sah, senkte ich den Kopf, damit man nur meine Hutkrempe erkennen konnte. Er durfte mich nicht ausfindig machen. Er am allerwenigsten von allen.

»Nehmt euch in Acht«, fuhr er noch leiser fort, und der Klang seiner Stimme jagte mir eine unangenehme Gänsehaut über den Körper.

Er zog die nur allzu vertraute Phiole hervor, öffnete den Verschluss und atmete das aufsteigende Pulver ein, das den ohnehin schon bestehenden Schatten um seinen hochgewachsenen Körper sofort verstärkte. Obwohl er um keinen Zentimeter größer geworden war, schien er die ganze Bühne, nein, den gesamten Park mit seiner Präsenz einzunehmen. Er war so fern und doch so nah, dass ich das Gefühl hatte, seinen Atem auf meiner Haut spüren zu können.

Der Königsgleiche schloss die Augen. Ich warf verstohlene Blicke nach rechts und nach links. Überall begegneten mir gebannte Mienen und vor Staunen offene Münder, obgleich der Königsgleiche noch gar nichts getan hatte. Allein seine majestätische Erscheinung und der Schatten, der ihn emporzuheben schien, beeindruckten die Menschen.

Ich richtete den Blick wieder nach vorne. Der Königsgleiche hatte die Arme zunächst locker zu seinen Seiten herabhängen lassen, aber jetzt hob er sie an und legte die beiden Handflächen vor seinem Brustkorb gegeneinander, während seine Lippen tonlos etwas formten, immer und immer wieder dasselbe.

Stille.

Nur ein bisschen Wind.

Keine Magie.

Ich spürte Schadenfreude in mir aufkommen, fühlte mich darin bestätigt, dass er versagen, dass der Mythos um die Prophezeiung sich als heiße Luft entpuppen würde, als jäh ein scharfer Luftzug durch die Bäume schoss und Blütenblätter und lose Gräser aufwirbelte.

Mein Blick heftete sich auf die konzentrierte Miene des Königsgleichen, dessen Lippen sich unablässig und tonlos bewegten. Der Wind wurde stärker und fuhr kalt unter meine Kleidung, wo er sich an meine frierende Haut schmiegte. Ich war nicht die Einzige, die sich die klammen Arme rieb oder sich beunruhigt umsah. Auf den Gesichtern der Umstehenden zeichnete sich eine bange Neugier ab.

Der Schatten um den Königsgleichen war nun gewachsen

und umhüllte ihn wie einen Abgrund aus nachtschwarzer Dunkelheit. Ich musste die Augen zusammenkneifen, damit ich sein Gesicht noch zwischen den wirbelnden Schatten ausmachen konnte.

In diesem Augenblick geschah es: Schreie drangen durch den Park. Der Boden rings um die Bühne knackste vernehmlich. Ein leichtes Beben erschütterte den Untergrund, und die Ersten brachen in Panik aus. Bevor die Menschen einander drängeln und schubsen konnten, gingen die zahlreichen Uniformierten umher und geboten den Vorpreschenden Einhalt. Das alles ist Teil des Spektakels, riefen sie, wir sollten Ruhe bewahren.

Das Beben verstärkte sich vor allem um den Königsgleichen herum. Die Risse im Boden vertieften sich und wurden zugleich länger, zogen sich durch die Stuhlreihen. Einige Dunkeldornmagier mussten aufspringen und ihre Stühle zur Seite schaffen. Die Risse klafften fast eine Handbreit auf und ließen Blicke in die aufgewühlte Erde zu. Mit leisem Knacksen breiteten sie sich bis zur unsichtbaren Grenze aus.

Die Anspannung lag greifbar in der Luft. Ich konnte förmlich riechen, dass die Menschen kurz davor waren, umzudrehen, um zu flüchten und sich dabei in einer Massenpanik gegenseitig über den Haufen zu rennen.

Doch in diesem Moment ließ der beißend kalte Wind nach, und auch das Beben verebbte allmählich. Aus den Rissen im Boden aber wuchs etwas hervor, langsam, sich mit den Bewegungen des Windes emporschleichend.

Bizarrerweise dachte ich angesichts all der Dunkelheit und all der Schatten, dass da nichts Gutes aus dem Boden wachsen konnte, dass es Dämonen oder Monster und fleischfressende Pflanzen sein mussten, die uns gleich allesamt verschlingen würden. Aus der Dunkeldornmagie hatte ich noch nie etwas Gutes emporkommen sehen, wieso sollte es dieses Mal anders sein?

Aber ich lag falsch. Aus der Erde schlängelten sich zarte Pflänzchen, die rasend schnell Blätter und Blüten in den buntesten Farben entfalteten. Und sie waren nicht nur bunt. Sie leuchteten in der einbrechenden Dunkelheit und verwandelten den Park in ein Meer aus Blumen und Lichtern, die aus den Blüten selbst leuchteten.

Das Publikum hatte immer wieder den Atem angehalten – manche der Anwesenden waren mittlerweile vor Anspannung grün im Gesicht –, und diese Nervosität fiel nun langsam von ihnen ab. Der Königsgleiche hatte ihnen etwas Wunderschönes präsentiert, hatte aus dem Riss, der ihnen Angst eingejagt hatte, Blumen hervorgezaubert. Die Ersten begannen zu klatschen, zu jubeln, dem Königsgleichen ihre Begeisterung entgegenzurufen.

In mir jedoch war alles starr. Ich konnte die Magie spüren. Die Magie, die von *ihm* ausging.

»Jetzt, Opal«, sagte die Blenderin. »Das ist der beste Augenblick.« Etwas blitzte zwischen ihren Hemdfalten auf. Sie hatte das Messer aus dem Korb an ihren Körper geschmuggelt.

Sofort waren Panik und Herzrasen wieder da.

Jetzt.

Jetzt war der beste Augenblick.

Ich rückte ein, zwei Schritte nach vorne, bis die unsichtbare Grenze direkt vor meinem Gesicht flimmerte, und streckte meine Hand aus, bis sie nur noch Millimeter von der schwarz schimmernden Schicht entfernt war.

Sofort spürte ich, wie mein Körper auf die Dunkeldornmagie reagierte. Wie sehr würde es mich dieses Mal mitnehmen, wenn ich den Dunkeldorn und seinen Zauber außer Gefecht setzte? Als ich vor einigen Wochen aus der Universität geflohen war, hatte ich mich mit Mühe in ein Waldstück flüchten können, wo ich zusammengebrochen und einige Stunden unfähig gewesen war, irgendetwas zu tun, außer zu atmen. Wellen an Übelkeit hatten mich an den Boden gefesselt, und es hatte mehrere Tage gedauert, bis ich das Gefühl gehabt hatte, den letzten Staubkorn Dunkeldorn aus dem Körper geschwemmt zu haben.

Wenn die Magie hier noch stärker war als jene, die die verborgene Abteilung und die Laborräume abgeschirmt hatte … was würde dann geschehen? Würde ich sterben, wenn ich mich übernahm?

Du hast keine Wahl, Opal. Immer noch nicht. Also hör auf, dir Sorgen zu machen, und tu es!

Die Blenderin hatte sich ein Stück weit von mir entfernt, als hätte sie Angst vor dem, was ich im nächsten Augenblick tun würde. Und sie tat recht daran. Ich atmete ein letztes Mal die blumige Abendluft ein, dann schob ich die Hände noch ein winziges Stück nach vorne, bis ich ein warmes Prickeln an meinen Fingerspitzen wahrnahm. Ich schloss die Augen und blendete die Umgebung aus, konzentrierte mich nur auf die heiße, pulsierende Magie, die für die anderen Menschen kaum mehr als ein Flirren in der Luft war, aber für mich so gewaltig, so gegenwärtig, so … viel.

Nur ein Loch. Nur ein klitzekleines Loch, groß genug, damit die Blenderin unauffällig hindurchschlüpfen konnte. Mehr brauchte es nicht.

Ich fokussierte meine Gabe, von der ich doch fast nichts wusste und die ich nur instinktiv lenken und kontrollieren konnte. Dann war da das vertraute Gefühl, mit dem die

Dunkeldornmagie durch meine Haut in mich floss und sich sich wie giftiger schwarzer Schlamm in mir verteilte.

Ist da schon ein Loch? Ist es genug?

Um mich zu vergewissern, dass mein Gefühl, schon viel zu viel Magie in mich aufgenommen zu haben, der Wahrheit entsprach, öffnete ich die Augen. Tatsächlich war da bereits ein riesiger Spalt vor mir, in dem die Luft selbst für das menschliche Auge weniger dunkel und dicht zu sein schien. Die Blenderin starrte mich mit offenem Mund an, ehe sie die Geistesgegenwart hatte, seitlich hineinzuhuschen.

Niemand bemerkte sie. Die Blicke der anwesenden Dunkeldornmagier und des Königsgleichen ruhten auf mir, denn im Gegensatz zum gewöhnlichen Publikum konnten sie die Bruchstelle, die ich der Barriere zugefügt hatte, spüren.

Einzig und allein auf mir.

Unsere Blicke begegneten sich für einen langen Atemzug. Für einen Atemzug, in dem Zeit und Raum einfach ausgehebelt wurden. Ich konnte all die glühende Wut in seinen hellen Augen sehen, das Staunen, die widerwillige Anerkennung, dass ich ihm die Aufmerksamkeit stahl, all dies und eine brennende Sehnsucht, die mein Herz einen Schlag aussetzen ließ.

Er bewegte die Lippen, und ich konnte die Worte auf ihnen lesen, bevor sie zu mir vordrangen.

Greift. Sie. Euch.

Aber sie alle, der Königsgleiche und die Dunkeldornmagier und sogar ich selbst hatten die Rechnung ohne meine wankelmütige Gabe gemacht. Die Angst, die jäh in mir aufflackerte, als sich die ersten Uniformierten in meine Richtung bewegten, bewirkte etwas.

Sie zerstörte im Takt meines rasenden Herzschlags die unsichtbare Grenze mit einem so lauten Knall, dass die Menschen sich zu Boden warfen oder sich zumindest die Ohren zuhalten mussten. Sie alle brauchten einen Moment, um sich von dem Schrecken zu erholen.

»Verdammt, lasst sie nicht entkommen!«, rief der Königsgleiche, der als Einziger vor Schock und Überraschung nicht überwältigt zu sein schien, mit stahlharter, zorniger Stimme.

Ich nahm die Beine in die Hand.

3

Eine Abmachung ist eine Abmachung

Ich konnte Menschenmengen nicht ausstehen, fühlte mich in ihnen verloren, konnte die Masse an Leibern und oft unangenehmen Gerüchen, an tastenden Händen nicht ertragen. In Elver hatten wir hart arbeiten müssen, doch wenn es uns an eines nicht gemangelt hatte, war es Raum gewesen.

Aber jetzt war der Pulk aus durcheinanderrennenden Menschen meine Rettung. Sie waren wie eine Schutzmauer, die sich stets veränderte und meinen Verfolgern immer neue Hindernisse in den Weg warf. So nahe sie mir in den ersten Augenblicken des Tumults noch gewesen waren, so schnell konnte ich mich in der Masse von ihnen absetzen und mir einen Ausweg bahnen. Das war leichter gesagt als getan, denn die Menschen waren vor Schreck kopflos geworden und drängten alle zeitgleich aus dem Park hinaus. Ich musste höllisch aufpassen, mich nicht umschubsen zu lassen, denn wenn man erst einmal zu Boden gegangen wäre, würden die Leute achtlos über einen hinwegtrampeln. Es war nichts Neues, dass dabei schon Leben verloren wurden.

Einige Male wäre es auch fast passiert: Ich strauchelte so

heftig, weil mir jemand seinen Ellenbogen in die Seite oder den Rücken rammte, sodass ich mich erst im letzten Augenblick fangen konnte. Ich durfte nicht fallen. Ich durfte bloß nicht fallen. Dann würden sie mich kriegen, sofern nicht Hunderte Füße über mich rannten. Sie würden mich kriegen, und das wäre schlimmer, als totgetrampelt zu werden, das ahnte ich instinktiv. Wozu die Universität und der Königsgleiche imstande waren, hatte ich in den Laboren gesehen.

Hatte ich an Julian gesehen.

Es fühlte sich wie eine Ewigkeit an, aber irgendwann hatte ich es aus dem Park herausgeschafft, noch immer in dem Glauben, den Atem der Uniformierten in meinem Nacken zu spüren. Je weiter wir vorankamen, desto mehr verteilten sich die Menschen und ließen sich gegenseitig wieder mehr Raum inmitten ihrer Panik. Mit jedem Schritt, den sie von der zerstörten Grenze und dem Königsgleichen fortkamen, schienen Vernunft und ein gewisses Maß an Ruhe zurückzukehren. Und ich drohte meine Deckung zu verlieren.

Ich wusste nicht, in welche Richtung ich laufen sollte, aber ich wusste, dass ich nicht stehen bleiben durfte, auf gar keinen Fall. Die Uniformierten waren mir noch immer dicht auf den Fersen, und nur ein einziger verschnaufender Atemzug würde mich in die Gefahr bringen, von ihnen eingekesselt zu werden, wenn sie die Straßen fluteten. Also rannte ich weiter, visierte das einzige Ziel an, das ich kannte und das eine Option war.

Die Spelunke der Blenderin.

Sie war mir noch einen Gefallen schuldig.

Ich warf die schwere Holztür hinter mir ins Schloss und japste. Meine Seiten stachen, so schnell war ich durch das

Viertel gerannt. Der Schweiß lief mir über die Stirn, und ich rieb ihn mit dem Ärmel des Kleides ab.

Vic stand am Tresen und starrte mich entgeistert an. »Du siehst aus, als wäre eine Horde Toter hinter dir her«, begrüßte sie mich mürrisch. »Wo hast du die Chefin gelassen?«

Ich zuckte die Schultern, weil ich noch ein paar Mal durchatmen musste, bis ich ein Wort herausbrachte. »Es gab … Komplikationen«, brachte ich zwischen einigen Atemzügen hervor.

»Komplikationen?«, fragte sie misstrauisch. Ihre Hände zuckten, als suchten sie automatisch nach einer Waffe. Sie war loyal, das musste man ihr lassen. So loyal wie unhöflich.

»Nun ja, es gab einen kleinen Tumult. Aber nichts Ernstes«, schob ich nach, als ich ihren entgeisterten Gesichtsausdruck sah. Sie wirkte, als würde sie im nächsten Augenblick aus dem Raum stürzen, um die Blenderin zu suchen. Oder mir an die Gurgel gehen.

»Eine Art Massenpanik. Und die Uniformierten durchkämmen die Stadt. Aber ich bin mir sicher, sie wird bald hier auftauchen. Sie ist ja gewitzt.«

»Natürlich ist sie das«, gab Vic schneidend zurück. »Wieso durchkämmen die Uniformierten die Stadt?«

Weil sie mich suchen.

Aber das konnte ich Vic nicht auf die Nase binden, zumindest nicht jetzt. Sie würde mich den Uniformierten sofort aushändigen, wenn sie glaubte, ich hätte der Blenderin Probleme bereitet. Dessen war ich mir sicher.

»Es gab eine Art Explosion«, murmelte ich und zuckte erneut beiläufig die Schultern. »Wird sich sicher bald beruhigen.«

Vic schien von meinen Ausflüchten nicht überzeugt, aber

zum Glück verschonte sie mich mit weiteren bohrenden Fragen, denn in diesem Moment schwang die Eingangstür auf. Die Blenderin erschien im Türrahmen, und mir schwindelte beinahe vor Erleichterung. Wäre ihr etwas zugestoßen oder hätte man sie verhaftet, wäre alles umsonst gewesen. Und ich hätte meine einzige Verbündete, meinen einzigen Weg in die Universität verloren.

Die Blenderin war ähnlich außer Atem wie ich, hatte aber zugleich ein triumphierendes Lächeln auf den Lippen, das verhinderte, dass mir das Blut in den Adern gefror.

»Wart Ihr erfolgreich?«, fragte ich wie aus der Pistole geschossen.

Sie antwortete nicht sofort, sondern verriegelte erst die Tür hinter sich und kam dann, trotz des Straßendrecks und der grünen Grasflecken auf ihrer Kleidung, lässig auf mich zu.

»Du hast nicht nur die Grenze gesprengt, sondern auch für reichlich Ablenkung gesorgt«, sagte sie. »Tatsächlich war es enttäuschend einfach, einem unachtsamen Dunkeldornmagier die Kette mit seiner Ampulle vom Hals zu nehmen. Ich hätte gedacht, die passen mehr auf ihre Kostbarkeiten auf, aber es schien mir, die hatten mehr Angst, vom Pöbel überrannt zu werden.«

Ihre Hand wanderte in die Hosentasche, und sie zog eine gestohlene Kette heraus. Ihr Lächeln vertiefte sich, als sie den Anhänger mit dem schwarzen Pulver vor unseren Augen baumeln ließ.

»Das wird ein hübsches Sümmchen einbringen«, erklärte sie zufrieden und steckte die Kette dann wieder weg.

Ich nickte, hatte aber kein Interesse daran, was sie mit der Ampulle anstellte. Mich beschäftigte etwas anderes. »Was ist mit der Gegenleistung?«

Die Blenderin neigte den Kopf. Ihre Augen blitzten. »Theoretisch würde mir das Geschäft am meisten bringen, wenn ich jetzt einfach nach draußen auf die Straße treten und nach einem beliebigen Uniformierten rufen würde. Dann hättest du mir gleich doppelten Gewinn eingefahren.«

Ich versteifte mich. »Würdet Ihr das tun, wäre Euer Ruf ruiniert.«

Die Blenderin stand zwischen mir und der Tür und Vic auf meiner anderen Seite zwischen mir und dem Hinterausgang. Ich wusste, dass ich auf das Ehrgefühl der Blenderin angewiesen war, und diese Tatsache erzeugte Ohnmacht in mir.

Die Blenderin lachte und entblößte zwei Reihen gepflegter weißer Zähne. »Mach dir nicht ins Hemd, Opal. Eine Abmachung ist eine Abmachung. Ich habe dir ein Versprechen gegeben. Und natürlich halte ich das. Du sollst deinen Schlüssel für die Universität und das Werkzeug bekommen. Morgen früh werde ich es dir aushändigen. So lange werden meine Männer noch brauchen, um alles aufzutreiben, ohne Aufsehen zu erregen, denn ich denke, es liegt nicht in deinem Interesse, dass die gesamte Universität in Alarmbereitschaft versetzt ist und die Sicherheit verstärkt.«

Es war schwierig, mir die Erleichterung nicht anmerken zu lassen und weiterhin eine regungslose Miene aufzusetzen. Ich war mehrmals knapp meinen Häschern entkommen und wusste nicht, wie lange mir das Glück noch hold war. Daher nickte ich nur.

»Gut. Als Dank für deine Dienste spendiere ich dir noch eine Nacht in deinem Zimmer mitsamt Verpflegung. Morgen, wenn du den Schlüssel hast, verschwindest du dann. Deine Anwesenheit ist ein Risiko für mein Geschäft.«

»Danke für Eure Großzügigkeit«, murmelte ich.

Die Blenderin winkte ab. »Das hat nichts mit Großzügigkeit zu tun, sondern mit einer gesunden geschäftlichen Basis. Wer weiß, vielleicht können wir uns noch einmal gegenseitig von Nutzen sein.«

Damit schritt sie an mir vorbei in ihr Büro, und ich setzte mich zu einer missmutigen Vic an den Tresen, um etwas zu essen, bevor der eigentliche nächtliche Betrieb beginnen würde und ich mich nicht unnötig zu vielen neugierigen Augenpaaren aussetzen durfte.

Zu der Erleichterung, meinen Auftrag glimpflich überstanden zu haben, sowie der Abneigung gegen Vics versalzenen Eintopf gesellte sich allmählich das Grübeln um den nächsten Schritt meines Plans.

Ich kam nun in die Universität hinein. Aber wie zur Hölle kam ich mit Julian wieder *heraus?*

Ich dachte an die Vorführung, deren Zeugin ich am heutigen Abend geworden war. Dachte an die plötzliche Macht des Königsgleichen und die Phiole um seinen Hals.

Und dann reifte in mir eine Idee, die waghalsiger war als alle Ideen, die ich zuvor schon gehabt hatte …

Vielleicht gab es etwas, das Julian noch leichter befreien konnte als ein Schlüssel.

4

Ein schier unmögliches Unterfangen

Die Blenderin sollte Wort halten.

Als ich am nächsten Morgen, lange bevor die Sonne sich am Horizont blicken ließ, von einem lauten Türklopfen aufwachte, stand sie mit einem Schlüssel in der Hand im Flur.

»Das war gar nicht so leicht, wie ich dachte«, begrüßte sie mich, als ich schlaftrunken die Tür öffnete. »Und es wird meine Kontaktperson wohl die Kündigung kosten. Aber wir hatten eine Abmachung, und nun haben wir beide unseren Part des Vertrages erfüllt.«

Sie warf mir den Schlüssel und eine erstaunlich leichte Zange zu. »Und damit muss ich dich auch leider rausschmeißen«, fügte sie mit einem wehmütigen Lächeln hinzu. »Bevor die Versuchung doch noch zu groß wird …«

Weil ich genau wusste, worauf sie abzielte, steckte ich beides hastig ein. »Ich bin in fünf Minuten verschwunden. Patrouillieren Uniformierte auf den Straßen?«

»Hin und wieder. Aber es ist noch dunkel. Das sollte dir einen Vorsprung verschaffen. Bis es hell ist, solltest du aus den umtriebigen Teilen der Stadt verschwunden sein. Nach gestern werden sich viele besser an dich erinnern und zu einem netten Kopfgeld nicht Nein sagen.« Leichte Wehmut schwang in ihrer Stimme mit, die mich dazu antrieb, mich zu beeilen. Ich wollte am Ende nicht riskieren, dass sie es sich doch anders überlegte.

Ich schlüpfte in meine alten Klamotten, verstaute den Schlüssel in meiner Hosentasche, spritzte mir Wasser ins Gesicht – den Luxus würde ich auf der Straße vermissen – und schnappte mir meine wenigen Habseligkeiten.

Die Blenderin wartete im Flur auf mich, als wollte sie sichergehen, dass ich wirklich aus ihrer Spelunke verschwand und keinen Ärger mehr machen konnte. Sie begleitete mich bis nach unten und schloss die mehrfach verriegelte Tür auf. Bevor sie mich nach draußen entließ, streckte sie selbst den Kopf hinaus und hielt nach verdächtigen Personen Ausschau. Als die Luft rein zu sein schien, trat sie zur Seite und nickte.

»Pass auf dich auf, Opal. Lass dich nicht erwischen, sonst würde ich mich ärgern, dass ich mir das nette Sümmchen, das auf dich ausgesetzt ist, doch durch die Lappen habe gehen lassen.«

Ich stieß ein leises Schnauben aus. »Das war die ehrlichste Verabschiedung, die ich jemals bekommen habe.«

Die Blenderin lächelte milde. »Ich wünschte, das könnte ich auch von mir behaupten. Nun aber los, bevor sich die nächste Patrouille sehen lässt.«

Ich ging nicht. Noch nicht. Ich sah der Blenderin fest in die Augen, als ich einen Umschlag aus der Hosentasche zog und ihn ihr reichte. »Ich weiß, dass wir uns nichts mehr schuldig sind. Aber wenn Ihr diesen Brief heute in aller Frühe zur Universität bringen lassen könntet, würde ich in Eurer Schuld stehen. Ihr wisst um meine Gabe als eine von wenigen. Auch wenn heute nach mir gesucht wird, kann in einem Jahr schon alles anders aussehen. Und vielleicht ist eine Schuld bei mir dann verdammt viel wert.«

Die Blenderin blickte auf den Umschlag, den ich ihr entgegenhielt. Für einen entsetzlich langen Augenblick dachte ich, sie würde ihn ausschlagen, aber dann nahm sie ihn wortlos und schob ihn sich in den Ausschnitt.

»Auf Wiedersehen, Opal«, sagte sie leise.

»Auf Wiedersehen. Und grüßt Vic von mir. Ihr Essen schmeckt beschissen.«

Sie lachte, und ich vergewisserte mich noch einmal, dass der Schlüssel an Ort und Stelle war, ehe ich die vermeintlich sicheren Wände der Spelunke hinter mir ließ und in die Dunkelheit trat.

Die Tür hinter mir fiel ins Schloss, und sofort setzte die Rastlosigkeit ein, das Gefühl, der Fuchs in einer berittenen Jagdgesellschaft zu sein und hinter der nächsten Kurve in eine tödliche Falle zu tappen.

Ich musste raus aus der Stadt, ehe die Sonne aufging und mit der Dunkelheit auch der Schleier von meinem Gesicht abfiel.

»Bist du es nicht leid, Opal?«

»Was? Die Hitze?«

»Nein.« Julians Stimme klang ungewöhnlich ernst. Ich kannte ihn nicht ernst. Er war meistens fröhlich. Nicht auf eine laute, alles übertönende Weise, aber auf eine stille, beruhigende, einen leise umhüllende.

»Sondern?«

»Alles. Die Arbeit. Die Gefahr. Die Trostlosigkeit, dass jeder Tag wie der andere ist.«

Ich wusste nicht, wie ich darauf reagieren sollte. Natürlich war ich den Schmutz und Drill und das Brennen des Dunkeldorns leid. Die Verluste, die wir in Elver in jeder Saison erlitten. Aber gehörte das nicht eben dazu? Waren wir nicht genau dafür geboren worden?

»So trostlos sind die Tage doch nicht«, versuchte ich ihn aufzuheitern. »Immerhin wurde ich deinem Block zugeteilt. Also hast du viel zu lachen.« Ich verzog das Gesicht. Dies war mein zweiter Sommer, und als hätte ich alles aus dem ersten verlernt, konnte ich kaum einen Schritt gehen, ohne Wasser aus dem Eimer zu verlieren.

Julian lächelte und stocherte mit dem dürren Zweig im sandigen Boden herum, auf dem wir vor dem Haus seiner Familie saßen und zähes Wachtelfleisch von dünnen Knochen nagten – ein seltener Luxus. Aber ich spürte, dass mein Versuch fehlschlug. Ihm war nicht nach Lachen. Er hing irgendwo in Gedanken fest, die ich nicht erahnen konnte.

»Hast du je darüber nachgedacht, ob das alles stimmt, was sie uns erzählen?«, hakte er irgendwann nach. Nun richtete sich sein Blick auf mich und verhakte sich in meinem.

Mir widerstrebte, das Thema fortzuführen, an dem er sich derart festgebissen hatte. Ich war zufrieden. Wir saßen hier, mit schweren Waden vom Arbeiten und erschöpften Gliedern, aber ich war trotzdem zufrieden, dass wir einfach nur hier zusammen waren. Das taten wir so selten, dass es mir beinahe wie ein festlicher Anlass vorkam. Ich wollte das, was wir, was ich so selten hatte, nicht durch solche ernsten Themen zerstören.

Aber natürlich verstand er das nicht. Vermutlich waren diese Augenblicke für ihn nicht dasselbe wie für mich. Er bewunderte nicht heimlich mein Lächeln auf die Weise, wie ich es bei seinem tat, genoss nicht das Sonnenlicht in meinen Augen wie ich in seinen.

Also warf ich den Knochen neben mich auf die staubige Erde und seufzte. »Natürlich stimmt nicht alles. Aber was ändert das, Julian? Was ändert es, wenn wir uns den Kopf darüber zerbrechen, was wahr ist und was nicht?«

Julian warf mir einen entgeisterten Blick zu. »Das ändert alles, Opal. Einfach alles.«

»Es ändert nur, dass du dich mehr über das Unabänderliche ärgerst.«

Ich traf offenbar einen wunden Punkt, denn Julian schnaubte. »Aber verstehst du nicht, Opal? Mit uns Arbeiterinnen und Arbeitern steht und fällt doch das ganze System. Wenn wir morgen unsere Arbeit auf den Plantagen niederlegen würden, wäre es vorbei mit der Produktion von Dunkeldornpulver. Wenn die vermeintlich so ersetzbaren Feldarbeiter einfach streiken würden, würde alles in sich zusammenbrechen. Und vielleicht würde man uns dann endlich den Wert zusprechen, der uns zusteht. Vielleicht würde man uns vernünftig bezahlen, und es gäbe bessere Bedingungen und …«

»Julian«, unterbrach ich ihn sanft. »Du träumst. Du weißt, dass du träumst, oder?«

Er blickte mich an, als sähe er mich zum ersten Mal in meinem Leben. Der Blick seiner warmen dunklen Augen fixierte mich, während seine Hände sich kurz zu Fäusten ballten und sich dann wieder entspannten.

»Ja«, sagte er leise. »Aber es ist ein schöner Traum.«

Ich rutschte näher zu ihm, wobei mir gleich war, ob meine Hose noch dreckiger wurde. Ich musste sie ohnehin waschen. Vorsichtig griff ich nach seiner Hand. Und obwohl es aufgrund unserer Zusammenarbeit nicht selten vorkam, dass wir einander berührten, war diese Berührung von anderer, seltenerer Natur: Sie war nicht von Notwendigkeit getrieben, sondern von Trost, von Nähe, von dem Willen, einen Augenblick lang Zuneigung zu schenken.

»Ich weiß, Julian. Und vielleicht wird eines Tages alles anders. Vielleicht werden wir irgendwann ohne den Schatten von Peitschen zu den Plantagen gehen. Vielleicht verdienen wir dann gut genug, um unsere alten Großmütter nicht noch arbeiten sehen zu müssen, um unsere jüngeren Geschwister zur Schule zu schicken oder sogar an eine Universität. Vielleicht haben wir dann eine medizinische Versorgung, die ihren Namen verdient, und dürfen uns ein paar Tage Urlaub nehmen. Vielleicht wird es eines Tages einen Morgen geben, an dem wir beide ein letztes Mal auf die Plantagen gehen, weil wir dazu gezwungen werden.«

Julian schaute auf meine Hand, die leicht auf seiner lag, ehe er die eigene umdrehte und meine Finger sanft umschloss. »Ein letztes Mal«, wiederholte er. »Das ist auch ein schöner Traum, den du da spinnst.«

Wir schwiegen beide kurz, ehe wir lächelten.

Am nächsten Tag bröckelte der Traum und war bald in den Hintergrund gerückt.

Aber ganz vergessen hatten wir ihn nie.

Ich hatte es aus der Stadt geschafft, ehe die Sonne aufging. Es war gut gewesen, noch den Mantel der Nacht zu tragen, denn bereits während der Dämmerung war in Florentia so viel Betrieb, dass eine ungesehene Flucht schwierig geworden wäre.

Nun befand ich mich in einem der Waldstücke, welche die Universität umgaben, und traute mich nicht näher an das dunkle Gebäude heran, das dort wie ein verborgener Mond ruhte. Mittlerweile war ich mir sicher, die Professorin wusste, dass Julian und ich uns kannten, vielleicht sogar, dass wir uns nahestanden. Es war also naheliegend, dass sie meine Rückkehr oder einen Befreiungsversuch erwarteten und dagegen mit verschärften Sicherheitsvorkehrungen gerüstet waren. Ich griff in die Hosentasche und umklammerte den Schlüssel. Seine Anwesenheit beruhigte mich. Auch wenn ein weiterer Plan in mir gereift war, so gab er mir Sicherheit. Sollte nicht klappen, was ich mir überlegt hatte, so konnte ich mit ihm einen neuen Versuch wagen.

Ich kämpfte mich tiefer in das Waldgebiet vor, in dem die Natur größtenteils unberührt war und es keine menschengemachten Wege gab, nicht einmal Trampelpfade. Hier reihte sich nur Baum an Baum, riesige Wurzeln kreuzten meine Route, und kleines Getier flitzte durch das Unterholz, wenn ich ihm zu dicht auf die Pelle rückte. Nicht unweit hörte ich das manchmal wilde, aber heute trügerisch friedliche Rauschen von Sharza, dem Schlaflosen.

Ich war hier nicht sicher, das wusste ich. Aber zumindest ein paar Stunden konnte ich ausharren und warten.

Warten, ob ich das erneute Risiko, das ich eingegangen war, bereuen würde und ob die Blenderin meinen Brief so schnell weitergegeben hatte, wie ich sie gebeten hatte.

Du bist zu waghalsig, Opal. Das hier ist dein sicheres Todesur-

teil. Da hättest du gleich bei Julian in der Zelle bleiben können, das hätte am Ende denselben Effekt gehabt.

Ich sank zu Boden und lehnte mich gegen eine dicke Eiche, die dreimal so breit war wie ich. Die harte Rinde bohrte sich mit ihren kantigen Konturen in meinen Rücken, als ich die Augen schloss und die nächsten Schritte im Geiste durchging. Ich versuchte, die Furcht im Zaum zu halten.

Denn ich durfte keine Furcht haben. Ich musste all meine Stärke sammeln, um dieses Hindernis zu überwinden. Die unsichtbare Grenze im Park zu durchbrechen, war nichts gegen das, was noch kommen würde und wozu ich jetzt in der Lage sein müsste. Die magische Herausforderung war viel größer.

Ein letztes Mal. Ein letztes Mal. Ein letztes Mal.

Wie ein kleines Gedicht sagte ich diesen, nein, *unseren* Spruch im Kopf auf, mit dem ich mir selbst, eingefärbt in den Klang von Julians Stimme, Mut zusprechen wollte.

Ein.

Letztes.

Mal.

»Ich bin mir nicht sicher, ob ich enttäuscht oder beeindruckt sein soll.«

Wie immer war er leise herangeschlichen, als wäre er ein Jäger auf der Pirsch und ich seine Beute, und vermutlich war es genau so. Und nun, da er den Schatten des Dunkeldorns, die Dunkeldornmagie, beherrschte, konnte er alles sein.

Unhörbar. Unsichtbar.

Alles.

Ich öffnete die Augen, und für einen Atemzug war da nichts außer uns beiden und einer Krähe, die über unseren Köpfen heiser krächzte, ehe sie davonflatterte, als könnte sie die Finsternis des Königsgleichen bereits erahnen. Als würde selbst der Vogel damit nichts am Hut haben wollen.

»Da stellen wir uns dieselbe Frage.«

Der Königsgleiche zog eine Augenbraue hoch, während ich mich verstohlen umsah. Er schien allein gekommen zu sein, ganz, wie ich gebeten hatte. Aber das bedeutete nicht, dass hinter dem nächsten Gebüsch oder weiter entfernten Baumstämmen nicht ein halbes Heer an Uniformierten lauerte, die nur auf seinen Befehl warteten, mich festzunehmen oder einfach zu erschießen.

Mein Blick wanderte zu ihm zurück. Nun, da uns nicht so viele Schritte voneinander trennten wie am Vorabend, konnte ich sehen, wie sehr er sich in den letzten Wochen verändert hatte. Hatte er jemals auch nur annähernd wie ein gewöhnlicher Studierender gewirkt, so hatte sich dieser Eindruck nun vollends verloren. Er schien älter geworden zu sein; nicht vom Aussehen, denn er wirkte jung und war auf eine kühle Weise schön, aber da war ein neuartiges Wissen in seinen Augen, das ihm etwas Zeitloses verlieh.

Vielleicht war das der Preis, den er für seine Dunkeldornmagie zahlen musste.

»Hier bin ich also. Was ist so dringend, dass wir es unter vier Augen besprechen müssen, Opal?« Seine Stimme war so kalt, wie ich sie von unserem letzten Treffen im Gewächshaus in Erinnerung hatte. »Dir muss doch klar sein, dass ich dich nach diesem Gespräch nicht wieder gehen lassen werde.«

»Natürlich ist mir das klar.« Unter dem misstrauischen Blick des Königsgleichen stemmte ich mich mit langsamen Bewegungen, um ihn nicht zu etwas Unüberlegtem zu verleiten, vom Boden hoch und klopfte mir die Erde von der Hose.

»Also?«

»Ich wollte Euch gratulieren, Eure Hoheit«, sagte ich sanft und machte einen Schritt auf ihn zu. Sofort war ein lauernder Ausdruck in seinen hellen Augen. Aber da war auch etwas anderes. Etwas, das wir beide kannten. Etwas, das mich hierhin getrieben hatte.

»Ach, das wolltest du?« Ironie schwang in seinen Worten mit.

»Ja. Ihr – oder war es vielmehr die Professorin, die in all der Zeit mit Euch unter einer Decke steckte? Jedenfalls wart Ihr erfolgreich darin, ein Dunkeldornpulver herzustellen, mit dem auch Ihr als Nichtmagischer Dunkeldornmagie wirken könnt. Ich war bei Eurer Vorstellung anwesend, aber das wisst Ihr ja bereits.« Ich ging noch einen weiteren Schritt auf ihn zu, spürte dann aber sofort, dass es genug war. Ein dritter noch, und er würde etwas tun, das mir nicht gefallen würde.

»Du hast für Unruhen gesorgt.« Missbilligung schwang in seinen Worten mit, die mich zum Lächeln brachten.

»Habe ich Euch die Aufmerksamkeit der anderen gestohlen?«

»Ich glaube nicht, dass ich mich dazu herablassen würde, dir etwas Derartiges zu gestehen, Opal.«

Ich senkte scheinbar unterwürfig den Blick. »Natürlich nicht. Ihr lasst Euch von niemandem in die Karten schauen, nicht wahr?«

Er schwieg einen kurzen Moment, ehe er mit den Schultern zuckte. Die feinen Goldfäden in seinem knielangen schwarzen Mantel schimmerten in der Sonne. »Du bist nicht hier, um mir zu gratulieren, machen wir uns nichts vor. Aber ich muss gestehen, dass ich neugierig bin, wieso du in eine derart offenkundige Falle wie diese hier tappst.«

Das Blut rauschte in meinen Ohren; lauter als der Wind

zwischen den Bäumen, lauter als die Blätter, lauter als die Vogelgesänge in den Kronen über uns. »Weil ich müde bin. Ich bin müde, wegzulaufen. Müde, vor Euch zu fliehen. Und ich habe unsere Begegnungen nicht vergessen. Keine einzelne.«

Der Königsgleiche verstand sein Handwerk gut. Keine emotionale Regung ließ mich wissen, wie er meine Worte aufnahm, ob sie ihn überhaupt erreichten, ob es irgendeinen kleinen Teil in ihm gab, der dafür empfänglich war.

»Ich bin es leid, Ivar.« Ich hatte noch nie seinen Namen laut ausgesprochen. Und nun fühlte er sich fremd auf meinen Lippen an, aber auch wie eine Brücke über einen unüberwindbaren, reißenden Strom.

In seinen hellen Augen blitzte etwas auf. Überraschung? Zorn? Ging ich zu weit? Nahm ich mir zu viele Anmaßungen heraus?

»Du bist aus freien Stücken weggelaufen.« Seine Stimme klang für Außenstehende kontrolliert, doch ich kannte ihn gut genug, um das kaum merkliche Beben wahrzunehmen.

»Ihr wolltet mich benutzen«, wies ich ihn zurecht. »Ihr habt mir etwas vorgespielt. Ihr habt mir keine Wahl gelassen. Ihr und die Professorin.«

Nun war er derjenige, der die Distanz zwischen uns verringerte, bis uns nur noch eine Armlänge voneinander trennte. Ihn umgab der Geruch des Dunkeldorns, der seinen eigenen fast vollständig überdeckte. Aber ganz wenig von ihm, ein winziger Hauch, war noch da.

Ein seltsamer Gedanke umspielte mich plötzlich wie ein zaudernder Schmetterling. Ich fragte mich unweigerlich, wie unser Leben wohl verlaufen wäre, wenn es keine Dunkeldornmagie, keine Königsfamilie, keinen Ehrgeiz und keine schwer deutbare Prophezeiung gegeben hätte. Wenn der Königsgleiche nur Ivar gewesen wäre und ich niemand, der den Dunkeldorn neutralisieren konnte … Wie würden wir dann in diesem Augenblick voreinander stehen? War die Verbindung, die wir zueinander hatten, auch nur annähernd echt, oder war sie einzig und allein aus diesen Faktoren geboren, die unsere Schicksale zusammengeführt hatten?

»Du hast es nicht verstanden, Opal. Du hast nicht verstanden, dass es nicht um dich oder mich oder um die Professorin geht, sondern um das große Ganze. Um meine Pläne für die Zukunft Tensias. Ich muss das Land aus den Klauen des Dunklen Rates befreien, bevor es an den Ewiggestrigen verrottet und vor sich hin darbt.«

Ich wagte einen weiteren Schritt, so klitzeklein, dass man seiner kaum gewahr wurde. »Hattet Ihr kein Vertrauen in mich? Oder sind Eure Pläne so finster, dass Ihr annahmt, ich könnte mich nicht für sie erwärmen?«

Der Königsgleiche neigte den Kopf, um mir in die Augen sehen zu können. Sein Blick wanderte langsam über mein Gesicht. Es dauerte eine Weile, bis der sonst so redegewandte junge Mann antwortete, als wäre er sich selbst nicht sicher, ob es auf meine Frage eine angemessene Antwort gäbe. »Ich habe nur Vertrauen in mich selbst, Opal. Aber ich hatte etwas anderes für uns: Visionen. Großartige Visionen. Du hättest mir helfen können, dem Dunklen Rat seine Macht zu entziehen. Nein, du *wirst* mir dabei helfen.«

Ich unterbrach den Blickkontakt nicht, auch wenn ich ihn kaum ertrug. So viel Härte, so viel eisernen Willen, der fast schon an Wahn grenzte, hatte ich noch nie in den Augen des Königsgleichen gesehen. »Tue ich das freiwillig oder unter Zwang?«

»Das obliegt allein dir. Ich bevorzuge, wenn du dich mir aus freien Stücken anschließt, aber ich werde nicht zögern, deine Fähigkeiten auch ohne deine Zustimmung zu nutzen.«

Er musste nicht erwähnen, mit welchem Druckmittel er das tun würde. Wir wussten es beide, auch ohne dass es laut ausgesprochen wurde. Das Druckmittel, das mich so dicht an die Universität hatte heranwagen, das mich in einen Zirkel aus Uniformierten und einen Scharlatan, der nun doch keiner mehr war, hatte hineinmanövrieren lassen.

»Erinnert Ihr Euch daran, was Ihr zu mir sagtet?«

Er zögerte. »Wir haben viel gesagt. Was genau meinst du?«

Ich legte den Kopf in den Nacken, um ihn besser ansehen zu können. »Ihr sagtet: *Du und ich, wir können alles schaffen.* Das waren Eure Worte«, flüsterte ich. »Sie haben sich in mir eingebrannt. Sie klangen nach gemeinsamen Plänen. Nach Zusammenarbeit. Nach Träumen der guten Art.«

Der Königsgleiche schien zunächst etwas Bissiges erwidern zu wollen, aber stattdessen hob er die Hände, die er bis dahin in seinen Manteltaschen verborgen gehalten hatte, zu einer abwehrenden, fast resignierten Geste. »Ich habe dich nicht angelogen, Opal, falls du mir das vorwerfen willst. Ich meinte jedes Wort genau so, wie ich es gesagt habe.«

Die Sonne war mittlerweile so hoch emporgestiegen, dass sie nun die Kronen der Bäume erreicht hatte und ihre Strahlen durch die Zweige und Blätter drangen. Ihr Licht berührte den Königsgleichen und prallte zugleich an ihm ab, als wüsste sie nicht so recht, was sie mit ihm und dem feinen Staubschatten anfangen sollte.

Nie hatte der Königsgleiche mehr wie er selbst ausgesehen als in diesem Moment, als Licht und Dunkelheit gleichermaßen an ihm zerrten. Mir wollte das Herz brechen, weil der Anblick so schön und gewaltig und schrecklich zugleich war.

Noch ein Schritt.

Und noch einer.

Einer noch.

Nähe.

So viel Nähe wie in dem Haus damals, ja damals vor einer Ewigkeit, als wir einander Geheimnisse anvertraut hatten und doch voller Misstrauen gewesen waren, voller Hintergedanken, voller unausgesprochener Sehnsüchte. Was davon war echt gewesen und was eine Lüge? Woran konnte ich anknüpfen? Konnte ich es überhaupt, oder war schon lange verloren, was wir hatten, nein, was wir hätten haben können?

»Habt Ihr das?«, fragte ich leise. »Habt Ihr das wirklich?«

Ich konnte seinen Atem spüren, seinen ruhigen, gepressten Atem, der sich in meinen Haaren verfing. Sein Blick bohrte sich so fest in meinen, als wollte er mein Innerstes auseinandernehmen. Als wollte er in mir drin die Wahrheit finden und den letzten Zweifel in Bezug auf meine Motivation, hier vor ihm zu stehen, beseitigen.

Ich konnte sehen, dass er es wollte. Er *wollte* mir glauben. Er wollte, dass ich freiwillig hier war. Hier bei ihm.

Er und ich.

Alles.

Wir könnten alles sein.

Der Atemzug, in dem sich unsere Blicke ineinander verhakt hatten, dehnte sich zu einer Unendlichkeit aus. Niemand wagte es, sie durch Worte zu zerstören.

Niemand wagte es, zumindest gerade jetzt, den anderen zu zerstören.

Uns zu zerstören.

Aber dann brach die Stille. Der Königsgleiche brach sie, zerstörte sie mit einer Monumentalität, die mich beinahe von den Füßen geworfen hätte. Mit dem nächsten Wimpernschlag spürte ich die Rinde der Eiche in meinem Rücken, und doch war es nur ein loser Gedanke, den ich an sie verschwendete.

Der Königsgleiche hielt mit seinen Händen meine Hüften umfasst, als sich seine Lippen auf meine senkten. Es war kein zarter Kuss, er war nicht vorsichtig und tastend, sondern brutal und verzweifelt, und aus ihm brach alles raus, was wir zurückgehalten, worüber wir nur in Gedanken gesprochen hatten, niemals vor dem anderen. Ich konnte seine Dunkelheit schmecken, und vielleicht, vielleicht konnte er auch meine schmecken. Ich hatte so viel Dunkeldorn, so viel Dunkelheit in mich aufgenommen, die sonst niemand sehen konnte, nur er.

Ich schlang die Arme um seinen Hals. Sein Körper war trotz des offenen Mantels, trotz der beginnenden Hitze kühl. Die Dunkeldornmagie zehrte an ihm. Oh, wie sehr sie an ihm zehrte, bemerkte er das nicht?

Seine Hände glitten suchend über meinen Körper und hielten an jeder Stelle inne, wo sie freie Haut berühren konnten. Er drängte mich dichter an den Baum, während er den Kuss vertiefte und meine Lippen mit seiner drängenden Zunge teilte. Ich schmeckte nicht nur die Dunkelheit. Ich schmeckte auch die Magie in ihm, die wie ein süßes Gift auf meinen Lippen brannte. Aber der Schmerz ließ mich nicht zurückschrecken, im Gegenteil. Ich ließ mich fallen. Hinein in den Schmerz, hinein in Hitze, in Leidenschaft, in die Hände des Königsgleichen.

Für einen schwerelosen Moment gönnte ich mir einen kurzen Einblick in das, was hätte sein können.

Meine Finger wanderten über den Stoff des Mantels nach unten, über seine Schultern bis hin zu seiner Brust, in der sein Herz genauso schnell schlug wie meins und unter meinen Fingerspitzen zu zerbersten drohte. Ich suchte bloße Haut, keinen Stoff, sondern echte Wärme. Die Lippen des Königsgleichen hatten sich von meinen gelöst und mich atemlos zurückgelassen, wanderten nun über mein Kinn, meinen Wangenknochen zu meinem Ohr, wo sein warmer Atem mir einen Schauer über den Rücken jagte.

Endlich und gerade rechtzeitig, bevor ich mich selbst verlieren und vergessen konnte, warum ich das hier tat, ertastete ich etwas Kaltes, Glattes unter meinen Fingerkuppen. Vielleicht konnte ich das hier wirklich ohne einen Einbruch in die Universität durchziehen.

Ich zerdrückte das fragile Glas. Glassplitter bohrten sich in meine Hand und ließen Blut fließen.

Dann stieg ein schwarzer Schatten auf.

Ich atmete ihn ein.

Und in mir machte sich Zerstörung breit.

5

ZERSTÖRUNG

Es fühlte sich falsch an.

Alles fühlte sich falsch an.

Ich hätte dieses Zeug niemals inhalieren dürfen, das begriff ich sofort. Ich war nicht dazu gemacht, das verarbeitete Pulver einzuatmen, dieses verdammte, manipulierte Zeug, das die Professorin und ihr Kollegium erschaffen hatten.

Am liebsten hätte ich es ausgekotzt, aber es war zu spät, es wühlte sich bereits durch meinen Körper, als wollte es mich von innen heraus versengen. Ich glaubte, meine Muskeln nicht mehr unter Kontrolle zu haben. Ich bebte.

Nein, ich wurde geschüttelt. Wie durch einen Schleier sah ich den zornigen Gesichtsausdruck des Königsgleichen, der mich an den Schultern gepackt hatte und schüttelte.

»Bist du von Sinnen?! Warum hast du das verdammt noch mal getan?« Er schien zu brüllen, doch seine Stimme kam lediglich gedämpft bei mir an, als würde sie von einer Decke abgeschirmt. War er nur wütend? Oder war er besorgt? Hatte er Angst?

Meine Kehle stand in Flammen. Es war genau wie damals in Elver, als die Blüte jeden dahingerafft hatte. Alles stand in Flammen.

In mir wütete eine Feuerwalze.

»Was Ihr könnt, kann ich schon lange«, presste ich hervor. »Fühlt es sich für Euch genauso an, Königsgleicher? Wenn Ihr Dunkeldornmagie benutzt, die nicht für Euch bestimmt ist?«

Er musste diese Frage nicht bejahen. Das Entsetzen auf seinem Gesicht reichte mir.

»Ihr seid ein Scharlatan«, wisperte ich. »Auch wenn Ihr glaubt, mithilfe der Wissenschaft die Kunst der Dunkeldornmagie zu beherrschen, werdet Ihr immer ein Scharlatan bleiben.«

Er wich vor mir zurück, als hätte er sich an mir verbrannt. In seinen Augen loderte eine unsägliche Wut, aber auch Schmerz.

»Verrat fühlt sich hässlich an, nicht wahr?« Ich wollte Triumph empfinden. Triumph darüber, ihn dieses Mal geschlagen und seiner Macht beraubt zu haben. Aber ich konnte es nicht. Sein Geschmack haftete noch an meinen Lippen. Und in mir war alles vergiftet und verdorben, als wäre ich kurz vor dem Verrotten. Das war nicht richtig. Nichts davon war richtig.

Das war keine echte Dunkeldornmagie, niemals. Oder sie war noch verdorbener, als ich sie mir jemals vorgestellt hatte.

Ich versuchte, mich zu fokussieren. Hob die Hand, die – wie der Rest meines Körpers – von diesem schwarzen Nebel umgeben war.

»Ich werde jetzt die Uniformierten rufen«, sagte der Königsgleiche warnend.

In mir glomm Wut auf, eine Wut, wie ich sie noch nie erlebt hatte. Sie war so finster wie meine dunkelsten Gedanken, jene Gedanken, derentwegen man sich manchmal vor sich selbst schämte. War das noch ich, oder war das schon die

Dunkeldornmagie, die mich zu einem Menschen verzerrte, der ich nicht sein wollte?

»Wenn Ihr das tut, werde ich alles und jeden vernichten, der sich mir in den Weg stellt.«

Der Königsgleiche hatte weiter den Rückzug angetreten. Ich musste ihm zugutehalten: Wenn er Angst hatte, so zeigte er sie nicht.

»Du hast nie gelernt, wie man Dunkeldornmagie beherrscht, Opal. Ich schon. Du kannst sie nicht kontrollieren.«

Ich zwang ihn, meinem Blick nicht auszuweichen. »Ich muss sie nicht kontrollieren, um Zerstörung anzurichten.«

Instinktiv spürte ich, dass ich das konnte: Zerstörung anrichten. Unsäglich viel davon. Und zugleich wehrte sich meine natürliche Gabe gegen die Dunkeldornmagie. Es war, als brannten zwei Feuer in mir, eines aus Flammen und eines aus Eis, und beide stießen mit einer Heftigkeit gegeneinander, die mich fast zerriss.

Nun flackerte doch etwas in seinen Augen auf. Er stieß einen wenig königlichen Fluch aus. Wo ihn eben noch selbst die Schatten des Dunkeldorns umgeben hatten, war nun nur mehr seine sterbliche Hülle übrig.

»Bleibt stehen«, sagte ich fest, als er Anstalten machte, sich von mir abzuwenden. Und obwohl ich so gedämpft sprach, zuckten wir beide zusammen. Meine Stimme schien durch den ganzen Wald zu schallen. Sie war überall, hing in den Bäumen, in den Ästen und fiel zugleich wie Donner vom Himmel. Am liebsten hätte ich mir die Ohren zugehalten.

Der Königsgleiche wandte sich wieder zu mir um. Seine Hände waren zu Fäusten geballt. Er machte sich nun keine Mühe mehr, seine grenzenlose Wut im Zaum zu halten.

»Was hast du vor?«, fragte er in demselben kalten Ton, mit dem er im Gewächshaus zu mir gesprochen hatte. »Willst du mich jetzt umbringen? Rache nehmen?«

Ich schüttelte den Kopf. »Glaubt Ihr das wirklich? Dass ich das will? Dass ich deswegen hier bin?«

Aber eine flüsternde Stimme in mir war seiner Ansicht. Eine Stimme, die immer lauter wurde, bis sie brüllte. Etwas Dunkles, Vergiftetes raunte mir zu, dass er es doch verdient hatte, dass er alles und jeden getäuscht und benutzt hatte, um sich selbst zu etwas Besserem zu erheben. Hatte er es nicht verdient? Hatte er es nicht verdient, zu sterben? Waren er und seinesgleichen nicht der Grund dafür, dass all meine Liebsten tot waren, dass meine Heimat unwiederbringlich dem Erdboden gleichgemacht war, weil er und die Professorin ein paar Experimente durchführen wollten, um ihre eigenen Machtgelüste zu befriedigen?

Zweifel schimmerte in den Augen des Königsgleichen. Sah er diese alles umschlingende Wut auf meinem Gesicht? Hatte er jetzt doch Angst? Fraß sie sich in seine Eingeweide?

»Vielleicht. Ich weiß, was die Dunkeldornmagie mit einem macht. Sie ruft das Dunkelste in einem wach. Aber im Gegensatz zu mir ist viel Gutes in dir, Opal.«

Stimmte das? Alles in mir fühlte sich schwarz an. Finster, als würde es nie wieder taghell werden, als wäre die Sonne von einem schwarzen Schleier geschluckt, als wäre alle Farbe aufgesogen worden.

Nein.

Nein.

Es geht nicht um ihn.

Es geht um Julian.

Ich drückte diesen hell brennenden Zorn nieder, der sich

durch meine Adern schlängelte und mich aufstachelte, den Wald und den Königsgleichen und dieses verhasste Gebäude in der Ferne in Schutt und Asche zu legen.

Es. Geht. Um. Julian. Deswegen bist du hier. Nur deswegen.

»Ihr werdet mich zur Universität bringen«, presste ich zischend hervor. »Und dort werdet Ihr Julian herausbringen lassen.«

Der Königsgleiche zog eine Augenbraue hoch. »Und wenn nicht?«

»Dann habe ich keinen Grund, Euch nicht zu töten.«

Der Königsgleiche zögerte. »Du würdest mich wirklich töten?«, fragte er leise.

»Ja, das würde ich.«

Ich sagte es ohne Nachdruck, aber mit so viel Kälte in der Stimme, dass er mir Glauben schenkte. Julian war das Einzige, was mich noch an Glück, Heimat und einen vertrauten Platz in dieser Welt erinnerte. Ohne ihn hatte ich nichts mehr zu verlieren.

»In Ordnung«, sagte der Königsgleiche ruhig. »Dann lass uns gehen. Nur du und ich.«

Ich nickte bloß. Mir war so übel, dass ich glaubte, mich übergeben zu müssen. Der Königsgleiche hatte recht: Ich war nicht im Umgang mit dem Dunkeldornpulver geübt. Nur weil es so manipuliert war, dass ich es in der Theorie nutzen konnte, war es doch nicht natürlich, nicht gewollt. Und meine eigene Gabe kämpfte dagegen an.

»Geht voraus«, befahl ich. »Ich will Euch im Blick behalten.«

Ohne Hast drehte der Königsgleiche sich um und durchquerte vor mir den Wald bis zur Universität. Ich musste mich zwingen, ihn zu beobachten, denn meine Sinne waren damit überfordert, den unebenen Weg ohne Stolpern zu beschreiten, dem Flüstern der Dunkelheit in meinem Kopf zu widerstehen und zugleich alle möglichen Fallen, in die der Königsgleiche mich führen könnte, vorherzusehen.

Ich fragte mich außerdem, wie lange die Wirkung des Dunkeldornpulvers wohl anhalten würde. Der Schatten, welcher den Königsgleichen umgeben hatte, war inzwischen verblasst, sodass ich davon ausging, dass ihn der letzte Funke Dunkeldornmagie verlassen hatte und er mich nicht im nächsten Moment attackieren konnte. Nur deswegen hatte er vermutlich neben der aufgebrauchten Ampulle eine weitere gefüllte als Notfallration um den Hals getragen: weil die Wirkung nicht lange anzuhalten schien.

Nach einigen Minuten strammen Fußmarsches erhoben sich die schwarzen Mauern der Universität zwischen den Bäumen und ließen bald den Blick frei für die Bauwerke dahinter. Es fühlte sich seltsam an, noch einmal den Fuß auf das Pflaster vor den drei Gebäudekomplexen zu setzen. Dieses Mal war es kein vorübergehendes Zuhause wie zu der Zeit, als die Professorin mich hergebracht hatte, sondern viel eher ein Minenfeld, in dem mich ein einziger, falsch gesetzter Schritt das Leben kosten könnte.

Als wir nicht mehr weit vom Eingangstor entfernt waren und ich bemerkte, dass die Uniformierten, die dort Wache hielten, unruhig wurden und sich etwas zuriefen, blieb ich stehen.

»Wartet«, sagte ich zum Königsgleichen, der nur wenige Schritte vor mir ging.

Er drehte sich halb zu mir um, die Lippen fest zusammengepresst und das Gesicht missbilligend verzogen. »Was ist jetzt?«

»Sagt ihnen, sie sollen Julian nach draußen bringen.«

Der Königsgleiche schüttelte den Kopf. »Ich kann nicht …«

»Ihr *werdet*«, unterbrach ich ihn zischend. Sofort war dieser allmächtige Zorn wieder gegenwärtig und drohte überzukochen. »Oder ich bringe dasselbe Maß an Zerstörung über diesen Platz, für das Ihr und Eure Komplizin in Elvers verantwortlich seid. Wünscht Ihr das?«

»Ich kann dir nur raten, das nicht zu tun, Opal. Julian ist in seinem Zustand hier in besseren Händen, wir können für ihn sorgen, und es wäre klug, wenn …«

»Lasst. Ihn. Sofort. Bringen.«

Der Königsgleiche stieß einen lauten Seufzer aus, der seine Meinung über meinen Befehl deutlich zum Ausdruck brachte.

»Schön«, sagte er säuerlich und rief den Uniformierten zu, dass sie den verlangten Gefangenen sofort nach draußen führen sollten. Wieder tuschelten die Wachen miteinander, was meine Anspannung steigerte.

»Was ist los?«, wollte ich wissen.

»Nun ja, deine Bitte könnte etwas schwierig auszuführen sein.« Plötzlich zeichnete sich Müdigkeit auf seiner Miene ab.

»Wieso?«

Er zuckte die Schultern. »Wirst du gleich sehen.«

Ich kniff die Augen zusammen, schluckte eine Erwiderung hinunter. Ich wollte mich nicht mit dem Königsgleichen unterhalten, nicht jetzt, da wir uns so nahegekommen waren und ich wegen des Dunkeldornpulvers nicht ich selbst war. Mein Herz raste, Schweiß klebte an mir, meine Haut fühlte sich an, als wäre sie von einem frischen Sonnenbrand feuerrot und empfindlich. Mein Körper wehrte sich gegen das Gift in mir. Wie lange dieser Zustand wohl anhalten würde? Ich hatte Angst, dass der schwarze Nebel um mich herum im nächsten

Moment versiegen und ich dem Königsgleichen und seinen Schergen dann hilflos ausgeliefert sein würde. Oder dass er andererseits zunahm und ich die Kontrolle über mich und die Dunkeldornmagie verlor, die unter meiner Haut darauf pochte, von der Leine gelassen zu werden.

Dann verschwand einer der Uniformierten im Lehrtrakt. Vor den einzelnen Gebäuden hatten sich in sicherer Entfernung Menschentrauben versammelt, die zu uns, die wir vor dem Haupttor standen, herüberstarrten. Auch hinter den Fensterscheiben wurden Vorhänge zur Seite geschoben, sodass neugierige Mienen zum Vorschein kamen.

Und obwohl es sich wie eine Ewigkeit anfühlte, in der mein Kopf rauschte und mir bösartige Dinge zuwisperte, in der meine Venen mit flüssiger Lava durchflutet wurden und ich am liebsten einfach weggelaufen wäre, um mich irgendwo an einem geschützten Ort zusammenzurollen, bis dieses Gift endlich aus meinen Gliedern verschwunden war, hielt ich durch.

Ich hielt durch, bis die Doppelflügeltüren aufgerissen wurden und vier Männer heraustraten.

Drei Männer in Uniformen, die einen vierten festhielten, der sich mit Händen und Füßen gegen sie zur Wehr setzte, der trat, um sich schlug und mit heiserer Stimme brüllte wie ein wildes Tier.

Julian.

Seinetwegen gelang es mir, aus diesem schwarz umnebelten Tunnel auszubrechen und all meine Sinne auf ihn zu richten.

Julian.

Aber so viel an ihm hatte sich verändert, seit ich ihn hatte zurücklassen müssen.

So viel.

In so kurzer Zeit.

»Ihr seid ein Ungeheuer«, flüsterte ich. Meine Stimme bebte. »Was habt Ihr ihm alles angetan?«

Der Königsgleiche trat unbehaglich von einem Fuß auf den anderen. Immerhin besaß er den Respekt, nicht auszuweichen oder sich in Ausreden zu flüchten. »Es wurden keine weiteren Experimente an ihm durchgeführt, falls es das ist, was du wissen willst.«

»Und warum ist er dann wie von Sinnen?«

»Weil du ihn zurückgelassen hast.«

Ich zuckte zurück. Die Pfeilspitze fand ihren Weg tief in mein Herz.

»Bin ich jetzt noch deine Geisel, oder darf ich gehen?«, fragte der Königsgleiche spöttisch.

»Ihr dürft gehen, wenn ich es erlaube«, zischte ich. Mein Atem ging gepresst.

Als ich den Blick zum Königsgleichen wandern ließ, sah ich zum ersten Mal Furcht in seiner Miene. Der schwarze Nebel um mich herum war dichter, wabernder geworden. In meinen Augen brannte es. Am liebsten hätte ich einen Blitz vom Himmel gerufen, der ihn auf der Stelle niedergestreckt hätte. Meine Hände zitterten. In mir war Mordlust, pure, unbändige Mordlust.

Mein Blick glitt zu Julian zurück, der die drei Uniformierten ins Schwitzen brachte, während sie sich alle Mühe gaben, ihn in Schach zu halten.

»Was seid ihr alle nur für Ungeheuer«, wiederholte ich wütend.

Der Königsgleiche nickte. »Mag sein, dass wir welche sind. Aber wenn ich einen Spiegel zur Hand hätte, würde ich ihn dir jetzt vors Gesicht halten.«

Ich stieß pfeifend einen Atemstoß aus. Natürlich hatte er recht. In diesem Augenblick drohte ich ihm und allen Anwesenden mit Zerstörung. Ich war willens, bis zum Äußersten zu gehen, sollten sie Julian auch nur noch ein einziges Mal anrühren.

Die drei Uniformierten schlossen nun mit Julian zu uns auf. Je dichter sie an das Haupttor kamen, desto schwärzer wurde der Nebel um mich, desto giftiger meine Gedanken.

Ich hatte keine Ahnung, *wie* ich die Menschen verletzen konnte, aber ich wusste, *dass* ich es konnte, wenn ich diesem Zorn nur freien Lauf ließ.

Ohne mich um den Königsgleichen zu scheren – ich hatte keine Angst, ihm den Rücken zuzukehren –, ging ich Julian einige Schritte entgegen. Als uns nur noch wenige Meter voneinander trennten, konnte ich das völlige Ausmaß der Experimente erkennen. Sein nackter Oberkörper war zu einem Drittel mit schwarzen Flecken und Schuppen überzogen, die sich über seinen Hals bis ins Gesicht schlängelten.

»Julian«, flüsterte ich. Es fiel mir schwer, so schwer, zart und sachte mit ihm zu sprechen, während in mir die Dunkeldornmagie ihr Unwesen trieb. Wenn ich am liebsten die Manifeste der Universität niedergebrannt hätte, aber wusste, dass ich dazu emotional nicht in der Lage gewesen wäre.

Die Uniformierten ließen ihn los, und beim Klang meiner Stimme beruhigte Julian sich für einen kurzen Augenblick. Er erkannte mich, das sah ich an seinen Augen. Aber statt sich zu freuen, stieß er einen wütenden Schrei aus und stürzte sich auf mich. Instinktiv schob ich eine schwarze Mauer, ähnlich wie jene unsichtbare Grenze vom Vortag, zwischen uns hoch, gegen die er prallte. Ich wob eine zweite, die sich um ihn schloss. Wie ein Gefängnis.

Wieder. Ein. Gefängnis.

Der Nebel breitete sich aus und verschluckte Julian und mich unter einer Kuppel, die das Sonnenlicht abschwächte und uns in Zwielicht tauchte.

Julian tobte. Aber es brachte alles nichts, ich konnte jetzt keine Rücksicht auf ihn nehmen. Wir mussten weg. Der Königsgleiche hatte recht: Ich beherrschte die Dunkeldornmagie nicht. Die Schutzmauer um uns herum konnte jeden Moment einbrechen. Meine geballten Fäuste zitterten vor Anstrengung.

»Wir werden jetzt gehen. Jeder, der uns folgt, muss damit rechnen, dass ich keine Gnade zeige, also haltet euch lieber von uns fern.«

Der Königsgleiche lächelte sanft. »Opal, du kannst nicht ewig davonrennen. Die Wirkung des Dunkeldornpulvers wird schon bald nachlassen. Und was willst du dann tun?«

»Euch und diese verdammte Universität vergessen.«

Wir betrachteten uns wie zwei einander umkreisende Raubtiere, von denen keines zum ersten Angriff ansetzen wollte.

»Nur weil du heute entfliehen kannst, bedeutet das nicht, dass du jemals sicher sein wirst, Opal. Noch kannst du dich entscheiden, freiwillig zu bleiben und es uns allen angenehmer zu machen. Noch ist es nicht zu spät.«

Julian gab ein Knurren von sich, bei dem ich mir nicht sicher war, ob es dem Königsgleichen oder mir galt.

Ich drehte mich ohne eine Antwort um. Zu unseren Seiten hatten sich die Uniformierten versammelt, die der Königsgleiche in dem Waldstück positioniert hatte und die nun langsam versuchten, einen weitläufigen Kreis um uns zu bilden. Wir mussten uns beeilen.

Julian schien zu begreifen, dass er mir in diesem Augenblick nichts anhaben konnte, selbst wenn er es gewollt hätte, und folgte mir. Zumindest der Drang, der Universität zu entfliehen, war größer als der, zu kämpfen.

Die Uniformierten stoben weiter auseinander, als wir in unserer schwarzen Kuppel, durch Dunkeldornmagie voneinander getrennt, zurück in die Wälder flohen. Ein letztes Mal wandte ich mich um zu den ehrwürdigen Mauern und all den Leuten, die uns schweigend hinterherstarrten und nur auf den Befehl des Königsgleichen zu warten schienen, uns zu jagen. Die Ersten hatten bereits ihre Schwerter gezückt, und die eisernen Klingen glänzten im Tageslicht.

Ja, sie würden uns jagen. Daran ließen sie keinen Zweifel. Also musste ich sie daran hindern.

Und beim Anblick der Waffen entlud ich sie, die Wut, all die aufgestaute Wut. Ich hob die Hand und ließ sie dann nach unten fallen, mit aller Wucht, die ich aufbringen konnte. Der Boden bebte. Menschen schrien und hielten sich aneinander fest. Einige gingen wegen der Erschütterung, die uns alle erfasste, zu Boden. Die Erde knackte bedrohlich, Risse zogen sich durch das graue Pflaster, die sich in Sekundenschnelle ausbreiteten.

Und dann klaffte zwischen Julian und mir und den Uniformierten ein Graben, der die Erde aufgerissen hatte und einen tiefen Schlund offenbarte.

Der Boden bebte ein zweites Mal, nun noch heftiger. Auch mich erfasste das Zittern und ließ mich und die Magie wanken. Der Graben trieb die Erde noch weiter auseinander, und zwei Uniformierte, die sich aneinandergeklammert hatten, konnten sich nun nicht mehr halten und stürzten mit einem markerschütternden Schrei, der voller Todesangst war, in die

Dunkelheit, die sich dort aufgetan hatte. Der Schrei verebbte, dann herrschte Stille.

Stille und Tod, das wusste ich mit untrüglicher Sicherheit. Ich hatte diese beiden Männer mit dem Ausbruch der Dunkeldornmagie getötet.

Der Königsgleiche stand auf der anderen Seite des Grabens, und unsere Blicke begegneten sich ein letztes Mal.

Er lächelte. Obwohl ich gerade zwei seiner Männer vor seinen Augen getötet hatte, lächelte er so siegessicher, als hätte er eine unsichtbare Waffe in der Hand, mit welcher er mich im nächsten Atemzug niederstrecken könnte.

Aber das konnte er nicht. Der Graben war zwischen uns. Er würde nicht verhindern, dass sie unserer Spur folgten, jedenfalls nicht lange. Aber er verschaffte uns Zeit. Hoffentlich genug Zeit, um aus Florentia zu fliehen, wohin auch immer.

Und in mir begann sich eine weitere flüsternde Stimme zu regen, die jener des Königsgleichen zum Verwechseln ähnlich war:

Was würde geschehen, wenn die Dunkeldornmagie nachließ?

Waren wir dann weit genug fort? Tief genug in den Wäldern verborgen?

Und was würde Julian tun, wenn uns nichts mehr trennte, wenn ich nicht länger in Sicherheit vor seinem Zorn war? Würde er Rache dafür nehmen, dass ich seine Bitte, ihn nicht im Labor zurückzulassen, ausgeschlagen hatte?

Hatten sie ihm womöglich eine Gehirnwäsche verpasst und noch weiter an ihm herumexperimentiert, sodass endgültig vergessen war, was uns miteinander verband?

Und würde ich damit umgehen können, was ich gerade eben getan hatte? Würde ich die anklagenden Mienen handhaben können, die mich von der anderen Seite des Grabens trafen?

Ich warf einen Blick über die Schulter zurück und begegnete Julians dunklen Augen. Himmel, was hatte ich eine Angst vor dem Moment, in dem es nur noch uns beide gäbe!

6

Vorsichtiges Herantasten

Ich hatte einmal in der Universität eine Karte von Tensia gesehen. Sie hatte im Lehrtrakt gehangen, in einem der vielen Gänge, und war so groß gewesen, dass sie mich bei Weitem überragt hatte. Ich hatte sie aufmerksam studiert, mir die eingezeichneten Städte angesehen, deren Namen ich nur vom Hörensagen gekannt hatte, und die winzigen Orte, von deren Existenz ich zuvor nicht einmal gewusst hatte. Auch meinen Heimatort hatte ich gefunden. Er war gar nicht so weit von Florentia entfernt, wie es sich für mich in all den Jahren, in denen ich dort gelebt hatte, angefühlt hatte. Auch wenn die Professorin mir vor vielen Wochen schon mitgeteilt hatte, dass wir nur wenige Tage bis Florentia unterwegs gewesen waren, hatte ich es bis dahin nicht glauben können, dass zwischen der bunten, blühenden, wohlhabenden Hauptstadt und unserem armen, vertrockneten Dörfchen bloß ein Katzensprung lag.

Heute musste ich wieder an die Karte denken. Ich wusste nicht, wieso sie mir in den Sinn kam, wieso ausgerechnet jetzt, als wir uns durch die Wälder schlugen und ich mich nach dem Stand der Sonne richtete, um abzuschätzen, wohin wir uns bewegen mussten.

Diese Karte kam mir in den Sinn, weil ich keinen blassen Schimmer hatte, wohin ich gehen sollte.

Doch, das hast du. Du weißt ganz genau, wohin du gehen sollst. Es gibt nur einen einzigen Ort auf dieser Welt, zu dem du gehen kannst.

Nein, es war absurd. Oder doch nicht?

Hoffnung regte sich in diesem Strudel aus Angst, Zorn, Dunkeldornmagie und Ohnmacht, die immer dann in mir hochkam, wenn ich es wagte, Julian anzusehen, der in dem Käfig aus schwarzem Nebel hinter mir herstolperte. Obwohl man ihn seit Monaten in einem einzigen Raum gehalten hatte, war sein Körper erstaunlich widerstandsfähig, und er brach nicht, wie ich erwartet hatte, nach den ersten Metern in sich zusammen.

Aber waren diese Kraft und diese Ausdauer natürlich? Oder waren sie vielmehr das Ergebnis der Forschungsarbeit der Professorin? Was hatten sie nur mit ihm gemacht?

Ich wünschte, ich könnte Julian genau diese Fragen stellen, aber ich war damit beschäftigt, die schwelende Magie in mir unter Kontrolle zu halten, ohne etwas auf unserem Weg durch den dichten Wald kaputtzumachen, das mögliche Verfolger später auf unsere Spur locken könnte. Ich war schon lange von offiziellen Straßen abgewichen, und nun quälten wir uns in langsamem Tempo durch das sperrige Unterholz.

Ja, ich wünschte, ich könnte Julian genau diese Fragen stellen, aber jedes Mal, wenn ich es versuchte, schlug mir eisernes Schweigen entgegen. Er hatte aufgehört, zu brüllen, als ich den Graben in den Boden vor der Universität und Menschen auf seinen Grund gerissen hatte. Ich hatte kurz, ja, nur für den Bruchteil einer Sekunde, Schadenfreude und Triumph in seinen wilden Augen aufleuchten sehen, und er hatte aufgehört, zu kämpfen und zu brüllen.

Aber seitdem schwieg er. Und ich wusste, auch ohne ihn nach dem Grund fragen zu müssen, dass er mich damit bestrafte.

Das verbitterte mich. Sah er denn nicht, dass ich Himmel und Hölle in Bewegung gesetzt hatte, um ihn zu retten? Um ihn *lebend* zu retten? Sah er nicht, dass ich alles getan hatte, damit sein Leben nicht einsam und allein und gebrochen in diesem Kellerlabor endete? Sah er nicht, was mir an ihm lag, dass ich das alles für ihn auf mich genommen hatte? Dass ich sogar Menschen auf dem Gewissen hatte, nur weil ich ihn aus diesem menschenverachtenden Loch hatte rausholen wollen?

Die Sonne stand mittlerweile hoch am Nachmittagshimmel, und die Hitze machte es mir noch schwerer, einen klaren Gedanken zu fassen oder mich darauf zu konzentrieren, uns zielsicher durch den Wald zu führen. Ich hatte das Gefühl, dass die Wirkung des Dunkeldornpulvers allmählich nachließ. Der nebelige Sumpf in meinem Kopf klärte sich mit jedem Schritt ein wenig, und auch die schwarze Kuppel flimmerte heller. Sie würde uns nicht mehr lange vor der Umgebung und vor möglichen Gefahren schützen. Und sie würde *mich* nicht mehr lange vor Julian schützen.

Irgendwann mischte sich in die Stille des Waldes, die nur hin und wieder von einer leichten, lindernden Brise und dem Zwitschern der Vögel unterbrochen wurde, ein leises Rauschen. Als ich es zuerst gehört hatte, war ich in Schockstarre und dann in eine alarmierte Bereitschaft verfallen, im nächsten Augenblick angegriffen zu werden, aber dann hatte ich begriffen, dass wir auf einen sanft vor sich hin plätschernden Bach zusteuerten.

Erleichterung stellte sich ein. Vielleicht konnten wir dort kurz Pause machen und uns erfrischen. Ich war so durstig, dass ich glaubte, das ganze Wellengrab austrinken zu können. Die Hitze und das Dunkeldornpulver hatten mich ausgewrungen, und alles in mir lechzte nach kühlem, frischem Wasser. Außerdem pochten meine Füße, die nur mit losen, schlecht sitzenden Sandalen ausgestattet waren, vom langen Querfeldeinmarsch. Wir hatten über Wurzeln, Gestrüpp, Felsen und Steine klettern müssen, das war ich nicht gewohnt. Jetzt, da mich die Dunkeldornmagie verließ, fühlte ich mich nicht mehr unbesiegbar, sondern ausgelaugt und erschöpft.

Ich hatte den Blick hoch konzentriert auf das schwierig zu bewältigende Geröll gerichtet, hinter dem sich ein dünner Kiesstreifen als Ufer des Baches abzeichnete, als sich eine schwere Hand auf meine Schulter legte und mich halb zurückriss. Ich geriet ins Straucheln und wäre gestürzt, hätte die Hand mich nicht zugleich gestützt und vor dem Fall bewahrt.

Instinktiv hob ich die Arme vor das Gesicht, um meinen Kopf vor möglichen Schlägen oder Tritten zu schützen. Ich würde mich nicht anders schützen können, die Dunkeldornmagie in mir war vollkommen erloschen. Doch entgegen meiner Erwartung blieben sie aus. Ich öffnete vorsichtig die zusammengekniffenen Augen und lugte an meinem Ellenbogen vorbei.

Julian hatte sich vor mir aufgebaut, die Mauer zwischen uns war verschwunden und mit ihr auch die Kuppel, die uns, die *mich* beschützt hatte. Die schwarzen Schuppen auf seiner Haut schimmerten im Sonnenlicht. Der Waldrand hatte sich ein Stück zurückgezogen und dem Bächlein etwas Freiraum zugesprochen.

Ich blinzelte. Ohne die Schatten spendenden Bäume und die dünne Decke aus Finsternis, welche die Dunkeldornmagie über uns ausgeworfen hatte, war das Tageslicht zu viel für meine Augen. Ich brauchte einen Moment, bis ich Julians Gesicht erkennen, bis ich den wutentbrannten Ausdruck darauf ausmachen konnte.

Ich wagte es nicht, die Arme runterzunehmen. Nun, da ich nicht länger von Dunkeldornmagie durchströmt war, hatte ich Angst, dass eine falsche Bewegung oder ein falsches Wort ausreichten, um Julians wackelige Zurückhaltung zu zerschmettern. Bei unserer letzten Begegnung hatte ich zu ihm durchdringen können, aber würde das auch jetzt noch der Fall sein? Was mochten sie in der Zwischenzeit mit ihm angestellt haben? Hatte der Königsgleiche die Wahrheit gesagt, als er behauptet hatte, sie hätten nicht weiter an ihm herumexperimentiert, oder hatten sie ihn vollends gebrochen?

Wir starrten uns an. Das fröhliche Zwitschern der Vögel im Hintergrund fühlte sich so fern und falsch angesichts der Anspannung zwischen uns an.

»Julian?«, fragte ich schließlich vorsichtig.

Er antwortete mit einem Laut, der mich zurückschrecken ließ, mit einer Mischung aus Brüllen und Schmerz und Wimmern und Worten, die noch keine waren, die noch gefunden werden wollten. Vielleicht hatte er lange nicht mehr gesprochen, vielleicht hatte man ihm Worte verboten, oder vielleicht war er zu müde für Worte.

»Ich weiß, was du mir sagen willst«, unterbrach ich ihn. »Ich weiß, dass du dich von mir verraten fühlst. Und ich verstehe das.«

Aber es tut mir nicht leid. Es tut mir nicht leid, dass ich dich nicht zurückgelassen habe. Und schon gar nicht, dass ich deinem verdammten Wunsch nicht nachgekommen bin.

Julian schloss die Augen und ballte die Hände zu Fäusten. Die Sehnen seines Unterarms traten als Ausdruck seiner heftigen Anspannung zum Vorschein und ließen die Schuppen, die sich auch über seinen Oberkörper zogen, stärker hervorscheinen.

»Du hast lange gebraucht«, raunte er gepresst, und seine Stimme klang ähnlich rau wie vor einigen Wochen.

Aber ganz gleich, wie heiser und erschöpft er sich anhören mochte, mir wollte vor Erleichterung schier das Herz in die Hose rutschen: Er konnte noch sprechen. Er konnte noch Worte formen. Er erkannte mich. Und offenbar war seine Wut nicht so groß, dass sie überhandnehmen würde.

»Zu lange«, flüsterte ich. Mir schossen Tränen in die Augen. All die Anspannung fiel von mir ab, zumindest für einen kurzen Augenblick. Wir waren noch immer auf der Flucht. Keine Zeit für Pausen, keine Zeit für Rührseligkeiten. Aber ich wollte verdammt sein, wenn ich mir nicht diesen einen erleichterten Atemzug gönnte. Hierfür hatte ich Himmel und Hölle in Bewegung gesetzt. Genau hierfür.

»Es tut mir leid, dass du so lange warten musstest.«

Julian begann am ganzen Leib zu zittern. »Jeder Tag kam mir vor wie ein ganzes Leben. Es war schrecklich, Opal. Diese Menschen sind schrecklich.«

Ich wollte ihn in den Arm nehmen, ich wollte ihn halten, ich wollte, dass wir uns gegenseitig hielten und alles rausließen, alles reinwuschen, wollte, dass wir die ganze Nacht, dass wir gar tausend Nächte durchredeten. Nichts davon ging jetzt.

»Ich weiß«, erwiderte ich behutsam.

»Nein«, sagte er abweisend. »Du kannst es nicht mal erahnen. Du hast keine Vorstellung davon, was sie in diesem Keller getrieben haben. Das hier …« Er deutete auf seinen immer noch nackten Oberkörper. »Das hier ist nichts im Vergleich zu dem, was sie anderen Gefangenen angetan haben.«

Ich wusste nicht, wie ich darauf reagieren sollte. Er hatte recht. Ich hatte keinen blassen Schimmer, was er und die anderen durchgemacht hatten. Ich hatte nur ihn und das eine andere … Wesen zu Gesicht bekommen.

»Ich …«, setzte ich an und unterbrach mich dann selbst. »Wir haben keine Zeit, Julian. Wir müssen weiter. Sie werden uns suchen. Wir dürfen nicht zu lange anhalten.«

Panik flackerte in seinen Augen auf. Grenzenlose, haltlose Panik. Ich wusste, ohne dass er es aussprechen musste, dass er es nicht überleben würde, wenn er ihnen noch einmal in die Hände fiele.

Körperlich nicht, aber auch seelisch nicht. Vor allem seelisch nicht.

»Das würde ich niemals zulassen«, fügte ich hastig hinzu.

Sein Blick sprach Bände. »Willst du das wieder versprechen?«

Ich antwortete nicht. Wir wussten beide, dass die Frage rhetorischer Natur war. Er war noch immer stinksauer.

»Lass uns etwas trinken«, sagte ich stattdessen und deutete auf den Bach. »Und dann weitergehen.«

»Wohin?«

Ich presste die Lippen aufeinander.

Ja, Opal, wohin? Wohin willst du uns führen?

»Erst einmal nur weg«, murmelte ich ausweichend und folgte dem Kiesbett zum Flussufer. Das Wasser, das leise gluckste, sah klar und sauber aus, also tauchte ich die Hände hinein und trank einige Schlucke. Ich war so durstig, dass ich das kühle Nass kaum genießen konnte, denn mein Körper schien jeden Tropfen wie ein Schwamm aufsaugen zu wollen.

Auch Julian kniete sich neben mir nieder. Jede seiner Bewegungen war langsam und bedächtig, als fürchtete er einen Hinterhalt, eine Falle. Er senkte die Hände so vorsichtig ins Wasser, dass ich mich fragte, wie lange er wohl selbiges nicht mehr zum Waschen oder Trinken bekommen hatte.

Als er erkannte, dass es echt, dass es kein Trugschluss für weitere seelische Folter war, griff er beherzter zu, trank erst so gierig, dass ich ihn am liebsten gebremst hätte, und ließ es sich dann großzügig über den von Marsch und Eile und Hitze verschwitzten Körper rinnen. Die dunklen Schuppen schimmerten nass benetzt noch intensiver und machten es mir schwer, den Blick von ihnen abzuwenden.

Auch wenn es mir unter den Nägeln brannte, unseren Marsch wieder aufzunehmen, gönnte ich Julian ein paar Augenblicke. Es war nicht zu übersehen, dass er sie brauchte und neue Kraft aus ihnen gewann. Erst als sich sein Atem und das angespannte Spiel seiner Muskeln ebenfalls beruhigt hatten, nahm ich einen letzten großen Schluck und erhob mich dann aus meiner knienden Position.

»Wir sollten wieder aufbrechen. Bevor es dunkel ist, sollten wir so weit von der Universität weg sein, wie es nur möglich ist.«

Julian nickte mit regloser Miene, als er es mir gleichtat.

»Wohin willst du gehen?«, fragte er.

Ich zögerte. Zögerte, es ihm zu früh zu sagen.

Es ist nicht klug. Es ist nicht klug. Rettet euch ans Ende der Welt. Aber nicht dorthin. Es wird euch das Herz brechen. Es wird euch ganz sicher das Herz brechen.

Aber Julian und ich, wir waren beide erschöpft, beide gebrochen, der eine mehr als die andere. Wir brauchten einen Lichtblick, wir brauchten etwas Vertrautes, einen Silberstreif am Horizont. Etwas, das uns mit neuer Kraft speiste. Einen Ort, an dem wir für ein, zwei Atemzüge ausruhen konnten.

»Ich dachte …«, setzte ich an, nur um mich sogleich selbst zu unterbrechen.

»Du dachtest was?«, hakte Julian schroff nach.

Ich atmete tief ein. »Ich dachte, wir gehen nach Hause.«

7

Der steinige Weg nach Hause

Ein Witz.

Ein richtig beschissener Witz.

Seit Stunden murmelte Julian immer wieder dieselben Worte vor sich hin, gepaart mit permanentem Kopfschütteln.

Mein Plan war viel zu gefährlich.

Aber vielleicht war es eben nicht gefährlich, vielleicht war es sogar das Gegenteil. Vielleicht war es klug, sich genau dort aufzuhalten, wo uns niemand vermuten würde. Vielleicht stürmten der Königsgleiche und seine Leute jetzt die Häfen des Landes, um jedes ablegende Schiff zu durchsuchen und Passagierlisten zu kontrollieren, weil sie vermuteten, dass wir außer Landes fliehen würden – was auch mein erster Gedanke gewesen war. Was vermutlich die klügste Idee gewesen wäre, wenn ich ehrlich zu mir selbst war.

Weg, möglichst weit weg und niemals mehr zurückkehren.

Der Drang war so groß, dass mir beinahe schwindelte. Aber es war auch riskant, denn jegliche Ausreise würde nun doppelt und dreifach überwacht werden. Der Königsgleiche hatte keinen Hehl daraus gemacht, dass er mich haben wollte;

dass er meine Gabe haben wollte. Er würde alle Hebel in Bewegung setzen, mich nicht entkommen zu lassen.

Und dann waren da noch Julians sichtbare Folgen der Experimente. Bislang hatte sie niemand gesehen, weil wir nur querfeldein reisten. Aber früher oder später würden auch andere Zeugen dessen werden, was ihm widerfahren war. Die Leute würden Fragen stellen. Fragen, von denen ich mir sicher war, dass der Königsgleiche sie unter allen Umständen verhindern wollte. Welchen konkreten Plan er auch immer verfolgte, er würde nicht wollen, dass etwas davon auf diese Weise an die Öffentlichkeit geriet. Dass die Leute außerhalb von Florentia sich zu fragen begannen, was zur Hölle die Hochwohlgeborenen da in der Hauptstadt trieben, was sie mit Leuten, mit *ihren* eigenen Leuten Unaussprechliches anstellten.

Wir waren nun seit zwei Tagen unterwegs. Wir hatten kaum geschlafen und uns mit der Wache abgewechselt. Zum Glück war es auch nachts so warm, dass wir nicht Gefahr liefen, zu frieren und krank zu werden. Wir nahmen uns Nahrung vom Boden und von Bäumen, aßen Beeren, Pflanzen und reife Sommerfrüchte, tranken aus dem Bach, der uns hier und da wiederbegegnete.

In diesen zwei Tagen sprachen wir nur das Nötigste miteinander. Es gab viel zu sagen und gleichzeitig nichts. Vieles hing greifbar in der Luft, aber die richtigen Worte, die richtigen Augenblicke, die fehlten uns beiden und verdammten uns zur Sprachlosigkeit.

Aber je weiter wir in Richtung der heimatlichen Gefilde vordrangen, desto vertrauter wurde die Umgebung. Die uns vor ungewollten Blicken schützenden Wälder zogen sich allmählich zurück, das Grüne, Blühende wich einer trockenen, steppenähnlichen Weite mit vereinzelten Bäumen ohne viel Blattwerk und mit sandigem Boden. Und obgleich die näher rückende Heimat uns beiden zunehmende Nervosität verursachte, so gab sie uns doch zugleich auch ein Stück weit die Ruhe zurück, die mir – und Julian noch viel mehr – in den letzten Monaten gefehlt hatte.

Hier wussten wir, woran wir waren.

Hier wussten wir, *wer* wir waren.

Als der dritte Tag angebrochen war, war das Schweigen zwischen uns nicht mehr leicht, nicht mehr wie eine Ausflucht, nicht mehr auf Müdigkeit und Erschöpfung zu schieben. Es war schwer und unheilschwanger und explosiv. Wir hatten beide wenig gegessen und unterwegs ein paar halb reife Früchte aufgesammelt, die wir nun während einer kurzen Pause an jeweils einen Baumstamm gelehnt aßen. Fruchtsaft sammelte sich in meinem Mundwinkel, als ich durch die rote Haut biss. Ich wollte mich schütteln, weil die Frucht so sauer war, aber zugleich war ich froh, überhaupt etwas in den Magen zu bekommen. Ich wünschte, ich hätte zuvor Geld und Möglichkeiten gehabt, diese Flucht vorzubereiten und Essen, Kleidung oder Decken zu besorgen, aber fast alles, was ich in den letzten Wochen gegessen hatte, war gestohlen gewesen. Die kurzen Stunden, in denen ich mit Dunkeldornmagie erfüllt gewesen war, hatten mir so viel Energie abverlangt, dass ich glaubte, seit Wochen keinen Bissen mehr zu mir genommen zu haben.

Viel zu schnell hatte ich das Fruchtfleisch bis auf das Kerngehäuse runtergegessen und warf es ins nächste vertrocknete Gestrüpp, damit sich die dort lebenden Insekten daran gütlich tun konnten. Sehnsüchtig blickte ich am Baum hoch.

Die wenigen Exemplare, die dort noch hingen, waren entweder von Würmern zerfressen oder winzig und grün, nicht essbar.

»Hier.«

Ich blinzelte. *Hier* war wortwörtlich Julians erster Laut am heutigen Tag, abgesehen von einem genervten Schnauben in der Früh, als ich über eine Wurzel gestolpert und fast gegen seinen Rücken geprallt war.

Aber nun war seine sonst so grimmige Miene mit den Augen, die manchmal Dinge zu sehen schienen, die mir verborgen blieben, freundlicher. Er hielt mir die Hälfte seiner Frucht hin. Mir lief das Wasser im Munde zusammen, trotzdem schüttelte ich den Kopf.

»Iss du. Ich hatte meine Portion.« Er war noch immer viel zu hager, auch wenn die Experimente neben dem Offensichtlichen, den Schuppen, etwas mit seinem Körper angestellt hatten: Trotz all der Wochen in Gefangenschaft waren seine Muskeln zu sehen, er wirkte schlaksig, aber durchaus sportlich und kräftig.

»Das war kein Angebot. Und auch keine Bitte.«

Normalerweise fiel es mir nicht schwer, mich gegen ihn zu behaupten. Damals nicht und nach allem, was jeder für sich durchgemacht hatte, heute noch weniger.

Aber die unterschwellig feindselige Stimmung zwischen uns machte mich mürbe. Ich nahm ihm die Frucht aus der Hand. »Danke.«

Er nickte und beobachtete, wie ich auch seinen Rest viel zu schnell aufaß. Dann rupfte er eines der vielen knittrig trockenen Gräser aus dem Boden und kaute nachdenklich darauf herum. Noch immer quälte er sich damit, Worte zu formen. Aber es wurde besser. Langsam, aber es wurde besser.

»Wie hast du das geschafft?«, fragte er schließlich. Seine heisere, angeschlagene Stimme klang etwas weicher als in den vergangenen Tagen, als gewöhnte sie sich langsam daran, wieder benutzt zu werden. Und als gewöhnte er sich an *mich*.

»Was geschafft?«, fragte ich und wischte mir mit dem Handrücken über die Lippen. Klebrige Reste blieben darauf zurück.

»Dieser …« Er gestikulierte leicht mit der freien Hand. »… Auftritt vor der Universität.«

Bilder zuckten wieder vor mir auf. Schreie. Der Graben. Die Tiefe. Die Schwärze. Fallende Uniformierte. Stille. Ich hatte erfolgreich verdrängt, was ich getan hatte, schob die Gedanken an die beiden toten Männer weit von mir, wenn sie mir Herzrasen verursachten.

»Dunkeldornmagie«, murmelte ich und hoffte, das war ausreichend.

Aber das war es nicht. Natürlich war es das nicht.

Nicht für Julian, und eigentlich auch nicht für mich, wenn ich ehrlich zu mir war.

Vielleicht sollte ich es zugeben. Sie hatten es verdient. Sie hatten dasselbe mit Elver gemacht. Nein, nicht dasselbe. Viel schlimmer. Sie hatten Unschuldige getötet. So viele Unschuldige.

»Das war unübersehbar. Aber wie bist du daran gekommen?«

Ich zögerte. Dachte an den Königsgleichen und den Kuss und meine miesen Mittel. War ich das jetzt? Jemand, der täuschte, der stahl und tötete? War das aus mir geworden?

»Ich habe dem Königsgleichen die Ampulle weggenommen«, erwiderte ich und wand mich innerlich.

Doch entgegen meiner Erwartung pfiff Julian anerkennend. »Respekt. Wie ist dir das gelungen?«

Ich spürte, wie Röte in mir aufstieg, wie sie meine Wangen färbte. Aber ich wollte nicht mehr lügen und schweigen und alles für mich behalten. Das war Gift. Gift für uns beide.

»Ich habe ihn mit einem Kuss überrumpelt«, sagte ich mit fester Stimme, obwohl ich innerlich zitterte.

Zum ersten Mal seit seiner Befreiung zeigte Julian etwas anderes als Zorn, Schmerz oder Verbitterung. Überraschung sprach aus seiner Miene. Dann brach er in schallendes Gelächter aus. Ja, er *lachte*. Er lachte, bis ihm die Tränen kamen. Erst wusste ich nicht, wie ich damit umgehen sollte, aber sein Lachen war so ansteckend, dass ich irgendwann nicht anders konnte, als einzustimmen.

Irgendwann hörte sein Körper auf, zu beben, und das Lachen wich einem schiefen Grinsen, das eine Salve aus Gefühlen in mir entzündete: Himmel, ich hatte mich so sehr nach *diesem* Julian gesehnt. Nach dem mutigen, sanften, ruhigen, hilfsbereiten jungen Mann, der mir die Wassereimer abgenommen und mir zu trinken angeboten hatte, wenn ich kurz vor dem Ende meiner Kräfte gewesen war. Wie sehr hatte ich mich nach solch einem Augenblick gesehnt, wie wir ihn jetzt gerade teilten. Dafür hatte ich all das getan. Nur dafür. Um *uns* zurückzubekommen.

Aber ich wusste, dass dieses Wir zerbrechlich war. *Wir* waren zerbrechlich, jeder für sich und zusammen noch viel mehr.

»Respekt, Opal«, murmelte er. »Respekt.«

Ich erwiderte sein Lächeln vorsichtig. »Du bist nicht … sauer?«

Ich wusste nicht, warum ich das fragte. Wir waren nie liiert gewesen, hatten uns nichts versprochen, hatten nie ein Wort über *vielleicht* vorhandene Gefühle verloren. Es gab keinen Grund, aus dem ich mich hätte rechtfertigen müssen. Und doch saßen wir hier, und es fühlte sich an, als versuchten wir, ein zerbrochenes Heim wieder aufzubauen. Wir waren einander die letzte Erinnerung an unser Zuhause. Aber wir waren auch mehr.

Schon immer gewesen.

Nur in Stille.

Nur unausgesprochen.

Aber da *war* mehr.

»Sauer?«, wiederholte Julian langsam. Er strich sich über das Gesicht, zerzauste sein Haar. Plötzlich machte das Lächeln auf seinen Lippen einem traurigen Zug um seinen Mund Platz. »Du solltest eine solche Frage nicht stellen müssen. Du solltest nicht fragen müssen, ob *ich* deswegen sauer bin.«

Ich zog die Stirn in Falten. »Warum glaubst du das?«

»Weil ich nicht will, dass du denkst, meine Absolution – oder die irgendeines Mannes – brauchen zu müssen. Ich bin noch immer wütend, dass du ohne mich gegangen bist. Dass du meine Entscheidung nicht respektiert hast, dass ich … so nicht leben wollte und du mich nicht am Leben lassen solltest. Dass ich deswegen weitere Wochen über mich ergehen lassen musste. Oder waren es Monate? Jahre? Es fühlt sich an wie eine Ewigkeit.« Er stockte kurz, schüttelte dann aber den Kopf, als müsste er sich zwingen, aufkommende Erinnerungen zu verdrängen. »Aber darum geht es jetzt nicht. Jetzt hast du alles Menschenmögliche möglich gemacht, um dein Versprechen, mich nicht im Stich zu lassen, zu halten. Du hast den Königsgleichen ausgetrickst und bist vor der Universität erschienen wie … als wärst du selbst eine schwarze Königin.

Ich habe dich noch nie so gesehen, Opal. So gewaltig, so berauscht, so dunkel und doch noch beherrscht, wo andere dem Bösen längst freie Hand gewährt hätten. Ich weiß nämlich, was die Dunkeldornmagie mit einem machen kann. Sie haben uns das Dunkeldornpulver in kleinen Mengen zum Einatmen gegeben. Sie wollten herausfinden, wie viel gewöhnliche Menschen davon ertragen können, ehe sie sterben oder … Schlimmeres. Ich weiß, wie viel Schlechtes die Magie aus einem herausholt, wenn man es zulässt.« Er hielt inne, abgekämpft von so vielen Worten. Ich wusste nicht, wie ich antworten sollte. So viel Ehrlichkeit hatte er mir lange nicht mehr entgegengebracht. Aber er war noch nicht fertig.

»Ich bin kein eifersüchtiger Jammerlappen, der es nicht aushalten kann, dass du einen anderen Mann küsst. Du warst großartig, Opal. Und *das* solltest du sehen, ganz gleich, welche Meinung ich dazu habe. Oder hätte haben können.« Ein Grinsen zupfte kurz an seinen Lippen. »Und vielleicht wird die Erinnerung an diesen Kuss irgendwann durch eine andere Realität, einen anderen Kuss übermalt.«

Widerstreitende Gefühle machten sich in mir breit. Auch wenn seine kleine Rede im ersten Moment eine Art Schock in mir auslöste, so hatte er doch recht, mehr noch: Ich musste mich nicht dafür schämen, wie ich ihn gerettet hatte. Ich war niemandem Rechenschaft schuldig außer mir selbst. Nicht ihm. Nicht dem Königsgleichen.

Keinem Mann und keinem Menschen auf der ganzen Welt.

»Danke, dass du mir das so offen gesagt hast«, murmelte ich. »Ich muss das sacken lassen und … Wir haben noch viel zu besprechen, aber wir haben auch noch einen langen Weg vor uns, der die Zungen vielleicht irgendwann lockern wird.«

Kurz zuckten Panik und Abwehr über Julians Gesicht, weil

er genau wusste, worauf ich anspielte: seine Zeit im Labor. Aber er bekam sich wieder unter Kontrolle. Wir tauschten ein Lächeln aus. Es war zaghaft und vage und doch ein kleines Versprechen darauf, dass ein Anfangsstein gelegt war.

Der Anfangsstein auf einem holprigen Weg, von dem wir beide nicht wussten, wohin er uns führen und wie dunkel er werden würde.

8

THIWA

Am vierten Tag übernahm Julian die Führung, ohne dass wir uns abgesprochen hätten. Während ich Elver nie weiter als wenige Meilen verlassen hatte, war Julian in Tensia herumgekommen und hatte zumindest die meisten Ortschaften rings um Elver besucht, weil er entfernte Verwandte oder Freundschaften dort hatte. Diese Orte lagen nun vor uns.

Ich beobachtete Julian, als er sich vor mir einen Weg über das Feld bahnte. Wir mussten aufpassen, nicht zu nahe an die Plantagen zu geraten, denn wir waren nun wieder in dem Gebiet, in dem der Dunkeldornanbau florierte und die Straßen voller Transportwagen und Aufseher waren. Ich hatte keine Ahnung, wie schnell die Kunde, dass nach mir gesucht wurde, bereits in die ländlichen Regionen vorgedrungen war, aber ich musste damit rechnen, dass auch das Personal auf den Plantagen informiert war.

»He«, rief ich.

Julian reagierte nicht. Er war oft so tief in Gedanken versunken – oder in den Nachhall des Erlebten, das ihn nachts bis in seine Träume verfolgte –, dass ich ihn oft mehrmals ansprechen musste. Dann erschreckte er sich so sehr, dass ich vorsichtshalber genügend Abstand hielt, weil ich mir nicht sicher sein konnte, ob er vielleicht aus Reflex um sich schlug oder in eine Verteidigungshaltung geriet. Ich hatte immer noch nicht raus, inwiefern die Experimente seine Persönlichkeit verändert hatten, da er kaum über dieses Thema sprach.

Trotz meiner Vorsicht konnte ich ihn verstehen. Wir hatten am Vortag einen guten Moment miteinander geteilt, aber Momente dieser Art waren selten. Er musste viel verarbeiten. Und auch ich selbst war froh über die häufige Stille zwischen uns. Immer wieder sah ich vor meinem geistigen Auge, wie sich zwischen mir und der Universität ein Abgrund aufgetan hatte; wie Menschen, lebende Menschen in die Tiefe gefallen waren, wie sie vermutlich gestorben waren, weil niemand einen solchen Sturz überleben konnte. Ich versuchte, die Erinnerungsfetzen, die mal klar, mal schwarz umnebelt aufblitzten, zurückzudrängen. Ich würde mich mit ihnen beschäftigen müssen. Aber nicht heute. Nicht hier. Erst einmal mussten wir einen sicheren Ort finden, an dem wir uns eine Weile ausruhen und zu Atem kommen konnten.

»Hinter dem nächsten Waldstück kommt der Pass in Richtung des Dorfes Thiwa. Wir sollten uns parallel dazu bewegen, damit niemand von der Straße aus auf uns aufmerksam wird«, erklang Julians Stimme gedämpft.

Thiwa.

Mein Herz krampfte sich zusammen. Von Thiwa aus waren es nur noch ein, zwei Stunden Fußmarsch bis nach Elver. Bis zu dem Ort, der vermutlich nur noch Ödnis und langsam zerfallende Häuser mit vertrockneten Gärtchen und nicht mehr unsere geliebte Heimat war. Ein Friedhof mit ruhelosen Geistern der Menschen, die plötzlich und unerwartet aus dem Leben gerissen worden waren.

»Aber glaubst du, die Menschen aus Thiwa sind noch am Leben? Einige von ihnen haben auch auf unserer Plantage gearbeitet.«

»Ja, viele. Aber nicht alle. Einige sind auch auf benachbarten Plantagen stationiert.«

Würden wir noch mehr Tote ertragen?

Ich sprach es nicht laut aus. Konnte es nicht.

»Julian, warte«, versuchte ich ihn stattdessen noch einmal zum Stehenbleiben zu bewegen.

Er hielt inne, bis ich zu ihm aufgeschlossen hatte. »Meinst du, es ist klug, wenn wir dorthin gehen?«

Er zog eine Augenbraue hoch. Unter seiner dunkelbraunen Haut zeichnete sich eine erschöpfte Blässe ab, die sich auf den lang anhaltenden Aufenthalt in den Kellerräumen zurückführen ließ. »Das war doch deine Idee.«

Ich trat von einem Fuß auf den anderen. »Ja, ich weiß, aber …«

»Aber?«

»Ich habe Angst«, gab ich zu.

Seine Miene verdunkelte sich. Widerstreitende Gefühle spiegelten sich auf seinem Gesicht wider. »Sie werden uns schon nicht kriegen.«

Wenn er sprach, klang auch jetzt, am vierten Tag nach unserer Flucht, noch jedes Wort, als schabten seine Stimmbänder über ein Reibeisen. Jedes Wort musste ihm unsägliche Schmerzen bereiten. Umso mehr wusste ich das Geschenk seiner offenbarten Gefühle am Vortag zu schätzen.

»Das meine ich nicht.«

Sein Blick, der meistens nur gehetzt durch die Gegend irrte, legte sich nun auf mich. »Sondern?«

Ich holte tief Luft. Seit die Dunkeldornmagie aus mir

gewichen war, herrschte diese starke Unruhe in mir. Ein Teil von mir war leer, und ein anderer wollte mehr. So viel mehr.

»Vor dem Heimkommen habe ich Angst.«

In Julians dunklen Augen zeichnete sich so viel Schmerz ab, ein ganzes Meer davon. »Thiwa ist nicht unser Zuhause.«

Ich verkrampfte mich. »Natürlich nicht. Aber es ist das Nächste an Zuhause, das wir kriegen können.«

Einen Augenblick war dieser bodenlose Zorn wieder in Julians Gesicht, in seiner Haltung, ja, sogar in seiner Atmung. Abrupt wandte er sich ab. »Unser Zuhause ist tot. Und jetzt lass uns weiterlaufen. Bald geht die Sonne unter, dann können wir uns vielleicht ins Dorf wagen und hoffen, dass sich jemand unserer erbarmt, ohne uns an die Aufpasser ausliefern zu wollen.«

Wie so oft schwieg ich. Obwohl wir in unserem Leid vereint waren und es uns zusammenschweißen sollte, befand sich manchmal wie von Zauberhand ein unsichtbarer Schlund zwischen uns, der größer und tiefer und gefährlicher und vielleicht sogar tödlicher war als jener, den ich vor vier Tagen in die Erde gerissen hatte.

Ich hatte keinen Schimmer, ob wir je in der Lage sein würden, diesen Schlund zu überwinden, und wie wir wieder zueinanderfinden sollten. Der Schlüssel dazu, da war ich mir sicher, lag in dem schalldichten Laborraum verborgen, in den man Julian gezwungen hatte.

Wir warteten bis zur Dunkelheit. Dann erst konnten wir uns sicher sein, dass die Männer und Frauen, die in Thiwa lebten, von den Plantagen zurückgekehrt waren. Dann erst konnten wir hoffen, dass die Aufpasser sich in ihre eigens für sie erbaute Siedlung fernab der Dörfer zurückgezogen hatten, sich nicht weiter um die Arbeitenden scherten und uns nicht erspähen konnten.

Trotzdem kauerten wir nun zu zweit unter einem dürren Baum, als sich die Sterne gegen die Schwärze des Firmaments durchsetzten. Keiner von uns beiden wagte den ersten Schritt, wagte sich auf die staubige Straße ins Dorfinnere, wo uns Fackeln und Lachen und nach Hause spazierende Menschen zeigten, dass da noch Leben war und niemand schlief. Wie auch wir in Elver nutzten die Leute den Abend, um sich wenigstens etwas Zeit füreinander zu gönnen, bevor die Plackerei am Morgen wieder von vorne begann.

Ich wandte den Kopf nach links, wo Julian neben mir kniete. Beinahe hätte ich den Atem angehalten, als mir bewusst wurde, wie nahe wir beieinanderhockten. Unsere Knie berührten sich fast. Ich wagte es kaum, mich zu rühren, damit ihm nicht genau das klar wurde und er wie ein Tier zurückschreckte. Ich wollte unbedingt ein bisschen Normalität für ihn. Weniger Angst, weniger Schmerz, weniger Nachdenken über die Verbrechen, die an ihm und den anderen begangen wurden.

»Sollen wir?«, fragte ich schließlich leise.

Julian stieß ein resigniertes Seufzen aus, das meine Gefühlslage widerspiegelte. »Jetzt oder nie, was?«

Ich versuchte mich an einem Lächeln, das erste seit dem gestrigen Tag, seit unserem ersten echten gemeinsamen Moment. »Jetzt oder nie.«

Wir traten auf die Straße und legten nebeneinander die letzten hundert Meter bis zum Rand des Dorfes zurück. Thiwa war ähnlich aufgebaut wie Elver: Es war eine Aneinanderreihung von alten Häusern, die rechts und links neben dem Transportweg hochgezogen waren. Auf jeder Seite schätzte ich zwei Dutzend Behausungen, sodass hier mehr Menschen leben mussten als in unserem Heimatdorf. Oder gelebt hatten, je nachdem, wie viele der Blüteausbruch dahingerafft hatte.

Trotzdem war Thiwa so klein, dass wir – zwei Fremde – sofort auffielen. Zwei ältere Kinder, die noch nicht in ihren Betten lagen, hielten mitten in ihrem Fangspiel inne und betrachteten uns mit großen Augen, ehe sie zu ihren Eltern rannten, die an einem hüfthohen Zaun beisammenstanden und sich unterhielten.

Weil es keine andere Möglichkeit gab, außer die einzige Straße zu benutzen, wurden wir von vielen Augenpaaren beobachtet, als wir die ersten Häuser passiert hatten.

Ich war so angespannt, dass ich bereit war, bei dem kleinsten Anzeichen einer möglichen Falle oder nahendem Ärger die Flucht zu ergreifen. Julian schien es nicht anders zu ergehen, denn sein auffälliges Aussehen, die Veränderungen seines Körpers durch die Experimente, zog besondere Aufmerksamkeit auf sich.

»Guten Abend, Menschen von Thiwa«, rief ich freundlich. »Wir sind in guter Absicht hier und benötigen eure Hilfe. Gibt es jemanden, der in eurem Namen spricht und an den wir uns wenden können?«

Einige Fenster wurden aufgerissen und neugierige, aber wenigstens nicht feindselige Gesichter erschienen im Schein der wenigen Straßenfackeln und des Mondlichtes.

Einer der Männer, zu denen die Kinder gerannt waren, trat zu uns auf die Straße. Er ging krumm, seine helle, leicht von der Sonne verbrannte Haut war von frischen Dunkeldornenwunden übersät, und wie fast alle Plantagenarbeiter war er vermutlich deutlich jünger, als er aussah.

»Wir sprechen alle für uns selbst«, sagte er langsam. Die linke Gesichtshälfte hing ein Stück weit nach unten. Der Dunkeldorn musste ihm sehr zugesetzt und einige Nerven irreparabel geschädigt haben.

»Besteht dann die Möglichkeit, zu allen zu sprechen?«, hakte ich nach. »Natürlich, ohne euch Umstände zu bereiten. Sicher war euer Arbeitstag hart und lang, und wir wollen euch nicht um den wohlverdienten Feierabend bringen. Es ist nur so …« Ich schenkte Julian, der schräg hinter mir wartete, einen Blick. »Es ist nur so, dass wir seit vielen Tagen unterwegs sind und darum bitten möchten, einen Schluck aus eurem Dorfbrunnen nehmen zu dürfen.«

Der Bach, dem wir am Vortag noch gefolgt waren, war irgendwo versiegt, sodass wir uns ausgetrocknet fühlten. Die Hitze hatte uns jeden Tropfen Wasser ausschwitzen lassen.

Ich behielt Julian aber vor allem wegen etwas anderem im Auge: Ich wusste nicht, wie er unter Druck reagierte. Er war noch immer so in sich gekehrt, so verschlossen, so voller Abwehr mir gegenüber. Seit wir von der Universität geflohen waren, waren wir keiner Menschenseele mehr begegnet. Ich hatte Angst, dass sein Zorn und seine Angst zurückkehrten, wenn wir uns in Thiwa aufhielten. Wenn sie uns, vor allem ihn, mit Fragen bedrängten, wenn sie wissen wollten, was da auf seiner Haut war.

Vielleicht wussten sie aber auch, was die Schuppen bedeuteten. Vielleicht hatte sie eine vage Ahnung, woher wir kamen. Die Gerüchte, dass es sogenannte Dornenmonster gab, hatte ich bereits auf der Dunklen Allee vernommen. Manche von ihnen hatten in der Zermahlerin gearbeitet, so sagte man, Restmüll aus der Universität vielleicht. Zu schade zum Wegwerfen, noch nicht zu geschädigt, um nicht noch ein paar Monate Knochenarbeit verrichten zu können. Um die Menschen in der Zermahlerin scherte sich eh keiner, niemand fragte nach ihnen, niemand heilte sie von ihren oftmals schweren Verletzungen.

Aber hier und da drang doch ein Flüstern nach draußen.

Dornenmonster.

Dornenmonster, die niemals schliefen, die niemals sprachen, die nur noch stumpf gehorchten. Oder die Gewaltausbrüche hatten und alles zu Kleinholz verarbeiteten, was sich ihnen in den Weg stellte.

Der Mann betrachtete uns, als wäre er ein Entstäuber, der abschätzte, ob ein Dunkeldorn schon erntereif war. Schließlich aber nickte er. Er wandte sich den Kindern zu und gab ihnen Anordnungen, die ich nicht verstand. Dann rannten die Kinder los, von Haus zu Haus, hämmerten an Türen und riefen Namen.

Der Mann hingegen bedeutete uns, ihm zu folgen. Langsam schlurfte er mit einer Laterne, die angesichts der hellen Vollmondnacht auf der offenen Ebene kaum nötig war, über die Straße zu einem kleinen Dorfplatz, wo der Brunnen Stein auf Stein gemauert dalag. Er nahm den Eimer, der an einem langen Seil befestigt war, ließ ihn mit scheppernden Geräuschen den Brunnenschacht hinab und beförderte ihn bis zum Rand gefüllt ans Tageslicht. All das geschah, ohne dass er ein Wort mit uns sprach. Offenbar brauchte er all seine Konzentration dafür, diese Bewegungen, die ihm körperlich so viel abverlangten, ohne Zittern der Hände auszuüben. Ganz vorsichtig stellte er den Eimer ab. Am liebsten wäre ich nach vorne gestürzt und hätte ihm die Arbeit abgenommen, aber ich wusste: Wir Männer und Frauen auf den Plantagen waren stolze Arbeitskräfte. Wenn er es schaffte, noch auf den Feldern mitzuhelfen, würde er es sich sicher nicht abnehmen lassen, für Gäste Wasser aus dem Brunnen zu schöpfen.

Er bedeutete uns, auf einer der hölzernen Bänke Platz zu nehmen, die rings um den Brunnen aufgestellt waren. Sie waren so niedrig, dass man fast auf dem Boden hockte, aber wenigstens wurde man nicht dreckig oder vom Staub berührt. Neben den Bänken waren einige Hocker oder schlichtweg wadenhohe Steine als Sitzgelegenheit herangekarrt worden und bildeten eine Art Versammlungsort für die Menschen des Dorfes.

Während ich mich hinsetzte, blieb Julian hinter mir stehen. Offenbar widerstrebte es ihm, sich in eine verwundbare Position zu begeben, von der aus er einen schlechten Überblick und schwierigere Fluchtmöglichkeiten hatte. Ich ließ ihn gewähren. Es war sinnvoll, dass wenigstens einer von uns über die Maße misstrauisch war, aber ich wollte die Einwohner nicht vor den Kopf stoßen. Ich wollte ihnen so begegnen, wie wir in Elver Fremden begegnet waren und wie die Älteren, so auch Nan, es mich gelehrt hatten, vor allem gegenüber abgekämpften, erschöpften, hungrigen Fremden: mit offenen Armen und offenen Herzen, was bei einem so harten Leben, das sie und auch wir führten, manchmal leichter gesagt als getan war.

Nach und nach gesellten sich weitere Männer und Frauen zu uns. Je mehr sich rings um den Brunnen versammelten, desto mehr hatte ich den Eindruck, dass sie von der Plantagenarbeit noch übler gebeutelt waren als wir seinerzeit in Elver. Viele von ihnen trugen schmutzige Verbände oder ihre Wunden gar offen und nässend und unbehandelt – Nan hätte bei diesem Anblick Zustände bekommen –, und ihre Knochen waren teilweise krumm und buckelig vom einseitigen Tragen viel zu schwerer Lasten.

Doch entgegen meiner Erwartung schlugen uns keine zur Schau getragene Abscheu oder gar Hass entgegen. Skepsis hier und da in Anbetracht von Julians schwarzer Schuppenhaut, aber die meisten Mienen waren neugierig und freundlich. Vielleicht sahen wir selbst so heruntergekommen aus, dass sie vor uns keine Angst hatten.

Aber nicht einmal vor Julian?

Eine alte Frau, die an jeder Hand nur noch drei Finger hatte, während die anderen vom Dunkeldorn zu Stummeln runtergeätzt worden waren, hatte zwei Becher mitgebracht, in die nun frisches Wasser gefüllt wurde. Ich nahm beide Becher entgegen und reichte einen an Julian weiter, weil ich nicht wusste, wie er reagieren würde, wenn jemand anderes als ich ihm zu nahe käme.

»Danke«, sagte ich aufrichtig. Wir beide tranken die Becher in wenigen Zügen bis zur Hälfte aus. Trotzdem hatte ich das Gefühl, noch dazu den ganzen Brunneninhalt leeren zu können, so durstig war ich. Die Hitze wurde mit jedem Tag unerträglicher.

»Ist es besser?«, fragte die alte Frau. Wie viele andere aus dem Dorf trug sie ihr Haar kurz geschoren, was vielleicht vonseiten der Aufpasser erzwungen worden war, damit sich kein Dunkeldornstaub darin verfangen konnte.

Ich nickte dankbar. »Viel besser.«

Der Mann, der uns das Wasser besorgt hatte, ließ sich mit einem leisen Ächzen auf einem Holzschemel nieder, der nicht ganz so tief am Boden stand. »Viel können wir euch nicht bieten, da wir selbst kaum etwas haben. Die frühe Hitze macht es schwierig, Nahrung zu lagern. Auch das Wasser müssen wir leider gut einteilen.«

Ich schüttelte energisch den Kopf. »Wir sind nicht hier,

um euch um eure knapp bemessenen Vorräte zu bringen. Wir wissen …« Ich zögerte kurz. Jetzt war der Moment der Wahrheit gekommen. »Wir wissen, wie das ist. Wir haben selbst bis vor nicht allzu langer Zeit auf einer Plantage gearbeitet.«

Die Mienen der gebeutelten Menschen waren ein Spiegel aus freudiger Überraschung, aus dem ein sofortiges Gefühl des Eingeschworenseins wuchs. Ich konnte es ihnen an der Nasenspitze ansehen.

Sie sind welche von uns. Sie sind auf unserer Seite. Alles, was uns gehört, gehört auch ihnen.

»Möchtet ihr euch vorstellen?«, fragte die ältere Dame. »Ich bin Hanni und arbeite im Krankenzelt.«

Ihre Worte wühlten den altbekannten Schmerz auf. Vom Alter und Beruf her glich sie Nan so sehr, dass es sich anfühlte, als wäre sie von den Toten auferstanden, um mir in Erinnerung zu rufen, wie sehr sie, Mutter und Sinah mir fehlten. Ich schnappte nach Luft. Sogleich legte sich eine warme Hand ganz leicht auf meine Schulter.

Julian.

Julian, der meinen Schmerz erahnen konnte. Der ihn teilte. Auch er war der einzige Überlebende einer Familie.

Als hätten die Menschen von Thiwa meinen innerlichen Fall ebenso bemerkt wie er, nannten sie einander reihum ihre Namen und gaben mir so Zeit, mich zu sammeln.

Neben Hanni gab es den alten Kuni mit dem langen weißen geflochtenen Bart, der wie Julian die Sprinklermaschine führte und mit dem Hanni seit fast dreißig Jahren in wilder Ehe lebte. Es gab den hilfsbereiten, rothaarigen und sommersprossigen Tore, der uns das Wasser geschöpft hatte und der den Kindern im Dorf nach Feierabend Lesen und Schreiben beibrachte, seit der Lehrer gestorben war und der Dunkle

Rat sich geweigert hatte, einen Nachfolger zu schicken. Links neben uns saßen zwei junge Frauen, die rothaarige Tascha und ihre Freundin Nio, deren Haut im Mondlicht schimmerte, im dunklen Kontrast zu Taschas heller Haut. Beide hielten sich an den Händen und zeigten unverkennbar, dass sie zusammengehörten.

Etwas abseits hockte ein junger Mann in seinen Zwanzigern, den Hanni als Amal vorstellte. Neben ihm auf dem Boden lagen zwei Krücken aus dicken Ästen, die an den Griffen mit Leinen umwickelt waren. Amal fehlte das linke Bein. Die vorletzte Blüte hatte es so sehr zerstört, dass man es ihm hatte abnehmen müssen, damit er die einsetzende Infektion überlebte.

Sie alle waren gezeichnet, jeder auf seine Weise, die einen sichtbarer als die anderen. Aber jede einzelne kleine Geschichte rührte etwas in mir auf. Und ich spürte, dass es Julian ebenso erging, dass ihn diese Menschen mehr aus den Kellern der Universität herausholten, als ich es bislang vermocht hatte. Der Druck seiner Hand auf meiner Schulter hatte sich mit jedem Namen verstärkt.

Hanni nannte auch die Namen der Kinder, von denen die meisten nun nach und nach ins Bett geschickt wurden; Kinder, die viel zu jung waren und dennoch bereits auf den Feldern arbeiteten, die Wasser schleppten und die – weil sie doch so klein und wendig waren und daher perfekt geeignet – auch als Entstäuber ihre Arbeit verrichten mussten.

Ich hörte, wie Julian hinter mir scharf die Luft einsog. Kinder, die als Entstäuber arbeiteten. Das war neu. Das war perfide. Das war … Es verschlug mir die Sprache.

Und zugleich rührten mich die Offenheit und das Vertrauen, das uns entgegenschlug. Ich wusste, dass ich für ein gutes Band ein wenig davon zurückgeben sollte, dass ich unsere Wahrheit aber wohl dosieren musste.

»Ich danke euch«, begann ich schließlich, als sich erwartungsvolles Schweigen über die Runde gelegt hatte und aller Augen neugierig auf uns ruhten. Vielleicht war unsere Anwesenheit auch ein wenig Ablenkung in dem tristen, anstrengenden Alltag dieser Menschen.

Ich unterdrückte den Impuls, meine Hand auf Julians zu legen, die immer noch auf meiner Schulter ruhte, als hätte er sie dort vergessen. »Das hier ist Julian«, sagte ich dann. »Und mein Name ist Opal. Wir kommen von Elver.«

Ein leiser Aufschrei ging durch die überschaubare Runde. Ein paar Leute waren aufgesprungen, andere hatten sich die Hände vor den Mund geschlagen.

»Aus Elver?«, fragte Hanni fassungslos. »Das muss ein schlechter Scherz sein.« Ihr Gesichtsausdruck verdunkelte sich. »Ein sehr schlechter.«

Ich schüttelte den Kopf. »Ich würde mir niemals Scherze von solcher Grausamkeit erlauben. Ich sage die Wahrheit. Wir sind dort aufgewachsen. Mein Name ist Opal Erlbaum.«

Hannis Mann legte seiner aufgebrachten Frau eine Hand auf den Arm. »Der Name Erlbaum kommt mir bekannt vor. Im dortigen Krankenzelt arbeitete eine Frau mit diesem Namen.«

»Ja«, antwortete ich und verbarg den Schmerz in meiner Stimme nicht. »Das war meine Großmutter.«

Ein weiteres Raunen ging durch die Menge. Die Skepsis in vielen Gesichtern war nicht zu übersehen, und ich konnte sie ihnen nicht verdenken. Es war kaum vorstellbar, dass die Universität die Information hatte durchsickern lassen, dass es Überlebende gegeben hatte – immerhin hatten sie uns heimlich studiert oder an uns herumexperimentiert.

Nun ergriff Nio, die bislang dazu geschwiegen hatte, das Wort: »Niemand wusste von Überlebenden. Es hieß, das ganze Dorf und einige Männer und Frauen aus den umliegenden Dörfern wie unserem, die auf der Plantage eingesetzt waren, seien ausgelöscht worden. Verzeih uns daher das Misstrauen.«

Ich lächelte sie an. »Ich verstehe das vollkommen. Und ich wünschte, ich hätte Papiere oder dergleichen, um euch einen Beweis liefern zu können. Aber vielleicht erkennt ihr an meinem Körper dieselben Spuren, die auch eure tragen.«

Ich erhob mich und stellte mich in den Feuerschein einer der Laternen, damit ich den Anwesenden die hellen, punktartigen Narbenstellen auf meinen Beinen zeigen konnte. Sie stammten aus den ersten Jahren meiner Arbeit als Feldarbeiterin, bevor meine Gabe, die Immunität gegen den Dunkeldorn, sich allmählich herauskristallisiert hatte.

»Thiwa ist etwas kleiner als Elver«, sagte ich. »Und die Häuser sind ein wenig älter. In Elver haben viele Haushalte noch versucht, Blumen in ihrem Vorgarten am Leben zu erhalten, sodass es ein paar Wochen im Jahr gab, an dem es wunderschön blühte und es den Anschein hatte, als gäbe es inmitten der Trockenheit Leben. Bis zur Plantage war es nicht weit, der Weg führte über einen sanften Hügel, der uns ein wenig vom Blütenstaub des Dunkeldorns abgeschirmt hat. Julian und ich waren auf dem Block 21 eingeteilt. Ich habe ihm das Wasser gebracht, das er dort verteilt hat. Jeden einzelnen Tag. Meine Mutter und meine Schwester waren ebenfalls Feldarbeiterinnen, und meine Nan …« Mein Blick glitt zu Kuni. »Sie hatte eine Gabe dafür, Menschen zu heilen. Auch wenn die Voraussetzungen dafür nicht immer so einfach waren.«

Tore lehnte sich nach vorne. »Hat deine Familie auch überlebt?«

Ich schüttelte verneinend den Kopf. Auch nach Monaten konnte ich es noch nicht aussprechen. Diese Endgültigkeit schnürte mir immer wieder die Luft zum Atmen ab.

»Sonst irgendjemand?«

»Nicht, dass wir wüssten.« Julian und ich hatten darüber unterwegs gesprochen, weil ich ihn genau dasselbe gefragt hatte. Auch wenn er sonst nicht konkret über das geredet hatte, was man ihm zugefügt hatte: *Das* hatte ich wissen müssen. Aber ihm war nicht bekannt, dass außer uns beiden jemand überlebt hätte und ebenso als Versuchskaninchen missbraucht worden war.

Tascha räusperte sich. Sie wirkte nervös, als wäre sie es nicht gewohnt, das Wort an sich zu reißen und im Mittelpunkt zu stehen. »Aber wie … Wie habt ihr überlebt? Wir wissen, dass die Blüte so heftig gewesen sein muss, dass sogar Dunkeldornmagier gekommen sind, um Untersuchungen anzustellen, weil es so etwas noch nie zuvor gegeben hat. Prächtige Kutschen sind durch unser Dorf nach Elver gefahren. Und auch wir hatten einige Todesopfer zu beklagen.«

Ich schindete Zeit, indem ich wieder auf der Holzbank Platz nahm. Julians Gesicht war aschfahl. Diese Unterhaltung, so wenig er sich auch beteiligte und mir das Wort überließ, strengte ihn an. All die Menschen strengten ihn an. Möglichst normal zu wirken, strengte ihn an.

»Wir hatten Glück«, erklärte ich. Ich hatte mich für eine Mischung aus Halbwahrheiten und dem Verschweigen wichtiger Tatsachen entschieden, weil ich diese guten Menschen nicht direkt anlügen wollte. »Wir waren nicht im Zentrum der Blüte, sondern am Rande des Feldes. Julian hatte sich verletzt, und ich habe ihn zum Krankenzelt gebracht, das sich an einer Außenseite befand.«

Auch wenn ich es nicht laut aussprach, war das meine tatsächliche Vermutung, warum Julian überlebt hatte: Er hatte sich fernab des Epizentrums befunden und war zudem deutlich jünger und widerstandsfähiger als Nan und die anderen älteren Frauen. Ich war mir sicher, dass er an seiner eigentlichen Position nicht überlebt hätte. Und ich vielleicht auch nicht.

»Sie haben auf dem Rückweg gesagt, dass es keine Überlebenden gibt«, sagte Nio wütend. Sie war aufgesprungen und gestikulierte nun wild. »Dabei hatten sie euch in ihren Wagen. Sie haben euch vor unseren Augen mitgenommen.«

»Wir waren schwer verletzt«, gab ich zu bedenken, auch wenn ich ihre Wut teilte. »Hätten sie uns nicht vom Feld aufgelesen, wären wir heute genauso tot wie die anderen.«

Eine Weile sagte niemand etwas. Unser Auftauchen und seine Bedeutung mussten die Leute verarbeiten, und doch beschäftigte sie noch etwas anderes. Etwas, das sie nicht mit Worten auszudrücken vermochten, sondern vielmehr mit ihren Blicken. Aber es stand mir nicht zu, diese wortlosen Fragen zu beantworten. Ich wollte mich nicht über Julian erheben und ihn übergehen. Das hatten andere zu lange und zu gewalttätig getan.

Er umrundete die Bank und setzte sich neben mich. Er war dabei so dicht neben mir, dass ich seine Wärme spüren konnte, den Nachhall des Sommertages, die Kraft, die von ihm ausströmte. Da war so viel Vertrautes und noch mehr Fremdes und doch so viel Dankbarkeit, dass wir so weit waren, nebeneinandersitzen zu können, dass es mir fast die Kehle zuschnürte.

Wir tauschten einen Blick miteinander. Jetzt kam der Punkt, der alles zunichtemachen konnte. Der Punkt, bei dem wir nicht wussten, was wir auslösen würden. Durften wir das Risiko eingehen, oder richteten wir, *ich*, damit nur noch mehr Zerstörung und Zwietracht an? Wäre es nicht doch besser, über das Widerfahrene zu schweigen und ans Ende der Welt zu flüchten, alles zu vergessen?

Am liebsten hätte ich nach Julians Hand gegriffen, hätte sie gehalten, hätte mich halten lassen, hätte sie als Fels in der Brandung benutzt, wäre ihm ein Anker gewesen in diesem Strudel. Aber das ging nicht, das war viel zu früh, also konnte ich all das nur in meinen Gedanken durchspielen, mir nur erträumen.

»Sie experimentieren herum«, sagte Julian nach einer gefühlten Ewigkeit. Er hob die Hand, als wollte er seinen Oberkörper, seine schwarzen Schuppen berühren, ließ sie dann aber wieder sinken, als könnte er die Berührung dieses Monuments seines Leides nicht ertragen. »Sie benutzen uns, so wie Kriegstreiber einfache Soldaten als Kanonenfutter verwenden.«

Ich sah den alten Julian durchschimmern. Der vor Jahren bereits von Trotz und Rebellion geträumt hatte, von besseren Arbeitsbedingungen, von mehr Sicherheit und Schutz. Von mehr Anerkennung für das, was diese Leute, was wir leisteten. Ich wusste, dass er einen Funken sprühen wollte. Aber wir mussten aufpassen, dass wir diese kleine Welt nicht in Flammen aufgehen ließen. Sie alle hatten bereits so sehr gelitten.

Entsetzte Blicke begegneten uns. Hanni deutete mit dem ausgestreckten Arm auf Julians Oberkörper. »Das waren *sie?*«

Wen sie mit *sie* meinte, war eindeutig: die Aufpasser. Die Dunkeldornmagier. Den Königsgleichen. Die Mächtigen des

Landes eben. All jene, die dafür sorgten, dass hier Menschen mit wenig Geld, wenig Nahrung, wenig Wasser und schlechter Gesundheit auf staubigem, sandigem Boden hockten und nur einander hatten, obwohl sie das schufen, was diesem Land zu Wohlstand verhalf.

Wieder zögerte ich. Es gab so viel, was ich nicht verraten konnte, zu unserer Sicherheit und zu ihrer: meine Gabe, das Geheimnis des Königsgleichen, der künstliche Dunkeldorn, der es ihm ermöglichte, Magie zu wirken, ohne ein Dunkeldornmagier zu sein.

»Sie interessieren sich nicht dafür, den Reichtum und die Macht, die der Dunkeldorn und das Dunkeldornpulver bringen, in ganz Tensia zu verteilen. Es geht, wie so oft, nur darum, die Wohlhabenden noch wohlhabender und die Mächtigen mächtiger zu machen. Wenn wir nicht bald für uns selbst einstehen, wird es niemand tun. Bevor sich jemand um uns einfache Leute kümmert, werden wir verhungert, verdurstet oder dem Dunkeldorn erlegen sein«, antwortete Julian an meiner statt. Seine Stimme klang feurig und aufgebracht.

Ich wagte es nun doch, ihm sanft die Hand auf den Unterarm zu legen und ihn zu unterbrechen. Ich konnte sehen, dass seine Worte Wirkung zeigten, dass die Menschen von Thiwa ebenso erschüttert und aufgewühlt waren, doch ich wollte verhindern, dass ihm etwas herausrutschte, das nicht für fremde Ohren bestimmt war. Wir wollten die Leute warnen, ihnen einen kleinen Samen mit auf den Weg geben, sich vielleicht irgendwann gegen den Druck von oben aufzulehnen.

»Es gibt vieles, was wir euch zu eurem und zu unserem Schutz nicht mitteilen dürfen«, sagte ich an die Anwesenden gewandt. »Aber wir sind aus zweierlei Gründen hier: Zum einen bitten wir euch, uns wenigstens für eine Nacht ein Dach über dem Kopf zu gewähren, vielleicht noch ein paar Schlucke aus dem Brunnen, wenn das möglich ist, ohne euch in Schwierigkeiten zu bringen. Wir waren vier Tage auf der Flucht, denn ihr könnt euch vorstellen, dass sie nicht wollen, dass das …«, ich deutete auf Julians Oberkörper, auf seinen Hals, sein Gesicht, »… an die Öffentlichkeit gerät. Wir sind erschöpft und würden gern eine Nacht ohne Angst und nervöse Blicke über die Schulter schlafen. Daher bitten wir euch untertänigst um diese Barmherzigkeit, auch wenn wir wissen, was wir da von euch verlangen.«

Schweigen senkte sich über die angebrochene Nacht. Ihnen allen war klar, dass ich nicht nur um eine sichere Übernachtungsmöglichkeit für uns bat, sondern um viel mehr: um Schutz, um Verschwiegenheit, um Diskretion, um Abstreiten, sollte jemand nach uns fragen. Würden sie uns vor den Uniformierten beschützen, würde das im schlimmsten Fall als Hochverrat angesehen werden können. Und somit tödlich enden. So fortschrittlich Tensia sich gern gab, bei Verrat und Rebellion kannte man keine Gnade.

»Und was ist das Zweite?«, fragte Hanni mit undurchschaubarer Miene. Sie und Kuni hielten nun einander an den Händen, und ein wilder Teil in mir sehnte sich danach, dass dieses Bild von Harmonie und einer unaufdringlichen Zuneigung eines Tages aus Julian und mir bestehen könnte.

Mach dich nicht lächerlich, Opal. Zwischen dir und Julian stehen Welten und jede Menge Wunden.

»Wie bitte?«, fragte ich. Ich hatte den roten Faden verloren. Am liebsten hätte ich meine Finger fester um Julians Arm gekrallt. Ich riss mich zusammen.

Konzentriere dich, verdammt noch mal.

»Ihr wolltet uns um zwei Dinge bitten«, half Hanni mir nachsichtig auf die Sprünge.

»Natürlich«, sagte ich und atmete tief durch. Julians Körper bebte. Kaum merklich, sodass nur ich es spüren konnte, aber es war genug.

Ich lächelte. »Das Zweite ist, dass wir euch darum bitten, nicht aufzugeben. Wir haben dort, wohin man uns brachte … so viel gesehen, so viel ertragen, dass wir euch inständig bitten, aufzubegehren. Dass ihr weitertragt, was ihr an uns gesehen und von uns erfahren habt, wenn wir fort sind. Ohne die Plantagenarbeit bricht das Machtgefüge in sich zusammen. Das dürft ihr niemals vergessen angesichts …«, ich wies auf die ärmlichen Häuser, die verletzten Körper, die wunden Seelen, »… angesichts all des Leids, das man euch zugefügt hat.«

»Wie stellst du dir das vor?«, fragte Tore. In seinem Gesicht waren dieselben tiefen Furchen eingegraben wie bei fast allen anderen. »Wir haben weder Geld noch Einfluss, um etwas zu bewirken.«

»Ich weiß«, erwiderte ich leise. »Aber Rebellion fängt eben nicht mit Geld oder Einfluss an. Rebellion beginnt im Herzen. Mit kleinen Schritten. Manchmal so winzig, dass man den Weg, den man zurückgelegt hat, gar nicht sieht. Aber man hat sich eben doch vorwärtsbewegt, auch wenn es sich nicht so angefühlt haben mag. Und darauf kommt es am Ende an. Auf jeden einzelnen Schritt.«

Ich spürte die Blicke aller auf mir ruhen, sogar Julian hatte den Kopf in meine Richtung gewandt. Ich konnte seinen Atem beinahe an meiner linken Schläfe spüren.

Rebellion fängt im Herzen an. Was bist du doch für eine

Heuchlerin, Opal, dass du den Keim der Hoffnung in die Herzen dieser Menschen pflanzt, obwohl du viel mehr anrichten könntest als jeder Einzelne von ihnen. Was bist du für eine Heuchlerin, denn du … du hast eine verdammte Angst.

9

Zuhause aus Asche und Stille

Sie schufen ein kleines Reich für uns, nur für Julian und für mich. Ein kleines Reich, in dem wir uns von den Strapazen erholen sollten. Es war schlicht und weit von dem Luxus eines Gasthauses entfernt, und gleichzeitig war es das schönste Heim, das wir seit dem Plantagenunglück gehabt hatten. Tatsächlich hatte man uns in einem kleinen Stall einquartiert, in dem Hanni und Kuni zwei Ziegen hielten – diese mussten nun für eine kurze Zeit in den Hinterhof von Tascha und Nio und ihren drei Hühnern umziehen. Man hatte uns den Stall mit weichem Stroh frisch eingestreut und jede Menge Decken und Kissen bereitgelegt. Tore hatte zudem einen alten Sofatisch aus abgenutztem Holz beigesteuert, der niedrig genug war, dass wir im Sitzen daran essen konnten. Und auch wenn die Leute von Thiwa nicht viel hatten, so waren sie zumindest an einer Sache reich: an Großzügigkeit. Sie legten zusammen, was sie in ihren Schränken an Vorräten entbehren konnten, obgleich sie doch selbst fast nichts besaßen. Sie überließen uns sogar einen Kessel abgekochtes Wasser und ein kleines Stück Lavendelseife, sodass wir uns nach all den Strapazen der tagelangen Reise endlich einmal hinter dem Stall den Staub von den Leibern waschen konnten. Auch unsere Kleidung hatte es dringend nötig, vom Walddreck befreit zu werden, daher reinigten wir sie vor dem Schlafengehen und hingen sie draußen auf. Mittlerweile hielt sich die Hitze auch über Nacht, sodass wir am nächsten Morgen wieder hineinschlüpfen konnten.

Die Nacht war unruhig gewesen. Obwohl wir das Gefühl hatten, den Frauen und Männern von Thiwa vertrauen zu können, waren wir immer wieder beim kleinsten Geräusch aufgeschreckt und hatten in die Stille gelauscht, hatten auf verschwörerisches Wispern und leise Schritte gewartet. Als wir am nächsten Morgen die Köpfe zur Tür rausstreckten, waren die meisten Leute bereits auf den Plantagen. Sie würden erst bei Anbruch der Dunkelheit zurückkehren, hatten uns aber zwei kleine Brote und Käse und eine Kanne Ziegenmilch in einem Korb vor dem Stall hinterlassen, sodass Julian und ich ein schweigsames Frühstück einnehmen konnten.

Als wir auch damit fertig waren, gab es nichts mehr, mit dem wir Hände und Geist beschäftigen konnten, ohne dabei reden zu müssen. Unbehagliches Schweigen schlich sich ein.

»Wir können nicht lange hierbleiben«, durchbrach ich es irgendwann. »Die Leute haben auch ohne uns schon kaum genug zu essen.«

»Ich weiß.« Julian zog sich ein hellgraues Leinenhemd über den Kopf, das Tore ihm geschenkt hatte. Es verdeckte immerhin die Schuppen auf seiner Brust, wenn auch nicht jene am Hals und an den Schläfen.

»Wir brauchen also einen Plan«, bohrte ich weiter. »Wir müssen überlegen, wohin wir gehen.«

Julian widmete sich den beiden oberen Knöpfen – er versuchte es zumindest. Seine Finger waren dabei zu grob, um die kleinen weißen Knöpfe durch das dazugehörige Loch zu führen, und seine Bewegungen wurden schnell ungeduldig. Ich befürchtete, er würde das Hemd zerreißen, also sprang ich rasch auf die Beine und trat zu ihm.

»Darf ich?«, fragte ich freundlich. Ich wollte nicht, dass Julian Tores Geschenk zerstörte. Der arme Mann hatte sicher lange dafür geschuftet.

In Julians Blick schimmerte ein kurzer Anflug von Misstrauen, dann nickte er und ließ die Hände sinken. Ich näherte mich ihm, bis wir nur noch eine halbe Armlänge voneinander entfernt waren. In langsamen, ruhigen Bewegungen, um ihn nicht zu erschrecken, schloss ich die beiden Knöpfe. Ich war mir bewusst, dass sein Blick dabei auf mir ruhte. Doch als ich meine Hände sinken ließ, schossen seine vor und umschlossen meine Handgelenke.

»Ich will jetzt endlich nach Hause«, flüsterte Julian heiser. »Ich will sehen, was sie aus Elver gemacht haben. Ich will die Zerstörung sehen.«

Das war von Anfang an unser Plan gewesen. Unsere Sehnsucht. Und jetzt, so kurz davor, wurde ich von Unruhe gepackt. Würden wir den Anblick wirklich aushalten?

»Bist du dir sicher?«

»Bin ich.«

Ich holte tief Luft. »Julian, ich meine es ernst. Du bist noch weit entfernt davon, stabil zu sein. Wenn dir das zu viel wird, das Ausmaß der Zerstörung vor Ort zu sehen …« Ich sprach nicht aus, dass ich außerdem Angst hatte, er könnte die fragile Kontrolle verlieren, die er mühsam gewonnen hatte.

Er unterbrach mich: »Du musst nicht mitkommen, wenn du noch nicht so weit bist. Aber ich werde hingehen. Ich will mir anschauen, was aus unserer Heimat geworden ist. Jeden Tag habe ich Albträume davon, dass auf diesem Feld Knochen und Asche liegen. Ich muss es mit eigenen Augen sehen, sonst komme ich nie zur Ruhe. Ich kann nicht noch länger warten.«

Mir juckte es in den Fingern, ihm dieses Vorhaben auszureden, ihn irgendwo anzuketten, bis er wieder bei Sinnen war; irgendetwas nur, um ihn davon abzuhalten. Aber die Entschlossenheit in seinem Blick sprach Bände. Er war nicht davon abzubringen. Ganz und gar nicht. Und er hatte recht: Worauf sollten wir warten? Wir würden beide nicht morgen von unseren Wunden geheilt und besser für den Besuch gerüstet sein. Und auch übermorgen oder nächste Woche nicht …

»In Ordnung. Aber ich komme mit. Wir wollten zusammen dorthin.«

»Du musst nicht auf mich aufpassen, falls das dein Hintergedanke ist«, knurrte er. »Ich kann das selbst gut genug. Und mich im Fall der Fälle vermutlich besser wehren als du.«

Mit einem Blick auf die Schuppen nickte ich. Möglicherweise hatte er recht. Ich hätte gern gewusst, ob die Experimente seine körperliche Stärke verbessert oder verändert hatten, ob sie irgendwelche Auswirkungen auf ihn hatten, aber so weit, darüber zu sprechen, waren wir noch nicht.

»Mag sein. Ich möchte trotzdem mitkommen. Ich habe auch … Sehnsucht nach meinem Zuhause.« Oder dem, was davon noch übrig war.

Julian schien zu überlegen, ob er ein zweites Mal versuchen sollte, mich davon abzuhalten, zuckte dann aber lediglich mit den Schultern.

»Wann sollen wir uns auf den Weg machen?«, fragte ich.

»Am besten so schnell wie möglich, damit wir Hin- und Rückweg schaffen, bevor es dunkel wird und die Aufpasser auf den Straßen unterwegs sind.«

Ich stieß ein Seufzen aus, das tief aus meinem Brustkorb kam. »Ach, Julian. Werden wir jemals Ruhe finden?«

Er erwiderte meinen Blick unnachgiebig. »Haben wir das denn verdient, Opal?«

Haben wir das denn verdient, Opal?

Diese Frage verfolgte mich, seit wir uns vor über einer Stunde auf den Weg gemacht hatten. Jeder Schritt war ein Wort.

Schritt.

Haben.

Schritt.

Wir.

Schritt.

Das.

Schritt.

Denn.

Schritt.

Verdient.

Schritt.

Und jedes Mal begann ich dann wieder von vorne, weil es keine Antwort darauf gab. Hinter meiner Stirn pochte die Frage zunehmend schmerzhaft, als säße dort ein kleines Männchen, das mein Gehirn mit einem Hammer zu Brei schlagen wollte.

Julian hatte es verdient. Er hatte Ruhe und Frieden und Glück verdient. Er hatte nichts falsch gemacht, er war in dieser Geschichte das Opfer, eine Laborratte.

Aber ich? Ich hatte Feldmäuse getötet und dann, dann auch Menschen. Für gute Zwecke natürlich, immer für gute Zwecke. Aber rechtfertigte das irgendetwas? Machte mich das besser als den Königsgleichen oder Professorin Weisdorn? Oder glaubten vielleicht auch sie, alle Verbrechen, die sie an Unschuldigen verübten, nur für das große Ganze, für das Gute, für Tensia zu begehen?

Je dichter wir an Elver herankamen, desto vertrauter wurde mir der Untergrund, über den wir liefen, die Straße, auf der wir staubige Abdrücke hinterließen, und die trockenen Felder, auf denen sich kaum noch etwas Essbares anbauen ließ, weil alles, was diese Landschaft hergab, vom Dunkeldorn aufgefressen wurde. Er entzog der Erde über Meilen hinweg Nährstoffe und Wasser, bis außer ein paar verdorrten Gräsern und Büschen nichts mehr neben ihm existieren konnte.

»Es ist niemand unterwegs«, stellte ich irgendwann fest, als ich die Stille um uns herum nicht länger ertrug.

Julian nickte lediglich.

»Ich meine … niemand. Nicht einmal ein paar Kinder, die noch nicht auf die Felder geschickt werden. Keine Reisenden. Keine Kauflaute. Einfach niemand.« Seit wir in Richtung Elver aufgebrochen waren, war uns keine einzige Person entgegengekommen, vor der wir uns in den eher wenig Schutz bietenden Gebüschen hätten verbergen müssen.

Julian zuckte mit den Schultern. »Liegt vielleicht an der Hitze.«

Auf seiner Stirn glänzte der Schweiß, was auch daran liegen konnte, dass ich ihm einen großen Strohhut von Tore aufgeschwatzt hatte, unter dem er schwitzte und der die dunklen Schuppen von seinem Hals über die Schläfe in sein Gesicht ein wenig vor neugierigen Blicken schützen sollte, falls wir den direkten Kontakt mit anderen Menschen nicht vermeiden konnten.

Ich runzelte die Stirn. »Vielleicht, aber mir kommt es dennoch gespenstisch vor.«

Die Sonne stieg höher und ließ bald jeden Schritt zu einem Kraftakt werden. Mehr und mehr verstand ich, unter welch quälenden Voraussetzungen die Menschen von Thiwa ihre Arbeit auf den Plantagen verrichten mussten. War der letzte Sommer schon so heiß gewesen? So trocken, so dürr? Ich hatte das Gefühl, eine solche Hitze noch nie erlebt zu haben, dabei hatte der Sommer seinen Zenit noch nicht erreicht. War auch das eine Folge des Dunkeldornenanbaus? Zerstörte die Pflanze systematisch unseren Lebensraum?

Abwechselnd tranken wir Schlucke lauwarmes Brunnenwasser aus der Feldflasche, die ich an der Hüfte trug und deren Inhalt längst meine Körperwärme angenommen hatte.

Und dann, ganz plötzlich, während ich in Gedanken noch immer denselben Satz durchging wie zu Beginn unseres Tagesmarschs und zugleich versuchte, mich gegen die drückende Hitze zu wappnen, tauchten wir in eine andere Welt ein; eine Welt, die wir hätten kommen sehen müssen und es doch nicht getan hatten.

Eine Welt aus Asche und geisterhaftem Schweigen und Einsamkeit und Erinnerungen und dem Nachhall einstigen Lebens und Lachens und sogar der Menschen, die wir selbst einmal gewesen waren.

Ganz plötzlich standen wir auf ausgedörrtem Boden, unter unseren Füßen nichts als verbrannte Seelen.

Julian und ich … Wir waren in Elver.

Nach all der Zeit waren wir in Elver angekommen.

Hier draußen, wo nichts mehr war außer Geisteratem, wo das einzige Leben nur er und ich waren.

Atmen.

Zaghafte Schritte.

Unsere Hände, die einander ohne ein gesprochenes Wort fanden, weil wir das hier ohne den Halt des anderen nicht überstanden hätten, weil wir ohneeinander keinen einzigen Schritt hätten weitergehen können.

Atmen.

Gift atmen.

Der Gestank des Dunkeldorns war überall und kroch uns unter die Kleidung, die uns vor der Sonnenstrahlung, aber nicht vor der Pflanze schützte. Instinktiv erkannte ich, dass er uns hätte töten können, wären wir einfache Menschen gewesen, wäre Julian nicht ein Dornenmonster und ich nicht eine Entgifterin; hätte ich diesen Angriff der schwarzen Pflanze nicht schon einmal, nein, fast dreimal überlebt.

An manchen Stellen waren Elver und die weitläufige Plantage mit einem flatternden Warnband abgesperrt, doch Natur, Tiere und Wind hatten es an den meisten Stellen von den Holzpfosten gerissen, sodass nur noch einige Fetzen in der Brise tanzten. Hier und da waren Schilder in die verwüstete Erde gerammt worden:

Achtung, Giftgefahr durch Dunkeldornen. Betreten auf eigene Gefahr. Bitte umkehren.

Dort, wo einst die Felder gewesen und diese nahtlos in eine Ebene aus Wiesen und sandigen Pfaden übergegangen waren, war nur verdorrter, abgestorbener Boden mit braunen Pflanzenresten. Obwohl die Dunkeldornpflanzen, die die Blüte und den Tod unzähliger Menschen verursacht hatten, mit dem schwarzen Nebel gestorben waren, lagen ihre Körper und Blüten vertrocknet in der Sonne, während sich eine dünne dunkelgraue Schicht über die Ebene zog, so weit wir blicken konnten.

»Gehen wir ins Dorf.« Julians Stimme klang so tonlos, als hätte er alle Gefühle einfach abgestellt, ausgeschaltet, weggesperrt. Doch sein Griff um meine Hand bewies, dass dies ein Trugschluss war. Er brach mir fast die Finger, weil er seine Kraft offenbar noch nicht richtig einschätzen konnte, ließ aber rasch los. Dann drehte er sich in Richtung des Dorfes.

»Aus der Ferne sieht man kaum einen Unterschied«, versuchte ich etwas Positives zu finden, auch wenn der dünne Klang meiner Stimme meine Worte Lügen strafte. Es gab nichts Positives in diesem Feld aus Tod und Zerstörung. Nur Überreste. Überreste von Leben, von Menschen, von unserer Kindheit, von dem, was wir einst gewesen waren und niemals mehr sein würden.

»Aus der Ferne sieht man, dass Leben fehlt.«

Ich konnte nicht anders, Julians schlichte Worte trieben mir sofort die Tränen in die Augen. Er hatte recht. Wie sehr er recht hatte, wurde mir bei jedem Schritt bewusster, den wir uns dem ersten Haus in Elver näherten. Da waren kein Rauch in den Schornsteinen, kein Lachen, keine schwatzenden Nachbarn, kein Hühnergackern, keine Axtschläge im Holz, keine nach den Kindern rufenden Eltern.

Stille.

Und davon viel.

Als würden Gespenster von Menschen, die noch nicht begriffen hatten, dass der Tod sie so urplötzlich hinterrücks ereilt hatte, durch die Luft flirren.

»Wir können noch umkehren«, flüsterte ich und blieb stehen. Die Tränen brannten heiß in meinen Augen, weil ich mich weigerte, sie fließen zu lassen. Ich konnte nicht zerbrechen, wenn ich nicht einmal im Zentrum des Übels stand. Ich musste stark sein. Stark für Julian, von dem ich nicht wusste, was er aushalten konnte.

»Nein.« In seinen Augen glomm eine dunkle Entschlossenheit. Er würde Elver betreten, und wenn es das Letzte war, was er tun würde, das konnte ich an dem strengen Zug um seine Mundwinkel erkennen.

Also taten wir es gemeinsam, uns aneinander klammernd, als wäre der andere ein Zaunpfahl in der Erde, den wir umschlungen hielten, während rings um uns herum ein Orkan tobte.

Und jeder Schritt in die Stille hinein war pure Qual.

War zugleich Erinnerungen.

Wir hatten das Dorf betreten, als über uns ein dunkler Vogel kreiste und dabei leise schrie. Er hielt sich fern, war weit oben in den Lüften, als wüsste er, wie gefährlich die Gegend war; trotzdem lag etwas so Klagendes in seinem Schrei, dass es die Tränen in mir zum Laufen brachte. Ich wünschte, Julian wäre noch an meiner Seite, aber er hatte mich zwischenzeitlich losgelassen und war vorangelaufen, hatte unser körperliches Band gelöst, als wäre ihm eingefallen, dass er wütend auf mich war und was wir durchgemacht hatten.

Doch dann blieb er abrupt stehen, und ich rieb den Tränenschleier weg, der meine Sicht trübte.

»Dein Zuhause«, sagte er mit heiserer Stimme. Ich starrte das kleine Holzhaus an, das hinter dem Zaun ruhte, als wäre nichts geschehen; das Fenster angelehnt, das hölzerne Willkommensschild auf grüner Farbe an der Tür, die halb offen stand, als erwartete sie Gäste, sich leicht im Wind wiegend.

»Das ist nicht mein Zuhause«, flüsterte ich. »Das ist nur ein Haus. Ohne die Menschen, die ihm Leben eingehaucht haben, ist es nicht mehr mein Zuhause.«

Julians Blick ruhte eine Weile auf mir, als würde er um Worte ringen, aber keine finden. Wie sollte man für das, was wir hier sahen, auch jemals Worte finden? Er wandte sich brüsk ab und stapfte die Straße entlang, während ich wie festgefroren auf der Stelle verharrte, als griffen die Geister von unten nach mir und erlaubten mir nicht, weiterzugehen, bis sie nicht gerächt waren, bis ihnen nicht Vergeltung geschenkt worden war.

Das Haus von Julians Familie lag schräg auf der gegenüberliegenden Seite. Er steuerte direkt darauf zu, und im Gegensatz zu mir ließ er sich nicht von dem schmalen Gartentörchen aufhalten. Im Gegensatz zu mir fand er sich nicht mit der Beobachterrolle ab, sondern stürzte sich mitten hinein in die Selbstpein. In scheinbarer Seelenruhe spazierte er durch den winzigen verdorrten Vorgarten und legte die Hand auf die Türklinke, um sie herunterzudrücken. Die Tür gab unter seinem ersten Druck nicht nach, sondern war verschlossen. Ich hörte ein wütendes Knurren, sah angespannte Muskeln und einen schnellen, heftigen Tritt, mit dem Julian die Tür zersplittern ließ, als bestünde sie nicht aus dickem Eichenholz, sondern aus hauchdünnem Glas.

Dann verschluckte ihn das Innere des dunklen Hauses. Schweren Herzens riss ich den Blick von dem Ort los, an dem ich aufgewachsen war, und folgte Julian so langsam über die Straße, als trüge ich wieder meine alten Gurte mit den gefüllten Wassereimern.

Das kleine Gartentörchen stand noch halb offen, und ich schlüpfte hindurch in Richtung der Haustür. Doch ich ging nicht hinein, sondern setzte mich auf die alte hölzerne Bank daneben, um dort auf Julian zu warten. Ich wollte ihm nicht die Luft zum Atmen und den Raum zum Trauern nehmen, den er da drinnen vielleicht ganz für sich brauchte; den er brauchte, um seine Erinnerungen zu finden, um sie zu verarbeiten und zu verinnerlichen. Ich wollte ihn mit den Geistern seiner Familie allein lassen.

Julian kehrte erst nach einer Ewigkeit zurück, zumindest fühlte es sich an wie eine Ewigkeit, hier an diesem Ort, an dem keine Stimmen und kein Wind und kein Zeitgefühl waren, weil nichts passierte und alles tot war. Seine Miene war reglos, aber der feuchte Schimmer auf seinen Wangen war genug, um Zeuge seiner Trauer zu sein. Vielleicht hatte er diesen Ort gebraucht, damit sie sich einen Weg durch seine inneren Mauern brechen konnte.

Er setzte sich neben mich, noch ehe ich die passenden Worte gefunden hatte. »Wir könnten hierbleiben, anstatt zurück nach Thiwa zu gehen«, sagte Julian. »Hier wären wir sicher. Niemand wagt sich nach Elver hinein. Und niemand würde uns an diesem Ort vermuten.«

»Niemals«, erwiderte ich heftiger als gewollt. »Ich kann nicht hierbleiben«, fügte ich leiser hinzu. »Ich würde durchdrehen. Diese Stille. Dieser Gestank. Die Erinnerungen. Ich kann das nicht, Julian.«

Außerdem gab es weit und breit kaum Wasser und Nahrung.

»Du kannst das nicht?«, wiederholte er und musterte mich abschätzig. »Du kannst das nicht?«

Ich zuckte mit den Schultern. »Nein.«

Seine Augen verengten sich. »All das habe ich über Monate in Gefangenschaft erlebt. Und noch schlimmer.«

Ich hatte keine Ahnung, wie ich darauf reagieren sollte. Bevor ich wusste, wie mir geschah, hatte er mich gepackt und halb zu ihm umgedreht. Er griff grob nach meinem Kinn und hielt mein Gesicht so, dass ich gezwungen war, ihn anzusehen. Ihn, die Tränen auf seiner dunklen Haut, den Schmerz in seinen Augen, der meinen eigenen widerspiegelte. Darin waren wir vereint, wenn uns sonst auch vieles trennte.

Aber da war eine Wildheit, die mich ängstigte und mir eine unwohle Gänsehaut bereitete. Eine Brutalität, die früher nicht da gewesen war, die *sie* ihm eingehämmert haben mussten.

»Julian, du tust mir weh«, wisperte ich.

Einen Augenblick lang fürchtete ich, er würde nicht nachgeben, nicht loslassen, sondern seinen Zorn an mir auslassen, weil er nicht mehr der alte Julian war. Weil sie ihn zerstört hatten. Weil sie *uns* zerstört hatten.

Aber die Wildheit wich Erkenntnis, und der Druck an meinen Schultern und meinem Kinn ließ nach.

»Entschuldige«, sagte er in einem angewiderten Ton, als hegte er Abscheu gegen sich selbst. »Ich wollte dir nicht wehtun.«

Ich erwiderte seinen dunkel funkelnden Blick. »Ist das wahr?«, fragte ich leise. »Wolltest du das wirklich nicht? Oder wolltest du mich dafür bestrafen, dass ich dich zurückgelassen habe? Dass ich zum Teil daran schuld bin, was sie dir angetan haben?«

»Du bist nicht schuld daran«, antwortete er schroff.

»Du musst mir nichts vormachen. Ich halte die Wahrheit aus.«

»Das weiß ich, Opal. Aber ich lüge dich nicht an.«

Ich wünschte, ich könnte ihm begreiflich machen, dass es

nichts gab, was er mir nicht anvertrauen konnte. Dass er und das, was von dem alten Julian noch übrig war, das Einzige waren, woran ich mich klammern konnte, ohne den Verstand zu verlieren.

»Du warst mein Anker«, sagte ich, ohne ihm dabei direkt in die Augen sehen zu können. »Sie haben mich nicht gefoltert und an mir herumexperimentiert, jedenfalls nicht so direkt wie bei dir. Aber sie haben Tests gemacht. Wir waren menschliche Prüfungsobjekte für die Forschenden und für die Studierenden während ihrer Abschlussprüfungen. Ich wäre nicht nur auf der Plantage fast gestorben, sondern auch danach noch zweimal beinahe. Sie haben versucht, meinen Willen mit Dunkeldornmagie zu brechen. In all dem warst du mein Anker, Julian. Du und meine Familie. Immer, wenn ich glaubte, meine Menschlichkeit zu verlieren, oder nicht mehr wusste, wem ich trauen konnte, habe ich an dich gedacht. Du warst das einzige Licht in dieser langen, einsamen Dunkelheit. Und daran wird sich nichts ändern, egal, was du sagst, egal, was du tust. Egal, was du erzählst, welche dunklen Gedanken du hegst. Das wird mir niemand nehmen können, nicht einmal du selbst.«

Seine rauen Finger zitterten, als sie gänzlich von mir abließen und nach unten sanken.

Er starrte nach vorne, den Blick auf das Nichts gerichtet, während sein Verstand in einer Vergangenheitsschleife festhing. Ich kannte das von mir, wenn ich mich aus dem Hier und Jetzt löste und im Geiste an finsteren Orten gefangen gehalten wurde.

»Sie haben Tests an uns durchgeführt«, sagte er irgendwann, nicht zu mir, sondern zu dem Nichts, zu der Vergangenheit in seinem Kopf. Vielleicht wollten die Worte auch endlich raus, vielleicht mussten die Geheimnisse gelüftet werden, damit nicht mehr jeder für sich alleine an ihnen leiden musste.

»Jeden Morgen kamen sie mit einer kleinen Menge Dunkeldornpulver, das wir inhalieren mussten. Dass ich nicht der Einzige war, an dem herumexperimentiert wurde, hörte ich an den Schreien aus dem Gang. Aus den anderen Räumen. Je näher die Schreie kamen, desto näher kam auch meine morgendliche Dosis. Hast du eine Ahnung, wie das ist, wenn man jeden Morgen darauf wartet, dass sie gleich Gift in deinen Körper pumpen? Wenn du jeden Morgen glaubst, gleich ersticken zu müssen, weil sich alles in dir dagegen wehrt, weil alles verätzt wird? Es ist die Hölle. Aber irgendwann, Opal, irgendwann gewöhnst du dich sogar an die Hölle, und alles um dich herum wird dir gleichgültig. Der einzige Halt war das Schreien der anderen. Nur so wusste ich, dass ich nicht alleine durch diese Hölle ging.«

Der einzige Halt war das Schreien der anderen.

Heiße Tränen liefen über mein Gesicht. Ich wünschte, ich hätte etwas tun können, um ihm diese schrecklichen Erlebnisse abzunehmen, aber ich wusste, dass er die Erinnerungen niemals würde ablegen können. Diese Hölle würde immer ein Teil von ihm bleiben, im Leben und vielleicht sogar noch im Tod.

»Was genau hat diese Veränderungen auf deiner Haut verursacht?«, fragte ich sanft, als er nicht weitersprach.

»Sie haben getestet, wie viel Dunkeldornpulver gewöhnliche Menschen aushalten, ehe sie sterben.« Julians Hände ballten sich zu Fäusten. »Viele Testpersonen sind daran gestorben. Sie wurden durch andere ersetzt, wenn sie tot oder nutzlos waren. Ich habe keinen Einzigen von ihnen jemals gesehen, aber mit der Zeit lernt man, die Schreie auseinanderzuhalten, ihnen im eigenen Kopf ein Gesicht zu geben, damit man in dieser Hölle nicht einsam ist. Mit der Zeit begann sich dann meine Haut zu verändern. Es war, als würde das Dunkeldornpulver sich in mir festsetzen und mich von innen heraus verändern. Nicht nur meinen Körper, sondern auch mich. Meine Persönlichkeit. Meinen Willen. Es fühlte sich an, als würde ich mich selbst von Tag zu Tag mehr verlieren. Als könnte ich nicht mehr klar denken, als würde mich nichts als rasende Wut erfüllen.«

Sofort kam mir das Bild des Dornenmonsters in den Sinn, das ich seinerzeit in dem ersten Laborraum vorgefunden hatte. »Ich glaube, manche von ihnen haben ihr Menschsein verloren«, murmelte ich und warf ihm einen Seitenblick zu.

»Das hätte ich fast auch. Als du aufgetaucht bist, hatte ich aufgegeben. Ich wollte nur noch sterben. Aber dein Anblick hat mir Hoffnung gegeben. Gleichzeitig habe ich dich gehasst, als du ohne mich verschwunden bist und mich lebend zurückgelassen hast. Ich fühlte mich, als hätte ich kurz die Sonne sehen dürfen, nur um dann in die Dunkelheit zurückgestoßen zu werden. Wo ich zuvor Frieden damit geschlossen hatte, dass ich diese Tortur langfristig nicht überleben würde, so war ich nun wieder voller Wut darüber, was sie mit uns anstellten. Und darüber, dass ich dich sehen durfte, nur damit du mir dann wieder entrissen wurdest.«

»Verdammt, Julian, ich wollte nicht … Aber ich konnte dich nicht töten. Vielleicht war das egoistisch von mir, aber ich konnte dich nicht ein zweites Mal verlieren.« Meine Tränen hörten nicht auf, zu fließen. Es fühlte sich an, als wäre endlich ein Damm in mir gebrochen, der alles Harte, alles Nadelige, alles Schmerzhafte in meinem Inneren zurückgehalten hatte, damit ich auf den Straßen und auf der Flucht überleben konnte, um mein Versprechen einzuhalten und Julian verdammt noch mal die Freiheit zurückzugeben.

Und jetzt, jetzt hatte eine Brise ausgereicht, den Damm aus emotionalem Geröll einfach zum Einsturz zu bringen. Mir wurde erst jetzt, in diesem Augenblick, bewusst, dass wir beide hier waren.

Er und ich.

Wir waren zusammen hier.

Wir waren am Leben.

Gemeinsam.

Ich schlug die Hände vors Gesicht, damit er meine Tränen nicht sah, die ich um ihn und um mich und um Nan und meine Mutter und um Sinah weinte, die ich für Verlorenes und nie Eintretendes vergoss.

Julians Kleidung raschelte leise, ehe sich unsere Knie berührten und sich seine Finger um meine Handgelenke schlossen. Seine Haut war schwielig und rau, als wäre sie ein wenig dicker als meine, trotzdem war er ungewöhnlich sanft dafür, dass sonst jede seiner Bewegungen unbeherrscht und grob war, nicht mehr ruhig und besonnen wie früher.

Behutsam zog er meine Hände von meinem Gesicht fort und wischte meine Tränen weg, wann immer neue über meine Wangen rannen.

»Ein kleiner Teil von mir wird noch eine Weile brauchen, bis er dir das verziehen hat. Aber da ist auch ein anderer Teil in mir, der dankbar ist, die Sonne wieder zu sehen. Den Wind auf der Haut zu spüren. Frische Luft zu atmen. Dich in meiner Nähe zu haben.«

Dich in meiner Nähe zu haben.

Alles in mir krampfte sich zusammen, und am liebsten hätte ich sofort wieder geweint, aber diesmal vor Erleichterung, vor heißer Freude. Wir hatten alles verloren. Aber vielleicht … vielleicht hatten wir noch uns, und vielleicht war das genug, gerade genug.

Er ließ die Hände von meinem Gesicht sinken und legte einen Arm um mich, mit dem er mich so sanft an seine Brust zog, dass mein Herz wieder und wieder brechen wollte, weil ich nicht wusste, wie ich mit so viel plötzlicher Nähe umgehen sollte. Meine Wange kam unter seinem Kinn zum Liegen, ich spürte die Hitze seiner Haut, roch seinen altvertrauten Duft, der viel intensiver war als früher, viel schwerer, viel unheilvoller, aber das war egal, denn er war immer noch da drin, unter dieser Haut. Ich war den in der Sonne schimmernden schwarzen Schuppen an seinem Hals nahe und konnte zum ersten Mal wirklich erkennen, wie sich das Dunkeldornpulver in ihm eingebrannt hatte.

»Vielleicht kann ich sie verschwinden lassen«, sagte ich flüsternd.

Ich konnte Julians fragenden Blick mehr erahnen denn tatsächlich sehen. »Wovon sprichst du?«

Zaghaft hob ich die linke Hand und berührte mit den Fingerspitzen beinahe die schwarzen Stellen, die sich von seiner dunklen Haut abhoben. Aber ich wagte es nicht, sie wirklich zu berühren, da ich unsere Nähe nicht überstrapazieren oder kaputtmachen wollte, was wir gerade hatten. Außerdem hatte ich keine Ahnung, was meine Gabe dann mit ihm anstellen würde. Würde sie reagieren? Ihn gar verletzen? War da noch Dunkeldornmagie in ihm?

»Wovon sprichst du?«, fragte er erneut, und ich seufzte innerlich. Fast wehmütig richtete ich mich auf, und sofort fehlte mir seine Wärme, obwohl die Sonne über unseren Häuptern brütend heiß schien.

Jetzt war die Stunde der Wahrheit gekommen.

»Hast du dich nie gefragt, wie ich überleben konnte?«, fragte ich müde. »Obgleich ich bereits zurück auf der Plantage war und mich nicht abseits befand?«

Auf Julians Stirn bildete sich eine nachdenkliche Falte. »Ich habe keine Erinnerung an das Unglück. Ich erinnere mich, dass du mich ins Krankenzelt gebracht hast, dass deine Nan mich untersuchen wollte, und dann ... Dann ist da nur noch Leere. Als ich das nächste Mal aufgewacht bin, war ich in einem stickigen Wagen mit zwei Menschen in weißen Anzügen. Ich muss sediert oder vor Schmerz die ganze Zeit ohnmächtig gewesen sein, denn ich habe keine Ahnung, wie ich schlussendlich in dem Laborraum gelandet bin, in dem du mich gefunden hast. Aber ich dachte, du wärst in meiner Nähe gewesen und hättest genauso viel ... Glück gehabt wie ich.«

Wie hätte er auch etwas anderes denken können, wenn sogar ich selbst lange nur von Glück oder einem Fehler, den der Tod begangen hatte, ausgegangen war?

Ich räusperte mich. Dann erzählte ich ihm von meiner Zeit als Aushilfe bei Professorin Weisdorn, von den Versuchen und der Forschung, von all den großen und kleinen Alltagserlebnissen und Giftanschlägen, die ich mehr oder weniger unbeschadet überstanden hatte. Ich erzählte ihm, so wenig detailreich wie nötig, vom Königsgleichen, von Keya, vom Prozess und wie der Königsgleiche mir schließlich enthüllt hatte, dass ich eine Entgifterin war. Und während ich all das erzählte, fühlte es sich an, als berichtete ich Julian von der Geschichte einer fremden Person, denn all die Geschehnisse schienen so unsäglich fern und nicht mehr zu mir zu gehören, wo wir hier zusammen in Elver saßen.

Als ich geendet hatte, sagte Julian lange nichts. Er musste die Informationen verarbeiten, und manchmal hatte ich das Gefühl, dass er nach der langen Zeit allein in den Laborräumen schnell überfordert von Gesprächen und zu vielen Neuigkeiten war.

Als er dann zu einer Antwort ansetzte, bebte seine Stimme, und in seinen Augen lag ein hitziger Schimmer, der mich beunruhigte.

»Du könntest etwas verändern, Opal. Du könntest …« Ein Knurren entwich seiner Kehle. »Du könntest sie zerstören. Die Quelle ihrer Macht. Vielleicht bist du der Schlüssel.«

Doch ich schüttelte nur den Kopf. »Was kann ich schon ausrichten?«

Julian ließ sich nicht beirren. »Du hast einen Graben vor die Universität geschlagen. Du hast …«

»Das war nicht meine Gabe, Julian. Das war das Dunkeldornpulver, das die Professorin für den Königsgleichen erschaffen hat, damit er auch als normalsterblicher Mensch Dunkeldornmagie wirken kann. Dazu wäre jede Person imstande gewesen, auch er selbst.«

»Aber du kannst das Pulver zerstören. Oder gar die Pflanze selbst.«

Ich dachte zurück an die verborgenen Abteilungen in der Universität, als ich versucht hatte, zu den wissenschaftlichen Archiven vorzudringen. Wie hart allein der Kampf gegen diesen riesigen, majestätischen Dunkeldorn gewesen war, der den Zugang dazu kontrolliert und bewacht hatte.

Ich schüttelte nun energischer den Kopf. »Ich kann einen Dunkeldorn außer Gefecht setzen. Aber niemals alle. Und erst recht nicht, wenn sie von jenen, die Dunkeldornmagie beherrschen, beschützt werden.«

»Weil du nicht gelernt hast, wie du deine Fähigkeit effektiv einsetzen kannst. Wenn wir nur jemanden finden, der dir genau das beibringen könnte, der weiß, wie es funktioniert, ohne dich an den Rand der Erschöpfung zu bringen, dann …«

»Nein«, unterbrach ich ihn abwehrend. »Hör auf, Julian. Ich weiß, dass die Zustände für Menschen wie uns furchtbar sind und es so nicht weitergehen kann. Aber was soll ich tun? Am Ende macht es für uns einfache Leute keinen Unterschied, ob der Dunkle Rat regiert oder der Königsgleiche, sie interessieren sich alle nicht für uns. Außerdem … Ich bin in diesem Kampf nicht der entscheidende Schlüssel. Es muss einen anderen Weg geben.«

Ich konnte ihm nicht ins Gesicht sagen, dass ich fürchtete, eine weitere Gegenüberstellung mit dem Königsgleichen nicht zu überstehen … dass ich bei ihm vielleicht zu nachlässig gewesen war, dass er mich am Ende doch für seine Zwecke benutzte, dass er mich in seine Lügen und seine Manipulation und sein Feuer einspannte. Ich wollte ihm nicht noch einmal gegenübertreten, sondern am liebsten so viel Distanz zwischen uns wissen, dass ich niemals wieder in Versuchung geraten könnte.

Julian presste die Kiefer aufeinander. Ich konnte ihm ansehen, dass er jetzt um des Friedens und des Ortes willens Ruhe gab, das Thema für ihn aber noch nicht erledigt war. Er würde mich damit wieder konfrontieren.

»Lass uns zurückgehen, ehe die Nachmittagshitze uns den Weg zu unangenehm macht«, bat ich. Außerdem mussten wir uns dringend Gedanken darüber machen, wo wir langfristig bleiben konnten. Die Menschen von Thiwa hatten zwar angedeutet, uns den Stall auch länger zu überlassen, aber ich wollte ihnen nur so kurz wie nötig zur Last fallen.

Julian strich sich erschöpft über die Augen. »Ich werde wiederkommen. Ich kann noch nicht loslassen. Dieser Ort ist alles, was wir noch haben.«

»Dieser Ort ist Asche.«

»Asche ist besser als nichts.« Er erhob sich von der Bank und reichte mir die Hand, um mir aufzuhelfen. Überrascht nahm ich die Hilfe an und ließ mich auf die Füße ziehen.

Auch danach ließ Julian mich nicht los, als wollte er wenigstens mich nicht verlieren, wenn wir Elver schon den Rücken zukehren mussten. Obwohl wir beide in der Sonne brieten und unsere Hände schwitzig waren, blieben unsere Finger ineinander verschränkt, bis die verkümmerten, schiefen Dächer von Thiwa wieder in Sichtweite waren.

Und obgleich der Besuch meines zerstörten Heimatdorfes mir alles abverlangt hatte, obgleich mein Herz schwer war, glaubte ich, auf dem Rückweg manchmal eine vertraute Gegenwart zu spüren: das Lachen meiner kleinen Schwester Sinah, das leise Schelten meiner Mutter, Nans Duft nach Kamille. All das hatten die Dunkeldornen nicht zerstören können, selbst wenn es nur in meinem Kopf weiterlebte.

10

Gesang unter Sternenlicht

Zurück in Thiwa versuchten wir, uns nützlich zu machen und den spät am Abend von der Plantage Zurückkehrenden einen herzlichen Empfang zu bereiten. Damit wollten wir signalisieren, dass wir große Dankbarkeit dafür empfanden, trotz der Armut der Menschen so viel Gastfreundschaft zu empfangen.

Wir hatten bereits Wasser aus den Brunnen geschöpft und es an der Feuerstelle abgekocht. Julian war zudem am Nachmittag erfolgreich auf der Jagd gewesen und mit zwei Kaninchen aufgetaucht, die wir gemeinsam ausgenommen und dann, als die Ersten zum späten Feierabend eingetroffen waren, über das prasselnde Feuer gehängt hatten. Während sie garten, verarbeitete ich Kartoffeln und Gemüse, welche Hanni und einige andere Frauen zusammengesucht hatten. Ohne dass wir uns abgesprochen hatten, saßen Hanni, Tascha Nio und ich alsbald zusammen und warfen alles mit einer Handvoll halb vertrocknetem Rosmarin in einen großen Topf bis ein wunderbar duftender Geruch in der Luft lag, bei dem mir das Wasser im Munde zusammenlief. Julian und ich hatten seit einer Ewigkeit nichts Warmes mehr gegessen.

Ich hatte die meisten Kartoffeln vor mir aufgestapelt, weil

ich ein schlechtes Gewissen hatte, dass die Frauen sich mir sofort angeschlossen hatten, als sie gesehen hatten, wie ich Essen vorbereitete. Sie hatten einen langen Tag gehabt, und ich wollte, dass sie sich zurücklehnten und die Füße hochlegten. Aber hier ruhte niemand. Hier wurde Arbeit gemeinsam getan, damit alle schneller Feierabend machen konnten. Julian und die anderen Männer karrten derweil Tische und Stühle herbei. Offenbar wollten sie den Abend nutzen, um zusammenzusitzen und Zeit miteinander zu verbringen. Elver, hörte ich Kuni zu Julian sagen, hatte sie alle enger zusammenrücken lassen. Man saß lieber gemeinsam draußen als allein in den Häusern.

»Wie ist die Arbeit auf den Plantagen seit Elver?«, fragte ich in die Runde, ohne von meinem Kartoffelhaufen hochzusehen.

Nio schnaubte genervt. Die Haut auf ihren Armen war rötlich verfärbt, wo sich Blütenstaub wie feiner Nebel auf ihr verteilt hatte. »Noch strenger als früher. Wir müssen spuren wie Sklaven.«

»Das mussten wir aber doch schon immer«, warf Tascha ein, und ihr Blick glitt mitfühlend über die Unterarme ihrer Freundin.

»Ja, aber mittlerweile ist alles verboten, was die Arbeit bis vor einigen Monaten wenigstens noch halbwegs erträglich gemacht hätte: genügend Pausen, eine medizinische Versorgung, das Wechseln einiger Worte, wenn gerade kein Aufpasser hinsieht.«

»Wieso ist das alles untersagt?«, fragte ich. Ich sammelte Kartoffelschalen in einem Eimer, weil sie weiterverwertet wurden, und sei es nur zum Feuermachen.

Nios fast schwarze Augen glänzten so kämpferisch, wie

ich es nur von Julian gewohnt war. War die Rebellion in den Herzen der Menschen vielleicht schon weiter, als ich angenommen hatte? Waren sie womöglich doch gewillt, gegen die Ausbeuterei vorzugehen?

»Es scheint, als stünden die Aufpasser selbst unter Druck, unglaublich viel Dunkeldorn in so kurzer Zeit wie möglich ernten zu lassen. Jeden Tag sind mindestens eine Handvoll Dornenformer vor Ort, die uns bei der Arbeit unterstützen und die Blüte der Pflanzen herbeiführen sollen.«

Als stünden die Aufpasser selbst unter Druck, unglaublich viel Dunkeldorn in so kurzer Zeit wie möglich ernten zu lassen.

Mir wurde flau im Magen. Wurde auf den Plantagen zwischen Thiwa und Oranien der besondere Dunkeldorn für den Königsgleichen angebaut? Die Sorte, aus der man Dunkeldornpulver herstellen konnte, das jede Person dazu bemächtigte, Dunkeldornmagie zu beherrschen?

Julian und ich wechselten einen Blick, und ich erkannte an dem feinen, grimmigen Lächeln um seine Mundwinkel, dass er denselben Gedankengang wie ich hatte. In seinen Augen brannten Rachegelüste und eine mir unbekannte Zerstörungswut.

Doch bevor er irgendwas sagen oder Hals über Kopf davonstürmen konnte, kam der alte Kuni zum Dorfplatz am Brunnen gehumpelt. Er sah schrecklich abgekämpft aus, und zwei jüngere Männer, die ich noch nicht kennengelernt hatte, stützten ihn zu beiden Seiten. Hanni, die gerade ein paar Möhren und etwas Sellerie zu den im Wasser kochenden Kartoffeln geworfen hatte, sprang auf und lief zu ihm. Ich konnte nicht hören, was sie sagte, aber ich konnte es mir vorstellen. Die Szenerie hatte sich auch in Elver immer und immer wieder abgespielt:

Geht es dir gut?
Bist du verletzt?
Was ist passiert?

Kuni erinnerte mich so sehr an Nan, dass es wehtat. Er schüttelte brüsk den Kopf und wischte jede Besorgnis, jede drängende Frage mit einer unwirschen Handbewegung beiseite.

»Mir geht es gut«, drang seine schwache Stimme zu mir.

Natürlich ging es ihm nicht gut. Aber seine Liebsten sollten sich keine Sorgen um ihn machen. Ich kannte das von Nan zu gut, kannte den Ausdruck ihrer Augen, wenn sie nach einem langen Tag ihre Schmerzen unterdrückt hatte, kannte den gequälten Zug um ihre Mundwinkel, wenn sie trotz versteckter Wunden gelächelt hatte, um all das runterzuspielen.

Und am Ende wussten wir alle, dass wir dort, wo Wasser und Medizin und Ruhephasen nicht vorhanden waren, nichts tun konnten, außer Trost zu spenden, außer mit Worten zu lindern, außer da zu sein, außer die geheime Botschaft des versteckten Lächelns zu verstehen und zu durchschauen.

Hanni schickte ein junges Mädchen mit hüftlangem Zopf los in ihr Haus, um einige Kissen für Kuni zu holen, damit er es bequemer hatte und die Füße hochlegen konnte. Dann kehrte sie zu mir, Tascha und Nio zurück.

»Die Kartoffeln müssten in einigen Minuten gar sein, so dünn, wie wir sie geschnitten haben«, sagte ich und meinte eigentlich: *Geht es ihm gut? Ist er verletzt? Was ist passiert?*

»Wunderbar«, sagte sie und atmete auf. »Vielleicht ist uns allen einfach mal ein friedliches, ungestörtes Mahl vergönnt. Nach den Strapazen dieser Woche wäre das ein Segen.«

Das Mädchen war mit den Kissen wiedergekommen, und sie hatten Kuni sorgsam darauf bugsiert und seine leicht geschwollenen Beine auf einen Hocker gelegt, den sie damit gepolstert hatten. Während Julian darauf achtete, dass die Kaninchen von allen Seiten gegrillt wurden, steckte Tore mit zwei Nachbarn, die am Vortag bei unserer Ankunft noch auf den Feldern gearbeitet hatten, Fackeln rings um den Platz in den sandigen Boden, um ihn zu erhellen, während die Sonne langsam unterging und mit ihr auch die schlimmste Hitze verschwand.

Bald war das Essen fertig, und Hanni und ich verteilten Fleisch, Kartoffeln und Gemüse auf vielen Tellern, viel zu vielen Tellern, wenn ich die Menge der Mahlzeit betrachtete und dabei in die hungrig anmutenden Gesichter sah. Ich füllte nur eine winzige Portion auf meinen Teller, und Julian tat es mir wortlos gleich. Die Menschen von Thiwa hätten nicht zugelassen, wenn wir vollständig auf Essen verzichtet hätten, dazu waren sie zu hilfsbereit und fühlten sich uns verpflichtet, aber mehr als ein paar Gabeln würde ich nicht herunterbekommen, da wir nicht einmal annähernd so einen zehrenden Tag hinter uns hatten wie all diese Menschen.

Eine Weile durchbrach nichts die Dämmerung außer das Klappern von Besteck auf Porzellan und das Kichern der kleineren Kinder, die sich nicht auf ihren Plätzen halten konnten, sondern schon bald über den staubigen Boden rannten. Es brach mir das Herz, zu sehen, wie viel Freude die Menschen an diesem einfachen Mahl hatten, wie bedacht sie aßen, obwohl sie furchtbar hungrig sein mussten, wie sie sich langsam und genüsslich Gabel für Gabel in den Mund schoben, bis der Teller viel zu schnell leer war.

Das war nicht gerecht. Nichts davon war gerecht.

Der Hunger, die Erschöpfung, die unbehandelten Verletzungen, die mutlosen Seelen derer, die schon aufgegeben hatten. Nein, der Königsgleiche und der Dunkle Rat lagen falsch. Keine Dunkeldornmagie der Welt konnte aufwiegen, was man diesen Leuten antat. Julians Blick begegnete meinem, und er traf mich bis tief in meine Seele. *Siehst du?*, schien er mich zu fragen. *Habe ich es dir nicht gesagt?*

Ich wandte den Blick rasch ab, um den in mir aufglimmenden Schmerz zu verbergen, um ihn die Schuld, die sich vielleicht in meinen Augen abzeichnete, nicht wissen zu lassen.

Ich war *nicht* der Schlüssel.

Wie konnte er nicht verstehen, dass ich nichts ändern konnte? Wie konnte er nicht einsehen, dass wir hilflos waren, dass sowohl der Königsgleiche als auch der Dunkle Rat weitaus mächtiger waren und ich nicht mehr als eine Spielfigur, die beide mit einem Fingerschnipsen vom Brett werfen konnten?

Viel zu rasch hatten alle ihr Mahl beendet und räumten nun das Geschirr weg. Es wurde an einem Eimer mit leicht trübem Wasser geschrubbt und gesäubert, dann brachte Tore eine Flasche mit dunklem Brand.

»Heute ist ein Tag zum Feiern«, sagte er und deutete mit der Hand auf Julian und mich. »Zwei Menschen aus dem ehrwürdigen Elver weilen wieder unter uns. Lasst uns die Toten mit einem Schluck ehren und die Lebenden mit einem zweiten.«

Er nahm einen kräftigen Zug, ehe er die Flasche an Kuni weiterreichte, der mit glänzenden Augen einen großzügigen Schluck trank und dann seinerseits die Flasche an den nächsten gab. Auch diese liebevolle Geste war ein Stich ins Herz. Diese Leute würden ihr letztes Hemd dafür opfern, damit wir uns bei ihnen heimisch fühlten.

Als mich die Flasche erreichte, zitterten meine Finger. Ich trank nur einen winzigen Tropfen, ehe ich sie in Julians Hand drückte. Im Gegensatz zu mir, die so aufgewühlt war, war er ganz ruhig. Allmählich schien er sich in der Gesellschaft so vieler Menschen wohlzufühlen und sich zu entspannen. Auch wenn er sich wenig an den Gesprächen beteiligte, lauschte er den anderen aufmerksam, anstatt geistesabwesend in die Ferne zu starren.

»Habt ihr einen Plan, wie es weitergehen soll?«, fragte Tore, als die Flasche wieder bei ihm angekommen war. »Ich meine, so gern wir euch ein Zuhause geben würden: Früher oder später werden sie euch auch hier suchen. Sie werden ganz Tensia auf den Kopf stellen, um euch zu finden, denn ihr tragt zu viel Wissen mit euch.«

»Nein, wir haben keinen Plan«, gab ich zu. »Aber wir werden bald weiterziehen. Du hast recht, wir können hier nicht zu lange bleiben. Das Letzte, was wir wollen, ist, auch euch in Gefahr zu bringen.«

Davon habt ihr beileibe jeden Tag schon genug.

Hanni klatschte laut in die Hände. »Lasst uns nicht an diesem schönen Abend mit solch deprimierenden Themen anfangen. Die Sorgen sind auch morgen noch da, keine Bange.«

Und weil sie so sehr recht hatte, ließen wir die Sorgen für einen Augenblick fallen. Sie waren nicht fort, wie auch, wenn sie jeden Atemzug beherrschten, wenn sie sich tief in uns eingenistet hatten wie Parasiten, aber für einige Stunden waren sie vom fröhlichen Gesang, gemütlichen Feuerschein und der intimen Atmosphäre, in die uns die laue Sommernacht tauchte, übertüncht.

Für einen Abend lang dachten wir nicht an Feldarbeit, an die Bestellung der Plantagen, an den Dunkeldorn; dachten nicht an Elver und Verletzungen und den schwarzen Tod.

Wir dachten nur an uns und an das glückliche Lachen und an die Geschichten, die wir kichernd miteinander teilten, und vielleicht, ja vielleicht war auch das schon eine kleine Rebellion gegen all jene, für die wir uns die Knochen wund schufteten.

Vielleicht war das der entscheidende Funke, der alles in Brand stecken konnte.

11

Wenn Feuer Leben gibt und Leben nimmt

Es war gleich, an welchem Ort ich schlief, ob er dunkel und gefährlich war, ob er mich gefangen hielt, ob er mich von freundlichen Menschen umgab oder ob er mich in Sicherheit wog:

Die Albträume kamen.

Sie kamen wie der Schatten, der an einem klebte, ganz egal, wohin man sich auch wandte, und nicht einmal die Nacht selbst ließ ihn verschwinden, sie machte ihn nur noch gewaltiger.

Die Albträume kamen und waren so das vielleicht einzig Konstante in meinem Leben, das, worauf ich sicher zählen konnte.

Aber in dieser Nacht musste ich den Albträumen, den Schreien meiner sterbenden Familie nicht allein gegenübertreten. Ich war auf dem Schlachtfeld, das außer mir niemand sonst sehen konnte, nicht auf mich allein gestellt.

Bevor der schwarze Nebel die Menschen verschluckte, spürte ich Hände auf meinem Körper. Hände, die mich mit einer Leichtigkeit aus dem Abgrund zogen, als wäre ich federleicht und der Abgrund nicht todesschwarz und alles verschlingend, Hände, die sich durch meine Haut in meinen Verstand gruben und mich aufwachen ließen, wo ich sonst Kissen und Decken wild zerstrampelte und trotzdem nicht aus dem Traum aufschrecken konnte.

Schweißgebadet riss ich die Augen auf, mein Atem ging stoßweise, alles in mir war auf Flucht eingestellt, obwohl ich doch wusste, dass mein Gegner unsichtbar war und nur in mir drin schlummerte.

»Du bist nicht allein, Opal«, drang Julians heisere Stimme an mein Ohr. »Ich bin hier.«

Mein Herz überschlug sich, weil ich ihn nicht dicht bei mir vermutet hatte. In dem Verschlag, in dem wir schliefen, war es dunkel, der erlösende Morgen noch so fern, dass der Nachhall der Albträume an mir haften blieb. Ich konnte ihn kaum ausmachen, nur das Rascheln von Stroh und seinen Bewegungen und die Atemgeräusche, die er ausstieß, verrieten mir, dass er nah war, so rettend nah.

Wir waren spät in den kleinen Stall zurückgekehrt. So lange hatten wir die Gesellschaft der Menschen von Thiwa genossen, dass ich kurz vergessen hatte, in welchem Schlamassel wir steckten und wie dunkel die Vergangenheit war, die uns auf dem Fuße folgte.

»Verdammt«, entfuhr es mir, als sich meine Augen wieder mit Tränen füllten. Wochen und Monate hatte ich sie unterdrückt, aber seit wir Elver besucht hatten, hatte ich das Gefühl, an all den glücklichen Erinnerungen, die sich niemals wiederholen würden, zu ersticken.

Nichts davon würde je wieder Leben eingehaucht bekommen.

Nichts.

Nur noch wir beide waren übrig. Sollte der Königsgleiche uns finden und ausmerzen, würde nichts mehr an Elver erinnern, es würde auch aus dem Gedächtnis der Menschen verschwinden. Alle Toten würden ein zweites Mal sterben, wenn niemand mehr ihrer gedachte, wenn niemand mehr Geschichten über sie erzählte.

Wortlos strichen Julians Hände über meine Arme hoch zu meinen Schultern. Ich spürte eine Bewegung, dann waren sein Körper und seine Hitze, die wie Feuer brannte, an meiner Seite, und er schob den rechten Arm unter mich, um mich an sich zu ziehen.

»Du bist nicht allein«, flüsterte er in mein Haar, und wenn er es nur oft genug wiederholte, das wusste ich, würde ich es glauben, wenigstens für diese Nacht, bis das Tageslicht die Illusion zertreten würde.

Du bist nicht allein. Du bist nicht allein.

Ich vergrub das Gesicht in seiner nackten Haut, spürte die harten Muskeln seiner Schultern und seines Brustkorbs unter meinen Fingerspitzen, als ich ihn berührte, um mich zu vergewissern, dass er wirklich da war, dass er echt war und kein besonders hinterhältiger Albtraum. Seine Hand kam schwer in meinem Nacken zur Ruhe, seine Finger gruben sich in mein Haar, als hätte auch er Angst, dass ich mich im nächsten Augenblick in Luft auflösen könnte und er wieder in dem verfluchten unterirdischen Labor aufwachte, fernab von Licht und Sonne und einem vertrauten Menschen.

Ich atmete seinen Duft ein. Fühlte das Heben seiner Brust bei jedem Atemzug, die feinen Härchen auf der glatten Haut, die an manchen Stellen von den rauen Schuppen durchzogen wurde. Eine Weile blieben wir so liegen, dicht beisammen und den anderen nicht loslassend, als würde er wie eine Fata Morgana verschwinden, wenn man einander nicht festhielt.

Irgendwann tauchte die einbrechende Dämmerung sein Gesicht in eine sanfte, zwielichtige Helligkeit, die mir mehr als nur Schemen und Schatten zu sehen erlaubte.

Julian war kein Traum. Und ich war auch keiner. Wir waren eine abgekämpfte, müde, zerbrochene Realität, waren zwei Spielpuppen, die man erst zerstört und dann weggeworfen hatte.

Und nichts davon störte mich hier, wo sich unser Atem vermischte und seine rauen Fingerkuppen über meinen Nacken tiefer über meinen Rücken wanderten. Die Hitze seiner Haut war wie eine Spur auf meiner und jagte mir einen Schauer über den Körper.

Unsere Blicke verhakten sich ineinander. Seine fast schwarzen Augen waren wie zwei Abgründe, die meine eigenen spiegelten und meine eigene Dunkelheit, meine Schuld zurückwarfen.

Ich öffnete den Mund, um etwas zu sagen, um seinen Namen zart wie eine Brise auszusprechen, aber ich kam nicht dazu. Heiß trafen seine Lippen auf meine und schluckten jedes Wort und den leisen Überraschungslaut, den ich ausstieß. Julians Hand wanderte zu meinem unteren Rücken, wo er mich enger an sich drückte, während er sich halb über mich beugte und mich unter seinem schweren Körper begrub. Ich spürte ein kurzes Zögern in seinem Kuss, als wollte er sich vergewissern, dass er mich nicht überrannte oder etwas gegen meinen Willen tat, doch ich öffnete die Lippen, um seiner Zunge Einlass zu gewähren, während ich die nackten Beine um seine Hüften schlang. Er stieß ein fast schon triumphierendes Knurren aus und biss mir leicht in die Unterlippe.

Alles in mir war so dumpf, dass ich seine Wildheit begrüßte. Sie raste wie Feuer über meinen Körper und setzte alles in Brand. Seine Lippen verließen meinen Mund und glitten tiefer, wanderten über meinen Hals. Seine Hand löste sich von meinem Rücken und zog an dem Hemd, das ich trug, um meine Schulter freizulegen und dort eine brennende Spur mit seiner Zunge zu hinterlassen. Ich schloss die Augen und versuchte, einen klaren Gedanken zu fassen, obwohl alles, was ich wollte, einfach nur war, mich fallen zu lassen. Nicht nachzudenken. Zu vergessen. In Flammen aufzugehen.

Doch …

»Julian?«

Wieder knurrte er. Seine Hand schob sich unter mein Hemd, wobei er den Stoff beinahe zerrissen hätte, weil er so ungeduldig, so hungrig war. Seine Wildheit nahm mir den Atem, mein Herz polterte gegen meinen Brustkorb. Jede Stelle, die er berührte, sehnte sich nach mehr.

»Julian?«, flüsterte ich ein zweites Mal.

Nun hielt er inne, sein Mund glitt an mein Ohr. »Hm?«

Ich schluckte. Das Verlangen schien mich entzweireißen zu wollen. »Ist das hier … ist das Trauer? Oder ist es … mehr?«

Ich wollte ihn so sehr. Aber es musste echt sein, sonst würde ich unter seinen Händen zerbrechen, das wusste ich. Er würde zerstören, was noch von mir übrig war.

»Es ist Trauer«, raunte er dicht an meinem Haar. Sein Atem war heiß und ging stoßweise. »Es ist Trauer, und es ist Schmerz, und es ist Sehnsucht nach dir. Verdammte Sehnsucht, die ich schon sehr lange in mir trage. Was … *sie* aus mir gemacht haben … Es hat mich gebrochen. Und mich zugleich stärker gemacht. Ich werde deiner nie würdig sein. Aber ich kann dir dienen. Dir helfen. Dich lieben. Dich brennen lassen. Dich zu Feuer formen, das alles und jeden verschlingt.«

Zärtlich küsste er mich auf die Stirn, auf die Augenlider, auf die Lippen. »Lass mich uns vergessen machen, was wir erlebt haben. Hier in der Dunkelheit, bevor die Sonne aufgeht.« Seine Finger umfassten mein Knie, strichen über die Innenseite meiner Schenkel, höher, hinterließen ein Kribbeln und das Verlangen nach mehr, nach so viel mehr.

Ich wollte ihm sagen, dass ich längst Feuer war, dass wir beide Feuer waren, aber es kam nie dazu. Laute, aufgeregte Stimmen schlängelten sich durch die schmalen Ritzen der Holzdielen, die den Stall und uns darin zusammenhielten. Wir blickten uns an, und schmerzhaftes Bedauern spiegelte sich in unseren Mienen wider. Dann warfen wir uns beide hastig Kleidung über und stürmten mit zerzausten Haaren und atemlosem Keuchen aus dem Verschlag nach draußen.

Die Sonne stand wie ein dunkeloranger Ball am Horizont und tauchte die Umgebung in ein warmes Licht. Trotzdem dauerte es nur einen Augenblick, bis wir begriffen, wieso die Leute rannten, als wäre ein Ungeheuer hinter ihnen her. Viele kamen aus der Richtung der Plantage, weil sie sich soeben auf den Weg zur Arbeit gemacht hatten, andere hatten sich auf der Straße oder vor ihren Häusern aufgehalten. Ihnen allen stand Panik ins Gesicht geschrieben, eine Panik, die traf wie ein unmittelbarer Blitz, der vom Himmel schoss.

Ich hätte am liebsten die Hand nach Julian ausgestreckt und ihn bei mir behalten, ihn an mich gekettet.

Bitte nicht schon wieder. Nicht schon wieder.

Schwarzer Nebel lag weit hinter dem Dorfende in der Luft. Es war nicht derselbe Nebel wie in Elver, nicht diese wogende dunkle Masse, die alles Lebende einfach verschluckt und aufgefressen hatte. Aber es war nicht zu übersehen, dass die Blüte, die sich dort abspielte, über das hinausging, was die auf den Plantagen Arbeitenden gewohnt waren.

Außerdem wehte der Wind den Nebel in zügigem Tempo auf das Dorf zu. Julian und ich wechselten einen kurzen Blick und nickten. Uns konnte der Nebel nichts anhaben, jedenfalls nicht mehr als Schmerzen, von denen wir schon schlimmere überstanden hatten. Also rannten wir los, jeder einer Gruppe ängstlicher Männer und Frauen entgegen, um dabei zu helfen, sie möglichst rasch in ihre Häuser zu schaffen und sie hinter Türen und Fenstern zu verbarrikadieren.

Alles ging schnell, so schnell, als hätten die Leute den Ernstfall geprobt. Trotz der Panik wurde koordiniert, geholfen, wurden die Alten und Kinder auf Rücken geworfen und in das nächste Haus gebracht. Aber mir wurde bald klar, dass aller Übung und allem besonnenen Handeln zum Trotz nicht jede Person es rechtzeitig von der Plantage ins Dorf schaffen würde. Während Julian sich zwei Kinder unter den Arm geklemmt hatte und sie zu ihren laut nach ihnen schreienden Eltern brachte, rannte ich raus aus Thiwa, in Richtung des Nebels. Mir kamen so viele Menschen entgegen, die meisten hustend oder humpelnd, weil sie bereits leichte Verletzungen erlitten hatten. Viele Gesichter waren mir fremd, aber Thiwa lag näher an der Plantage als Oranien, und ich vermutete, dass die Leute sich an den erstbesten Ort flüchten wollten, der Sicherheit versprach.

»Bist du von Sinnen, Frau?«, schrie mir ein junger Mann mit roten Bläschen im Gesicht entgegen. »Du rennst in die falsche Richtung, verdammt.«

Ich würdigte ihn keiner Antwort, sondern lief weiter, so rasch es meine bloßen Füße vermochten. In der Eile hatte ich Schuhwerk vergessen, und spitze Steinchen und feiner Blütenstaub bohrten sich in meine Fußsohlen. Das Geschrei, auf das ich zusteuerte, wurde lauter.

Schreie. Überall Schreie. Todesschreie.

Beinahe wäre ich über meine eigene Erinnerung gestolpert, beinahe hätte sie mich von den Beinen gerissen. Sie wollte mich umwerfen, mich in einen Strudel aus Ohnmacht stürzen.

Ich musste mich zusammenreißen, zur Hölle noch mal! Jetzt ging es einmal nicht um mich.

Die Luft war nun erfüllt von einem dünnen schwarzen Flimmern, war kaum in die Lunge zu pressen, die sie ätzte. Mittlerweile kamen mir fast keine Menschen mehr entgegen, und ich ahnte, dass jede Person, die jetzt noch in diesem dichter werdenden Meer aus Blütenstaub gefangen war, keine Chance mehr auf Entkommen hatte.

Alles, was du hier noch finden kannst, sind Leichen, dachte ich. *Geh zurück. Dreh um und hilf Julian, alle in Sicherheit zu bringen, die jetzt noch nicht hinter verschlossenen Türen sind.*

Mit brennenden Augen wollte ich gerade auf dem Absatz kehrtmachen, als ich ein krächzendes Rufen hörte.

Lebst du noch?

Bist du noch bei mir?

Und doch, dahinten am Straßenrand zwischen zwei kümmerlichen, verdorrten Sträuchern lagen zwei Gestalten, die sich auf dem Boden zusammengekauert hatten. Eine von ihnen regte sich nicht, die andere hob schwach einen Arm, um mir zuzuwinken. Ich rannte zu ihr, während der Dunkeldornnebel mir Tränen in die Augen trieb.

Als ich die beiden Körper erreichte, blieb mir beinahe das Herz in der Brust stehen.

»Kuni, Hanni, verdammt«, flüsterte ich, während ich neben ihnen auf die Knie fiel. Ich wünschte, ich wäre in der Lage, sie mit meinem Körper abzuschirmen und vor dem Dunkeldorn zu schützen, aber ich wusste, dass er sich durch jede noch so winzige Öffnung seinen Weg in den menschlichen Körper stahl.

Ich hatte schon Tote gesehen, auch vor der Blüte in Elver. Aber ich war nicht darauf vorbereitet, was Kunis leerer Blick, der nicht länger auf einen Ort auf dieser Erde gerichtet war, mit mir anstellte. Und ich konnte seinen Leichnam nicht würdigen, ihn nicht im Tod ordentlich hinlegen, ihn begraben oder nach Hause tragen. Ich musste ihn liegen lassen wie einen Tierkadaver, der achtlos von einem Pferdewagen überrollt worden war. Denn jetzt zählte jede Sekunde für Hanni, die kaum noch bei Bewusstsein war und deren Körper bei jedem Atemzug mehr mit Dunkeldornnebel gefüllt wurde.

Ich rutschte hinter ihren Körper und richtete sie auf. Dann wand ich mich um sie herum, sodass ich sie nach vorne lehnen, ihre Arme über meine Schultern zerren und sie hochwuchten konnte.

Doch als ich gerade mit ihr auf die Beine kommen wollte, spürte ich Gegenwehr. Sie zog die Arme fort, rutschte herunter, und ihr Körper glitt zurück in eine im Sand liegende, erschöpfte Position. Ihr Atem ging rasselnd, es war kaum zu übersehen, dass jeder einzelne Zug eine Qual war.

»Verdammt, Hanni«, schimpfte ich unter Tränen. »Wir müssen dich hier rausbekommen. Im Dorf können sie dir helfen und …«

Oder ich könnte ihr helfen. Konnte ich das? Hatte der Dunkeldorn sie bereits so zerfressen, dass es zu spät war, seine

Magie aus ihr herauszuholen? War ihr Körper schon so sehr geschädigt, dass meine Gabe nichts mehr ausrichten konnte?

»Still«, unterbrach sie mich mit kraftloser Stimme. Obwohl sie kaum in der Lage war, Worte zu formen, sprach ihr Blick Bände: *Ich will nicht gerettet werden. Lass mich hier liegen.*

Ich rutschte mit den Knien über den harten kiesigen Boden. Jede Bewegung wirbelte Staub auf, der das Atmen noch mehr erschwerte.

»Hanni, bitte, jede Sekunde, die wir hierbleiben, ist eine zu viel.« Ich warf einen schnellen, besorgten Blick auf den schwarzen Nebel über der Plantage, der sich nicht mehr verdichtet hatte, aber sich mit jedem Windstoß weiter ausbreiten würde.

»Ein Leben ohne Kuni ist kein Leben«, flüsterte sie erschöpft. »Geh zurück. Rette andere.«

Die Tränen rannen nun heiß über meine verdreckten Wangen. »Hanni.« Ich wusste nicht, was ich sagen, was ich tun, wie ich all das hier noch zum Guten wenden sollte.

Hannis Hände hatten sich vor Schmerz zu Fäusten geballt, und sie hustete. Blut spritzte aus Mund und Nase. Feine Tropfen setzten sich auf meinem Hemd ab, als ich sie ein zweites Mal aufrichtete und sie festhielt. Wenn ich sie schon nicht retten konnte, wollte ich es ihr wenigstens leichter machen.

»Kuni und ich sind jeden Schritt des Weges gemeinsam gegangen«, krächzte sie mit einem warmen Schimmer in den Augen, als sich ihre Hustenattacke gelegt hatte. »Wir werden auch diesen Weg gemeinsam gehen. Wir können nicht ohneeinander sein. Nicht in dieser Welt und in keiner anderen.«

Ich lächelte, obgleich ich glaubte, dass meine Mundwinkel dabei auseinanderreißen würden. »Jede Welt, ganz gleich, in welcher ihr landet, ist eine bessere mit euch.« Ich strich ihr die verklebten grauen Haarsträhnen aus der Stirn und gab ihr einen Kuss auf den Scheitel. Ich wollte ihr Trost spenden, für sie da sein. Niemand sollte diesen allerletzten, diesen einsamsten Weg von allen allein gehen müssen.

Natürlich hätte ich, selbst wenn Hanni sich nicht gewehrt hätte, niemals den Weg zurück nach Thiwa mit ihr geschafft. Es dauerte zwei, vielleicht drei Atemzüge. Atemzüge, die ein schlimmerer Kampf waren als jede Kriegsschlacht, jedes Gemetzel, denn jeder Einzelne trieb den Dunkeldorn wie eine Sense durch ihren Körper und zerstörte ihre Atemwege, ihre Organe und schlussendlich ihr Herz von innen heraus.

Als sie zum letzten Mal Luft ausstieß, hatte sie die Schlacht verloren. Und nicht nur sie hatte eine Schlacht verloren, sondern wir alle und auch ich selbst, denn ich, ich hatte niemanden retten können.

Auf den Plantagen war es still geworden. Wer es nicht nach Hause geschafft hatte, würde irgendwann nur noch tot geborgen werden können. Julian hatte recht behalten. Ich besaß eine Gabe; eine Gabe, mit der ich vielleicht das hier hätte verhindern können, und ich hatte nichts getan, hatte nur meine eigenen Wunden geleckt und mich in Vergessen und eine gemeinsame Illusion mit Julian geflüchtet. Ich hatte die Verantwortung, die auf meinen Schultern lastete, einfach abgestreift, als ginge sie mich nichts an.

Ich war vielleicht nicht schuld an dem, was geschehen war, aber ich hatte weggesehen, wie damals bei den Feldmäusen, wie bei den Experimenten, wie bei den Prüfungen.

Und vielleicht machte mich das zum allerschlimmsten Monster von allen.

12

AUF UND DAVON UND NICHT MEHR ZURÜCKSEHEN

Als ich ins Dorf zurückkehrte, waren alle Türen verschlossen und das Leben von den Straßen verschwunden. Nicht einmal eine Ameise kreuzte meinen Weg über den erdigen Boden, als hätten sich selbst die Tiere in die Tiefen ihrer Löcher vergraben, bis die Luft wieder frei vom Dunkeldorn war.

Ich kehrte ohne Umschweife in den Stall zurück, in dem Julian und ich genächtigt hatten. Ich schaffte es gerade noch, die Tür mit zitternden Händen hinter mir zuzuschlagen, ehe ich mich ins Stroh erbrach. Schweiß und Dreck rannen mir über die Haut, als ich mich übergab, bis außer Magensäure und Galle nichts mehr kam. Meine Glieder zitterten, als befänden sie sich außerhalb meiner Kontrolle. Ich konnte das Bild von Kuni und Hanni nicht aus dem Kopf bekommen, konnte der Hoffnungslosigkeit, die sich in mir breitmachte, nicht Herrin werden.

Würde es jemals enden? Das Sterben? Die Wunden? All der Schmerz? Würde all das jemals aufhören, wenn sich niemand erhob?

Aber das war das Schlimmste am Sicherheben, an Rebellionen, am Kampf gegen die Obrigkeit. Irgendjemand musste damit beginnen. Irgendjemand musste die Erste sein.

Ich bin nicht der Schlüssel, hatte ich zu Julian gesagt und vielleicht nie so falschgelegen. Vielleicht musste ich die Erste sein.

Es würde Stunden dauern, bis sich der schwarze Nebel der Blüte vollständig aus der Umgebung verzogen hätte. Das war immer so, selbst bei den starken Blüten der normalen und nicht durch die Universität manipulierten und künstlich erschaffenen Dunkeldornen. Heute würde es möglicherweise noch länger dauern, denn diese Blüte war außerordentlich intensiv gewesen, wenn auch nicht so zerstörerisch wie jene in Elver, als die Professorin und ihre Untergebenen den im Labor herangezüchteten Dunkeldorn nicht völlig unter Kontrolle gehabt hatten. Seit dem heutigen Tag wusste ich, dass die Professorin es nicht schaffen würde, eine Zuchtvariante zu erschaffen, die so mächtig war, dass sie dem Königsgleichen die Dunkeldornmagie verleihen konnte und zugleich keine Gefahr für die Menschen darstellte, die auf der Plantage arbeiteten.

Eine solche Macht kam nicht ohne einen Preis daher. Und den würden niemals der Königsgleiche oder die Professorin zahlen. Den würden immer die Männer und Frauen da draußen auf den Feldern entrichten.

Wenn du dich nicht vor diese Menschen stellst, wird es niemand anderes tun.

Ich lag auf dem Boden und wartete, bis sich mein Herzschlag und meine panische Atmung allmählich beruhigten. Ein Teil von mir wünschte sich, Julian wäre hier, um mit ihm reden zu können, doch der andere war froh, dass er vermutlich in einem der Häuser steckte und Verwundete versorgte oder von innen Wände abdichtete. Ich hätte es nicht ertragen, diesen Vorwurf in seinen Augen zu sehen, weil ich nicht denselben Kampfgeist in mir getragen hatte wie er. Ich war nicht mit diesem rebellischen Funken versehen gewesen, der in ihm glomm.

Aber jetzt … Die Verluste waren zu hoch.

Mein Blick wanderte zu den zerwühlten Decken auf unserem Strohbett. Unsere Leidenschaft war erst so wenige Momente vergangen, dass ich Julians Körperwärme und seine heiseren Worte fast noch auf dem Stoff und auf mir fühlen und riechen konnte. Zugleich waren sie so fern, als wären sie nur ein Traum gewesen, so unwichtig im Vergleich, wie nahe uns Knecht Tod wieder einmal auf den Leib gerückt war.

Am liebsten hätte ich mich unter der Decke versteckt und gewartet, bis Julian in diesen kleinen, einfachen Stall kam und mich in den Arm nahm, doch ich wusste, dass ich mir diesen Luxus jetzt nicht gönnen durfte. Ich wusch mir mit den Wasserresten und einem Lumpen Blütenstaub und Schweiß vom Körper und zog meine sauber gewaschene Kleidung an, ehe ich in meine durchgelaufenen Sandalen schlüpfte. Mehr gab es nicht, was ich mitnehmen konnte.

Ich verließ den Stall und machte einen Umweg zu Hannis und Kunis Haus, bei dessen Anblick die Übelkeit sofort wieder da war. Ich zwängte sie ebenso wie den Kloß aus Trauer und Ohnmacht mühsam herunter, ehe ich mich mit aller Gewalt gegen die verschlossene Tür warf. Meine Schulter hämmerte vor Schmerz, so viel Kraft war nötig, aber schließlich schwang sie murrend auf. Obwohl der stechende Gestank des Dunkeldorns penetrant in der Luft hing, konnte er den Eigengeruch eines bewohnten Heims und der Menschen, die es bewohnt hatten, nicht ganz übertünchen. Und alles, einfach alles erweckte den Eindruck, dass die beiden das Haus nur kurz verlassen hatten und im nächsten Augenblick lachend und schwatzend durch die Tür eintreten würden.

Ich presste das schlechte Gewissen herunter, das mich begleitete, während ich ein Stück Papier und ein Stück dunkle Kohle nahm und auf dem Esstisch eine kurze Notiz für Julian aufschrieb. Er würde toben, das wusste ich, deshalb konnte ich ihm das, was ich ihm mitzuteilen hatte, nicht von Angesicht zu Angesicht sagen. Er würde mich niemals allein gehen lassen, aber ich konnte nicht noch einmal andere Menschen in Gefahr bringen, nie wieder. Erst recht Julian nicht, den ich mehr als alles andere auf der Welt beschützen wollte.

Ich musste allein gehen.

Julian,

vielleicht bin ich der Schlüssel, vielleicht auch nicht. Ich werde es herausfinden. Folge mir nicht. Ich muss das selbst tun, ohne um jemanden Angst zu haben.

Aber du, Julian, du hast das Feuer geweckt. Und dafür werde ich dir auf ewig dankbar sein, trotz all des Leids, das wir uns zugemutet haben.

Vergiss mich nicht und pass auf dich und die Menschen von Thiwa auf. Ihr habt Besseres verdient. Und du das Allerbeste von allem. Ich wäre dieses Allerbeste gerne für dich gewesen. Vielleicht im nächsten Leben. Oder – mit viel Glück – dann, wenn es vorbei ist.

In Liebe
Opal

Meine Finger zitterten, als ich den Zettel gut sichtbar auf der Tischplatte ablegte, die Kreide obendrauf, damit kein Windhauch ihn auf den Boden, unter die Dielen oder auf Nimmerwiedersehen ins Nichts wehen konnte.

Wir haben uns doch gerade erst wiedergefunden, dachte diese dunkle Stimme in mir, die sich nicht damit abfinden konnte, Julian wieder verlassen zu müssen. *Hätten wir nicht ein wenig Zeit zusammen verdient?*

Ich ballte die Hände, bevor ich das Haus nach einer Tasche, Wasser und Nahrungsmitteln absuchte. Außerdem packte ich ein paar von Hannis Kleidungsstücken, ein großes Schultertuch und ein festes Paar Schuhe ein. Ich kam mir vor wie eine Leichenschänderin und schämte mich, alles Nützliche einzustecken.

Dann verließ ich das leere Haus und erbrach mich ein letztes Mal in Hannis winzigem, liebevoll errichtetem Vorgarten, in dem sich ein paar wenige Pflänzchen trotzig gegen Dürre und Hitze gewehrt hatten.

Ich sah nicht zurück, als ich den Weg nach Florentia nahm, von dem wir mit Hoffnung im Herzen gekommen waren.

Hätte ich einmal zurückgeblickt, das wusste ich, hätte ich für den Rest meines Lebens geweint und wäre keinen einzigen Schritt mehr gegangen.

Aber das durfte ich nicht. Ich hatte etwas Wichtiges zu erledigen.

Der Dunkeldorn, den die Professorin an der Universität erschaffen hatte, durfte nicht weiterleben, weiterexistieren, weiter angepflanzt werden. Ich musste ihn zerstören, bis er dem Erdboden genauso gleichgemacht war wie meine Heimat.

Er.

Musste.

BRENNEN.

13

Immer den Schlaflosen entlang

Ohne Julian fühlte sich die Nacht bedrohlich an.

Ich hatte nie Angst im Dunkeln gehabt, nicht bei den Prüfungen an der Universität, nicht in den Laborräumen, nicht in den Nächten, als ich in der Nähe des wispernden Sharzas geschlafen hatte, nicht einmal, als ich von dem Dunkeldorn in Elver umgeben war. Auch als wir auf der Flucht gewesen und den Atem unserer Häscher im Nacken gespürt hatten, hatte ich mich immer gejagt fühlt, aber die Dunkelheit der Nacht als beruhigend empfunden. Sie war ein Zufluchtsort gewesen, ein Schutz vor neugierigen Blicken und bösen Geistern.

Aber ohne Julian konnte ich in der ersten Nacht, die über mich hereinbrach, kaum atmen. Mir fehlten sein abweisendes Schnauben, sein ruhiger Atem, seine unausgesprochenen, lauten Gedanken, das Rascheln seiner Kleidung, das Gefühl, in seiner Nähe in Sicherheit zu sein.

Ich war auf einen Baum geklettert, weil ich es nicht gewagt hatte, ungeschützt auf dem Waldboden zu schlafen, wo man mich jederzeit durch Zufall oder gute Verfolgungskünste hätte entdecken können. Also hatte ich auf einer oberschenkeldicken Baumgabel mehr gedöst denn geschlafen, immer in der Angst, durch eine unbedachte Bewegung in die Tiefe zu fallen und mir sämtliche Knochen zu brechen.

Noch bevor die Sonne vollständig aufgegangen war, hatte ich mich für die Weiterreise aufgemacht. Ohne Julian tat ich mich schwer, die Orientierung zu finden, denn auch wenn die Hauptstadt an vielen Kreuzungen ausgeschildert war, so musste ich mich weit genug von den Hauptstraßen fernhalten, um den Uniformierten nicht direkt in die Arme zu laufen. Ich hielt mich an meine Erinnerungen, an vertraute Stellen und den Stand der Sonne, der mir die Richtung wies, brauchte aber viel länger als auf dem Hinweg, weil ich mich immer wieder an die Hauptwege heranpirschen musste, um zu überprüfen, ob ich noch in die richtige Richtung unterwegs war. Ich war froh, mir Hannis Schultertuch geschnappt zu haben, das ich, je weiter ich mich in belebtere Gebiete vorwagen musste, halb über Haupt und Haar schob, um mich wenigstens etwas schwieriger erkennbar zu machen, sollte jemand eine junge Frau zwischen dürren Bäumen und lichtem Gestrüpp entdecken.

Ich hatte etwa die Hälfte des Weges hinter mich gebracht, als ich nachts von Stimmen geweckt wurde. Ich hatte mich sehr tief in ein Waldgebiet zurückgezogen und war entschlossen, diese Nacht nicht auf den Bäumen zu verbringen, hatte mich allerdings im letzten Augenblick umentschieden.

Und vielleicht hat dir das die Freiheit gerettet.

Ich schrak auf, als lautes Gelächter durch die Bäume scholl. Beinahe hätte ich vor Schreck das Gleichgewicht verloren und wäre geradewegs auf den harten Boden gestürzt, hätte ich nicht geistesgegenwärtig den dicken Ast über mir umklammert. Die Tasche, die ich um meinen Oberkörper geschnallt hatte, geriet in gefährliche Schieflage und drohte all ihren Inhalt über die Männer, die langsam, aber sicher näher kamen, zu entleeren.

Verdammt, verdammt, verdammt!

Ich riss die Tasche an mich, wobei die Astgabel, auf der ich saß, ins Wanken geriet. Trockene Blätter, die sich bei der geringsten Bewegung von den Zweigen lösten, schwebten träge gen Waldboden. Die Männer – es waren drei an der Zahl – brachen ihr Gespräch ab und blickten sich aufmerksam um. Der sternenklare Himmel und der helle Mond waren nicht auf meiner Seite und erlaubten den Männern die Sicht auf mich – sofern sie ahnten, dass ich über ihnen kauerte. Sie trugen keine Uniformen, aber zumindest zwei von ihnen waren Dunkeldornmagier, das erkannte ich an den vertrauten Ampullen um den Hals. Zu meiner Überraschung war ihre Kleidung allerdings gewöhnlicher Natur, nicht die schwarze, mit Gold durchzogene Gewandung der Dunkeldornmagier. Waren es Mitglieder des Dunklen Rates in geheimer Mission? Waren es Untertanen und Männer des Königsgleichen? Hatte er bereits so an Macht gewonnen, dass Dunkeldornmagier auf seine Seite übergelaufen waren? Oder waren das gewöhnliche, aber sorgsam ausgewählte Menschen, denen der Königsgleiche das künstliche Dunkeldornpulver überlassen hatte?

Er würde es niemals mit einer anderen Person teilen. Oder doch?

Ich hielt den Atem an, als die drei Männer stehen blieben und einer von ihnen, der zu meinen Ungunsten noch eine Fackel in der Hand trug, in die Knie ging, um den lockeren Boden nach Spuren abzusuchen. Er wechselte einen Blick mit den anderen und zuckte mit den Schultern.

Seht nicht nach oben. Seht nicht nach oben.

Ich atmete so flach und gepresst, wie ich konnte, um nur ja keinen Laut von mir zu geben.

»Wir sollten sie töten, wenn wir sie in die Finger kriegen«, sagte der Älteste von ihnen, der sich wieder erhoben hatte, mit kalter Stimme. Er war der Einzige ohne Ampulle.

»Du hast seinen Befehl gehört, Lucius«, antwortete einer der anderen beiden, der einen blonden Kurzhaarschnitt hatte und bei genauerem Hinsehen fast noch ein Jugendlicher sein musste. Bleich und hager war er und sah aus, als fühlte er sich unbehaglich. »Der Königsgleiche will sie lebend. Egal wie, aber lebend.«

Lucius schnaubte. »Und was will er von ihr?«

Die beiden Jüngeren hatten keine Ahnung und traten von dem einen Fuß auf den anderen. »Wir sollten seinen Befehl nicht infrage stellen.«

Lucius gab einen herablassenden Laut von sich. »Meine Güte, macht euch wegen meines Bruders nicht ins Hemd, nur weil er der große Auserwählte ist, die Prophezeiung der Prophezeiung.«

Bruder?!

Beinahe hätte ich einen Laut der Fassungslosigkeit ausgestoßen und biss mir im letzten Augenblick auf die Zunge.

»Aber seine Kraft …«, setzte der Blonde an, woraufhin ihn Lucius unwirsch unterbrach.

»Ich würde ihm einen Gefallen tun, wenn ich dieser Hinterwäldlerin einfach das Genick brechen würde. Und uns allen vermutlich auch.«

»Dann würde er dir das Genick brechen«, murmelte der Dritte.

»Ja, vermutlich hast du recht«, knurrte er wütend.

Es war ein Risiko, mich ein Stück zur Seite zu lehnen, denn auch diese winzige Bewegung brachte eine Handvoll weiterer Blätter dazu, den Männern entgegenzusegeln. Aber ich konnte nicht anders, ich musste mich davon überzeugen, dass meine Ohren mir keinen Streich spielten.

Ich wagte es, mich durch die Äste zu recken und einen Blick auf Lucius' Gesicht zu erhaschen, das von der Fackel erhellt wurde. Mich traf fast der Schlag, als ich glaubte, eine etwas ältere Version des Königsgleichen vor mir zu haben. Dieser junge Mann war ohne Zweifel Teil der Dornenfamilie. Aber was hatte er hier mitten im Wald verloren?

Ich versuchte, meinen rasenden Herzschlag zu beruhigen. Bedeutete das, dass der Königsgleiche auch in der Nähe war? Würde Lucius dann aber so über seinen Bruder sprechen?

Ich kam nicht dazu, meine Gedanken weiterzuspinnen, denn in diesem Augenblick setzte sich Lucius in Bewegung. Einen Herzschlag lang hatte ich das Gefühl, dass er den Kopf ein wenig in den Nacken legte und in meine Richtung blickte, als ein weiteres Blatt sich von dem Ast löste, auf dem ich saß. Aber er schien mich nicht zu sehen, denn er entfernte sich weiter.

»Kommt mit«, sagte er genervt. »Ich will zurück zur Kutsche am Sammelpunkt. Ich habe Hunger auf Pfannkuchen. Den lasse ich mir von einer räudigen Feldarbeiterin sicher nicht verderben. Außerdem wartet zu Hause noch jede Menge Papierkram auf mich. Was glaubt mein Bruder eigentlich, wer das für mich übernimmt, während wir hier durch den Wald stolpern?«

Das Trio entfernte sich, wobei Lucius' Nörgeleien mich noch einige Minuten begleiteten. Dann, als die Stimmen fort waren und ich sicherheitshalber einige Zeit ausgeharrt hatte, kletterte ich rasch vom Baum.

Offenbar war ich noch immer zu dicht an der Hauptstraße und musste größere Umwege nehmen. Tatsächlich gab es nur einen Weg, der mich sicher nach Florentia führen könnte, ohne dass ich dabei Gefahr lief, anderen Menschen in die Arme zu laufen.

Ich musste Sharza, dem Schlaflosen, folgen.

Es gab Menschen, meistens junge und unvernünftige, die es als Mutprobe erachteten, einige Zeit am Ufer des Schlaflosen zu verbringen. Dabei war nicht die Kunst, seine dunkle Gesellschaft zu ertragen, sondern sie *nachts* zu ertragen. Selbst während meiner Zeit in der Dunklen Allee, in der ich oft mit anderen am Ufer des Sharzas geschlafen hatte, hatten wir unser Lager immer in einer respektvollen Distanz aufgeschlagen.

Deshalb schlug mein Herz fast so aufgeregt wie eben, als man mich beinahe entdeckt hatte, je dichter das sanfte Rauschen des Flusses kam. Es war nicht schwierig, ihn zu finden, denn er verlief fast parallel zu den Hauptverkehrswegen in Richtung der Hauptstadt. Und je näher man dem Schlaflosen kam, desto dürrer wurde das Gras am Ufer, so als würde das Gift in ihm alles verdorren lassen, was in seiner unmittelbaren Umgebung wuchs. Er war damit ein flüssiges Pendant zum Dunkeldorn.

Ich hatte den Gruselgeschichten über den Schlaflosen nie wirklich Bedeutung beigemessen. Ich hatte die Furcht gespürt, mit welcher die Menschen dem Fluss begegneten. Diese Furcht lebte in den tief in der Nacht erzählten Geschichten oder auf den Warnhinweisen, die von Zeit zu Zeit die Wege kreuzten. *Meidet den Schlaflosen.*

Es kursierten viele Mythen über den Sharza, aber am Ende

war er einfach nur ein giftiger Fluss, dessen Wasser man nicht trinken sollte, nicht mehr und nicht weniger. Wenn Aberglauben mir allerdings half, mich eine Weile vor anderen Menschen in Sicherheit wiegen zu können, sollte mir das recht sein.

Ich kämpfte mich über faustdicke Steine, loses Gehölz und trockene Zweige, die an schlaffem Gestrüpp hingen. Ich war so tief in das Waldstück vorgedrungen, dass ich mir sicher war, hier keiner Menschenseele zu begegnen. Das Plätschern des Schlaflosen wurde mit jedem Schritt lauter und leitete mir den Weg. Wenn man genau hinhörte, war das Plätschern kein Plätschern, sondern vielmehr ein verlockendes Flüstern, als säße eine Armee an Meerjungfrauen auf Sharzas Grund und sänge sich die Seele aus dem Leib, um verirrte Menschen an sein Ufer zu ziehen oder direkt in seine Untiefen.

Ich ließ das Ufergeröll hinter mir und betrat einen dünnen Streifen aus feinem Kies, auf dem ich besser vorankam. Das Flusswasser war dunkel, fast schwarz, obwohl mittlerweile helllichter Tag war und die Sonne es eigentlich himmelblau färben sollte. Ich bemühte mich, nicht zu genau hinzusehen, sondern den Blick nach vorne zu richten. Vielleicht noch einen, höchstens zwei Tagesmärsche, und ich würde Florentia erreichen. Bis dahin musste ich mir einen Plan überlegt haben, wo und wie ich am geschicktesten in die Stadt schlüpfen konnte, ohne den Uniformierten in die Arme zu laufen.

Ich stapfte durch die Hitze und machte nur kurze Pausen. Das Trinkwasser konnte ich mir dank des Obsts in meiner Tasche gut einteilen, aber es war fast aufgebraucht, und ich hatte keine Ahnung, ob ich unterwegs eine vertrauenswürdige Quelle oder ein Bächlein finden würde, um sie aufzufüllen. Wasser oder Nahrung in unmittelbarer Nähe zum Fluss sollte ich nicht zu mir nehmen, das wusste ich. Vermutlich würde mich nichts davon umbringen, aber dennoch wollte ich nur im Notfall darauf zurückgreifen, etwas von den Dunkeldornen Verseuchtes zu trinken. Auf die Übelkeit und den Schmerz konnte ich gut verzichten. Früher oder später musste ich mich ohnehin wieder in die belebteren Gebiete wagen.

Aber lieber später.

Es war längst dunkel geworden, als ich zum fünften oder sechsten Mal hochschreckte. Ich hatte vorgehabt, in der Nacht nur zu ruhen, statt zu schlafen, aber der stramme Marsch hatte mich so erschöpft, dass ich immer wieder eingenickt war. Doch die Albträume fanden mich sogar hier im dichten Wald.

Noch bevor ich die Augen öffnete, wusste ich, dass ich nicht allein war. In der Dunkelheit, die nur dürftig vom halb verdeckten Mondlicht durchbrochen wurde, tastete ich nach dem Messer, das in meiner Tasche verborgen war. Ich hatte es aus Hannis Küche entwendet, und es war stumpf, aber eine bessere Waffe als meine bloßen Hände.

Ich hörte Stimmen. Nein, ich *hörte* sie nicht nur. Die ganze Luft war erfüllt von ihnen, war geschwängert von einem leisen, wimmernden Flüstern, von einem Wehklagen, das schlimmer war, als jedes Meerjungfrauenlied hätte sein können.

Orientierungslos starrte ich in die Nacht, konnte aber keine Quelle des Geräusches ausfindig machen. Alles war dunkel, seit eine breite Wolke sich vollends vor den Mond geschoben hatte. Lediglich der Sharza war in der Finsternis auszumachen. Sein tiefes schwarzes Wasser schimmerte eigenartig, als hätte jemand eine Handvoll Glitzer auf seiner Oberfläche ausgebreitet.

Nach Hause,
flüsterten die kalten, wimmernden Stimmen.
Nach Hause.
Nach Hause.

Eine Gänsehaut zog über meinen Körper, und mit ihr kam die Kälte. Ich fröstelte, während ich mich aufrichtete und meine Tasche an mich drückte. Hannis Schultertuch, das ihren eigenen Duft auf dem Weg verloren hatte, schlang ich fester um meinen Oberkörper, aber es half nichts gegen das innere Eis, das sich in meinem Herzen festsetzte.

Nach Hause.
Nach Hause.
Bring uns nach Hause
Schlafloser
bring unsere Seelen nach Hause.

Die Stimmen kamen und gingen, waren mal zart leise, mal ohrenbetäubend laut in meinem Kopf, bis ich die Hände auf meine Ohren presste, ohne dass ich das Getöse eindämmen konnte.

Nach Hause
endlich nach Hause.

Ich wusste nicht, woher der Drang kam, aber er zog an mir, als wären der Fluss und ich miteinander verbunden, als gäbe es den unsichtbaren Faden eines Puppenspielers, der mit einer winzigen Fingerbewegung Macht über mich ausübte. Gleichzeitig sträubte sich alles in mir, auch nur einen Millimeter nachzugeben, und trotzdem rutschte ich auf den Knien über den sandigen Uferboden, bis ich das schwarze Gewässer fast erreicht hatte. Schimmernd tanzten die Wellen in trägen, rhythmischen Bewegungen unter dem spärlichen Sternenlicht, und da, da war doch etwas, da war …

Etwas schwamm auf der Wasseroberfläche, wenn mich meine Augen nicht trogen.

Nach Hause
Schlafloser
unser Herz ist so schwer
bring uns nach Hause.

Vielleicht war das auch nur eine List des Schlaflosen, vielleicht fiel ich wie ein naives Ding auf die simpelste Tücke hinein, vielleicht schwebten ein paar Handbreit unter der Oberfläche doch eine Horde Meerjungfrauen oder andere Ungeheuer, die nur darauf warteten, dass ein vernunftloser Mensch es wagte, sich über das schwarze Wasser zu beugen oder gar eine Hand hineinzustecken.

Vielleicht war ich bald verloren, und alle guten Absichten, zu denen ich aufgebrochen war, waren vergessen, doch ich konnte nicht aufhören, ich konnte meine robbenden Bewegungen gen Ufer nicht unterbinden. Das Flüstern hatte an Traurigkeit zugenommen, war so herzzerreißend, dass ich nur den einen Wunsch hatte, jemand brächte es zum Schweigen, damit es mein Herz nicht so schwer machte. So schwer, so unsäglich schwer, dass ich kaum atmen konnte mit diesem Klumpen in der Brust, der mich wie ein Anker in den Fluss werfen würde.

Nach Hause
so fern ist es
Schlafloser
treib schneller,
noch viel schneller.

Ich war fast da, das Flusswasser lag schwer und salzig in meiner Nase, roch nach Moder und nach verwesender Süße und zugleich auch nach etwas Vertrautem, nach alten Bekannten.

Und jetzt, da die Wolke vom Wind weitergetragen worden war und sich irgendwo in der Ferne zu dünnen Schleiern zerfetzte, jetzt konnte ich sehen, was da auf dem Wasser trieb.

Unzählige Dunkeldornen schwammen flussabwärts in Richtung des viele Tagesmärsche entfernten Wellengrabs. Aber es waren keine lebendigen Pflanzen, die schlaff auf dem Wasser hingen. Es waren tote. Hunderte zerstörte Pflanzen zogen an mir vorbei, viele in Einzelteile zerlegt, hier Blütenköpfe, dort einzelne Blätter wie entstellte Seerosen und dazwischen die Stängel mit langen, feinen Wurzeln an ihren Enden.

Auf dem Fluss trieb ein Massaker aus Blüten, und ich wusste sofort, wo die Quelle dieses Massakers lag. Das hier mussten die Abfälle aus der Zermahlerin sein. Immer wieder hatte ich die Vermutungen mitbekommen, laut denen die Fabrik den Müll, den sie bei der Produktion von Dunkeldornpulver verursachte, achtlos in den Fluss warf und manchmal sogar bei der Arbeit verstorbene Sklaven hinterher. Offenbar entsprach das der Wahrheit und bot damit auch die Erklärung, wieso das Wasser so stark von Gift durchseucht war. Vielleicht war ich so naiv gewesen, nicht sofort glauben zu können, dass Menschen eine der wenigen Wasserquellen im Land bewusst vergifteten. Aber sie warfen *wirklich* Dunkeldornen ins Wasser. Und zwar unendlich viele.

Ob dem Dunklen Rat oder dem Königsgleichen bewusst war, dass die Betreiber der Fabrik die Bevölkerung im halben Land krank machten oder sogar töteten? Wie viele Opfer musste das vergiftete Wasser in all den Jahrzehnten, in denen die Zermahlerin ihr dunkles Werk verrichtete, schon gefordert haben? Das Flusswasser war schließlich nicht nur im direkten Kontakt schädlich, sondern versickerte im Grundwasser und verseuchte auf diese Weise bestellte Felder und Brunnen in den angrenzenden Ortschaften.

Bebend vor Wut blieb ich am Ufer hocken und starrte auf all den gefährlichen Abfall, der an mir vorbeitrieb. Das Flüstern ließ nicht nach und blieb wie ein eingeschlagener Nagel in meinen Gedanken stecken.

Nach Hause
wo alles besser wird
Schlafloser
haben wir recht oder bist du nur eine weitere Lüge von vielen?

All die unzähligen Stimmen vermischten sich zu einer einzigen vorwurfsvollen Anklage. Und mir kamen die Dunkeldornen in den Sinn, die ich in der Universität aus dem Weg geräumt hatte, um Zutritt zu den verborgenen Abteilungen zu erlangen. Ich erinnerte mich an die Erschöpfung, die sie ausgestrahlt hatten; an die Bereitwilligkeit, sich von mir ausschalten zu lassen. Sprachen sie hier? Flüsterten ihre sterbenden Überreste aus dem Fluss zu mir? Kam ihr Wispern aus der Zermahlerin, getragen vom Sharza? Es fühlte sich so vertraut an wie damals in der Bibliothek. Als würden sie direkt in meine Gedanken vordringen und dort zu mir sprechen.

Befreie mich von diesem Leben, Opal. Ich kann nicht mehr dienen, hatten sie damals gesagt und dabei fast menschlich gewirkt. Hilflos. Sehnsüchtig nach einem Leben, das sie nicht kannten. Damals hatte ich mir kaum Gedanken darüber gemacht, aber seltsamerweise berührte es mich jetzt, Wochen später, umso mehr, denn dieselbe Erschöpfung, dieselbe Müdigkeit, dieselbe Traurigkeit schwebte wie das Licht von tausend Geistern auch über diesem Fluss. Vielleicht waren die dunklen Pflanzen ebenso eine wehrlose Figur in diesem Spiel wie all die einfachen Menschen auf den Feldern, genauso Mittel zum Zweck für die Macht anderer Leute.

»Es tut mir leid«, warf ich leise in den Strom aus schimmernden Lichtern, wehklagendem Wimmern und Hoffnungen vergangener Leben, die ihre eigene Vergänglichkeit in den schwarzen Gewässern noch nicht erkannt hatten.

Es tat mir wirklich leid. Auch wenn der Dunkeldorn mir alles genommen hatte und ich ihm das niemals verzeihen würde … Möglicherweise war er genauso ein Rädchen im Getriebe, wie ich es sein sollte.

Ich atmete tief durch und erhob mich auf zitternden Knien, klopfte mir Sand und Dreck von der Kleidung und den Handflächen. Das alles musste ein Ende haben. Das Leid, der Schmerz, die Toten, das Hungern.

Vielleicht war ich nicht der Schlüssel zur Lösung all dieser Probleme, aber wenn ich es nicht war, war es niemand sonst.

Ich drehte mich weg von dem trostlosen Anblick und dem Fluss, der die ruhelosen Seelen der uralten Pflanzen raus aufs Meer trieb, weg von den Lichtern, weg von allem, was mein Herz nur noch mehr zerriss.

Und prallte gegen einen kräftigen, warmen Körper; einen Körper, den ich kannte, den ich berührt und geküsst und gerochen hatte.

»Opal«, sagte der Königsgleiche sanft. »Lucius hatte recht: meine schöne, starke Opal. Ich habe lange auf dich gewartet.«

Ich hob die Fäuste, um zuzuschlagen, um ihn anzubrüllen, um mich mit allem, was ich hatte, zu wehren und meinen Schmerz auf seinen Leib zu prügeln, als sich eine Hand von hinten auf meinen Mund legte. Ich roch etwas Süßliches.

Nach Hause

Schlafloser

ehe es zu spät ist.

Ich spürte eine tröstende, einhüllende Wärme, die aus dem Fluss, aus dem vermeintlichen Abfall zu mir wehte, während rings um mich herum mehrere Stimmen auf mich einprasselten.

Und dann wurden meine Augenlider schwer, so schwer.

Bring sie zu mir nach Hause, verfolgte mich die Stimme des Königsgleichen bis in die Bewusstlosigkeit.

14

Ein Verlies unter Sternen

Als ich die Augen aufschlug, war über mir der hellste Sternenhimmel, den ich je gesehen hatte. Keine einzige Wolke, nicht einmal der Hauch eines durchsichtigen weißen Schleiers zerstörte die Vollkommenheit, die sich über mir mit einem atemberaubenden Leuchten auf ebener Schwärze ergoss.

Vielleicht war die Nacht noch nie so schön gewesen wie hier in diesem Gefängnis, in dem ich erwachte.

»Oh, Ihr seid wach!«, rief eine junge Frau gut gelaunt.

Ich blinzelte. Meine Wimpern und Augenlider waren vom Schlaf verklebt, und als ich die Hände heben und sie reiben wollte, spürte ich einen Widerstand an meinen Handgelenken.

Ich war an ein Bett gefesselt. An ein riesiges Himmelbett aus dunklem Mahagoniholz mit fast einem Dutzend Kissen auf der breiten Matratze und zwei samtenen Decken.

Aber. Ich. War. Gefesselt.

»Was zur Hölle soll das?«, entfuhr es mir wütend. Meine Stimme klang kratzig und heiser, als hätte ich lange geschlafen. All meine Sinne fühlten sich noch benebelt an, und in meinem Kopf brummte ein dumpfer Schmerz.

»Keine Sorge«, sagte die junge Frau, die nun an meine Seite geeilt war. Ihre Fröhlichkeit stand in so starkem Kontrast zu meiner Situation, dass ich sie mit offenem Mund anstarrte, als sie meine Fesseln auf ihren Sitz überprüfte. »Der Königsgleiche hat mich vorgewarnt, dass Ihr Euch wehren würdet. Aber ich kann Euch versichern, dass das hier kein Dauerzustand sein soll. Wir hatten Angst, dass Ihr Euch beim Aufwachen verletzen könntet. Ihr sollt Euch nur erst einmal eingewöhnen und zur Ruhe kommen.« Sie strich besänftigend über meinen Unterarm. »Und ich bin da, um Euch genau dabei zu helfen. Mein Name ist Nina, und ich bin Eure Kammerzofe.«

»Meine Kammerzofe?«, wiederholte ich entgeistert.

Sie nickte lächelnd. Ihr Lächeln verschönerte ihr sonst eher bleiches, sommersprossiges Gesicht mit den dunkelgrünen Augen und den rotblonden Haaren. Sie war nicht so hager und abgemagert wie ich, sondern hatte runde, weiche Kurven, die davon zeugten, dass hier anscheinend niemand Hunger leiden musste.

Ich wandte den Blick von ihr ab und zerrte ein letztes Mal hoffnungslos an den weichen Fesseln, die eng um meine Handgelenke lagen. Bei jedem Versuch schienen sie enger zu werden, bis sich meine Gegenwehr wieder lockerte. Offenbar war da Magie im Spiel.

Ich schnaubte frustriert und ließ mich zurück ins Kissen fallen. »Wo genau bin ich hier?«

Bin ich in der Universität?

Der Raum kam mir nicht bekannt vor, aber das hatte nichts zu bedeuten. Den größten Teil der Universität hatte ich nie zu Gesicht bekommen.

»Ihr seid im Dornenpalast. Der Königsgleiche hat extra

eines der schönsten Gemächer für Euch vorbereiten lassen. Es liegt hoch oben in einem der Türme und ist vor langer Zeit mit sehr viel Zauber ausgestattet worden, damit es ein Rückzugsort für besondere Gäste sein kann.«

Für besondere Gäste? Oder für Gefangene?

Ich machte mir nichts vor. Ein Turmzimmer war nur ein elegant klingender Name für ein Verlies. Man hatte vermutlich kaum eine Möglichkeit, von hier zu fliehen, außer sich vom Balkon in die Tiefe zu stürzen oder sich Flügel wachsen zu lassen.

Trotzdem wagte ich es, dieses Verlies genauer in Augenschein zu nehmen, während Nina mit einem Summen auf den Lippen zum Kleiderschrank ging, eine Tür öffnete und mit in die Hüften gestemmten Händen und kritischem Blick die sich darin befindende Kleidung durchsah. Aus den Augenwinkeln bemerkte ich bauschigen Stoff und dunkle Farben, während ich den Blick durch das hohe, offene Gemach gleiten ließ.

Die Wände waren aus schwarzem Stein wie der Rest des Dornenpalasts, den ich bisher immer nur aus beruhigender Ferne betrachtet hatte. Über mir bedeckte ein dünner, durchsichtiger Stoff das Himmelbett, das von einer unsichtbaren Brise leicht bewegt wurde, aber darüber war rings um mich herum nichts als das nachtschwarze Firmament mit seiner ganzen Sternenpracht. Auch die Wände waren halb offen, innerhalb des runden Raumes gab es vier großzügige ovale Öffnungen sowie bodentiefe Fenster, die auf jeweils eine Balkonplattform führten, unter der sich vermutlich ganz Florentia erstreckte, wenn man sie einmal umrundete.

»Man kann alles verschließen, wenn man möchte«, sagte Nina, als sie meinen abschätzenden Blick bemerkte. Sie ging zu einer der beiden Holztüren innerhalb des Raumes. Neben dem Messingknopf, mit dem man sie öffnen könnte, lag eine handgroße Einbuchtung in der Wand, in der einige Schalter eingelassen waren. »Für jedes bodentiefe Fenster gibt es eine eigene Mechanik. Nur ein Dach kann man nicht selbst herbeizaubern, dazu ist nur jemand fähig, der Dunkeldornmagie anwenden kann. Aber auch davon gibt es im königlichen Haushalt genügend Personen, an die Ihr Euch wenden könnt.«

»Ich dachte, die Dornenfamilie ist der Dunkeldornmagie nicht mächtig. Woher dann all die Magie?«, fragte ich, ehe ich mich noch im selben Atemzug korrigierte. »Ich meine: Sie *war* ihrer bis vor Kurzem nicht mächtig.«

»Richtig«, erwiderte Nina sanft. »Jetzt hat sich die Prophezeiung erfüllt, und der Königsgleiche ist zu allem selbst imstande, was die Dornenfamilie zuvor nur aufgrund der Gnade und Bezahlung durch den Dunklen Rat erhalten hat. Als Lohn für die Aufgaben, die sie wahrgenommen hat.«

Aufgaben. Welche Aufgaben? Bälle veranstalten und sich an übermäßigem Essen und Luxus erfreuen? Das einfache Volk hatte die Dornenfamilie niemals zu Gesicht bekommen, geschweige denn eine Zuwendung oder Unterstützung von ihr erhalten. Sie war für uns ebenso fern gewesen wie der Nachthimmel über meinem Kopf. Oder der Dunkle Rat, der die eigentlichen Geschicke von Tensia lenkte.

»Wo ist er?«, wollte ich wissen.

Nina ging zurück zum in die Wand eingelassenen Kleiderschrank und betrachtete die Auswahl, wobei sie mich ignorierte. Sie legte den Zeigefinger an den Mund und runzelte die Stirn, ehe sie mich begutachtend musterte. »Ihr seid sehr dünn. Ich fürchte, ich muss das meiste erst anpassen, ehe Ihr es tragen könnt.«

»Es ist mir egal, was ich trage«, murrte ich. »Ich will ihn sehen. Ich will mit ihm sprechen.«

»Und das werdet Ihr«, antwortete Nina sanft, aber bestimmt. »*Nachdem* ich Euch vorzeigbar gemacht habe. Ihr seid im Dornenpalast, nicht mehr draußen im Wald oder auf einer Plantage.«

»Ich habe nie darum gebeten, *Gast* des Königsgleichen zu sein«, erwiderte ich scharf. »Ich bin gegen meinen Willen hier.« Ich rüttelte an meinen Fesseln, die sich sofort zusammenzogen.

»Ich weiß.« Nina lächelte beinahe entschuldigend. »Verzeiht mir, dass Ihr Euch noch unwohl fühlt, aber ich verspreche Euch, dass Ihr bald anders empfinden werdet. Bitte gebt uns eine Chance. Nicht nur dem Königsgleichen und seinen Visionen, sondern auch mir als Eurer Kammerzofe. Ich möchte Euch gut dienen und alles dafür tun, damit Ihr Euch besser, vielleicht sogar heimisch fühlt. Bitte glaubt mir, wenn ich Euch verspreche, dass dies unser aller Anliegen ist.«

Ich hasste mich für den Anflug des schlechten Gewissens, das mich überkam. Ich war die Allerletzte, die in diesem Augenblick ein schlechtes Gewissen haben sollte, und doch verhielt es sich so. Dennoch … Eine Kammerzofe konnte nichts für meinen Zustand. Ich atmete tief durch und schluckte meinen Ärger herunter. Ich verstaute ihn irgendwo in mir drin, wo er schwelen und wachsen durfte, bis ich ihn gegen die richtige Person entladen konnte.

Ninas Lächeln vertiefte sich, als sie das kapitulierende Erschlaffen meines Körpers erfasste. »Ihr werdet es nicht bereuen, glaubt mir.«

»Das ist eine ganze Menge, was ich Euch glauben soll«, murmelte ich.

»Bitte nennt mich Nina«, sagte sie, ohne auf meine bissige Bemerkung einzugehen.

Ich zuckte die Schultern und beschäftigte mich wieder damit, mein *Gemach* zu inspizieren. Jetzt erst nahm ich das Schimmern in den Wänden wahr, das den Raum sanft erhellte, ohne wie eine direkte Lampe zu wirken. Auf den zweiten Blick erkannte ich, dass das Leuchten aus Blütenköpfen bestand, die in den Stein der Wände eingehauen waren. Die Wände bestanden aus schwarzen Dunkeldornen, die sich in den Stein schmiegten und mich umschlossen. Das flimmernde Licht in ihnen fungierte wie Kerzen. Ich lauschte in mich hinein, ob ich ihre Präsenz spüren konnte, doch die Schicht über der Wand war zu dick.

Aber mich interessierte etwas anderes viel brennender. »Was ist hinter der zweiten Tür?«

»Euer eigenes Badezimmer. Mit fließendem Wasser natürlich.«

Natürlich. Wieso sollte der Luxus dem der Universität nachstehen oder ihn nicht gar übertreffen?

Ich hob vielsagend die Augenbrauen. »Darf ich mich dort säubern?«

Nina kam zu mir ans Bett und legte skeptisch den Kopf schief. Sie erinnerte mich mehr an eine Mutter, wie sie da so stand und mich musterte. Dabei musste sie in meinem Alter sein, wenn nicht sogar ein, zwei Jahre jünger.

»Ihr verhaltet Euch friedlich, oder?«, hakte sie freundlich nach. »Ich denke, Ihr seid klug genug, um keinen Fluchtversuch oder dergleichen zu unternehmen, richtig? Draußen im Flur sind Wachen, die Euch schützen sollen, und der Palast ist der vermutlich am besten gesicherte Ort in diesem Land. Niemand kommt oder geht, ohne dass die Dornenfamilie es wünscht.«

Ich wies mit dem Kinn auf meine mit Dreck überzogene Kleidung. Das Baumklettern war nicht ohne Folgen geblieben. »Sollte ich tatsächlich einen Fluchtversuch wagen wollen, würde ich es bevorzugen, dies sauber und mit frischer Kleidung anzugehen«, antwortete ich höflich.

Nina lachte hell auf. Ihre Augen blitzten vergnügt, als sie neben mich trat und mit flinken Fingern die Knoten meiner Fesseln löste. Ich war beeindruckt, wie simpel das ging. Wieso hatte ich nicht selbst versucht, mich zu befreien?

Nina schien meine grübelnden Gedanken lesen zu können. »Oh, Ihr hättet die Knoten nicht selbst öffnen können. Die Magie richtet sich gegen die Person, die festgehalten werden soll. Jede andere Person kann die Knoten spielend leicht lösen, selbst ein kleines Kind.«

Großartig, Opal. Und du bist nicht einmal auf die Idee gekommen, deine Gabe zu nutzen, um die Magie aus diesen Fesselbändern zu treiben. Ganz großartig. Wie genau willst du so eigentlich den Königsgleichen, die Universität und all die Dunkeldornen zerstören, wenn du nicht einmal eine simple Fessel lösen kannst?

Ich setzte mich auf, wobei mir leicht schwindelte. »Wie lange war ich außer Gefecht gesetzt?«

»Zwei Tage. Man hat mit der Betäubung wohl etwas übertrieben. Aber man wollte vermutlich auf Nummer sicher gehen«, erwiderte Nina schuldbewusst.

Ich kämpfte den Schwindel zurück, der sich bei jeder kleinen Bewegung zeigte. Selbst wenn ich hätte fliehen wollen, so wäre das auf keinen Fall möglich gewesen. Ich konnte mich ja kaum aus eigener Kraft in aufrechter Sitzposition halten.

»Welches Teufelszeug hat er benutzt?«, stöhnte ich gequält.

Nina eilte an meine Seite und schob ihren Arm hinter meinen Rücken. Sie stützte mich, als ich mich mühsam hinsetzte. Der dunkle Raum drehte sich um mich herum.

»Weißlilienfuß vermutlich.«

Ich blinzelte. Der Begriff war mir neu. »Was ist das?«

Nina starrte mich erstaunt an. »Das wisst Ihr nicht? Ihr wart doch an der Universität.«

»Aber nicht als Studierende.«

Sie schlug eine Hand vor den Mund. »Oh, dann verzeiht mir. Der Weißlilienfuß ist eine Art Betäubungsmittel. Gewöhnlichen Menschen kann er nichts anhaben, aber auf Dunkeldornmagier wirkt er betäubend.«

Ich bin keine Dunkeldornmagierin, wollte ich anmerken, behielt es aber doch für mich. Offenbar galt ich auch nicht als gewöhnlicher Mensch, denn mich hatte der Weißlilienfuß ebenfalls von den Füßen gerissen. Aber dennoch merkte ich mir die Wirkung, denn möglicherweise wäre er eine hilfreiche Waffe, die ich gegen den Königsgleichen verwenden konnte.

Ich hatte keine Ahnung, mit wem der Königsgleiche mein Geheimnis bereits geteilt hatte, aber freiwillig wollte ich es nicht jedem auf die Nase binden. Außerdem hatte ich genug damit zu tun, Nina nicht meine Gallenflüssigkeit in den Schoß zu befördern. Der Schwindel ließ auch nach einigen Atemzügen nicht nach, sondern hielt mich fest in seinen Klauen.

»Dieser Mistkerl«, schimpfte ich leise. »Wie hat er mich überhaupt gefunden?«

»Oh, das war nicht er, sondern sein Bruder Lucius. Er hat ihn alarmiert, weil er wohl eine junge Frau in einer Baumkrone entdeckt hat, die sich möglichst unsichtbar machen wollte.«

So viel zu meinen Versteckkünsten. Und natürlich war ich darauf reingefallen, dass Lucius so getan hatte, als hätte er mich nicht entdeckt. Ich hätte davonlaufen sollen, als ich es noch gekonnt hatte.

Ich stöhnte frustriert.

»Euch hat es ja ganz schön getroffen«, murmelte Nina mitfühlend. Sie hielt mich geduldig fest, während mir der Schweiß vor Anstrengung nur so über den Körper rann. Ich atmete flach durch die Nase ein und aus, bis ich glaubte, mich mithilfe der Kammerzofe vorsichtig vom Bett abstoßen und auf die Beine befördern zu können.

Was sich als keine gute Idee erwies.

Binnen Sekunden lag ich wieder rücklings auf den weichen Decken, rollte mich mühsam auf die Seite, und der helle, zarte Stoff über mir wehte im Wind und drehte sich im Kreis und war dann wild wie ein tosendes Meer und …

Ich erbrach mich mitten auf all diese Kostbarkeiten. Sofort eilte Nina los, um sich eine Schale vom Nachttisch zu schnappen, aber es war bereits zu spät. Jemand würde das Bett neu beziehen müssen. Leise flüsternd verfluchte ich den Königsgleichen und seine Sippe, die dafür verantwortlich waren, dass ich hier in meinem eigenen Erbrochenen lag und zu kraftlos war, auch nur irgendetwas zu bewegen, geschweige denn eine Revolution und die große Befreiung anzugehen, zu der ich aufgebrochen war.

Ich wischte mir mit dem ohnehin schon dreckigen Ärmel über das Gesicht und nahm einen säuerlichen Nachgeschmack wahr. Allein der Gedanke, mir den Mund auszuspülen und diesen ganzen Schmutz von mir abzuwaschen, brachte mich dazu, mich wieder von der schimpfenden Nina in eine sitzende Position zerren zu lassen.

»Wir müssen Euch ins Bad bugsieren, es bringt ja alles nichts«, sagte sie streng. »Sonst muss ich Euch wie ein Neugeborenes im Bett waschen, das wollt Ihr ganz sicher nicht.«

»Um Himmels willen«, murmelte ich.

»Ja, das dachte ich mir. Also Zähne zusammenbeißen und auf die Beine mit Euch.«

Mit vereinten Kräften schafften wir es, mich nicht nur auf die Füße, sondern bis zur Badezimmertür zu befördern. Ich musste alle drei Schritte stehen bleiben, weil der Schwindel die Wände um mich herum kreisen und die Tür wie ein wankendes dunkles Loch im Stein wirken ließ. Aber schließlich stieß Nina die Tür auf und quetschte uns nebeneinander durch den Rahmen.

Das Bad war eine Offenbarung, wie ich neidlos anerkennen musste. Weiße Fliesen erhellten den dunklen Raum, der ebenso wie das Schlafgemach von einer halb offenen Sternendecke geziert wurde. Doch in einer geschützten Nische in der Wand brodelte leise dampfendes Wasser, als wäre es einer heißen Quelle entsprungen. Dicke, weiche Teppiche waren vor dem edlen Marmorwaschbecken, der steinernen Wanne und der Toilette ausgelegt, außerdem hingen große Handtücher an Wandhaken. Sogar an einen Bademantel, der so geschneidert war, dass man vollständig darin versinken könnte, hatte man gedacht. Meine Knie wurden bei dem Anblick beinahe wieder schwach, dieses Mal allerdings vor Erleichterung.

Ivar Hohenfels, du bist ein Schuft, dachte ich grollend. Ich erkannte das alles, was mich hier erwartete, als das, was es war: eine unverhohlene und schlecht verborgene Bestechung.

»Ab jetzt komme ich allein zurecht«, sagte ich ungehalten, als Nina sich an meinem besudelten Hemd zu schaffen machte.

Sie zog eine Augenbraue hoch, dann wanderte ihr Blick

vielsagend zu den Fingern meiner rechten Hand, mit der ich mich so fest am Waschbecken festkrallte, dass die Knöchel weiß hervortraten.

»Sicher?«

Ich lächelte freudlos. »Ein wenig Stolz würde ich mir gern erhalten, wenn es gestattet ist.«

Sie musterte mich einen Augenblick wortlos, ehe sie den hölzernen Hocker, auf dem sie frische Kleidung für mich bereitgelegt hatte, nahm und ihn neben die Wanne stellte. Auf den Stapel legte sie noch ein Handtuch, damit ich ohne Umschweife direkt danach greifen konnte, sobald ich mit meinem Bad fertig war.

»Wenn Ihr Hilfe braucht, ruft nach mir. Ich werde mich derweil um das Bett kümmern.«

Ich wartete, bis sie die Tür hinter sich zugezogen hatte, ehe ich mir die dreckige Kleidung vom Leib schälte. Von Schweiß und Erbrochenem durchnässt, klebten Hemd und Hose unangenehm eng an der Haut, und ich war froh, mich des müffelnden Haufens entledigen zu können.

Eine Weile fühlte es sich unangenehm an, unter dem halb offenen Himmel nackt zu sein, aber in dem Augenblick, in dem ich über den Rand der Wanne in das heiße Wasser stieg, fiel die Anspannung von mir ab. Ich glitt unter die Oberfläche, bis ich halb auf einer Stufe sitzen konnte und bis zum Kinn im dunklen Wasser eingetaucht war. Beinahe hätte ich einen wohligen Laut ausgestoßen, der Zeuge meiner Behaglichkeit gewesen wäre. Aber ich wusste nicht, ob mich jemand belauschen oder beobachten konnte, und wie ich Nina schon gesagt hatte: Ich hatte noch etwas Stolz übrig, den ich nicht herunterschlucken wollte.

Die Hitze des Bades legte sich wohltuend auf meine Haut

und lockerte meine verkrampften Muskeln. Ich hielt still und bewegte mich nicht, damit der Schwindel nicht zurückkehrte, wobei ich den Gedanken, dass ich, die kostbare Gefangene des Königsgleichen, am Ende versehentlich in seiner eigenen Badewanne ertrunken war, seltsam amüsant fand.

In einer Vertiefung am Beckenrand entdeckte ich einen Waschlappen sowie ein Stück blumig duftende Seife und rubbelte mir damit den Schmutz vom Körper und aus den Haaren, bis ich mich wieder sauber fühlte und auch der Nebel in meinem Kopf, der vermutlich eine Nachwirkung der Betäubung war, sich allmählich lichtete. Dann blieb ich einfach so lange in der angenehmen Wärme sitzen, bis meine Haut schrumpelig war und Nina leise gegen die Tür klopfte und fragte, ob mit mir alles in Ordnung wäre.

Ich wusste, dass ich mich nicht ewig hier verstecken konnte. Aber vielleicht wenigstens noch einen Moment. Noch einen Moment die Wärme genießen, die mich an jene von Julian erinnerte, den ich doch gerade erst wiedergefunden und näher denn je an mich herangelassen hatte, nur damit uns jetzt wieder so viele Meilen voneinander trennten.

Ich durfte nicht daran denken. Ich musste ihn vergessen, bis ich mein Vorhaben in die Tat umgesetzt hatte. Ich durfte mich nicht ablenken lassen. Erst recht nicht an diesem Ort, in dieser Schlangengrube.

Ich öffnete die Augen. Die Feuchtigkeit des heißen Wassers hatte die matten Spiegelscheiben beschlagen lassen. Ninas Frage ertönte ein zweites Mal, nun drängender, ängstlicher.

»Alles in Ordnung«, rief ich daher. »Ich bin bald so weit.«

War ich das? War ich so weit? War ich dafür ausgerüstet, dem Königsgleichen entgegenzutreten? Ein zweites Mal würde er sich nicht von mir überrumpeln lassen, und ich hatte keine Zeit und Gelegenheit gehabt, meine eigentliche Gabe zu formen und sie überhaupt kennenzulernen. Ich hatte keine Ahnung, wozu ich fähig war – und wozu nicht. Das waren nicht die besten Voraussetzungen, sich gefangen nehmen zu lassen.

Erschöpft von den Nachwirkungen der Betäubung und der einschläfernden Hitze, stieg ich vorsichtig aus der Wanne und trocknete mich mit dem großen Handtuch ab. Obwohl der Bademantel verlockend aussah, entschloss ich mich dazu, in die bereitliegende Kleidung zu schlüpfen, nachdem ich sie misstrauisch inspiziert hatte. Die nachtblaue Hose war gerade geschnitten und hübsch, aber trotzdem angenehm zu tragen. Die weiße Bluse aus Seide schmiegte sich kühl und glatt an meine nun warme Haut, während ich den überschüssigen Stoff in den Bund steckte. Dann stieg ich in beigefarbene gestrickte Pantoffeln, die meine Füße wärmten. Ich kämmte meine gelockten, noch nassen Haare mit den Fingern und warf einen Blick in den Spiegel, den ich mit dem Handtuch von der beschlagenen Feuchtigkeit befreit hatte.

Ich wäre beinahe vor der jungen Frau, die mir entgegenblickte, zurückgewichen. Da waren so viel Stärke und Entschlossenheit in ihren blauen Augen, dass ich schluckte. Ich fühlte mich so oft noch wie ein junges, naives Mädchen, dabei war ich das längst nicht mehr. Schwäche zu fühlen war normal und menschlich. Aber diese Schwäche hatte ich hinter eine Mauer aus Rebellion verbannt, hinter Schmerz und Erfahrungen und Verlusten.

Vielleicht bist du der Schlüssel.

»Und vielleicht hast du recht, Julian«, flüsterte ich meinem fremden, wild nickenden Spiegelbild zu und lächelte, als Nina ein drittes Mal an die Tür klopfte.

Selbst wenn man mich unverhofft mitten aufs Schlachtfeld katapultiert hatte: Ich hatte nicht vor, mich dem Königsgleichen kampflos zu ergeben.

Als ich in das Schlafgemach zurückkehrte, erwartete mich der köstlichste Geruch, den ich jemals wahrgenommen hatte. Wenn ich geglaubt hatte, die Küche in der Universität wäre vorzüglich gewesen, so war sie doch kein Vergleich zu dem Essen, das Nina und eine weitere junge Bedienstete gerade auf den Tisch luden, den sie in die Mitte des Raumes geschoben hatten. Die beiden waren in ein Gespräch vertieft und kicherten leise, brachen aber sofort ab, als sie mich kommen sahen.

»Verzeiht unseren Lärm«, sagte die andere junge Frau mit einem Knicks. »Mein Name ist Lina. Ich kümmere mich um Eure Verköstigung. Wenn es also irgendetwas gibt, nach dem es Euch gelüstet, so könnt Ihr Euch immer an mich wenden. In diesem Palast haben wir beinahe alles vorrätig.«

Lina war nicht so überschwänglich fröhlich wie Nina. Der Blick aus ihren dunklen Augen war gut verborgen, weil sie ihn gesenkt hielt, wann immer ich sie direkt ansah. Ihr dunkelbraunes Haar war kurz geschnitten, was ihrem Gesicht etwas Elfenhaftes verlieh. Sie trug, trotz der Hitze des Tages, ein langärmliges Hemd, das ihr bis zu den Handgelenken reichte, über Rock und Schürze. Die Kleidung der Bediensteten ähnelte sich in ihren Farben: Die Röcke waren aus einem überraschend dunkelgrünen Stoff, während Hemd und Mieder aus einem sauberen weißen Leinen bestanden. Ich hatte erwartet, dass im Dornenpalast alles dunkel und drückend sein würde. Einzig ein schwarzes eingesticktes Emblem in Form eines Dunkeldornblütenkopfs deutete darauf hin, dass sie als Bedienstete für die Dunkeldornfamilie arbeitete.

»Danke, das ist nett. Aber wer soll das alles essen?« Ich deutete auf die Berge an Speisen, die Nina und Lina während meines Bads auf den Tisch gehäuft hatten. Diese Mengen konnte ich nicht einmal in drei Tagen verdrücken, geschweige denn während einer Mahlzeit.

»Oh, Ihr esst nicht allein. Ihr werdet Gesellschaft bekommen«, antwortete Nina vergnügt.

Sofort wurde mein Mund trocken. »Vom Königsgleichen?«

Die Kammerzofe machte eine wegwerfende Geste. »Nein, nein, der ist derzeit sehr beschäftigt. Eine Dame von der Universität hat sich angekündigt und möchte Euch sehen. Der Königsgleiche hat dies gestattet.«

Nein. Nein, bitte nicht.

Ich war noch nicht so weit, dieser Verräterin in die Augen zu blicken, doch was ich wollte, war ohne Bedeutung, denn in diesem Augenblick klopfte jemand energisch an die Tür, und Nina und Lina nahmen die Beine in die Hand.

Es gab keine Möglichkeit, der Begegnung zu entfliehen. Ich musste da durch. Nina öffnete die Tür von innen und sank neben Lina in einen tiefen Knicks, ehe sie eine hochgewachsene, schlanke Frau einließ und dann rasch verschwand.

15

Ein Abendessen der anderen Art

Ich blieb stocksteif neben einem der beiden Holzstühle stehen, die mit dicken, weichen Kissen gepolstert waren. Doch daran konnte ich mich nicht erfreuen. Stattdessen umklammerte ich die Lehne mit einer Hand, um mich selbst davon abzuhalten, der Professorin an die Gurgel zu gehen. Ich wollte mir erst anhören, was sie zu sagen hatte, bevor ich das tun würde.

»Hallo, Opal«, grüßte die Professorin mit glatter, kühler Stimme. Es war ungewohnt, sie nicht in ihrer Laborausrüstung zu sehen, ohne weißen Kittel, ohne Schutzbrille und Maske und Handschuhe. Einen Augenblick erzeugte das Bild dieser älteren, mit einem langen beigefarbenen Faltenrock und schwarzer Bluse elegant gekleideten Frau einen kurzen Schock bei mir, weil alles an ihr so fremd war und sie weit von der Frau entfernt zu sein schien, die diese Gräueltaten begangen hatte. Aber ich hatte schon beim Königsgleichen gelernt, dass ein warmes Lächeln und ein attraktives Gesicht nur die Fassade des Bösen sein konnten, das darunter schlummern mochte.

Ich zog es vor, zu schweigen. Außer einigen Beleidigungen fiel mir wenig ein. Vielleicht noch ein paar nette Schimpfwörter oder kreative Flüche, die ich auf den Plantagen gelernt hatte und die der Professorin die Schamröte ins Gesicht getrieben hätten.

Sie blieb einen Moment lang fast schon verloren an der Tür stehen. Dann schloss sie diese und durchschritt den Raum, bis sie den zweiten Stuhl auf der anderen Seite des Tisches erreicht hatte. Sie legte die Hände übereinander auf die Lehne und musterte mich eindringlich.

»Geht es dir gut?«, fragte sie schließlich.

»Das interessiert Euch doch nicht wirklich«, konterte ich.

Professorin Weisdorn hob eine Augenbraue. »Auch wenn du es nicht glauben magst: Doch, das tut es.«

»Weil Ihr an mir herumexperimentieren wollt, nehme ich an? Ihr braucht meinen Körper, aber an mir als Mensch liegt Euch nichts.«

»Das ist nicht wahr.« Nach außen hin blieb die Professorin so beherrscht, wie ich sie in Erinnerung hatte. Aber die tiefen Falten auf ihrer Stirn, die verkniffenen Züge um ihre Mundwinkel herum sprachen Bände. »Lass uns beim gemeinsamen Essen sprechen, Opal. Bei einer lockeren Atmosphäre. Ich will dir einige Fragen beantworten, die dir sicher auf der Seele brennen.«

Ich lachte so laut auf, dass sie zusammenzuckte. »Bei einer lockeren Atmosphäre«, wiederholte ich, immer noch kichernd. »Beim gemeinsamen Essen? Glaubt Ihr, ich bin noch immer die halb tote junge Frau, die Ihr damals von der Plantage aufgelesen habt und der Ihr das Bild der großen Retterin vorspielen konntet? Dass Ihr mir noch immer das Gefühl vermitteln könnt, ich müsste Euch dankbar sein, weil Ihr mir eine Perspektive und eine Stelle angeboten habt?« Ich kniff die Augen zusammen. »Wäre ich hier die Hausherrin, würde ich Euch auf der Stelle des Palasts verweisen, nur damit Ihr es wisst. Oder Euch in den Kerker werfen lassen.«

Ein dünnes Lächeln stahl sich auf die Lippen der Professorin. »Die Zeit auf der Flucht hat deinem starken Willen offensichtlich keinen Abbruch getan. So manche Person wäre am Druck, gejagt zu werden, vielleicht zerbrochen. Du offenbar nicht. Ich muss gestehen, dass mich das stolz macht. Es hat sich gelohnt, dich zu retten.«

Mein höhnisches Lachen erstarb. »Es hat sich also gelohnt«, sagte ich leise. »Das ist die einzige Währung, in der Ihr rechnet, nicht wahr? Ob Ihr für die Anstrengungen, die Ihr unternehmt, eine Gegenleistung erhaltet. Ob es sich lohnt, Zeit, Geld und Energie in etwas oder jemanden zu investieren. Ob es Eure Forschungsarbeit voranbringt oder eher ein leidiges Hindernis ist, das man loswerden muss, wenn es seinen Zweck erfüllt hat.«

Die Professorin stieß ein gedehntes Seufzen aus. »Du möchtest mich absichtlich missverstehen, nicht wahr? Du bist wütend auf mich. Das kann ich verstehen.«

»*Wütend* trifft es nicht einmal annähernd«, zischte ich.

Die Professorin zog den Stuhl zurück, umrundete ihn und setzte sich in aller Seelenruhe. Sie nahm die kunstvoll gefaltete weiße Stoffserviette von ihrem grauen Teller und legte sie fein säuberlich ausgebreitet auf ihren Schoß.

»Lass uns etwas essen«, bat sie. »Der Königsgleiche hat die Zeit mit dir begrenzt und nur zugestimmt, wenn du zugleich etwas für deine körperliche Verfassung tust. Und wenn ich deine ausgemergelte Gestalt so sehe, denke ich, dass er recht hat. Du musst etwas zu dir nehmen und wieder zu Kräften kommen.«

Ich wollte ihr entgegenschleudern, dass ich keinen Hunger hätte und sie alle sich das köstlich riechende Essen sonst wohin schieben könnten, aber mein prompt laut knurrender Magen strafte meine Worte Lügen.

Widerwillig setzte ich mich ihr gegenüber. Während sie mit der rechten Hand nach einem silbernen Löffel griff und ihn in die rote, nach frischen Tomaten und Kräutern duftende Suppe tauchte, starrte ich sie an.

Konnte sie wenigstens den Anstand haben und eine schuldbewusste Miene aufsetzen? Wenigstens vorgeben, als täte ihr leid, was sie Julian und mir und wer weiß wie vielen anderen unschuldigen Menschen für furchtbare Dinge zugemutet hatte?

Sie musste meinen bohrenden Blick spüren, mit dem ich sie am liebsten erdolcht hätte, besaß aber die Disziplin, ihm nicht zu begegnen, sondern ihre Suppe zu löffeln, bis ich beinahe widerstrebend meinerseits mit dem Essen begann. Zumindest in der Hinsicht lag sie nicht daneben: Ich musste wieder zu Kräften kommen und auch die Nachwirkungen der Betäubung vollständig abschütteln. Nur im Vollbesitz meiner körperlichen und magischen Fähigkeiten würde ich mich an diesem Hof behaupten können.

Die Suppe schmeckte so hervorragend, dass ich aufpassen musste, mich nicht davon besänftigen zu lassen und meine Wut am Lodern zu halten. Aber als wir beide unsere Teller leer gegessen hatten und die Professorin sich der Hauptspeise – kleine Kartoffeln, die auf Rosmarin und Petersilie gebettet waren, einem warmen Topf mit Gemüse und einigen Scheiben zarten Bratens – zuwenden wollte, hatte ich endgültig genug von dem aufgeladenen Schweigen.

»Ich bin beeindruckt, dass Ihr es wirklich gewagt habt, mir

hier unter die Augen zu treten, anstatt mich zu betäuben«, sagte ich fast beiläufig. »Ich meine, Ihr könnt nicht wirklich davon ausgehen, dass ich nach dem, was ich in Euren Laboren gefunden habe, jemals wieder freiwillig mit Euch in einem Raum sitzen wollte.«

Die Professorin umklammerte den Löffel in ihrer Hand fester. Ich hatte *das* Thema angesprochen, das für sie am unangenehmsten und brisantesten war.

»Es tut mir leid, dass du das gesehen hast«, sagte sie langsam. Ich merkte, dass es ihr schwerfiel, den Blickkontakt zu halten.

»Es tut Euch leid, dass ich das gesehen habe«, wiederholte ich vor Wut bebend. »Aber nicht, dass Ihr es getan habt.«

Die Professorin presste die Lippen fester aufeinander, während sie den Kopf schüttelte. »Ich weiß, dass du das nicht begreifen kannst, Opal. Meine Forschung … Sie ist grausam, das bestreite ich nicht. Aber sie ist dafür da, um die Visionen des Königsgleichen wahr werden zu lassen. Auf lange Sicht ist es das Beste für Tensia, auch wenn wir jetzt einige Opfer bringen müssen.«

»Opfer?« Ich spie ihr das Wort entgegen. »So nennt Ihr die Menschen, die Ihr quält, tötet oder an denen Ihr herumexperimentiert, bis sie selbst nicht mehr wissen, wer sie sind? Keine so noble Absicht kann das jemals entschuldigen.«

»Du kannst das nicht verstehen …«, setzte sie wieder an, aber ich schnitt ihr das Wort ab.

»Woher kommen die Menschen, die Ihr für Eure Versuche benutzt?«

»Das sollte nicht Gegenstand unseres Gesprächs heute Abend sein, Opal.«

Ich kniff die Augen zusammen. »Hört auf damit, mich so

von oben herab zu behandeln, nur weil ich jünger als Ihr bin oder nicht Eure Bildung besitze. Das Recht, dass ich zu Euch aufsehe, habt Ihr verwirkt. Also noch mal: Woher kommen die Menschen?«

Professorin Weisdorn seufzte. »Es handelt sich um Menschen, die ohnehin keine Perspektive mehr haben. Die auf der Straße leben, teilweise in der Dunklen Allee. Die sogar nicht mehr für die Zermahlerin geeignet sind oder von ihr wieder ausgespuckt wurden. Manche haben sich auch freiwillig gemeldet.«

»Die keine Perspektive mehr haben? Ihr entscheidet also darüber, dass mittellose Menschen keinen Wert und keine Aufgabe mehr haben, die ihre Existenz berechtigt, und sammelt sie dann ein? Glaubt Ihr, so würden sie der Allgemeinheit wenigstens noch einen Dienst erweisen?«

Die Gesichtsfarbe der Professorin wechselte zu einem fahlen, zornigen Weiß. »Bei allem Verständnis für deine Situation: So redest du nicht mit mir, Opal.«

Ich nahm das Messer, das neben meinem Teller lag, ballte die Finger darum und hieb es vor der Professorin in die Tischplatte. In mir war so viel Zorn, dass meine Hände bebten, und wenn ich die Miene der Professorin richtig deutete, sah sie die wilde, unbändige Wut in meinen Augen, die mich vielleicht zu allem befähigte. Wieder zuckte sie vor Schreck zusammen, und ihre Augenlider flackerten kurz, aber sie hatte sich so weit im Griff, nicht laut aufzuschreien.

»Ihr habt das Recht verwirkt, mir vorzuschreiben, in welchem Ton ich mit Euch rede«, sagte ich schneidend und ließ das Messer los, das leicht schwingend im Holz stecken blieb. »Keine weiteren Ausflüchte mehr. Was wollt Ihr von mir? Warum seid Ihr hier?«

Die Professorin lehnte sich zurück. Ihr Blick begegnete meinem ohne Umschweife, auch wenn er immer wieder zu dem Messer zurückglitt, als traute sie mir nicht über den Weg.

Recht so.

»Ich bin hier, weil ich dir einen Tausch anbieten möchte.«

Sofort war ich auf der Hut. »Was für einen Tausch?«

Sie lächelte, beugte sich ein Stück weit vor und zog mit spitzen Fingern und erstaunlicher Kraft das Messer aus der Tischplatte. »Deine kooperative Mitarbeit gegen das Versprechen, dass wir Julians Leben verschonen und ihm einen sicheren Unterschlupf gewähren.«

Julians Leben verschonen? Hatten sie ihn etwa geschnappt?

»Und wie, glaubt Ihr, soll ich ihm den Vorschlag unterbreiten?«, fragte ich kühl. »Wenn ich doch in diesem Palast eingesperrt bin?«

»Wir werden schon Mittel und Wege finden, dass sich dein Freund auftreiben lässt.«

Erleichterung durchströmte mich. Sie hatten ihn nicht. Nein, so leicht würde sich Julian auch nicht schnappen lassen. Und wer wusste schon, welche Stärke nun in ihm schlummerte.

»Er könnte ein Leben haben, Opal«, murmelte die Professorin schmeichelnd. »Ein Zuhause.«

Tausend Gedanken schossen mir durch den Kopf. Diese laute Stimme, die sofort »Ja! Ja! Auf jeden Fall!« brüllen wollte, die sich wünschte, dass jemand Julian ein sicheres Zuhause bot, in dem er sich erholen konnte, in das ich ihm sogar eines Tages folgen würde.

Und trotzdem konnte ich Julians wütende, raue Stimme beinahe noch lauter zwischen diesen verlockenden Gedanken hören: *Lass dich bloß nicht darauf ein, Opal. Sie will dich weichkochen. Sie will, dass du aufgibst. Dass du keinen Widerstand leistest. Lass das niemals zu.*

Ich versuchte, mich zu sammeln und die widerstreitenden Gedanken in meinem Kopf nicht durch meine Mimik nach außen zu tragen.

»Mitarbeit wobei?«, fragte ich kühl.

Die Professorin neigte den Kopf. »Ich denke, das weißt du.«

»Ihr wollt meine Gabe nutzen. Aber wofür?«

»Ich will deine Gabe nicht für mich, Opal. Und ich denke, auch das weißt du.«

»Der Königsgleiche will sie, das ist mir schon bewusst«, sagte ich tonlos. »Aber wieso?«

»Es steht mir nicht zu, über die Ziele des Königsgleichen zu sprechen. Das obliegt ihm selbst.«

Beinahe hätte ich ein frustriertes Stöhnen ausgestoßen. Dieses schleppende Gespräch sollte mir also Antworten liefern?

Die Professorin schien meine Gedanken zu erraten, denn sie gab sich besänftigend. »Ich bin nicht hier, um mit dir über den Königsgleichen zu sprechen, sondern über die Bedingungen, zu denen Julian eine friedliche Zukunft haben kann. Ohne Verfolgung, ohne befürchten zu müssen, wegen … seines Aussehens oder seines Wesens gejagt zu werden. Ich bin mir sicher, dass dir viel daran liegt, wo du doch höchste Anstrengungen unternommen hast, ihn zu befreien.« Ihr Lächeln war so sanft, dass ich es ihr am liebsten aus dem Gesicht geschlagen hätte.

Ihr ging es nicht um Julian.

Ich ließ sie nicht aus den Augen, als ich mich nach vorne beugte und die Ellenbogen auf dem Tisch abstützte. »Wie erstaunlich, dass Ihr Euch plötzlich um Julians Wohlergehen sorgt«, sagte ich im Plauderton, »wo Ihr doch verantwortlich für alles seid, was ihm angetan wurde. Ihr experimentiert an Menschen, ich meine an *Menschen*, herum. An Menschen, die in Euren Augen ohnehin nur Dreck sind. Ihr zerstört sie, werft sie vermutlich einfach in den Sharza oder verbuddelt sie hinter den Gewächshäusern, wenn sie Eure Experimente nicht überleben. Und Ihr wagt es, hier vor mir zu sitzen und mir anzubieten, einen Tausch mit Euch einzugehen? Einen Tausch, der beinhaltet, dass Ihr Schadensbegrenzung für Eure eigenen Untaten betreibt? Indem Ihr versucht, die Verantwortlichkeit für Eure Verbrechen umzukehren? Ich weiß nicht so recht, wie ich es höflich formulieren soll, deshalb: Fahrt zur Hölle! Ihr habt über Wochen und Monate an Julian und all den anderen herumgepfuscht und kennt ihn nicht einmal, obwohl Ihr so viel Zeit mit ihm verbracht habt. Bevor er auch nur irgendetwas von Euch annehmen würde, würde er die Universität in Brand setzen. Er würde lieber sterben, als Teil eines Handels mit Euch zu sein. Und da, liebe Professorin, ticken er und ich sehr gleich.«

Professorin Weisdorn saß vor mir, als hätte ich sie tatsächlich geschlagen. Wie vom Donner gerührt starrte sie mich mit offenem Mund an, ehe sich ihre Miene verschloss und sie mit ihrem Stuhl zurückrutschte. Die Holzbeine schabten unangenehm über den Steinboden.

»Es ist bedauerlich, dass du nicht in der Lage bist, das Beste aus der Situation zu machen, Opal. Du hättest mir freiwillig geben können, was ich brauche, und dabei noch eine Gegenleistung erhalten können. Nun wird es anders ablaufen.«

Ich zog eine Augenbraue hoch, als sie die Serviette zusammenknüllte und auf ihren Teller warf, auf dem die Hauptspeise noch unangetastet lag. Dann lächelte ich.

»Ich freue mich drauf, Professorin. Ich werde mir alle Mühe für unsere weitere Zusammenarbeit geben. Alle Mühe, Euch das Leben so ungemütlich wie möglich zu machen.«

Ohne ein Wort machte sie auf dem Absatz kehrt und verließ mein Turmzimmer fluchtartig. Noch ehe die Tür ins Schloss fiel, hörte ich, wie sie die beiden Uniformierten, die im Flur Wache standen, anfuhr, weil sie nicht schnell genug aus dem Weg sprangen.

Ich lächelte triumphierend, obgleich ich wusste, dass ich mir das Leben im Dornenpalast gerade ungleich schwerer gemacht hatte, als es sinnvoll gewesen wäre.

Dann griff ich hungrig nach Messer und Gabel und schaufelte mir eifrig die Hauptspeise auf den Teller. Endlich konnte ich das Essen genießen, nachdem dieser Anflug von widerlicher Bitterkeit den Raum verlassen hatte.

16

Die Geschichte der Dornenfamilie

Es waren nur wenige Nächte gewesen, die ich an Julians Seite verbracht hatte. Sie waren, im Vergleich zu all den Nächten in den Wochen zuvor, erholsam gewesen. In seiner Nähe waren die Albträume weniger präsent, weniger intensiv und weniger häufig aufgetreten.

Er fehlte mir. Sogar körperlich.

Ich wachte an meinem zweiten Morgen im Dornenpalast wie so oft schweißgebadet und mit heftig pochendem Herzschlag auf. Das schwarze Nachthemd, das aus einem so leichten, edlen Stoff war, dass ich es kaum spürte, klebte an meinem Körper. Die Sonne war nur eine rötlich schimmernde Ahnung am Himmel, genauso fern wie Julian, wie Thiwa, wie das Unglück dort. Während ich mich aus den Laken schälte und über den kühlen Boden zum Badezimmer lief, ließ ich die Sorgen zu, die ich seit meiner Gefangennahme abgeschirmt hatte, um mich nicht unnötig verwundbar zu machen.

Wie war es um die Menschen von Thiwa bestellt? Wie viele Opfer hatten sie zu beklagen? Wie würde es weitergehen? Würde man ihnen Zeit zum Trauern und Gesundwerden – innerlich wie äußerlich – gewähren? Und war Julian in Sicherheit? Ich nahm an, dass sie ihn noch nicht gefasst hatten, sonst hätte die Professorin am Vorabend ein Druckmittel gegen mich in der Hand gehabt und mir keine Wahl gelassen.

Im Bad zog ich das Nachthemd über den Kopf und wusch in der riesigen Quellwanne den Schweiß von meinem Körper. Die Wärme gab mir eine kurze Illusion von Sicherheit und Geborgenheit, und die Gewissheit, dass ich nichts davon für eine lange Weile haben würde, hätte mir beinahe die Tränen in die Augen getrieben.

Es klopfte an der Tür.

»Guten Morgen, Opal! Ihr seid ja schon wach!«, ertönte Ninas Stimme dumpf und empört durch die Badezimmertür. »Ihr könnt doch nicht ohne mich aufstehen! Ich meine, es ist mein Beruf, Euch zur Hand zu gehen, und dann steht Ihr einfach ohne mich auf …«

»Guten Morgen, Nina«, rief ich zurück, fast dankbar dafür, dass ihre plötzliche Anwesenheit mich aus dem Sumpf der Sorgen und Hoffnungslosigkeit riss.

Ihre Stimme entfernte sich, und ich konnte hören, wie sie weiter vor sich hin schimpfte. Und obwohl diese kleine Alltäglichkeit keine große Bedeutung hatte, fühlte ich mich etwas besser. Ich stieg aus dem Wasser, rubbelte mich und meine Haare mit festen Bewegungen trocken und schlang das Handtuch um meinen Körper, weil ich vergessen hatte, neue Kleidung aus dem Schrank zu holen.

Dann ging ich zur Tür, öffnete sie und trat zurück ins Schlafgemach.

»Nina, kannst du mir bitte …« Mir blieb das Wort im

Halse stecken. Nina war nicht allein. Sie stand am Bett, das sie gerade ausschlagen wollte, und neben ihr war just in diesem Augenblick der Königsgleiche zur Tür hereingekommen. Nur in Stiefeln, schwarzer Hose und einem lockeren schwarzen Hemd gekleidet wirkte er auf den ersten Blick nicht wie der Dornenprinz, sondern mehr wie ein einfacher junger Mann.

Ich kniff die Augen zusammen und versuchte, meinen sofort in Alarmbereitschaft versetzten Körper unter Kontrolle zu behalten. Versuchte, ruhig und gelassen zu bleiben, während ich am liebsten die Flucht nach hinten angetreten und die Tür hinter mir verbarrikadiert hätte.

Der Königsgleiche war nicht allein gekommen. Er hatte Dunkelheit mitgebracht, die wie ein Mantel um ihn herumschwebte. Ich wünschte, ich hätte mehr am Leibe getragen als dieses Handtuch, das mich kaum gegen ihn und diese Dunkelheit schützen konnte. Und gegen dieses Gefühl der Vertrautheit, das mich, diese verdammte Verräterin ihres eigenen Herzens, trotz aller Abscheu immer wieder überkam, wenn er mir unter die Augen trat.

Ein schiefes Lächeln umspielte sein Gesicht, das immer noch ansehnlich und schön war, in das sich aber auch der Preis der Macht, die ihm übertragen worden war, eingebrannt hatte. Die überhebliche Leichtigkeit, die er vor Wochen noch wie eine Maske getragen hatte, war fort und hatte einer bedrohlichen Ernsthaftigkeit Platz gemacht.

»Du hättest dir bei unserem ersten Wiedersehen ruhig etwas mehr anziehen können«, sagte er gelassen. »Sonst könnte ich beinahe noch auf die Idee kommen, unser Kuss wäre ernst gemeint gewesen und nicht nur ein Ablenkungsmanöver.«

»Und Ihr hättet Euer Kommen wie ein Ehrenmann ankündigen sollen, statt einfach unangemeldet in das Schlafgemach einer Frau zu platzen«, erwiderte ich scharf. Kurz flackerte die Erinnerung an den Kuss auf, die ich während der Flucht verdrängt hatte.

»Da hast du recht«, räumte er freimütig ein, ohne dass das Lächeln von seinem Gesicht verschwand.

Wir musterten uns einen Augenblick wie zwei sich umkreisende Raubtiere, von denen jedes unschlüssig war, ob es den ersten Angriff wagen oder besser in Verteidigungshaltung bleiben sollte. Dann wandte er sich ab und wartete mit gesenktem Blick, bis Nina mit einem Bademantel herangeeilt war und mir hineingeholfen hatte.

»Sei so gut und führe Opal zum Speisesaal, wenn sie angekleidet ist«, wandte er sich an die Kammerzofe. »Ich möchte mit ihr frühstücken und sie ein wenig im Dornenpalast herumführen, damit sie sich schon bald heimisch fühlen kann.«

Beinahe hätte ich losgeprustet. Ich mich heimisch fühlen? Als Gefangene?

Doch Nina ließ das Kissen los, das sie noch in der Hand hielt, und verbeugte sich. »Das mache ich, Eure Hoheit. Wir werden uns beeilen.«

Der Königsgleiche nickte uns beiden zu, ehe er den Rückzug antrat.

Und als er verschwunden war, wurde ich das Gefühl nicht los, dass er ein wenig Dunkelheit in meinem Gemach zurückgelassen hatte.

Es war nicht leicht, Nina davon zu überzeugen, dass ich nicht in ein Kleid mit zu grellen Farben, zu bauschigem Stoff oder zu viel Sicht auf freie Haut gesteckt werden wollte. Genauer gesagt war es schwierig, ihr überhaupt begreiflich zu machen, dass ich kein Kleid und erst recht kein so pompöses, wie sie es mir aufdrängen wollte, tragen würde.

»Das gibt es doch nicht!« Sie war beinahe den Tränen nahe, als ich die Hose und die Bluse überzog, die ich am Vortag schon getragen hatte. »Ihr könnt doch nicht an zwei aufeinanderfolgenden Tagen dasselbe tragen! Was sollen denn die anderen Kammerzofen von mir halten? Die glauben doch alle, ich würde mein Handwerk nicht beherrschen!«

»Wie gut, dass du dir keine Sorgen darum machst, was die Leute von *mir* halten, wenn ich dieselbe Kleidung trage«, entgegnete ich trocken.

Sie wedelte mit der Hand durch die Luft. »Euch ist es doch gleich, wie Ihr ausseht. Aber mir nicht! Und ich habe noch die Möglichkeiten, irgendwann aufzusteigen, vielleicht eine Prinzessin oder gar eine Königin einzukleiden.«

Sie hätte am liebsten unentwegt weitergezetert, das sah ich ihr an der Nasenspitze an. Nach zwei Tagen mit Nina konnte ich zumindest schon so viel sagen: Sie war nicht bösartig, wie ich es insgeheim von jeder Person, die im Dornenpalast arbeitete oder wohnte, erwartet hatte, aber sie nahm kein Blatt vor den Mund. Zumindest nicht mir gegenüber. Bei jeder Gelegenheit meckerte sie über meine Haare, meinen schlechten Kleidungsstil und meinen offenkundigen Unwillen, an beidem etwas zu verändern. Aber sie tat es auf eine Weise, die mich meistens zum Lächeln brachte.

Jetzt blieb allerdings keine Zeit, weiter an mir herumzumäkeln. Sie befahl mir, mich auf den Stuhl vor dem kleinen Schminktisch aus hellem Marmor zu setzen, wo sie mir mit wenigen geübten Handgriffen das Haar bürstete. In all den Wochen seit dem Unglück in Elver war es gewachsen, und die Wellen lagen nicht mehr auf meinen Schultern, sondern fielen weich auf meinen Rücken. Anfangs ziepte das Bürsten, doch Nina schien einen geheimen Trick zu kennen, mit dem sie die gewieftesten Knoten ohne Fluchen meinerseits entfernen konnte.

»Nein«, sagte ich entschieden, als ich im Spiegelbild erkannte, dass sie nach der gläsernen Schale greifen wollte, in der unzählige kleine und große, schlichte und teuer anmutende Klammern und Spangen lagen. »Ich will mich nicht wie eine Fremde fühlen.«

Das Spiegelbild der jungen, ernsten und entschlossenen Frau musste genügen. Ich wollte dem Königsgleichen nicht den Eindruck vermitteln, ihm auch nur einen einzigen Schritt entgegenzukommen, indem ich eine höfische Verkleidung trug.

Nina brach in Wehklagen aus, zog aber die Hände zurück. »Ich brauche Euch gar nicht zu fragen, ob ich Euch schminken darf, nehme ich an?«

Ich lächelte sie angespannt an. Unser kleines Scharmützel hatte mich eine Weile abgelenkt, aber nun war die Aussicht darauf, gleich mit dem Königsgleichen in einem Raum festzustecken, wieder gegenwärtig. »Richtig geraten.«

Nina wandte sich ab, und ich hätte schwören können, dass sie mit den Augen rollte, als sie glaubte, ich könnte ihr Gesicht nicht mehr sehen. Aber ich nahm es ihr nicht übel. Sie war jung und ehrgeizig und hatte offenbar keine Ahnung, was abseits der Schlossmauern, abseits der Hauptstadt selbst vor sich ging. Hatte keine Ahnung von den Kellern der Universität, von den Experimenten, von all dem Bösen, das der Königsgleiche beauftragt hatte, um einem Ruf nachzueifern, der nicht seiner war, um eine Prophezeiung zu erfüllen, die nie für ihn gedacht war.

Und obwohl ich ihr die Unbeschwertheit, die sie an den Tag legte, zunehmend abnahm, blieb ich innerlich misstrauisch und wachsam. Ich rechnete immer noch damit, dass diese wohlige Atmosphäre, in die man mich hüllen wollte, nur eine Falle war, damit ich unvorsichtig wurde und nachgab. Damit ich einen Fehler machte. Damit ich Vertrauen fasste, das ausgenutzt werden konnte.

Das hier war der Dornenpalast. Hier lebte der Königsgleiche. Und wozu er fähig war, hatte ich nicht nur mit meinen eigenen Augen gesehen, sondern am eigenen Leib zu spüren bekommen. Er hatte für den Griff nach der Macht Grausamkeiten gebilligt, die über alles hinausgegangen waren, was ich mir je hätte vorstellen können. Etwas von dieser Dunkelheit musste dem Dornenpalast innewohnen.

Und vielleicht auch all den Menschen, die in ihm lebten. Ich musste also auf der Hut bleiben.

»Sollen wir dann?«, fragte Nina, die zur Tür gegangen war und mich nun auffordernd anblickte. Ein Lächeln folgte, das mich offenbar beruhigen sollte.

Ich durfte mich nicht einlullen lassen. Ich musste wachsam bleiben.

Ich hatte mich so sehr an den halb offenen Himmel über mir gewöhnt, dass der Moment, in dem Nina die Tür öffnete, mir einen kleinen Schock bereitete. Über mir waren so viel Freiheit, so viele Sterne in der Nacht und hellgraue Wolken am Tag gewesen, dass der dunkle Gang, der sich vor mir auftat, wie das Gefängnis wirkte, das ich mir eigentlich hier vorgestellt hatte: Ein kurzer Flur mündete an einer Wendeltreppe, die in die Tiefe führte, in eine endlose Tiefe, die sich im Kreis drehte. Die Wände waren ebenso schwarz wie jene in meinem Schlafgemach, mit diesem leuchtenden Schimmern in ihnen, das den

Gang gerade genug erhellte, damit keine weiteren Lichtquellen vonnöten waren. Das Schimmern folgte uns auf gleicher Höhe wie ein bleicher, sanfter, freundlicher Geist.

Wie ich schon vermutet hatte, waren im Gang zwei Uniformierte postiert, die meine Tür und jeden, der ein- oder austrat, streng beäugten. Und auch etwas anderes bestätigte meine Vorahnung: In dem Gang gab es kein Fenster, sondern nur die Tür zu meinem Gemach und die Treppe nach unten, zu der man sich an den beiden hochgewachsenen, breiten Männern vorbeidrücken musste. Wollte ich also wirklich fliehen, so musste ich das von einem anderen Ort im Dornenpalast aus tun.

»Ich hoffe, Ihr seid gut in Form«, sagte Nina, als sie auf die erste Stufe nach unten trat. Die Stufen waren mit weichem Teppich ausgelegt, sodass man nicht so leicht ins Rutschen kam, was bei der engen, steilen Treppe gefährlich sein konnte. Ich bewunderte die Bediensteten dafür, hier mit Tabletts voller Essen hochzukraxeln.

Ich starrte nach unten. Die Treppe schien kein Ende nehmen zu wollen. »So schlimm?«

»Oh ja«, sagte Nina mit einem spitzbübischen Grinsen. »Das Frühstück habt Ihr Euch dann redlich verdient.«

Sie hatte recht. Als wir nach einer gefühlten Ewigkeit unten angekommen waren, musste ich kurz innehalten und verschnaufen, weil ich das Gefühl hatte, meine Lunge würde gleich ihren Dienst aufgeben. Aufgrund meiner Tätigkeit als Feldarbeiterin hatte ich geglaubt, in guter Kondition zu sein, aber diese nicht enden wollenden Stufen waren eine Herausforderung der anderen Art. Wie sollte ich da bloß jemals wieder hochkommen, wenn der Abstieg schon eine solche Tortur gewesen war?

Nach einer kurzen Pause, in der ich hoffte, dass meine vor Anstrengung knallroten Wangen rasch ihre Tomatenfarbe verlieren würden, bat Nina mich, ihr weiter zu folgen. Vielleicht, um meine Aufregung zu mindern, plapperte sie auf dem Weg zum Speisesaal unentwegt.

»Wusstet Ihr, dass der Dornenpalast beinahe eintausend Jahre alt ist? Er wurde auf den Überresten der allerersten Plantage erbaut, nachdem um sie herum zu viele Siedlungen entstanden und man die Felder dann nach draußen aufs Land verlegte, damit man die Hauptstadt erweitern konnte. Könnt Ihr Euch das vorstellen? Vor eintausend Jahren!« Ihre Stimme triefte vor Bewunderung, und ihre Augen funkelten. Wollte sie mir den Dornenpalast schmackhaft machen, oder hing sie selbst wirklich mit ihrer ganzen Seele an ihm?

Ich blickte über die Schulter zurück und registrierte, dass uns keiner der beiden Uniformierten gefolgt war. Nina ahnte wohl, dass sich in meinem Kopf sogleich eine Gedankenkette in Gang setzte, die sie unterbinden wollte.

»Der Dornenpalast ist einer der am meisten gesicherten Orte in Tensia«, erklärte sie. »Es bedarf nicht einer Armee an Uniformierten. Dafür gibt es genügend Dunkeldornmagie, die dafür sorgt, dass niemand kommt und niemand geht, dem eines von beidem nicht gestattet ist. Die beiden Männer vor Eurer Tür sind eher dafür da, *Euch* von einer Unüberlegtheit abzuhalten. Aber sie wären nicht notwendig, um Euch an einer Flucht zu hindern.«

Ist das so? Weißt du nicht, dass nicht nur der Königsgleiche über eine gewisse Macht verfügt?

Ich versuchte, eine unbeteiligte Miene aufzusetzen. »Welche Art von Dunkeldornmagie meinst du? Magische Schlösser? Unsichtbare Wachen?« Ich kicherte leise, um sie davon abzulenken, wie sehr ich auf Informationen brannte, die mir halfen, einen Fluchtplan zu entwickeln, der mich hier rausbrachte. Mein Ziel war nicht der Königsgleiche. Mein Ziel war, das zu zerstören, was ihn stark machte.

Den Dunkeldorn. Den Dunkeldorn, den sie an der Universität züchteten und dann nach draußen zu den Plantagen brachten, um ihn dort wachsen zu lassen und vielleicht noch mehr Menschen zu töten. Ich musste diese Samen in die Finger kriegen, bevor die Saison vorbei war und man zum Beginn der neuen überall in Tensia die tödlichere Variante in der Erde verbuddelte. Das war der einzige Weg, dem Ganzen Einhalt zu gebieten.

Nina aber durchschaute mich. »Wenn Ihr nett fragt, erklärt Euch der Königsgleiche das vielleicht selbst«, sagte sie verschmitzt.

Ich zuckte scheinbar gleichgültig mit den Schultern und folgte ihr durch einen Irrgarten an Gängen. Anfangs versuchte ich noch, mir die Wege zu merken, gab aber bald auf. Ich musste abwarten, bis ich mich hier selbstständig und ohne Bewachung bewegen durfte, um in meinem Kopf einen Lageplan vom Dornenpalast zeichnen zu können. Also begnügte ich mich damit, darauf zu hoffen, dass ich irgendwann die Möglichkeit bekäme, das Schloss zu erkunden, und nicht gerade unwissentlich den Weg zu meiner Henkersmahlzeit antrat. Denn wenn ich ehrlich war, hatte ich nicht die leiseste Ahnung, was der Königsgleiche von mir wollte und warum ich noch am Leben war. Ich hatte ihm meine Unterstützung bereits zweimal versagt. Ein drittes Mal, so glaubte ich, würde er mich nicht bitten. Immerhin war er ein Prinz und angehender Herrscher, wenn ich an seine ehrgeizigen Ziele dachte. Er würde sicher nicht vor einer Feldarbeiterin zu Kreuze kriechen. Wäre es da nicht leichter für ihn, mich als potenzielle Bedrohung aus dem Weg zu räumen?

Wir waren mehrmals abgebogen und betraten nun eine Eingangshalle. Während die Flure allesamt mit dunklen Steinwänden und weichen Teppichen versehen waren, die die Kälte ein wenig abschirmten, war die Eingangshalle ein Kunstwerk für sich. Säulen, so breit wie drei ausgewachsene Männer, stützten die hohe Decke, die so kunstvoll geschaffen war, dass mir der Atem stockte. Über meinem Kopf spielte sich ein Unwetter ab. Ein wildes, wunderschönes Unwetter aus dunklen Wolken und magischen Lichtblitzen, die hier und da aufstoben.

»Bis vor einigen Wochen hat es dort oben nur einen Sternenhimmel gegeben«, erzählte Nina neben mir, und ihre Miene war nicht minder ehrfürchtig als meine. »Also einen magischen Sternenhimmel, meine ich. Der, den Ihr in Eurem Gemach habt, ist echt, nur die Kuppel über Euch ist aus Magie. Doch seit der Königsgleiche so mächtig geworden ist, besteht das ganze Schloss aus solchen kleinen Kunstfertigkeiten. Es ist atemberaubend, findet Ihr nicht?«

Ich starrte das Kunstwerk an, meine Bewunderung dafür war auf einen Schlag verflogen.

Atemberaubend? Das wäre nicht die Beschreibung, die ich für die offenbar wachsende Macht des Königsgleichen gefunden hätte. Eher: beängstigend. Beunruhigend. Verdammt beunruhigend. Ich musste aus diesem verflixten Schloss raus, um mich dem zu widmen, weshalb ich nach Florentia zurückgekommen war.

Stattdessen folgte ich Nina, die mich zur Eile antrieb. Neben uns lief noch weiteres Hauspersonal durch die Halle, von der aus wir den Weg in den nächsten Korridor einschlugen. Im Gegensatz zu meiner Kammerzofe hielten die Bediensteten sich ruhig und den Blick gesenkt, wenn sie an uns vorbeihuschten.

»Wir sind gleich da«, beruhigte Nina mich, als hätte ich meine wachsende Verzweiflung ob des labyrinthartigen Gangsystems laut ausgesprochen.

Das trug nicht unbedingt zu meiner Gelassenheit bei. Obwohl ich mir vorgenommen hatte, alles, was mit dem Königsgleichen im Zusammenhang stand, an mir abprallen zu lassen, spürte ich, wie dieser Entschluss mit jedem Schritt mehr ins Wanken geriet.

Und dann plötzlich waren wir da. Standen vor zwei offenen Flügeltüren, die unbewacht und unverschlossen waren und hinter denen mir ein einladender Duft nach Pfannkuchen, Tee, heißer Schokolade und Obst entgegenstieg.

Nina knickste vor mir. »Von hier aus findet Ihr selbst weiter. Lasst es Euch schmecken.« Ihr sehnsüchtiger Blick glitt für einen kurzen Augenblick an mir vorbei, ehe sie auf dem Absatz kehrtmachte und verschwand.

Ich wünschte, ich hätte noch ein paar Atemzüge gehabt, um mich zu sammeln und mich gegen den Königsgleichen zu rüsten, doch schon im nächsten Moment ertönte seine Stimme.

»Komm rein, Opal. Setz dich zu mir.«

Beim Klang seiner Stimme zog sich etwas in mir zusammen. In meiner Magengegend machte sich ein Gefühl der Schwerelosigkeit breit, so als hätte mich jemand ohne Vorwarnung in einen Abgrund gestoßen.

Ich durfte ihn nicht in mich hineinsehen lassen. Auf gar keinen Fall.

Ich straffte den Rücken, richtete mich auf und betrat mit

gerecktem Kinn den Speisesaal. Das glänzende Gold, das in unzählige tragende Säulen, Fenstersimse und teilweise sogar in die Böden eingelassen war, erschlug mich beinahe.

Neben dem gewaltigen Tisch, an dem sicher fast drei Dutzend Menschen Platz finden konnten, und den dazugehörigen Polsterstühlen aus hellem Eichenholz und schwarzem Samt gab es am Ende des Raumes zwei weitere kleinere Sitzecken aus Sesseln und Beistelltischchen, die an den Wänden rechts und links aufgereiht waren und Gelegenheit für intimere Zusammenkünfte boten. An einer davon saß der Königsgleiche.

Einige der Speisen schwebten gerade von ganz allein von der reichlich bedeckten Tafel durch den Raum, als ich mit vermeintlich festem Schritt auf den Königsgleichen zuging, der auf einem der beiden schwarzen Sessel saß.

Wie ein Thron, schoss es mir durch den Kopf. Er saß schon auf einem Thron, der keiner war, als wüsste er genau, dass das Land mit nur einem Fingerschnipsen ihm gehören könnte.

War er bereits so mächtig? Hatten die Wochen, in denen er mit dem Dunkeldornpulver hatte üben und wirken können, ihm so viel Vorsprung gegeben? Hatte die Professorin sogar ein noch stärkeres Dunkeldornpulver geschaffen, stärker als das, welches ich gekostet und das mich selbst fast in einen Abgrund gerissen hatte?

Ich ging über den glatten Boden, als bewegte ich mich auf brüchigem Eis, das sich jeden Augenblick in eine einstürzende Falle verwandeln konnte. Himmel, wieso war ich immer noch so nervös? Wieso war ich nicht nur voller brodelnder Wut, die alles in mir heiß und feurig machte, die den Königsgleichen am liebsten auf der Stelle versengen wollte, sondern auch voller Aufregung? Ich verabscheute ihn doch so sehr. Warum konnte das nicht ausreichen?

»Verzeiht mir, wenn ich mich nicht verbeuge«, verließ eine ironische Bemerkung meine Lippen. »Aber von den ganzen Treppen aus dem *Turmzimmer* hierher schmerzen meine Beine.«

Der Königsgleiche verzog keine Miene, sondern deutete mit der Hand auf den schwarzen Sessel ihm gegenüber. Ich stieg die zwei Stufen auf die Erhöhung hinauf und setzte mich zögerlich auf den angebotenen Platz. In dem Augenblick, in dem ich mich niedergelassen hatte, schossen plötzlich Zweige aus dem Boden, krochen um meine Fußgelenke und umwickelten sie.

Ein Dunkeldorn.

Fast hätte ich gelacht. Glaubte der Königsgleiche wirklich, ein Dunkeldorn könnte mich festhalten?

Mir blieb keine Zeit, diese Gedanken laut auszusprechen, denn im nächsten Augenblick folgten unzählige weitere Dunkeldornen, die gerade nach oben wuchsen, sich ineinander verschlangen und eine immer dichter werdende Kuppel um den Königsgleichen und mich und den Tisch als einzige Barriere zwischen uns webten. Nur vereinzelte Tageslichtstrahlen drangen wie Zwielicht durch die Zweige, als sie schließlich zur Ruhe kamen.

»Ihr müsst aber große Angst vor mir haben«, sagte ich trocken, als ich mich gefasst hatte.

Die Augen des Königsgleichen funkelten. »Im Gegenteil. Ich habe Angst *um* dich. Verzeih mir, wenn ich hier so viel Aufhebens mache. Tu bitte einfach so, als wäre das alles nicht da, und bediene dich am Essen. Das Küchenpersonal hat sich heute besonders viel Mühe gegeben.«

Zwischen uns überboten sich die Teller darin, mir mit dem, was man auf sie gehäuft hatte, das Wasser im Munde zusammenlaufen zu lassen. In der Mitte befand sich auf einer goldenen Platte ein Turm aus kleinen, dampfenden Pfannkuchen, und in unsere Tassen war eine dunkle, fast schwarze Flüssigkeit gefüllt. Ich hatte in meinem Leben noch nie Kaffee probiert.

Ich versuchte, mir meine Überforderung nicht anmerken zu lassen, und lehnte mich zurück, wobei ich in dem weichen Polster beinahe zu versinken drohte.

Der Königsgleiche musterte mich aufmerksam. Sein rechter Arm lag entspannt auf dem Sesselpolster, seine ganze Körperhaltung drückte Gelassenheit und zugleich ein Selbstbewusstsein aus, das mich erschütterte. Was war geschehen, seit wir uns zuletzt gesehen hatten? Wie viel Macht und Stärke hatte er dazugewonnen?

Niemand von uns beiden schien das Schweigen als Erster brechen zu wollen, also nahm ich mir den obersten Pfannkuchen mit einer zweizackigen Gabel und legte ihn auf meinen Teller. Es gab mehrere Sirup- und Obstsorten, die um den Pfannkuchenberg herum aufgestellt worden waren, aber ich verzichtete darauf. Die schieren Auswahlmöglichkeiten, der offensichtliche Anblick des Reichtums in diesem Schloss überforderten mich. Als ich die Gabel wieder an ihren Platz zurücklegte, sah ich, wie meine Finger kaum merklich zitterten. Wir sahen es beide.

Meine Güte, ich musste mich endlich zusammenreißen, das konnte doch nicht so schwer sein.

Schließlich nahm ich all meinen Mut zusammen, um ihm keine Gelegenheit zu geben, sich über meine Nervosität lustig zu machen oder sie als Waffe gegen mich ins Feld führen zu können. »Ihr habt mich sicher nicht mit so viel Aufwand herbringen lassen, weil es Euch sonst an Gesellschaft zum Frühstück mangelt, oder?«

Der Königsgleiche lächelte gelöst. »Nicht nur, da hast du recht. Aber ich muss zugeben, dass es manchmal angenehm ist, das Private mit dem Beruflichen zu verbinden.«

Ich wusste nicht, was mir mehr im Magen liegen würde: das Private oder das Berufliche.

»Es hat sich nichts geändert. Das wisst Ihr, oder?« Mein Blick begegnete seinem, und für einen kurzen Moment flackerte Enttäuschung in seinen hellen Augen auf.

»Es hat sich alles geändert, Opal. Alles.« Er nahm den Arm von der Lehne und neigte sich zu mir. Da war noch immer ein Hauch von Dunkelheit um ihn herum.

Ich spürte ein Kribbeln in den Fingerspitzen. Was würde wohl geschehen, wenn ich Hand an ihn legte, ihn berührte? Würde ich die Dunkeldornmagie aus ihm heraussaugen können wie Gift aus einer Wunde? Würde ich ihn schwächen können? Oder wäre er mittlerweile zu stark für mich?

In meinem Sessel rückte ich ein Stück nach vorne, bis uns nur noch der kleine runde Tisch voneinander trennte. Obwohl sich der Königsgleiche unbeeindruckt zeigte, glaubte ich, einen Anflug von Vorsicht in seinen Augen aufblitzen zu sehen.

»Ihr habt mir selbst gesagt, was ich bin, *Eure Hoheit*«, sagte ich leise. »Ich kann keine Dunkeldornmagie wirken. Ich kann sie nur zerstören. Ich bin eine Entgifterin. Was also wollt Ihr von mir? Ich bin eine Gefahr für Euch. Das Naheliegendste wäre also, mich zu töten. Liege ich richtig?«

Die markanten Gesichtszüge des Königsgleichen spannten sich an. Er sah nicht länger aus wie der Studierende, dem ich vor Monaten zum ersten Mal auf dem Universitätsgelände begegnet war. Er war in etwas viel Größeres hineingewachsen. In Visionen. In eine Rolle, die er sich selbst neu erschaffen hatte.

»Du liegst richtig damit, dass du eine Gefahr für mich darstellen könntest. Das *könntest* du. Aber auch ich war nicht untätig. Ich bin stärker geworden. Die Professorin hat … viele gute Dienste geleistet. Sie ist eine kluge Frau. Was sie erschaffen hat, übertrifft die Macht, die gewöhnliche Dunkeldornmagier haben, beachtlich.« Kurz verwandelte sich seine ernste Miene. Ein laszives Grinsen huschte über sein Gesicht, und er sprach leiser. »Und noch einmal überrumpelst du mich nicht, auch wenn ich zugeben muss, dass es weniger angenehme Arten gibt, ausgetrickst zu werden.«

Sein Grinsen weckte in mir die Erinnerung an den Kuss, an die Hitze zwischen uns, die so ganz anders war als das reine, vertraute Verlangen, das Julian in mir geweckt hatte. Da war kein vorbehaltloses Sichfallenlassen gewesen, keine jahrelang gewachsene Zuneigung, sondern mehr etwas Dunkles, Ungezügeltes, das ich nicht in Worte fassen konnte.

Ich wollte nicht weiter darüber nachdenken. »Trotzdem wollt Ihr einen Nutzen von mir haben, sonst wäre ich nicht hier. Was ist es?«

Der Moment der Anspannung, der Hitze verflog. Der Königsgleiche nickte. »Ich möchte, dass du mir hilfst, den Dunklen Rat auszuschalten.«

Tatsächlich hatte ich etwas in der Art bereits vermutet. Meine einzige Daseinsberechtigung an diesem Hof war meine Fähigkeit, Dunkeldornmagie zu zerstören. Ich sollte für ihn seine Gegenspieler aus dem Weg räumen.

»Wenn Ihr doch so stark seid, sogar stärker als gewöhnliche Dunkeldornmagier, wozu braucht Ihr dann noch mich?«

Ich ahnte die Antwort bereits, aber ich wollte, dass er sie laut aussprach. Das war die einzige Macht, die mir hier zur Verfügung stand.

Wut glomm in den Augen des Königsgleichen auf. Er durchschaute mich. »Du bist hier, weil ich es auf die richtige Weise machen will, Opal. Auf die respektvolle, freiwillige Weise. Ohne Zwang und ohne Druck. Aber ich werde nicht ewig darauf warten, dass du dich auf meine Seite schlägst. Wenn du mir nicht hilfst, werde ich dich dazu bringen müssen, mir zu helfen.«

»Und wie gedenkt Ihr das zu tun?«

Seine Stimme wurde sanfter, fast liebevoll. »Was in Elver geschehen ist, kann nahezu täglich auch woanders wieder geschehen. In Oranien. In Thiwa. An all den Orten, in deren Nähe Plantagen betrieben werden. Ich weiß, dass dir die Menschen dort am Herzen liegen. Und vermutlich glaubst du es mir nicht, aber sie liegen auch mir am Herzen. Im Gegensatz zu dir trage ich aber bald die Verantwortung für ein ganzes Land, und da muss man manchmal Opfer bringen.«

Es verschlug mir die Sprache. Ich atmete flach ein und aus, ehe es mir gelang, ihn anzuzischen: »Ihr wagt es, mir *so* zu drohen? *Mir* die Verantwortung für den Tod Hunderter Menschen zuschieben zu wollen?«

Er zuckte die Schultern. »Niemand sagt, dass die Spiele an der Spitze der Macht gerecht sind.«

Nein, aber sie könnten es sein. Sie sollten *es sein.*

Ich starrte ihn ausdruckslos an. »Nennt mir den Grund für all das.«

»Das habe ich bereits. Seinerzeit im Gewächshaus.«

Energisch schüttelte ich den Kopf. »Nein. Ich will genau wissen, was Ihr vorhabt. Wenn ich mich an Euren Machenschaften beteiligen soll, habe ich das Recht, zu wissen, was Ihr plant. Ihr habt nur vage etwas davon gesagt, ein besseres Tensia erschaffen zu wollen. Was schwebt Euch da genau vor?

Warum wollt Ihr den Dunklen Rat zerstören, anstatt ihn auf Eure Seite zu zwingen, wo er Euch sicherlich auch nützen könnte? Ich durchschaue Euch nicht, *Eure Hoheit*. Erleuchtet mich.«

Für einen kurzen Moment richtete sich sein Blick in die Ferne, vorbei an mir, war so weit weg von diesem Augenblick, als wäre er in Gedanken an einem anderen Ort.

»Ich möchte alle anderen Dunkeldornmagier des Dunklen Rates zerstören. Ich möchte sie dem Erdboden gleichmachen für alles, was sie mir und meiner Familie in all den Jahrhunderten angetan haben.«

Ich zögerte. Wir näherten uns seinem wunden Punkt, und ich hatte keine Ahnung, wie er reagieren mochte, wenn ich darin herumstocherte. Trotzdem war dies vielleicht die einzige Gelegenheit, die ich bekommen würde.

»Was haben sie Euch angetan?«

Er antwortete, als wäre ich nicht da, als spräche er mit einem Geist oder einer Erinnerung. »Sie haben unsere Geschichte ausradiert. Uns zu einer Marionette gemacht. Sie haben uns den Dunkeldorn gestohlen. Und die Magie gleich mit.«

Ich wartete. Plötzlich hatte ich das Gefühl, ihn nicht drängen zu dürfen, um diese fragile Gelegenheit, in der ich vielleicht wirklich ein paar Wahrheiten aus seinem Mund zu hören bekommen konnte, nicht kaputtzumachen. Ich wartete also, ließ einen Moment nach dem nächsten verstreichen, während sich ein blasser Zorn auf seinem Gesicht ausbreitete, den ich so noch nie an ihm gesehen hatte. Es war keine laute, bahnbrechende Wut, sondern eine leise, gefährliche, bei der ich es mit der Angst zu tun bekam.

Ich wartete und hielt den Atem an. Bloß nicht Ziel dieser Wut werden …

Und dann sah er mich an, mit dieser kalten, flammenden Wut in den kalten, flammenden Augen. »Weißt du, woher die Dunkeldornmagie kommt? Wo sie ihren wahren Ursprung hat?«

Vorsichtig nickte ich und hielt mich an dem kühlen Teller auf meinem Schoß fest, auf dem der Pfannkuchen unangetastet lag. »Die Professorin hat es mir in meinen ersten Tagen an der Universität erzählt.«

»Du weißt also, dass sie vor langer Zeit von den Dahlischen Inseln kam?«

Kam oder gestohlen wurde?

Diese Frage hatte mir bis heute noch niemand beantwortet. Aber ich hütete mich davor, sie jetzt zu stellen. Also nickte ich lediglich.

Der Königsgleiche lehnte sich noch weiter vor, sodass sein Oberkörper halb über den kleinen Tisch gebeugt war. Die Zweige, die um meine Fußgelenke geschlungen waren, krochen langsam meine Beine herauf und klammerten sich dann auch um meine Handgelenke.

Hatte er doch so große Angst vor mir?

»Nun, das waren meine Vorfahren. Die Vorfahren meiner Familie.«

Mir blieb die Luft weg. Die Enthüllung, die er da gerade vor mir ausgebreitet hatte, wollte mir den Boden unter den Füßen wegziehen. Diese wenigen Worte änderten die Geschichte von Tensia. Sie änderten einfach alles.

»Die Eindringlinge aus Tensia haben einige von uns zusammen mit dem Dunkeldorn entführt, weil sie nicht wussten, wie man den Dunkeldorn wachsen und gedeihen lässt. Oder wie man seine Magie beherrscht. Also brauchten sie Menschen von den Dahlischen Inseln, die ihnen genau das beibringen konnten. Sie haben uns gezwungen, unser Wissen mit ihnen zu teilen, ebenso wie unser Blut, damit sie die Dunkeldornmagie überhaupt wirken konnten.« Seine Stimme wurde leise. So leise, dass ich glaubte, sie würde messerscharf die Luft teilen. »Und als sie all unser Wissen besaßen und wir ihnen keinen Nutzen mehr brachten, wollten sie uns beseitigen.«

Er hielt inne. Seine Augen waren kalt wie Eis. Die Erinnerung an das, was seine Vorfahren durchgemacht hatten, schien ihn so sehr zu erfüllen, dass in seinem Inneren für nichts anderes mehr Platz war.

»Aber das haben sie nicht getan, oder?«, fragte ich vorsichtig. Immerhin gab es die Dornenfamilie, seit ich denken konnte. Es hatte immer eine gegeben. Das wusste ich aus Erzählungen meiner Mutter und von Nan.

»Nein. Den Menschen hierzulande war nicht verborgen geblieben, wer wir waren und aus welchem Grund wir hierher verschleppt worden waren. Sie begehrten dagegen auf, uns hinrichten zu lassen. Wir genossen Sympathien bei ihnen, weil wir in ihren Augen etwas Großartiges in ihr Land gebracht hatten. Etwas, das Wohlstand schaffen sollte. Wohlstand und Macht. Sie schlugen sich auf unsere Seite und machten es unseren Entführern schwer, sich unserer zu entledigen. Und so verschonten uns also jene, die sich den Dunkeldorn zu eigen gemacht hatten und von denen sich die Mächtigsten zwischenzeitlich zu dem, was man heute den Dunklen Rat nennt, zusammengetan hatten. Sie verschonten uns, indem sie uns in ein Schloss sperrten, ohne Zugang zum Dunkeldorn zu bekommen, uns einen adeligen, aber nutzlosen Status gaben und dem Volk Einigkeit vorgaukelten. Und über die Jahrzehnte und Jahrhunderte verloren wir dann tatsächlich unsere Fähigkeit, Dunkeldornmagie wirken zu können. Sie verkümmerte wie eine vertrocknete Pflanze.«

Sein Blick bohrte sich in meinen. »Deswegen fällt es mir jetzt so leicht, mich an die Dunkeldornmagie zu gewöhnen, Opal. Ich mag in deinen Augen ein Blender sein. Aber das bin ich nicht. Nicht ganz.«

Ich wusste nicht, was ich darauf erwidern sollte. Die Gedanken überschlugen sich in meinem Kopf.

»Wusstet Ihr die ganze Zeit davon?«

Der Königsgleiche zog eine Augenbraue hoch. »Von meiner Abstammung? Natürlich. Das war eines der ersten Dinge, die ich als Kind gelernt habe.«

Ich versuchte, meine chaotischen Gedanken zu sortieren. Sein Geständnis schockierte mich, aber änderte es etwas? Änderte es, wie er und möglicherweise auch der Rest seiner Familie ihre Machtspielchen mit dem Dunklen Rat auf dem Rücken der Menschen auf den Plantagen austrugen? Wie sie ohne Rücksicht auf Verluste Tod und Verletzungen in Kauf nahmen, um aufzusteigen, Rache zu üben und den Dunklen Rat zu entmachten?

Ja, auch der Dunkle Rat war kaum einen Deut besser und hatte sich nicht für die Belange der Feldarbeiter eingesetzt. Er war dafür verantwortlich, dass große Teile der Bevölkerung sich wund und tot schufteten. Aber zumindest hatten sie noch nicht an uns herumexperimentiert und unser Leben so leichtfertig aufs Spiel gesetzt, wie der Königsgleiche es tat.

»Waren die Menschen auf den Dahlischen Inseln so wie Ihr?«, fragte ich in die angespannte Stille hinein.

Argwohn lauerte in den Augen des Königsgleichen. »Inwiefern wie ich?«

Ich hielt seinem stählernen Blick stand. »So skrupellos und egoistisch?«

Ein Lächeln erhellte seine bislang so düstere Miene. »Das könnte ich dich genauso gut fragen. Immerhin muss auch in deinen Adern Dahlisches Blut fließen, wenn du die Gabe des Entgiftens besitzt.«

»Immerhin habe ich nicht unzählige Menschen auf dem Gewissen, die nichts ahnend ihre Arbeit getan haben. Um ihre Familie zu versorgen. Um zu überleben. Um für Tensias Wohlstand zu sorgen.« Meine Stimme war schneidend. »Wenn das einfache Volk es war, das Eure Vorfahren vor langer Zeit vor dem Galgen gerettet hat, so erscheint es mir umso unerträglicher, dass Ihr bereit seid, es zu opfern und es in der Vergangenheit schon getan habt. In meinem Dorf.«

Der Königsgleiche schien widersprechen zu wollen, seufzte aber dann und senkte in einer fast demütig wirkenden Geste den Kopf. »Du hast recht. Es liegt mir fern, den Weg, den ich einschlagen musste, zu beschönigen. Ich möchte nicht, dass das Volk von Tensia so leiden muss. Gegen diese Menschen hege ich keinen Groll. Ich habe auch gegen dein Dorf keinen Groll gehegt. Lediglich gegen den Dunklen Rat. Und genau deswegen bist du hier. Weil ich möchte, dass du mir aus diesem Dilemma hilfst. Weil ich möchte, dass nur die Menschen von ihrem Thron gestoßen und bestraft werden, die für das Leid und die Entwurzelung meiner Familie verantwortlich sind. Das einfache Volk hat keine Schuld daran. Ich möchte nicht, dass es noch mehr leiden muss, als es ohnehin tut. Mehr, als auch ich ihm bereits zumuten musste.«

Der Schatten um ihn herum wurde für einen Augenblick dunkel, fast schwarz, und schien ihn verschlucken zu wollen. Im selben Atemzug lockerten sich die Fesseln aus Dunkeldornzweigen um meine Hände und Füße, bis sie mich schließlich gänzlich losließen.

»Ich weiß, es ist fast unmöglich, dass du in mir noch irgendeine gute Absicht annimmst, nachdem die Experimente deine Heimat zerstört haben – unwillentlich, aber mit dem einkalkulierten Wissen, dass es passieren kann. Trotzdem sage ich es noch mal: Ich möchte wirklich kein weiteres Leid mehr«, wiederholte der Königsgleiche eindringlich. Seine Stimme war nun ganz sanft und schmiegte sich an mein innerliches Aufbegehren, umgarnte es, hüllte es in Wohlbefinden. »Wenn es nach mir ginge, nur nach mir, ohne meine Rolle als Königsgleicher, dann würde ich dich darum bitten, wie du es verdienst: Ich würde dich fragen, dir Respekt erweisen, dir geduldig jede Frage beantworten, die du mir stellst. Aber ich bin mehr als nur Ivar Hohenfels. Ich bin der Königsgleiche. Und als solcher habe ich dir so viel gesagt, mich dir so weit geöffnet, wie ich es kann. Ich hoffe, das genügt, Opal. Ich hoffe, du verstehst, dass wir den Menschen gemeinsam viel Leid ersparen können.«

Ich schluckte. Der Pfannkuchen auf meinem Schoß war mittlerweile kalt, und mit ihm war auch mein Zorn abgekühlt. Ich rutschte unruhig auf dem weichen Sessel hin und her, fühlte mich überfordert von dem bleischweren Gewicht der Verantwortung dieser Entscheidung, die der Königsgleiche mir klammheimlich übergestülpt hatte.

»Habe ich …«, setzte ich an, doch meine Stimme brach ab. Ich räusperte mich. »Habe ich Zeit, eine Nacht darüber zu schlafen?«

Der dunkle Kokon aus Zweigen und schwarzen Blättern, den der Königsgleiche um uns gelegt hatte, lichtete sich und brachte uns zurück in das große Speisezimmer.

Alles wirkte so normal, als wäre nichts geschehen, als wären nicht Geheimnisse durchgebrochen, die alles veränderten.

»Natürlich«, sagte der Königsgleiche höflich, ehe er die Hand ausstreckte. »Und ich bestehe darauf, dass du das Frühstück in aller Ausgiebigkeit genießt. Ich muss mich nun entschuldigen. Ich habe einige Dinge zu erledigen und kann dir leider nicht beim Essen Gesellschaft leisten. Aber ich schicke dir deine Kammerzofe, damit du nicht allein speisen musst.«

Ich versuchte, mich zu sammeln. »Nina sagte mir, Ihr wolltet mir eigentlich den Dornenpalast zeigen und mich herumführen.«

Der Königsgleiche, der schon im Begriff war, aufzustehen, hielt kurz inne. Er schien beinahe überrascht, dass ich diese Information noch einmal aufgegriffen hatte, bedeutete sie doch eins: dass ich freiwillig Zeit mit ihm verbringen wollte.

Er wählte seine Worte mit Bedacht. »Möchtest du ihn denn sehen?«

Ich nickte. Ein Teil von mir wollte das unbedingt, um mir einen besseren Überblick zu verschaffen. Ein anderer wollte dieses jahrhundertealte Bauwerk tatsächlich erkunden. Wollte herausfinden, welche Geheimnisse wohl in ihm verborgen lagen.

Er zögerte, dann entspannte er sich und ließ sich zu einem breiten Lächeln herab. In seinen Augen funkelte Dunkelheit. »Wir treffen uns heute Abend nach Sonnenuntergang. Ich zeige dir draußen einen Ort, an dem ich mich besonders gern aufhalte.«

Ich runzelte die Stirn. »So groß kann die Außenanlage doch nicht sein. Der Dornenpalast liegt mitten in der Stadt.«

Sein Lächeln wurde breiter. »Wir reden vom Dornenpalast, Opal. In dem *ich* lebe. Wenn irgendwo Magie ist, dann hier.«

17

Die Illusion von Heimat

Ich wünschte, ich hätte mich an dem dekadenten Mahl erfreuen können, aber in Wahrheit hatte ich kaum etwas angerührt. Selbst als Nina sich auf einem kleinen Holzhocker zu mir setzte, weil sie es nicht wagte, sich auf dem teuren Sessel niederzulassen, und wie ein Wasserschwall auf mich einredete, rekapitulierte ich im Geiste immer wieder das Gespräch, das ich mit dem Königsgleichen geführt hatte.

Was sollte ich damit jetzt anfangen? Konnte ich die gewonnenen Erkenntnisse irgendwie gegen ihn verwenden?

Eine vor meinem Gesicht herumwedelnde Hand brachte mich ins Hier und Jetzt zurück. Irritiert starrte ich die Kammerzofe an.

»Hast du was gesagt?«

Nina verdrehte die Augen. »Gut, dass ich sonst nichts Besseres zu tun habe, als Euch einen Vortrag über den Speiseplan zu halten, wenn Ihr mir eh nicht zuhört.«

Ich lächelte besänftigend. »Entschuldige. Ich bin noch etwas müde. Würde es dir etwas ausmachen, mich zurück in das Turmzimmer zu begleiten? Ich fürchte, ohne dich finde ich den Weg nicht.«

Nina sprang auf die Beine. »Ich habe sowieso noch nicht

die Erlaubnis, Euch allein durch die Flure irren zu lassen. Aber ich bin mir sicher, dass Euch der Königsgleiche bald mehr Freiraum lässt.«

Na, da war sie zuversichtlicher als ich.

Ich schnappte mir eine saubere Schüssel und füllte sie mit einigen Obstscheiben, die ich mit nach oben nehmen wollte, falls ich später doch noch Appetit bekäme. Es tat mir in der Seele weh, zu wissen, wie viel Überfluss hier herrschte, da ich doch genau wusste, wie viele Menschen in ebendiesem Augenblick Hunger litten, so wie ich es selbst oft getan hatte.

Nina führte mich aus dem Speisezimmer. Ohne den Königsgleichen, der mit seiner Gegenwart nahezu den halben Raum eingenommen hatte, wirkte der Saal nun ungleich größer als zuvor, und ich fühlte mich für einen Moment so verloren, dass ich froh war, als wir durch die Flügeltüren nach draußen in den Gang traten.

Während wir den Weg zurück nahmen, auf dem wir gekommen waren, dämpfte Nina ihre Stimme sichtlich, wenn sie mit mir sprach, ging dabei aber ein paar Schritte voraus, um mir die Richtung zu weisen.

Ich gab nur hin und wieder ein zustimmendes Gemurmel von mir, weil ich mich darauf konzentrierte, mir Besonderheiten zu merken, an denen ich mich später entlanghangeln konnte, wenn ich allein unterwegs sein durfte: das Gemälde einer Dunkeldornplantage, auf das ich einen Blick durch eine offen stehende Tür erhaschte, die Statue irgendeines gewichtig dreinschauenden Dunkeldornmagiers im Flur, die mit schwarzen Efeuranken versehenen Säulen in einem Treppenhaus kurz vor der Eingangshalle. Wir passierten eine Kostbarkeit nach der nächsten, und der Wert einer einzigen davon hätte die gesamte Einwohnerschaft von Elver oder Thiwa vermutlich ein Jahr ernähren können. Der Gedanke daran verursachte Übelkeit in mir.

Plötzlich blieb Nina so abrupt vor mir stehen, dass ich fast in sie hineingelaufen wäre.

»Was ist …«, begann ich, stockte aber sofort, als ich das Aufgebot sah, das uns entgegenkam.

Ja, *Aufgebot* war die richtige Beschreibung für das, was sich mir bot. Eine Menschentraube quetschte sich durch den üppig breiten Gang. Mindestens ein Dutzend Frauen, die miteinander tuschelten und lachten und sich angeregt unterhielten, während vor ihnen eine Frau durch den Korridor stolzierte, die die Personifizierung von Königlichkeit war.

»Verbeugt Euch«, zischte Nina mir leise zu. »Das ist die Dornenkönigin.«

Die Dornenkönigin? War das die Mutter des Königsgleichen?

Als ich nicht sofort reagierte, stieß Nina mir wenig kammerzofenhaft den Ellenbogen in die Seite. Noch bevor der stechende Schmerz sich in mir breitmachen konnte, zwang ich meinen Körper in eine wenig anmutig aussehende Verbeugung.

Nur wenige Atemzüge später erschien ein Paar schwarzer Seidenpantoffeln vor mir, die mit grünen Smaragden besetzt waren.

»Ist das unser Gast?«, verlangte eine leise, aber durchdringende Stimme zu wissen.

»Ja, Eure Hoheit«, beeilte sich Nina zu antworten. Ich riskierte einen raschen Blick in ihre Richtung und fürchtete, dass sie gleich kopfüber nach vorne fallen würde, so tief war sie in einen Knicks gesunken.

»Wunderbar«, sagte die Dornenkönigin und klang dabei

derart schneidend, dass ich ganz und gar nicht das Gefühl hatte, sie könne meine Anwesenheit *wunderbar* finden.

Ich wusste nicht, ob es mir erlaubt war, mich zu regen oder zu sprechen, daher blieb ich in dieser unbequemen Haltung, bis die Dornenkönigin sich schließlich meiner erbarmte.

»Erhebe dich, Mädchen.«

Mädchen? Beinahe hätte ich gelacht. Ich war mitnichten ein Mädchen, weder vom Alter her betrachtet noch von meiner Lebenserfahrung. Tatsächlich war ich es leid, so genannt zu werden. Ohne all die adeligen Menschen hier vorverurteilen zu wollen, war ich mir sicher, in meinen jungen Jahren mehr erlebt zu haben als sie in diesen schützenden Palastwänden.

Ich richtete mich auf. Unsere Blicke begegneten sich. »Danke, Eure Hoheit«, sagte ich förmlich, während ich versuchte, ihren Anblick einzuordnen.

Sie war so ganz anders als der Königsgleiche. Sie war wie viele kleine schimmernde Sterne, wo er nur Nacht und Dunkelheit war. Ihr langes blondes Haar ergoss sich fast bis auf ihre Hüften, und darin waren die Blüten von schwarzen Rosen eingeflochten. Das Kleid, das sie trug, umschmeichelte ihren schlanken Körper, dem man die Jahre und auch die Kinder, die sie geboren hatte, nicht ansah. Sie wirkte jugendlich und schön, die Spuren des Alters waren nur zu erkennen, wenn man ganz genau hinsah, unter die Schichten ihrer Schminke oder des teuren Stoffs.

Außerdem war ein Großteil ihres Körpers tätowiert.

Die schwarzen Ranken einer mir unbekannten Blume zogen sich über ihren gesamten Körper, schlängelten sich über ihre Beine, die man durch den halb transparenten Stoff ihres Kleides erahnen konnte, die Arme bis zum Hals hoch.

An ihren Schläfen endeten die blättrigen Ranken in jeweils einer zarten, weit geöffneten Blüte, die filigrane Samen ausspuckte, welche bis zum Haaransatz auf ihrer Haut verewigt waren.

Die Dornenkönigin war ein wandelndes Kunstwerk.

Ihr Gefolge hatte mittlerweile aufgehört zu schwatzen. Ein Dutzend Augenpaare starrte mich an, als wäre ich ein seltener Schmetterling, der sich durch ein offenes Fenster ins Innere des Dornenpalasts verirrt hatte und bei dem man sich nicht sicher war, ob man ihn nun erschlagen oder sich seiner mit einem Geleit nach draußen erbarmen sollte.

Wie auch der Königsgleiche und die echten Dunkeldornmagier trug die Dornenkönigin eine Kette mit einer Ampulle um den Hals. Darin befand sich aber nicht das mir vertraute Dunkeldornpulver, sondern eine weiße Substanz, die ich zuvor noch nie gesehen hatte.

War das Weißlilienfuß?

Die Dornenkönigin verstand meinen fragenden Blick richtig. Ihre Finger glitten an den Hals und berührten die Ampulle. »Damit hast du auch schon Erfahrungen gemacht, ist mir zu Ohren gekommen.«

»Ja, Eure Hoheit, da liegt Ihr richtig.«

In den Augen der Dornenkönigin, die sie ihrem Sohn eindeutig vererbt hatte und die hell und grau wie ein Ozean im Sonnenlicht waren, verbarg sich ein gefährliches Schimmern, das ich nicht einordnen konnte.

»Ich lasse dir eine Ampulle Weißlilienfuß als Schutz vor … unwillkommenem Besuch in dein Zimmer bringen. Sieh es als dein Willkommensgeschenk von mir für deinen Aufenthalt bei uns im Kreis der Dornenfamilie.«

Ich überlegte mir meine Antwort gut. »Brauche ich es denn?«

Die Dornenkönigin näherte sich mir. Sofort wich Nina, die noch seitlich von mir ausharrte, einige Schritte zurück, bis sie mit dem Rücken an der Wand stand.

Als sie so dicht vor mir war, lehnte sich die Dornenkönigin leicht vor, sodass ich beinahe ihren Atem in meinem Gesicht spüren konnte. Ein blumiges Parfüm stieg mir in die Nase, und aus der Nähe konnte ich einige der feinen Fältchen um ihre Augen und die Mundpartie erkennen, die ihr wahres Alter verrieten.

»Du könntest Hunderte davon brauchen«, flüsterte sie mit dunkler Stimme. »Immerhin bist du diejenige, die mein Sohn will. Du kannst allen Schutz der Welt gebrauchen, und zugleich wäre das immer noch nicht genug.«

Das Rauschen aufsteigender Panik stieg in meinen Ohren an. Mittlerweile war es so still geworden, dass man eine Stecknadel hätte fallen hören können. Das Gefolge der Dornenkönigin sah betreten zu Boden. Viele der prächtig gekleideten Frauen wirkten, als wären sie am liebsten woanders, als würde jeden Augenblick eine von ihnen tot umfallen, wenn jemand nur ein falsches Wort sagte.

Ich löste mich aus meiner Schockstarre und bemühte mich, meine Gelassenheit zurückzuerlangen. »Wenn das so ist, Eure Hoheit, dann freue ich mich sehr über Euer Willkommensgeschenk. Noch mehr würde ich mich freuen, wenn ich einmal die gnädige Gelegenheit bekäme, mit Euch einen Tee zu genießen.«

Ich wollte wissen, was sie über ihren Sohn zu sagen hatte. Ich wollte wissen, wieso ihr so viel Verachtung und Angst zugleich im Gesicht geschrieben standen. Hatte sie wirklich Angst vor dem Mann, den sie in diese Welt gebracht hatte?

Die Dornenkönigin warf einen Blick über ihre Schulter,

ehe sie scharf antwortete: »Zum ersten Mal Gast in diesem Haus und gleich so forsch. Ich sehe schon, warum mein Sohn so verbissen an dir dran ist. Und ich hege kein Interesse daran, zwischen diese Fronten zu geraten. Hab einen schönen Tag, Feldarbeiterin.«

Feldarbeiterin …

Das Gefolge der Dornenkönigin brach in lautes Kichern aus, die kurze, angespannte Stille war wie weggeblasen. Die subtile Beleidigung der Dornenkönigin und ihre deutliche Erinnerung an meinen Stand brachten die gute Laune der Anwesenden offenbar mit einem Schlag zurück.

Ich schluckte die wütende Erwiderung, die mir auf der Zunge lag, herunter und verbeugte mich, als Nina es ebenfalls tat, während die Dornenkönigin zwischen uns davonschwebte. Ihre Begleiterinnen schoben sich hinter ihr dicht an mir vorbei: Eine trat mir auf die Zehen, eine stieß mich grob mit der Schulter an, die letzte ließ ihren Ellenbogen wie zufällig gegen meinen Nasenrücken krachen. Die Frau, eine schöne Rothaarige in einem Hauch von Waldgrün, drehte sich zu mir um, und ihre Lippen formten ein *Oh, Verzeihung*, während ihre Augen vor Boshaftigkeit leuchteten.

Feldarbeiterin.

Ich konnte alles ertragen, hatte bereits so viel ertragen, konnte Verlust, Tod und Schmerz aushalten, bis ich fast am Rande eines Abgrunds stand. Aber diese offenkundige Verachtung der Dornenkönigin gegen meinen Beruf, gegen die Arbeit, die wir Menschen auf den Plantagen und für Tensia verrichteten und nicht selten mit Leben, Körperteilen und Gesundheit bezahlten, traf mich mehr, als ich in Worte fassen konnte.

Mir blieb allerdings nicht viel Zeit, den Zorn in mir zu

nähren. Nina gestand mir zu, mich bis zum frühen Abend auszuruhen und mir das Mittagessen aufs Zimmer bringen zu lassen, aber als es draußen dämmerte, zwang sie mich aus meinem Selbstmitleid und den trüben Gedanken an Thiwa und Julian.

Julian, verdammt, hol mich hier raus. Das halte ich keinen Tag länger aus, in diesem goldenen Käfig, in dem der Königsgleiche mich früher oder später am ausgestreckten Arm verhungern lässt, wenn ich ihm nicht gebe, was er will.

»Jetzt schaut nicht so finster drein«, sagte Nina entschieden und riss die Bettdecke zur Seite, unter die ich mich verkrochen hatte. »Ihr habt ein ganz nettes Gesicht, aber nicht, wenn Ihr die Stirn in solche scheußlichen Falten legt.«

»An deiner Art, Komplimente zu machen, solltest du noch arbeiten«, murrte ich.

»Ihr solltet eher an Eurer Pünktlichkeit arbeiten«, tadelte die Kammerzofe. »Ihr habt eine Verabredung mit dem Königsgleichen, und wenn ich Euch nicht Feuer unter dem Allerwertesten machen würde, kämt Ihr schon wieder zu spät, weil Ihr nur im Bett herumliegt.«

»Entschuldige«, erwiderte ich eisig, »dass ich nicht die perfekte Gefangene spiele und so viel Dankbarkeit an den Tag lege, wie du es dir wünschst.«

Ich starrte nach oben in den Himmel, der sich bereits schwarz färbte und dem Sternenlicht erlaubte, durch die Dunkelheit zu leuchten, während in weiter Ferne die hinter dem Horizont verschwundene Sonne noch einen tiefroten Schweif hinter sich herzog. Dieser Nachthimmel über mir war der einzige Trost, den mein Verlies mir bot.

Nina besaß den Anstand, zerknirscht dreinzublicken und mit ihrer Tirade zu pausieren. Sie hielt mir nur wortlos die

Hand hin, um mir zu bedeuten, endlich aufzustehen. Missmutig schwang ich die Beine aus dem Bett und verließ die wohlige Wärme, die ich mir erarbeitet hatte.

Als ich auf das Badezimmer zusteuerte, heftete sie sich an meine Fersen und berührte mich am Ellenbogen. »Bitte kein ausladendes Bad mehr, ja? Dafür reicht die Zeit nicht.«

Am liebsten hätte ich mit den Augen gerollt, beließ es aber bei einem Nicken und verschwand im Bad, wo ich mich frisch machte und Nina hereinließ, nachdem ich mich abgetrocknet hatte. Über dem Arm trug sie ein weißes Unterkleid.

»Muss das sein?«, fragte ich.

»Es *muss* nicht sein«, sagte Nina. »Niemand zwingt Euch, etwas zu tragen, was Ihr nicht tragen wollt.«

Trotz ihrer Worte schaffte sie es, dabei so niedergeschlagen zu wirken, dass Mitgefühl in mir aufkam. Ich seufzte schicksalsergeben. »Wie ziehe ich das an?«

Sofort breitete sich ein Strahlen auf dem Gesicht der Kammerzofe aus. »Na, immer mit dem Kopf voran durch die Öffnung, würde ich sagen.«

Sie half mir, in das Unterkleid zu steigen, und bedeutete mir, sie zurück ins Schlafzimmer zu begleiten. Dort hatte sie zwei Kleider zur Auswahl auf dem Bett ausgebreitet. Doch bevor ich sie näher in Augenschein nehmen konnte, hielt sie mir ein Korsett vor den Oberkörper, trat hinter mich und begann, die Schnüre zuzuziehen.

Misstrauisch schaute ich an mir herunter und stieß einen leisen Laut des Entsetzens aus, als sie kräftig an den Schnüren zog.

»Nichts da«, sagte ich entschieden. »Wenn der Königsgleiche mich heimlich meucheln will, soll er sich etwas anderes einfallen lassen.«

Nina umkreiste mich halb. »Ich binde sie locker, in Ordnung? Aber ganz ohne geht es nicht, sonst sieht das alles nicht gut aus. Doch ich schwöre Euch, es lässt sich trotzdem gut damit atmen und sich darin bewegen.«

Sie band das Korsett fest, aber tatsächlich angenehm genug, sodass ich glaubte, den Abend damit gut überstehen zu können. Dann bedeutete sie mir, ihr zum Bett zu folgen.

»Sucht Euch eines aus. Welches gefällt Euch am besten?« Ihre Augen strahlten, sie war völlig in ihrem Element.

Ich ließ den Blick zu den beiden auf dem Bett ausgebreiteten Kleidern schweifen. Beide waren wunderschön und nicht so pompös, wie ich es erwartet hatte. Eines war rot wie Feuer und im Bereich des Oberteils mit winzigen hellen Edelsteinchen besetzt, die das Licht reflektierten und das Kleid wie lodernde Flammen wirken ließen.

Das andere aber zog mich in seinen Bann. Es war eng anliegend und so nachtdunkel, dass es fast schwarz wirkte. Die Spitze an den bis zum Handgelenk reichenden Ärmeln war transparent, sodass dort die Haut durchscheinen würde.

»Exzellente Wahl!«, rief Nina zufrieden aus.

»Was? Ich habe mich doch noch gar nicht entschieden«, protestierte ich.

»Ach, das müsst Ihr nicht. Euer Blick spricht Bände, wenn ich das so sagen darf.«

Bevor ich das kommentieren konnte, hatte Nina das Kleid mit spitzen Fingern ergriffen und hielt es vor mich. Dabei kniff sie prüfend die Augen zusammen. »Sollte passen«, sagte sie begeistert, ehe sie zerknirscht ergänzte: »Ich habe Euch heimlich ausgemessen, als Ihr in Eurer ersten Nacht betäubt wart. Verzeiht mir die Übergriffigkeit, aber ich wollte vorbereitet sein.«

Ich winkte ab. »Es ist nett, dass du dich entschuldigst, aber ausgemessen zu werden ist wohl nicht das Übergriffigste, was mir bislang widerfahren ist.«

Entführung wog da schwerer. Vielleicht auch, ein Versuchskaninchen zu sein.

Es dauerte eine Weile, bis ich mich in das Kleid gezwängt hatte – Ninas fluchendem Gemurmel zufolge länger, als sie eingeplant hatte –, aber schließlich saß alles. Die Spitze an meinen Armen kratzte erstaunlich wenig, sondern schmiegte sich sanft und kühl an meine Haut und ließ jede kleinste Brise durch.

Nina bugsierte mich an den Tisch, auf den sie einen Spiegel gestellt hatte. Mit geübten Handgriffen bürstete sie mein Haar. Dann suchte ihr Blick meinen im Spiegel.

»Darf ich es wenigstens flechten?«

Sie hatte sich meine Abneigung gegen kunstvolle Frisuren gemerkt und respektierte sie, das rechnete ich ihr an. Also nickte ich, um das zu honorieren. In Windeseile zauberte sie aus meinem welligen Haar einen hübschen, aber nicht zu auffällig aussehenden Zopf, der über meine rechte Schulter fiel.

Ich ließ ebenfalls zu, dass sie meine Wangen mit einem leichten Puder bestäubte, der ihnen einen rosigen Schimmer verlieh, und meine Augenringe mit einer braunen Substanz vertuschte. Auf meine Lider legte sie dunkelgraue Farbe, ehe sie meine Wimpern schwärzte.

Als sie fertig war, stieß sie ein wohliges Seufzen aus, als wäre sie das allererste Mal überhaupt zufrieden mit meinem Anblick, was mir ein Lächeln entlockte.

Und als hätte irgendwo ein Paukenschlag verkündet, dass ich so weit war, obwohl ich gern noch nach Atem gerungen und mich gewappnet hätte, klopfte es an der Tür.

Nina eilte dorthin, während ich vorsichtig aufstand, weil ich Angst hatte, ihr Kunstwerk – mich – versehentlich kaputtzumachen. Ich fühlte mich seltsam verkleidet und zugleich unglaublich stark, als hätte Nina mir eine Maske ins Gesicht gezaubert, die wie eine unüberwindbare Mauer war, hinter der ich mich verstecken konnte, wenn ich mich unsicher und fragil fühlte.

Ich hörte seine Stimme, noch bevor die Tür vollständig geöffnet war, und war auf einmal froh, dass ich diese unsichtbare Maske trug. Eine Maske, die Nina mir für diesen Abend geschenkt hatte.

»Guten Abend«, sagte der Königsgleiche, als Nina ihm die Tür fast aus der Hand gerissen hatte.

Sie lief puterrot an, dann fiel sie in einen tiefen Knicks. »Eure Hoheit!«

Ich blieb stehen. Ich wusste nicht, wie ich in diesem Kleid auch nur annähernd in eine anmutige Verbeugung sinken sollte. Allerdings war diese Tatsache eine hervorragende Ausrede dafür, mich vor ihm nicht kleiner machen zu müssen, als ich sein wollte.

Seine hellen Augen fingen meinen Blick ein, und er lächelte leicht, ehe er zu meiner Überraschung seinerseits eine Verbeugung vor mir andeutete.

»Ihr seht wunderschön aus, Opal«, sagte er leise und mit dunkler Stimme.

Ihr. *Ihr* seht wunderschön aus.

Das war das erste Mal, dass er mich auch sprachlich als gleichwertig hervorhob. Das brachte mich so durcheinander, dass ich nur nicken konnte.

»Ich übernehme von hier«, sagte der Königsgleiche zu Nina, die sofort aus ihrer gesenkten Haltung aufsprang und den Raum verließ, aber nicht, ohne mir noch ein stolzes Lächeln zu schenken.

Da, seht nur, all das Herrichten hat etwas gebracht, schien ihr Blick zu sagen, und vielleicht hatte sie recht damit.

Im nächsten Augenblick waren wir allein, der Königsgleiche, die Dunkelheit und ich. Und vielleicht war ich selbst langsam schon so abgestumpft, dass sich bei diesem Wissen keine unterschwellige Angst mehr in mir einstellte.

»Wollen wir dann?«, fragte ich, aber das Lächeln des Königsgleichen vertiefte sich nur, während er die Tür ganz langsam hinter sich schloss.

Sofort war ich in Alarmbereitschaft und mein Körper wie eine Sehne gespannt. War das doch eine Falle? Hatte er mich in Sicherheit wiegen wollen, um mich dann, wenn ich nachlässiger geworden war, aus dem Leben zu reißen?

Als er einen Schritt auf mich zumachte, wich ich zurück, bis sich die Kante des Bettes in meine Kniekehlen bohrte. Er begriff schlagartig, welche Gedanken mir durch den Kopf jagten, und hob in einer defensiven Haltung die Handflächen nach oben.

»Ich will Euch nichts tun. Wirklich nicht.«

Ich starrte ihn misstrauisch an. »Das könnte ja jeder sagen.«

Seine Lippen kräuselten sich. »Stimmt. Aber *ich* sage es.«

»Es wäre nicht das erste Mal, dass Ihr mich anlügt.«

»Habe ich Euch wirklich angelogen, oder habe ich vielmehr Dinge vor Euch verschwiegen? Ihr könnt mir nicht vorwerfen, dass ich nicht jeder Person meine Absichten offenbare.«

Ich zuckte die Schultern. »Mich irritiert, dass Ihr mich jetzt anders ansprecht. Wieso tut Ihr das?«

Er kam noch näher, langsam und vorsichtig. »Weil ich Euch Respekt erweisen möchte. Ist das falsch?«

»Es wäre richtiger gewesen, wenn Ihr mir diesen Respekt auch erwiesen hättet, als ich noch nicht hilfreich für Euch war. Als ich keine seltene Gabe hatte und nur eine Feldarbeiterin war. Dann wäre diese Anrede wertvoll gewesen. Also könnt Ihr bei der alten bleiben. Damit fühle ich mich wohler.«

Der Königsgleiche neigte den Kopf. Auf seiner Miene spiegelte sich Zerknirschung. »Ich versage darin, in deinem Ansehen aufzusteigen, nicht wahr?«

Ich wollte ihm sagen, dass ich nicht wusste, ob das nach allem, was er getan oder in Auftrag gegeben hatte, überhaupt jemals möglich wäre. Aber er wartete meine Antwort gar nicht erst ab. Vielleicht hatte er Angst davor, dass ich die Wahrheit laut aussprach und seine Hoffnung damit zerstörte.

Er blieb eine Armlänge von mir entfernt stehen. »Bist du bereit?«

»Bereit wofür?«, fragte ich. »Die Tür liegt in der anderen Richtung. Ich dachte, Ihr wolltet mir den Garten zeigen.«

»Einen *magischen* Garten«, verbesserte der Königsgleiche mich sanft.

»Aber«, wollte ich ansetzen, als er mich unterbrach.

»Nicht so viel nachdenken, Opal. Schließ die Augen.«

Oh, da verlangst du aber einen ordentlichen Vertrauensvorschuss von mir, dachte ich säuerlich.

Er schien meinen Gedanken zu erraten. »Na komm, ich hätte so viele Gelegenheiten gehabt, dir etwas anzutun, dass du längst tot wärst, wenn ich es gewollt hätte.«

Ja, das stimmte. Aber Gewohnheiten legte man nicht so schnell ab.

Ich zuckte die Schultern und tat wie geheißen. Kleidung raschelte, als der Königsgleiche noch näher kam und direkt vor mir stehen blieb, ohne mich zu berühren. Nur sein Atem streifte mein Haar und meine Stirn.

Eine kaum merkliche Brise wehte durch den Raum und führte mich in Versuchung, die Augen wieder zu öffnen, nur ein winziges bisschen, um auszuspähen, was vor sich ging.

»Nicht schummeln. Ich sehe, dass deine Lider flattern.« Das tiefe Lachen des Königsgleichen drang an mein Ohr und brachte etwas in meinem Körper zum Vibrieren.

»Einen Versuch war's wert«, murmelte ich und versuchte, mich zu entspannen. Nach einigen Atemzügen löste sich die Anspannung aus meinen Gliedern. Trotzdem blieb ein Teil von mir bereit, mich im Notfall zu wehren, zu kämpfen, meine Gabe zum Einsatz zu bringen, die hier, in einem Schloss voller Dunkeldornmagie, immer leise in mir sang, immer durchbrechen und zerstören wollte, die allzu bereit war, das zu tun, wofür ich geboren war.

Der vertraute, süßliche Duft des Dunkeldorns stieg mir in die Nase und verstärkte mein inneres Warnsignal, rüttelte an meinem Instinkt.

Dunkeldornmagie, wisperte es in mir, *du weißt, was damit zu tun ist.*

Ich drängte den Instinkt in mir zurück, verstaute ihn tief in mir, um mich auf das konzentrieren zu können, was der Königsgleiche mir zeigen wollte.

»Jetzt«, raunte er so nahe, so dicht an mir, seine Worte selbst berührten meinen Hals, meine Wange, die für ihn empfängliche Seite in mir. »Schlag die Augen auf.«

Ich unterdrückte einen Schauer und öffnete die Augen.

Und vor mir und um mich herum
und überall
war Dunkelheit.

»Verdammt, was soll das?«, rief ich, mehr wütend denn ängstlich.

Der Königsgleiche war noch immer nicht mal eine Handbreit von mir entfernt, ich konnte seine Körperwärme spüren, konnte sie und seine Dunkelheit wie Samt auf meiner Haut erahnen.

»Die Dunkeldornmagie wächst aus dem Schatten«, sagte der Königsgleiche leise. Er schien ob der unmittelbaren Nähe zu mir nicht beunruhigt zu sein. War er so mächtig, dass er in meiner Gegenwart keine Vorsichtsmaßnahmen mehr nötig hatte?

»Du hast den Schatten bereits gesehen. Bei den Prüfungen. Beim Gerichtsprozess im Schwarzen Kolosseum. Du hast ihn selbst erlebt, als du mein Dunkeldornpulver entwendet hast.« Er senkte die Stimme zu einem Flüstern, sein Atem stieß warm gegen mein Ohr, und ich glaubte, seine linke Hand hauchzart an meinem Rücken zu wissen, wo seine Fingerkuppen die Spitze des Kleides berührten. »Die Menschen haben Angst vor Schatten und Dunkelheit. Sie fürchten sich vor dem, was sie nicht sehen, was sie nicht verstehen können. Sie fühlen sich ohnmächtig, wenn ihnen das Licht genommen wird. Dabei kann all das Schöne, all das Helle und all das Magische erst aus dieser Dunkelheit entwachsen.«

Mein Mund war trocken. Alles in mir schrie auf. Ich hatte keine Angst vor der Dunkelheit. Aber *diese* Dunkelheit war nicht natürlich, sie war ein Experiment. Sie war unberechenbar.

Der Königsgleiche war unberechenbar.

»Ihr habt ein Talent dafür, Spannung aufzubauen«, wisperte ich in die Finsternis, die alles verschluckte: das Sternenlicht, Lichtreflexionen, selbst die Luft zum Atmen. »Aber wenn ich raten müsste, würde ich behaupten, dass Ihr mir nicht diese ganz und gar großartige Schwärze zeigen wolltet, sondern etwas anderes.«

»Nicht so ungeduldig«, schalt der Königsgleiche, ehe das Lächeln aus seiner Stimme verschwand und er ernst wurde. »Nimm meine Hand.«

»Ich soll Eure Hand nehmen?«, fragte ich beinahe atemlos. Ich musste gestehen, der Gedanke, ihn seit unserem Kuss wieder zu berühren, jagte mir mehr Furcht ein als seine Stärke.

»Das habe ich gesagt, ja.«

»Aber … Habt Ihr keine Angst, dass ich … Euch etwas tun könnte?«

»Du hast mir Vertrauen bewiesen, indem du dich mit mir in diese Dunkelheit begeben hast. Ich will dir dasselbe Vertrauen schenken. Ich will dir damit beweisen, dass ich auf gleicher Augenhöhe mit dir zusammenarbeiten möchte. Was ich gestern gesagt habe … Ich will wirklich versuchen, es nun richtig zu machen. Also: die Zusammenarbeit mit dir. Ohne Zwang, ohne fehlende Ebenbürtigkeit.«

»Ein einfaches Nein hätte auch gereicht«, erwiderte ich. Ich holte tief Luft und brachte meine Hand unter Kontrolle, die vor Nervosität kaum merklich zitterte. Dann streckte ich sie langsam und vorsichtig nach vorne aus, um nach dem Königsgleichen zu greifen, den ich in der blickdichten Finsternis kaum erahnen konnte. Meine Fingerspitzen berührten sein Hemd, ertasteten seinen Oberkörper, der drahtig und muskulös war. Einen Wimpernschlag später hatte er seine Hand auf meine gelegt und hielt sie dort an Ort und Stelle, ganz in der Nähe seines Herzens, das unter meinen Fingerspitzen pulsierte.

Jetzt. Jetzt wäre der richtige Moment. Wenn ich ihm

jetzt alle Dunkeldornmagie aus dem Körper heraussaugen würde …

Aber würde es ihn töten? Würde ich ihn damit vernichten? War es das Risiko wert, das Wagnis jetzt einzugehen, ohne zu wissen, wie groß das Netzwerk bereits war, das er im Hintergrund aufgebaut hatte? Wenn ich ihn vernichtete, so hatte die Professorin trotzdem einen Dunkeldorn erschaffen, der so viel tödlicher war als die ohnehin schon gefährliche natürliche Variante. Wenn ich jetzt versuchte, den Königsgleichen zu töten, würde dann nicht früher oder später ein anderer seinen Platz einnehmen?

Ich sollte es verdammt noch mal einfach tun. Es wäre ein Problem weniger.

Aber auf der anderen Seite … Vielleicht konnte ich ihn auf meine Seite ziehen, ihn überzeugen, dass es andere Wege gab, um das Beste für Tensia durchzusetzen, vielleicht …

Plötzlich lichtete sich die Schwärze. Ich hatte zu lange überlegt, zu lange abgewogen, zu lange mit meinem Gewissen gehadert. Der Schutz der Dunkelheit verflog, und der Königsgleiche würde sofort jeden Anflug eines möglichen Angriffs an meinem Gesicht ablesen können.

Sonnenlicht traf auf meine Haut, wo die Schwärze ihrer Wärme Platz machte und mich blinzeln ließ.

Ich hatte keine Ahnung, wie dem Königsgleichen das gelungen war, aber wir waren woanders. Weit weg von Florentia und dem Dornenpalast und dem Nachthimmel. Wir standen auf einer Klippe, hinter uns eine sattgrüne Wiese voller wilder Blumen, und wir zwei waren mittendrin, ohne den ganzen Prunk, den hatten wir im Dornenschloss gelassen. Wir trugen nicht einmal mehr dieselbe Kleidung wie Augenblicke zuvor noch, sondern hatten beide leichte Leinenhosen und Hemden an, die bis zu den Ellenbogen hochgekrempelt waren und den angenehm warmen Wind über die Haut streifen ließen. Meine Haare waren offen und wellig und standen wild ab, wie zu den Zeiten, als ich auf der Plantage gearbeitet und es Wichtigeres gegeben hatte, als sich um sein Aussehen zu kümmern und andere beeindrucken zu müssen.

Der innere Zwiespalt, in dem ich mich gerade noch befunden hatte, war fort. »Wo sind wir?«, fragte ich atemlos.

Der Königsgleiche hatte meine Hand noch nicht losgelassen. Warm ruhte sie zwischen seiner eigenen Hand und seinem Brustkorb, wo ich seinen regelmäßigen Herzschlag fühlen konnte.

»Auf den Dahlischen Inseln«, sagte er ruhig, obwohl ich die Antwort eigentlich schon wusste.

Mit offenem Mund starrte ich ihn an. »Ich wusste nicht, dass Ihr zu so etwas fähig seid. Dass Eure Magie uns an einen anderen Ort bringen kann. Ich habe noch nie davon gehört, dass Dunkeldornmagie so etwas … Großartiges zu leisten vermag.«

»Wir sind auch nicht *körperlich* an diesem Ort. Es ist eine Art Illusion. Ich habe viele Bücher und Reiseberichte über die Dahlischen Inseln gelesen, denn es gibt wenige lebende Zeitzeugen, die es nach dem Raub der Dunkeldornen über das Wellengrab geschafft haben – und wieder zurück nach Tensia. Aber es gibt einige Zeichnungen und magische Fotografien, die man aus den Erinnerungen von Reisenden erschaffen hat, sodass ich mir ein sehr genaues Bild machen konnte.« Er ließ meine Hand los und nahm seine Wärme mit. »Ich dachte, es täte uns beiden gut, von all den schweren Entscheidungen und dem Gewicht der letzten Monate fortzukommen und eine kleine Pause einzulegen. Eine Pause, in der wir einfach wir sein können.« Sein Blick wanderte prüfend über mein

Gesicht, als wäre er sich nicht sicher, ob mir gefiel, wohin er uns gebracht hatte.

Und mir, mir fehlten die Worte. Tränen wollten mir in die Augen steigen.

»Das hier ist die Heimat meiner Großmutter«, murmelte ich erstickt, ehe ich mich wegdrehte und über die Klippen zum Meer hinübersah, zum Wellengrab. Nan selbst hatte nicht hier gelebt, aber ihre Vorfahren, das wusste ich. Und sie hatte mir, als meine Schwester Sinah und ich noch jünger gewesen waren, oft von den Dahlischen Inseln, der unberührten Natur und den Menschen erzählt, die versuchten, so gut es ging, im Einklang mit ihrer Umwelt zu leben. Und nun stand ich hier und konnte das Meer sehen; etwas, von dem ich nie zu träumen gewagt hätte.

»Deswegen dachte ich, dass es ein geeigneter Ort wäre, damit wir uns besser kennenlernen. Unsere Wurzeln sind an diesem Ort vergraben. Auch wenn es in der Realität schwierig ist, ihn zu erreichen, so ist das hier vielleicht ein tröstlicher Ersatz.«

Der Königsgleiche trat an meine Seite und folgte meinem Blick über das Meer. Tensia war viel zu weit weg, um seine Ufer auch nur im Ansatz in der Ferne ausmachen zu können, und trotzdem fühlte ich kein Bedauern, dass die Heimat, in der ich aufgewachsen war, gerade nicht in Blickweite war. Wenngleich die weiche Wiese unter meinen bloßen Füßen nur eine Illusion war, war sie echt für mich; war sie zum Greifen nah, war sie voller blumiger Düfte und satter Farben und einem blau glitzernden Meer in fast greifbarer Nähe, war sie voller friedlicher Stille.

Dieses Land war nicht so ausgedorrt wie Tensia. Der Dunkeldorn hatte ihm nicht alles genommen.

»Wieso ist die Landschaft hier so anders, wenn der Dunkeldorn doch ursprünglich von hier stammt?«

Der Königsgleiche warf mir einen Seitenblick zu. »Weil man den Dunkeldorn hier nicht gezüchtet hat. Man hat sein Wachstum so belassen, wie die Natur ihn vorsah. Die Menschen waren nicht so gierig nach der Magie, wie wir es sind.«

»Wir?«, wiederholte ich leise. »Oder Ihr und der Dunkle Rat?«

»Wir haben nicht dieselben Absichten«, sagte er ausweichend. »Sollen wir ein paar Schritte gehen?«

Missmutig nickte ich, weil ich die Aussicht und das Meer schon wieder verlassen musste. Der Königsgleiche ging voraus, und ich ließ mich ein wenig zurückfallen, ein, zwei Schritte nur, um ihn besser im Blick behalten zu können. Es war so ungewohnt, ihn heute in heller Kleidung zu sehen, nicht in der sonstigen schwarzen Ausstattung, die den ihn neuerdings stets verfolgenden Schatten noch dunkler wirken ließ. Mit seinen dunklen Haaren und den hellgrauen Augen und der gebräunten Haut kam er mir in diesem Augenblick nur wie ein einfacher junger Mann vor, der mich vielleicht mit seinem Lächeln hätte verzaubern können – wäre er nicht der Königsgleiche gewesen.

Macht es wirklich einen Unterschied, wer er ist?, wisperte eine verführerische Stimme in mir.

Wir liefen eine Weile über die Wiese und passierten hier und da vereinzelte, vertraut wirkende Dunkeldornen, die sich in die restliche Flora einfügten, als wären sie ein ganz selbstverständlicher Teil davon. Ihr Anblick verstörte mich anfangs, aber irgendwann bemerkte ich ihre anmutige, entfernt an Orchideen erinnernde schwarze Gestalt kaum mehr.

Schließlich, als es gerade zu dämmern begann, erreichten

wir eine halb zerfallene Ruine. Ich wusste, dass in der echten Welt, abseits dieser Illusion, bereits tiefe Nacht herrschte, trotzdem war der Himmel, der nun von unsichtbaren Pinseltupfern feuerrot angemalt wurde, mir viel näher.

»Komm mit. Ich möchte dir etwas zeigen.«

Der Königsgleiche reichte mir die Hand, um mir die hohen Stufen hinaufzuhelfen, die wir erklimmen mussten, damit wir den Eingang der dunkelgrauen Ruine erreichen konnten.

»Wo sind wir hier?«

»In einer Art Tempel«, erklärte er, während er ohne Mühe die unebenen, teilweise weggebrochenen Stufen hinaufstieg, während ich bei jedem einzelnen Schritt darum kämpfen musste, nicht aus dem Tritt zu geraten. Ich klammerte mich an die Hand des Königsgleichen, der mich geduldig Stufe für Stufe nach oben bugsierte. Im Vergleich zu ihm kam ich mir vor wie eine beschwipste Kuh.

Er hatte Dunkeldornmagie als Hilfe. Da war alles leichter.

»Was für ein Tempel?«, krächzte ich angestrengt und wäre beinahe ins Straucheln geraten, als ich den Kopf kurz hob, um nachzusehen, wie viele Stufen ich noch überwinden musste.

»Eine Art Gottesstätte, glaube ich, sicher bin ich mir allerdings nicht. Die Überlieferungen dazu sind nicht sehr valide«, gab der Königsgleiche zurück. Er schob seine Hand nun unter meinen Ellenbogen und verstärkte seinen Griff. »Die Plünderer aus Tensia haben sich zwar reichhaltig am Dunkeldorn und kundigen Menschen wie meinen Vorfahren bedient, die das nötige Wissen und …«, er hielt schmerzlich inne, »das Erbgut mitbrachten, aber am Rest der hiesigen Kultur hegten sie wenig Interesse. Was sie nicht einfach in Vergessenheit geraten ließen, haben sie überschrieben oder beschönigt, um ihre eigenen Geschichtsbücher weniger bestialisch aussehen zu lassen.«

»Das ist barbarisch«, keuchte ich wütend und hielt kurz an, um mir Schweißperlen von der Stirn zu wischen.

Er nickte. »Ich wünschte, wir könnten die Menschen, die noch auf den Inseln leben, nach ihrer Sicht der Dinge fragen, aber ich kann nur die Illusion zeigen, die meinen Wissensstand abdeckt. Deswegen ist es so menschenleer hier. Wie die Menschen heute hier leben und wer sie sind … Das ist schwer zu sagen, da sie sich abschotten und das Wellengrab heutzutage noch schwieriger zu besegeln ist. Und der Dunkle Rat hat nie Anstalten gemacht, noch einmal mit den Dahlischen Inseln in Kontakt zu treten oder vielleicht sogar um Entschuldigung zu bitten und einen Ausgleich anzubieten. Er hatte ja alles bekommen, was er wollte.« Seine Stimme klang so verbittert, dass ich unweigerlich seine Hand nahm und sie sanft drückte. Ich wusste nicht, woher der Impuls kam, und möglicherweise würde ich ihn auch in der nächsten Sekunde bereuen.

Überraschung blitzte in seinen Augen auf, die er sofort verbarg, indem er den Blick abwandte.

»Es ist nicht Eure Schuld«, sagte ich. »Zumindest nicht das, was früher passiert ist. Niemand hat Schuld außer jenen, die sich rücksichtslos und ungestraft bereichert haben.«

»Ich weiß.« Der Königsgleiche stieß ein kaum hörbares Seufzen aus, und ich wusste nicht, ob aus Erleichterung über meine – zugegebenermaßen wenig hilfreiche – Absolution oder über die Tatsache, dass wir die Treppe bezwungen hatten. »Aber etwas mit dem eigenen Verstand zu wissen und es auch mit dem Herzen zu verstehen sind manchmal zwei unterschiedliche Paar Schuhe.«

Diese Worte trafen mich bis ins Mark. Sie gaben exakt den

Zwiespalt wieder, in den mich seine Anwesenheit brachte, erklärten das Zögern, ihm etwas anzutun, ihn aus dem Weg zu räumen.

Zum Glück blieb mir nicht viel Zeit, mir über diesen inneren Zwist den Kopf zu zerbrechen, denn wir näherten uns nun dem gewaltigen offenen Eingang, der keine Türen hatte, sondern nur von zwei riesigen Säulen gesäumt wurde, von denen unzählige ringsum das gesamte Gebäude stützten und die so hoch waren wie mindestens zehn ausgewachsene Männer. Das Dach war teilweise eingestürzt und ließ das Abendlicht so hineinfallen, dass genug Zwielicht im Inneren vorhanden war, sodass man feine Staubwolken in den Lichtstrahlen tanzen sehen konnte.

»Ist das nicht gefährlich?«, fragte ich zögerlich, als der Königsgleiche mich sanft ins Innere der Ruine zog. »Was, wenn der Rest des Daches über unseren Köpfen einstürzt?«

»Das ist eine Illusion, Opal«, erinnerte der Königsgleiche mich belustigt.

Natürlich. Ich atmete tief ein, dann ließ ich mich von dem kaum merklichen Druck seiner Hand mitreißen und betrat das Zwielicht.

Die Ruine war nur auf den ersten Blick eine solche. Als ich mich im Inneren des Gebäudes befand, das beinahe in den Himmel zu ragen schien, erkannte ich, dass das nicht stimmte. Das hier war keine Ruine, sondern eine Gedenkstätte. Es gab keinen Schutt, keinen Staub, keine zerbrochenen Steine, die auf dem Boden verteilt gewesen wären. Alles war sauber und ordentlich und voller Efeu und vereinzelten Dunkeldornen an den Wänden. Reihen aus Holzbänken waren vor einer Art Altar aufgebaut, vor dem frische Wildblumen in runden Blumenkübeln in zarten Farben erstrahlten.

Der Königsgleiche hatte offenbar kein Interesse an all dem. Seine Finger waren meinen Arm entlanggestrichen und hielten nun locker mein Handgelenk umschlungen. Trotz der angenehmen Sommerwärme, die nicht so trocken und sengend war wie in Tensia, sondern lau und salzig, war seine Berührung kühl wie Meerwasser. Ich wusste, dass die Dunkeldornmagie immer auch an den Wirkenden selbst zehrte, dass sie nahm und sich an den Menschen nährte, die glaubten, sich von ihr zu nähren, dass sie Wärme und Menschlichkeit und vielleicht sogar das Gute in ihnen nahm, während sie Dunkelheit zurückgab.

Ich ließ ihn gewähren. Vielleicht brauchte er ein wenig Wärme, und heute hatte ich genug davon, nachdem ich eine Nacht ohne Albträume hinter mir hatte, ohne traumatische Erinnerungen. Heute hatte ich genug davon, und morgen sah das vielleicht schon wieder ganz anders aus.

Als wir die ersten Reihen aus Holzbänken passiert hatten, fiel mir auf, dass jede einzelne mit Farbe bemalt war. Nicht nur mit Farbe. Mit Personen. Mit Landschaften. Mit Geschichten. Sie flossen aus den Holzbänken heraus, über den Boden und breiteten sich auf den Wänden aus. Mit jedem Schritt, den wir tiefer in die Ruine hineingingen, wurden die Geschichten lebendiger. Sie zeigten das Leben und das Sterben einer Kultur, einer Bevölkerung, die durch das Eindringen von Tensia in ihren Grundfesten erschüttert worden war. Man hatte ihnen nicht nur den Dunkeldorn genommen, sondern auch geliebte Menschen und einen Teil ihres Glaubens. Vor unseren Augen spielten sich blutige Szenen rund um diese Ruine und an den Ufern unter den Klippen ab. Rote Farbe lief über den steinernen Boden und wollte zu uns rinnen.

»Was für ein Grauen«, wisperte ich, als ich nicht mehr hinsehen konnte und mich in die Richtung des Königsgleichen abwandte.

Seine Augen waren dunkel geworden. Schwelender Zorn und stiller Schmerz spiegelten sich in ihnen. Ich wusste, dass ihm seine Wurzeln am Herzen lagen und er den Dunklen Rat dafür verachtete, was er seiner Familie und seinem – unserem – Volk angetan hatte. Vor mir stand der lebende Beweis dafür, wie sehr ihm das unter die Haut ging.

Und zum ersten Mal überhaupt fühlte ich eine Verbundenheit zu ihm. Fühlte, dass dieser Ort unsere Schicksale miteinander verwob.

Das war zweifellos seine Absicht gewesen, aber konnte ich ihm die verübeln?

»Ich dachte, Ihr wolltet mir heute Nacht etwas Schönes zeigen«, versuchte ich, die angespannte Stille mit etwas Leichtigkeit zu durchbrechen. Ich lächelte schief, weil sich die Bemerkung selbst in meinen Ohren schal anhörte, aber für solche Momente gab es keine angemessenen Worte. Es gab Momente, für die es keine richtigen Worte gab, weil die Realität unaussprechlich war.

Der Königsgleiche neigte den Kopf zu mir. Ziel dieser gewaltigen Wut in seinen Augen zu sein, vor allem mit dem Wissen um seine gewachsene Dunkeldornmagie, war kaum auszuhalten, aber ich hielt seinem Blick stand. Und irgendwann lichtete sich die Finsternis darin und verwandelte sich in etwas Verwegenes.

»Entschuldige«, sagte er mit rauer Stimme. Er hob die Hand und ließ sie kurz neben meiner Wange in der Luft schweben, als wollte er mich dort mit den Fingerspitzen berühren, aber dann lächelte er nur geheimnisvoll und bedeutete mir mit einer Kopfbewegung, ihm um den Altar herum zu folgen.

»Ich hatte davon gehört, dass diese Ruine für mögliche Besuchende so ausgestattet wurde, dass ihnen die Geschichte der Dahlischen Inseln und der Diebstahl des Dunkeldorns bildhaft vor Augen geführt würde. Ich hatte allerdings keine Ahnung, *wie* bildhaft.«

»Aber das hier ist doch Eure Illusion.«

»Ja, das stimmt. Aber Magie ist nicht immer vorhersehbar. Auch für mich nicht.«

Hinter dem Schrein hingen helle Leinenstoffbahnen, die in breiten, im Durchzug wehenden Streifen den Raum dahinter vom Altar abgrenzten. Hier endete die Blutmagie, die uns mit ihrer roten Farbe bis zum Altar gefolgt war.

Der Königsgleiche zog den weißen Stoff mit der Hand zur Seite. »Geh bitte vor.«

Wellenrauschen dröhnte mir entgegen, als ich durch den flatternden Stoff trat. Plötzlich waren wir nicht länger in der Ruine, sondern befanden uns am Fuß der Klippe; nicht mehr über dem Meer, sondern direkt davor, ganz nahe dran an der Seele des Ozeans, so dicht, dass mich eine Welle davontragen könnte, wäre das hier alles echt und keine Illusion, kein Hirngespinst des Königsgleichen und vielleicht auch von mir.

Wäre das alles hier echt.

Wäre es nur echt.

Es fiel mir zunehmend schwer, das nicht zu vergessen. Nicht zu vergessen, dass wir vielleicht regungslos und den Blick leer in die Ferne gerichtet in meinem Schlafgemach voreinander standen, ohne Berührung, nur der Atem vermischt.

Alles fühlte sich so echt an.

Der weiche, warme Sand unter meinen Füßen, der sich bei jedem Schritt zwischen meine Zehen grub, die schweren, nassen Sandklumpen, die eine Welle zu uns trug, und der

Geruch … Diesen Geruch würde ich niemals vergessen: So frisch und rein und salzig und klar, ich inhalierte ihn, so tief ich konnte, um für immer ein Stück Meer mit mir zu tragen, auch wenn es nur in meinem Kopf war.

Wir folgten dem Ufer eine Weile schweigend. Im Sand steckten vereinzelte Fackeln, die ein Licht in der anbrechenden Dunkelheit waren, denn die Sonne war nun gänzlich hinter dem Meer verschwunden und hatte ihre roten Flammen im Wasser ertränkt.

Schließlich näherten wir uns einer Einbuchtung in den Dünen, die mit weiteren Fackeln umringt war und in der eine weiße Decke im Sand ausgebreitet war. Ein abgedeckter Korb stand neben zwei weich anmutenden Kissen.

»Wo kommt das denn plötzlich her?«, fragte ich mit hochgezogenen Augenbrauen. Der Königsgleiche tippte sich mit dem Zeigefinger an die Schläfe und zuckte scheinbar unschuldig mit den Schultern.

»Illusion, ich weiß«, sagte ich und wusste nicht, was ich von der Szenerie halten sollte.

»Ich dachte mir, nach dem trostlosen Anblick haben wir uns etwas Angenehmes verdient«, antwortete der Königsgleiche und deutete auf die Decke zu meinen Füßen, um mir den Vortritt zu lassen. »Genau das hatte ich dir ja eigentlich auch versprochen.«

Zögernd ließ ich mich auf dem Boden nieder. Die Wärme des vom Tag noch erhitzten Sandes drang durch die Decke. Ich achtete darauf, genügend Abstand zum Königsgleichen zu halten, trotzdem war die Decke so schmal, dass sich unsere Knie fast berührten, als wir beide im Schneidersitz dasaßen und still auf die Wellen starrten. Auf der Wasseroberfläche spiegelten sich der helle Vollmond und unzählige Sterne, so viele von ihnen, wie ich sie noch nie auf einmal gesehen hatte, nicht mal in dem Turmzimmer, in dem ich gerade einquartiert war.

»Eine perfekte Illusion, die Ihr da erschaffen habt«, murmelte ich irgendwann leise.

»Sie mag nicht echt sein, aber ich finde Trost in dem Gedanken, dass dieser Ort genauso sein könnte, wie ich ihn mir in meinen Träumen vorstelle.«

Ich lehnte mich zurück und stützte mich im Sand ab. Die körnige Masse unter meinen Fingerspitzen war rau und weich zugleich, und ich genoss dieses neue Gefühl. »Jedenfalls habt Ihr es Euch leicht gemacht. Ihr hattet mir einen Ausflug versprochen.«

Ein Lachen drang durch die sternenklare Nacht. »Einen Ausflug hast du bekommen.«

»Aber Ihr habt Risiko und Anstrengung wirklich auf null reduziert«, schalt ich. »Ich meine, Ihr habt doch so sehr befürchtet, dass ich abhauen könnte?«

Der Königsgleiche lächelte, aber sein Lächeln erreichte seine Augen nicht. Er hatte sich halb zu mir gedreht, sodass ich nicht mehr nur das Meer in Sichtweite hatte.

»Vielleicht«, gab er leise zu. In seiner Stimme lag etwas Vibrierendes, das in mir widerhallte. »Aber nicht aus den Gründen, die du dir gerade in deinem Kopf zurechtlegst. Nicht aus Sicherheitsgründen.«

Ich hob eine Augenbraue. »Was meint Ihr damit?«

»Ich meine«, erwiderte er langsam, »dass ich keine Angst davor hatte, dass du flüchten könntest. Der Dornenpalast ist neben dem Schwarzen Kolosseum der sicherste Ort, den du in Tensia finden wirst. Niemand flüchtet so einfach aus diesen Mauern. Aber selbst wenn es so wäre, selbst wenn du fliehen könntest, wäre ich jetzt mehr denn je in der Lage, dich zu finden, wenn ich es wirklich darauf anlegen würde. Gewiss, das wäre ein Ärgernis, das ich mir gern ersparen würde, aber dies ist nicht der Grund, aus dem ich verhindern möchte, dass du gehst.«

Dass du gehst.

Nicht: Dass du fliehst.

Dieser feine Unterschied lag schwer und federleicht in der salzigen Luft, wurde hier und da von den Wellen herangeschwemmt und wieder mit ins Meer gerissen, bevor ich ihn greifen konnte.

»Was ist der Grund?«, flüsterte ich. Ich hasste mich fast dafür, aber ich wollte es wissen, *musste* es wissen.

Der Blick des Königsgleichen nahm meinen gefangen, ließ ihn nicht gehen, ließ mich nicht gehen, obwohl ich einfach aufstehen und in eine andere Richtung davonspazieren könnte, vielleicht sogar raus aus seiner, meiner, unserer Illusion.

Seine Stimme war rau und schmiegte sich trotzdem an meine Haut, als er sich nach vorn lehnte und sein Schatten mich verdeckte. »Ich habe Angst, dass du fliehen könntest, weil du von mir fortwillst. Und das ertrage ich nicht. Ich will, dass du an meiner Seite sein *möchtest*, unbeugsame Opal, mit genau dem Kämpfergeist, den du an den Tag legst. Ich will, dass du aus freien Stücken bleiben möchtest, damit wir einander kennenlernen und Stück für Stück die Maske vor dem anderen ablegen.« Er nahm meine Hand, und ich ließ ihn gewähren, ließ einfach zu, wie er sie umdrehte und an seinen Mund hob und sie mit seinen Lippen berührte. So zart, dass ich es kaum spüren konnte, und doch so intensiv, weil meine Fantasie alles ausschmückte, was fehlte und wonach es plötzlich in mir brannte.

»Ich will, dass du erahnen kannst, wie sehr ich dich will«, raunte er dunkel. »Wie sehr ich mir wünsche, dass sich bewahrheitet, was ich damals gesagt habe: dass du und ich zusammen die Welt verändern können. Daran glaube ich heute mehr denn je. Ich bin ein Einzelgänger, Opal. Ich dulde niemanden an meiner Seite. Ich dulde niemanden, der mir im Weg steht. Du bist die einzige Ausnahme.«

Ich schluckte. Ganz egal, wie freimütig er sich gegeben hatte, wie gelassen und ausgeglichen, wie leicht und humorvoll, wie er sich in helles Leinen und Unschuld gekleidet hatte, in diesem Augenblick war das alles weg, in diesem Augenblick war der Königsgleiche mit seinem Schatten, seiner Dunkelheit, seinem Bestreben wieder da, und er brachte noch etwas anderes mit: Leidenschaft, die seine Worte zum Brennen brachte. Macht, die mich träumen ließ, was wir vielleicht doch zu erreichen in der Lage wären, wenn ich ihn nur lenken und den Schatten in kontrollierbare Bahnen bringen könnte.

Ich will nicht, dass du gehst.

Ich will nicht, dass du gehst.

Plötzlich fühlte ich mich zurückversetzt an den Tag, an dem ich Julian aus der Universität befreit hatte. Fühlte mich zurückversetzt an den Rand des Abgrunds, den ich aus dem Boden gerissen und wo ich Menschen in den Tod befördert hatte. Vielleicht hatte ich mich die ganze Zeit selbst belogen und war schon wie der Königsgleiche und hatte einen Punkt überschritten, an dem es kein Zurück mehr gab. Vielleicht waren wir uns ähnlicher, als ich gedacht hatte, und vielleicht war ich selbst in den Abgrund gestürzt, den ich da erschaffen hatte, ohne es überhaupt zu bemerken.

Vielleicht war ich längst nicht mehr gut genug für Julian, der etwas Reines verdient hatte.

Ich fühlte mich überfordert, haltlos wie eine Feder im Wind, die über das Meer getrieben wurde und niemals zum Ufer fand. Meine Stimme wiederzufinden und ihr nicht anmerken zu lassen, welcher Orkan in mir tobte, war ein schierer Kraftakt.

»Eure Worte sind als Waffe nicht weniger gefährlich als Eure Dunkeldornmagie«, presste ich hervor.

Der Königsgleiche senkte den Blick auf meine Hand, die er noch immer in der seinen hielt, und drehte die Innenseite nach oben. Mit dem Zeigefinger strich er sanft über den Rücken meines Daumens und folgte dann behutsam den Linien meiner Adern, die unter der weißen Haut hervortraten. »Ich beherrsche noch mehr Waffen als nur diese beiden.«

»Ist das so?«, rutschte es mir heraus.

Er hob das Kinn und sah mich lange an. So lange, dass ich glaubte, er würde nicht mehr antworten. Dann lächelte er so leicht und wild und schön zugleich, wie er es noch nie getan hatte, und für den Bruchteil einer Sekunde blendete er mich damit und brachte die Mauern, die ich gegen ihn errichtet hatte, gefährlich ins Wanken.

»Das hier passiert alles in unseren Köpfen, Opal. Alles ist nur hier tief in uns, ist geheim und verborgen. Hier kann alles sein, was du dir wünschst. Alles.«

»Ist das so?«, wiederholte ich herausfordernd und senkte ebenfalls die Stimme.

Hinter uns loderte eine der Fackeln hell und hoch auf. Funken stoben durch die Nacht wie ein kleines Feuerwerk, wie Glühwürmchen, die man auseinandergetrieben hatte.

Der Königsgleiche strich sich das dunkle Haar aus der Stirn. »Dem ist so.« Sein Blick war noch auf meine Hand gerichtet, und ich glaubte, meine Haut würde gleich so in Flammen stehen wie die Fackeln im Sandboden.

Ich entzog ihm die Hand und lehnte mich nach vorne, bis unsere Gesichter nur noch Millimeter voneinander getrennt waren. Seine hellen Augen glühten beinahe in dem Feuer, das sich in ihnen spiegelte. So nahe waren wir uns zuletzt gewesen, als ich ihn geküsst hatte. Die Erinnerung daran ließ mich erröten, was in der Dunkelheit hoffentlich nicht zu erkennen war.

Die Anspannung zwischen uns war so krachend wie das Unwetter, das sich weit hinten am Horizont über dem Meer zusammenbraute.

»Ruft Ihr einen Sturm herbei?«, flüsterte ich.

»Das Wetter ist wohl ein Spiegel meines Innenlebens«, gab er zurück. Obgleich seine Stimme kontrolliert klang, sah ich das Muskelspiel seines Kiefers, sah, wie der Schwung seiner Lippen sich verkrampfte.

Eine kaum merkliche Schwärze umgab ihn und tauchte ihn in ein Zwielicht, durch welches das Licht des schwindenden Sonnenuntergangs und des aufstrebenden Mondes nicht dringen konnten. Selbst hier ließ ihn die Dunkeldornmagie nicht los.

Er nahm meinen Blick gefangen, und die Sekunden dehnten sich aus, seine Miene wurde abwartend. Er hielt nach dem winzigsten Zeichen Ausschau, und zumindest das rechnete ich ihm an.

Ich legte eine Hand auf seinen Brustkorb, an genau die Stelle, wo sein Hemd auseinanderklaffte und nackte Haut entblößte. Und offenbar war ihm das Zeichen genug. *Erlaubnis* genug. Binnen eines Atemzugs lag ich auf dem Rücken, der Königsgleiche thronte über mir und nahm im nächsten

Moment meine Lippen in Besitz. Er tat es auf eine Weise, die kühl und so fordernd war, als hätte er seit jenem Tag an der Universität nur darauf gewartet, unserem Aufeinandertreffen eine Fortsetzung zu geben. Mit einer Hand stützte er sich in den erhitzten Sand, die andere schob er unter meinen gekrümmten Rücken und zog meinen Unterleib enger an seinen. Sein Atem fing meinen ein, Dunkelheit vermischte sich mit Dunkelheit, und ich fühlte mich, als müsste ich mich bei ihm nicht verstecken, als müsste ich nicht eine bessere Version von mir vorspielen, wie ich es manchmal vor allen anderen Menschen tun zu müssen glaubte.

Ich atmete tief ein. Schnappte nach der salzigen, frischen Luft des Wellengrabs. Dann drückte ich den Königsgleichen sanft ein kleines Stück von mir weg, um ihn ansehen zu können. »Ihr hattet vorhin gesagt, dass in dieser Illusion alles geschehen kann. Gilt das noch?«

Der Königsgleiche nickte. Etwas Wildes tanzte in seinen dunklen Augen, und ich wusste, dass nur noch ein einziger Schritt nötig war, mit dem wir gemeinsam über eine Klippe springen würden. Und ich wusste, was dann geschehen würde, wäre nicht mehr nur ein Traum.

Es wäre Wirklichkeit. Es wären echte Berührungen.

Es wäre unumkehrbar.

»Dann«, wisperte ich, »möchte ich aus dieser Illusion aufwachen.«

18

Ein magischer Vertrag

Im nächsten Moment war ich in Finsternis und den vertrauten Geruch der Dunkeldornmagie gehüllt. Der Königsgleiche berührte mich flüchtig am Ellenbogen, während die Kulisse der Dahlischen Inseln um mich herum wie splitterndes Buntglas zersprang und sich in schwarze Schatten auflöste.

Als das Turmzimmer um mich herum langsam an Form und Schärfe gewann, löste der Königsgleiche die körperliche Verbindung. Wir standen noch genauso auf der Stelle wie vor der Illusion. Mein Körper fühlte sich steif und kalt an, als wäre meine Seele tatsächlich an einem weit entfernten Ort gewesen. Und zugleich war alles in mir weich und flüssig. Alles, was sich in unseren Köpfen abgespielt hatte, war noch gegenwärtig, als wären seine Lippen noch als Abdruck auf meinen spürbar, obwohl sie einander in der Wirklichkeit nie berührt hatten.

Der Königsgleiche fing meinen Blick auf. Etwas Abwartendes und Sehnsüchtiges lag darin. »Da sind wir wieder. Wie du es dir gewünscht hast. Auch wenn es für mich den Anschein hatte, dass du dich auf den Dahlischen Inseln wohlgefühlt hast.«

»Das habe ich«, gab ich zu und bewegte vorsichtig meine schmerzenden Glieder. »Aber es ist leichter, mit Euch als realer Person fertigzuwerden, als mit einer Illusion und einer Kulisse mit Meer und Strand im Hintergrund, mit der Ihr mich um den Finger wickeln wolltet.«

Oder vielmehr … um den Finger gewickelt habt.

Der Königsgleiche stieß ein Seufzen aus und trat einen Schritt nach vorne. In seiner feinen dunklen Kleidung wirkte er nicht mehr nur wie ein junger Mann, sondern wie ein angehender Herrscher, dessen Geduldsfaden bereits bis zum Zerreißen gespannt war. »Es betrübt mich, dass du das nur für eine Taktik hältst. Ich habe dir versprochen, meine guten Absichten unter Beweis zu stellen, um dich nicht zu etwas zwingen zu müssen. Mit diesem Ausflug wollte ich dir zeigen, wer ich bin. Wo meine Wurzeln liegen – und deine.«

Ich legte die Hand auf seine Brust. Dieses Mal war der Herzschlag unter meinen Fingern echt. Keine Illusion. Nicht nur ein Echo des Meeresrauschens in unseren Köpfen. Er war echt und lebendig und kühl und langsamer als der eines normalen Menschen.

»Ich bin kein junges Mädchen, das Ihr mit ein wenig Charme und der Aussicht auf Macht verführen könnt«, sagte ich bestimmt, wenn auch etwas wehmütig. »Wenn ich Euch helfe, dann muss es Hand und Fuß haben. Ich will nicht nur das Versprechen, dass Eure Absichten meinen Leuten auf den Plantagen nicht schaden und Ihr mich Eurer nicht doch noch entledigt, nachdem ich getan habe, was Ihr von mir verlangt. Ich will keine Illusionen und Worte und Berührungen, die mich einfangen sollen. Ich will einen handfesten Beweis, und den habt Ihr mir bislang nicht geliefert.« Ich atmete tief durch und bohrte meinen Zeigefinger nachdrücklich in die

Mulde zwischen seinen Schlüsselbeinen. »Versteht mich nicht falsch: Was Ihr mir gezeigt habt, hat mir viel bedeutet. Die Gelegenheit, einen Blick auf das zu erhaschen, was so fern ist … Dafür danke ich Euch von Herzen. Aber das allein reicht nicht. Ich traue Euch nicht.«

Und vielleicht traute ich nicht einmal mir selbst, wenn ich noch mehr Zeit mit ihm verbringen musste, wenn er tiefer in meinen Gedanken grub, wenn er die richtigen Worte und die richtigen Bilder fand und die richtigen Schrauben zu drehen wusste …

»Ich befürchte, ich finde deine Beharrlichkeit nur noch anziehender«, sagte der Königsgleiche gedehnt. Er ging an mir vorbei und steuerte auf die nächste Balkontür zu. Mit einer Hand stieß er sie auf und trat nach draußen auf die Plattform.

Ich folgte ihm langsam und angespannt. Die Leichtigkeit, die ich in unserer Illusion verspürt hatte, war wie weggeweht. Hier konnte ich noch weniger darüber hinwegsehen, wer er war und was er getan hatte. Hier war sein Schatten allgegenwärtig.

Und als ich nach draußen in die Nacht trat, traf mich die Erkenntnis wie ein Schlag. Jetzt, nachdem wir zusammen auf den Dahlischen Inseln gewesen waren, nachdem wir gemeinsam das Blut gesehen hatten, das man vor vielen Jahrhunderten dort hinterlassen hatte, jetzt erst verstand ich wirklich, was die Worte zu bedeuten hatten, die er mir am Frühstückstisch gesagt hatte. Mein Kopf hatte sie da zwar begriffen, aber mein Herz verstand es in diesem Atemzug, nachdem er mir durch die Reise gezeigt hatte, wozu er fähig war. Nachdem er mir – wie er selbst gesagt hatte – seine Wurzeln gezeigt hatte.

Er war kein Lügner, kein Betrüger. Er beherrschte Dunkeldornmagie, nicht nur, weil ihn ein künstliches Pulver dazu befähigte, sondern sogar besser als alle Dunkeldornmagier im Dunklen Rat zusammen. Er besaß die Gabe von Anfang an, sie hatte nur geweckt werden müssen. Und vielleicht war die Prophezeiung sogar wirklich wahr. Die ganze Zeit hatte ich geglaubt, dass er nur ein Betrüger war, der falsches Dunkeldornpulver benutzte, um auch als gewöhnlicher Mensch stark sein zu können. Aber diese Annahme war offenbar nicht richtig gewesen.

Vielleicht *war* er der Auserwählte.

Ich quälte mich zwei, drei Schritte, eine Ewigkeit, vor, bis ich das Geländer zu fassen bekam, das mich vor einem Fall von diesem endlos hohen Turm bewahrte.

Vielleicht war er *wirklich* der Auserwählte.

Ich musste einen erstickten Laut des Entsetzens von mir gegeben haben, denn der Königsgleiche, der mit fernem Blick über die Stadt sah, drehte sich zu mir.

»Ist alles in Ordnung, Opal? Du siehst blass aus.«

Ich spürte, wie mein Körper zu zittern begann, wie er meiner Kontrolle entglitt, wie sich meine Finger um das kühle Metall krallten.

Verdammter Mist.

»Opal?«

Nichts war in Ordnung. Ich begann jetzt erst zu begreifen, dass mein ganzer Plan in sich zusammenfiel. Wie sollte ich gegen ihn *und* die Universität ankommen, wenn er so viel mächtiger war, als ich angenommen hatte?

Zwei Hände griffen nach meinen Schultern und drehten mich von der Aussicht über die Stadt weg. Dann blickte ich in das Gesicht des Königsgleichen, dessen Konturen vor mir verschwammen.

Ich. Muss. Mich. Am. Riemen. Reißen.

»Mir ist etwas ins Auge geflogen«, log ich und rieb mir hektisch im Gesicht herum.

Der Königsgleiche legte die Finger um meine Hand und hielt sie fest. »Lass mich mal sehen«, befahl er leise.

Er bewegte lautlos die Lippen, und ein Licht löste sich aus dem Gestein des Turmzimmers. Es schwebte gemächlich auf uns zu und blieb zwischen uns in der Luft hängen, wo es die Nacht vertrieb, wenn auch nicht den Schatten der Dunkeldornmagie, der dem Königsgleichen anhaftete. Ich hatte hastig einige Male heftig geblinzelt, um Tränenflüssigkeit zu produzieren und meiner Ausrede Glaubhaftigkeit zu verleihen.

Der Königsgleiche strich mit dem Daumen sanft über mein Lid und runzelte die Stirn. »Da ist nichts mehr.«

Ach nein, wirklich?

Ich versuchte, die Fassung wiederzuerlangen und mir dringend etwas einfallen zu lassen, bevor ich in dieser Misere feststeckte, in diesem Schloss, in dieser Falle, in dieser Ohnmacht, in diesem Nichts-tun-Können.

»Wozu all die Experimente?«, fragte ich. Mir war schlecht. »Wozu dieser künstliche Dunkeldorn und das künstliche Dunkeldornpulver, wenn Eure Gabe nie ganz weg war?«

Der Königsgleiche kniff die Augen zusammen, als wäre er sich nicht sicher, ob er diese Frage vermessen finden sollte, dann zuckte er allerdings mit den Schultern. »Die Gabe musste erwachen. Das gewöhnliche Dunkeldornpulver reichte dazu nicht aus. Es brauchte eine intensivere Variante, die zu mir durchdringen konnte.«

Ich schüttelte heftig den Kopf. Am liebsten hätte ich den Königsgleichen gepackt und an ihm gerüttelt. »Aber jetzt ist sie erwacht, oder? Jetzt seid *Ihr* erwacht. Werft die Reste weg, verbrennt die übrigen Dunkeldornen in Euren Gewächshäusern mit den Notizen darüber, wie man sie züchtet. Verbrennt all das und lasst es nie mehr nach Tensia zurückkehren. Jetzt, da Ihr Eure Gabe wieder kontrolliert, benötigt Ihr das Dunkeldornpulver der Professorin doch nicht mehr.« Meine Stimme hatte einen flehentlichen Unterton angenommen. Vor meinem inneren Auge war das Unglück von Elver real. Es könnte wieder passieren, wenn der Königsgleiche nicht davon abließ.

Der Königsgleiche, der mich um einen Kopf überragte, blickte auf mich herab. Ein mitleidiger Ausdruck machte sich auf seinem schönen Gesicht breit, und er legte eine Hand unter mein Kinn, um es mit den Fingerspitzen anzuheben.

»Ich benötige es tatsächlich nicht mehr«, sagte er sanft. »Aber die Kombination dieses Dunkeldornpulvers mit meinen natürlichen Fähigkeiten macht mich stärker als alle anderen Dunkeldornmagier. Wie könnte ich das aufgeben? Wie könnte ich das aufgeben, wenn ich noch so viel vorhabe, wofür ich diese Macht brauche?«

Wie könnte ich das aufgeben?

Seine Worte jagten einen eiskalten Schauder über meinen Rücken. Natürlich würde er das niemals aufgeben. Und er hatte mir die Dahlischen Inseln nicht nur gezeigt, um mir unsere weit zurückliegende Heimat näherzubringen, um mir *uns* näherzubringen, sondern auch, um mir begreiflich zu machen, dass es ihm ernst war.

Er würde seine Rache bekommen. Er würde Vergeltung am Dunklen Rat üben für die Verbrechen von dessen Vorfahren an seinen. Er würde nicht eher ruhen, bis diese Arbeit getan war. Und ich konnte nur entscheiden, ob ich diesen Weg mit ihm ging. Oder vielmehr: *wie* ich das tat.

Ich rang zitternd nach Luft. Am liebsten hätte ich mir dieses Kleid, in dem ich mich zuvor selbst noch stark und schön gefühlt hatte, vom Leib gerissen und die Schnüre zerschnitten, um endlich wieder richtig atmen zu können. Alles schien auf mich einzustürzen, obwohl ich unter freiem Himmel stand und nur ein unsichtbarer Käfig um mich herum gespannt war.

»Ich habe Bedingungen«, sagte ich. »Bedingungen dafür, dass ich Euch helfe.«

»Ich weiß«, erwiderte der Königsgleiche fast zärtlich und ein wenig stolz, als hätte er begriffen, dass er einen Schritt weitergekommen war, einen Schritt weiter, um mich und meinen Widerstand zu brechen.

Ich sah ihm fest in die Augen, zwang all meine noch vorhandene eiserne Stärke in meinen Blick. »Ich will eine Zusicherung meiner Bedingungen, an die Ihr gebunden seid.«

Ein Schatten verdüsterte die Miene des Königsgleichen. »Eine Zusicherung? Meinst du einen Vertrag?«

»Sagt Ihr es mir.«

Der Königsgleiche besaß genug Standhaftigkeit, meinem bohrenden Blick nicht auszuweichen. »Ich wüsste da etwas.«

Ich neigte fragend den Kopf. »Und das wäre?«

»Wir könnten tatsächlich einen Vertrag abschließen. Einen, der ohne Papier und Unterschrift auskommt, weil er aus Dunkeldornmagie besteht. Du nennst mir die Bedingungen für deine Arbeit und ich dir meine.«

Ich dachte fieberhaft nach. »Und was geschieht, wenn einer von uns seinen Part nicht einhält?«

Der Königsgleiche lächelte schief. »Das ist Verhandlungssache.«

Unruhig trat ich von einem Bein aufs andere. »Wie geht das vonstatten?«

»Wenn du willst, können wir das hier und jetzt machen. Die Magie selbst ist simpel.«

Die Gänsehaut von vorhin kehrte kalt und dunkel zurück, als der Königsgleiche seine Hand zu seinem Hals bewegte, wo ich seine Ampulle mit Dunkeldornpulver vermutete. Doch seine Bewegungen waren so schnell und präzise, dass ich nicht sah, wie er sie hervorholte oder gar öffnete.

Der Schatten aber, der dunkler war als die Nacht, in die wir getaucht waren, der weniger lichtgeflutet war als der Sternenhimmel, strömte im nächsten Atemzug aus dem Königsgleichen heraus, als wäre er selbst ein schwarzes Loch da oben im fernen Universum.

Der Schatten nahm aus seiner Gestaltlosigkeit heraus Formen an, wand sich wie Schlangen um den Königsgleichen und um mich herum, bis er ihn und mich einhüllte und eine Verbindung zwischen uns herstellte, von der ich instinktiv spürte, dass sie unseren Geist berührte. Hier und da blitzten Bilder in meinem Kopf auf, die nicht meine waren. Bilder und Worte und Erinnerungsfetzen und ein permanentes, brodelndes Verlangen. Ein Verlangen, das mich erhitzte, das mir ein leises Seufzen entlockte, weil ich nicht zwischen seinem und meinem unterscheiden konnte und wir am Ende doch eins waren.

Du und ich, wir könnten alles sein, Opal.

Dieser Satz, der mich verfolgte, seit der Königsgleiche ihn zum ersten Mal ausgesprochen hatte, geisterte auch jetzt wieder wie ein Gespenst, wie ein Untoter zwischen uns, als wäre er einer dieser sich windenden Schatten.

Wir. Könnten. Alles. Sein.

Alles.

Einfach alles.

»Nenn deine Bedingungen«, durchbrach der Königsgleiche die Stille und den rastlosen Gedankenfluss, der nicht meiner war.

Ich versuchte, mich auf meine Ziele zu fokussieren und alles andere auszublenden. »Ich verlange die Unversehrtheit meines Lebens sowie selbiges für die Männer und Frauen, die draußen auf den Plantagen ihre Arbeit verrichten«, sagte ich bestimmt. »Ich verlange von Euch, sie nicht weiter zu unterdrücken und sie nicht unnötig gefährlichen Arbeitsbedingungen auszusetzen, im Gegenteil: Ich möchte, dass Ihr und ich uns zusammen überlegen, wie wir diese Arbeitsbedingungen verbessern können. Dafür verspreche ich, Euch dabei zu helfen, den Dunklen Rat auszuschalten und Euch bei der Errichtung einer neuen Ordnung zu unterstützen.«

Der Schatten wand sich schneller zwischen uns, und ich spürte einen Sog zum Königsgleichen, der mich dazu zwang, seine Hände zu ergreifen und meine Finger mit seinen zu verschränken. Sogleich zog sich Dunkelheit über unsere Hände.

»Und ich«, sagte der Königsgleiche, »verspreche dir, diesen Bedingungen uneingeschränkt zuzustimmen. Ich werde dein Leben nicht anrühren, ebenso wenig wie das der Feldarbeiter.«

Die er ja ohnehin braucht …, flüsterte eine Stimme in mir. Ich überlegte, ob der Schutz meines Lebens ausreichte oder es nicht sinniger war, das auszuweiten, doch ehe ich weiter darüber nachdenken konnte, loderte ein unerträglicher Schmerz auf der Haut an meinen Armen auf – genau dort, wo der Schatten uns beide umschlungen hatte und aneinanderkettete. Der Königsgleiche zuckte nicht zusammen, wie ich es tat, aber für einen kurzen Augenblick verzog er das Gesicht vor Schmerz, als sich die Bedingungen des Vertrages, die wir soeben laut ausgesprochen hatten, in unsere Körper brannten.

Und dann, beim nächsten Wimpernschlag, war die unheimliche Dunkelheit der Magie fort, als hätte ein gewaltiger Windstoß sie einfach mit sich gerissen und in der Luft zerfetzt.

Ich hob die Hände und starrte ungläubig auf meine Unterarme. Buchstabe um Buchstabe hatte sich in schwarzer Tinte in meine Haut eingebrannt: der Inhalt unserer Abmachung.

»Das habt Ihr mir allerdings verschwiegen«, sagte ich vorwurfsvoll.

»Das war mir selbst nicht bewusst«, meinte der Königsgleiche und zuckte mit den Schultern. »Diesen Zauber nutzen wir selten. Sehr selten. In der Regel müssen wir Dunkeldornmagier uns gewöhnlichen Menschen nicht verpflichten oder ihnen etwas beweisen.« Als hätte er den Einspruch, den ich einlegen wollte, vorausgeahnt, grinste er beschwichtigend. »Nicht, dass du gewöhnlich wärst, Opal. Aber sieh es so: Einen besseren Beweis dafür, dass ich dir mein Wort gegeben habe, wirst du nicht bekommen können. Die ganze Welt kann das Versprechen sehen, das ich dir gegeben habe.«

Ich erwiderte sein Lächeln schwach. Ich würde ihm nie vollständig vertrauen, selbst nicht mit diesem magischen Pakt, der auf unserer beider Haut verewigt war, bis wir ihn eingelöst hatten – oder ihn brachen.

Nachdenklich starrte ich auf die winzigen Buchstaben, die man nur lesen konnte, wenn man ganz nahe heranging. »Was geschieht mit Euch, wenn Ihr den Vertrag brecht? Das habt Ihr nicht gesagt, und es steht auch nirgends.« Ich wies mit dem Finger auf meinen Arm.

»Das musste ich auch nicht. Da ich der Dunkeldornmagier von uns beiden bin und damit der Verursacher des magischen Vertrages, sind die Folgen bei Vertragsbruch bei mir klar.« Er nahm meinen Arm und strich die Spitze des engen Ärmels, durch den man meine Haut stellenweise sehen konnte, höher. Bei der Berührung seiner warmen Finger, die zu meiner Hand heruntergglitten, hätte ich beinahe meinen Arm zurückgezogen, während ich sie zugleich genoss. Sie kribbelte auf meiner Haut, als wäre noch Restmagie in ihr vorhanden, als summte die Dunkeldornmagie auf mir wie eine geschwungene Saite; eine Saite, die von meiner Gabe zerstört werden wollte.

»Wenn ich den Vertrag breche …«, sagte er ganz leise, den Blick fest auf meine Hand in seiner gerichtet. Dann fing er meinen ein. »Wenn ich ihn breche, bedeutet das meinen Tod.«

Meine Kehle verengte sich.

Wenn ich ihn breche, bedeutet das meinen Tod.

Mein Herz schlug schneller. Er hatte die Wahrheit gesagt. Einen besseren Beweis würde ich nicht bekommen. Und vielleicht auch keine bessere Gelegenheit, ihm in diesem Kampf gegen den Dunkeldorn ebenbürtig zu werden.

»Nun, da wir das geklärt haben: Habt Ihr schon eine Idee, wie Ihr Euren Plan, den Dunklen Rat seiner Macht zu berauben, umsetzen wollt?«

In die hellen Augen des Königsgleichen stahl sich ein wildes Funkeln. »Den habe ich in der Tat.«

Ich neigte den Kopf und sah ihn erwartungsvoll an, als er eine spannungsgeladene Pause einlegte.

»Und der wäre?«, hakte ich nach.

Ein breites Grinsen erhellte seine Miene. »Ich dachte, eine königliche Verlobung wäre ein guter Anlass, alle wichtigen

Personen in den Dornenpalast zu locken, damit du zuschlagen kannst.«

Königliche Verlobung? Ich legte die Stirn in Falten. Hatte er vor, seinen Bruder oder seine Schwester zu verheiraten? Oder meinte er sich selbst? Aber mir sollte es gleich sein, wenn er heiraten wollte. Mich interessierte eher ein anderer Punkt.

»Alle wichtigen Personen? Seid Ihr Euch darüber im Klaren, dass ich es kaum mit einem einzigen Dunkeldornmagier aufnehmen kann? Ich habe keine Übung und kaum Gelegenheit gehabt, mich mit meiner Gabe auseinanderzusetzen.«

»Du wirst nicht viel mehr brauchen als ein wenig Übung, und die Gelegenheit dazu sollst du bekommen. Aber ich würde nicht von dir verlangen, ein Dutzend von ihnen gleichzeitig auszuschalten, wenn ich nicht schon Vorbereitungen getroffen hätte.«

Ich wollte fragen, was er damit meinte, doch er legte einen Finger auf seine Lippen. »Dass ich dir alles verrate, war nicht Teil der Abmachung. Eins nach dem anderen, Opal.«

Ich wollte frustriert meine Hand aus seiner lösen, doch seine Finger schlangen sich um meinen Unterarm und hielten ihn fest.

»Erst einmal müssen wir zur Verlobung laden.«

Ich runzelte erneut die Stirn. »Ach ja, Ihr spracht von einer königlichen Verlobung. An wen dachtet Ihr? An eines Eurer Geschwister? Oder wollt Ihr diese Bürde selbst tragen?«

Das Lächeln des Königsgleichen wurde so breit, dass seine Zähne aufblitzten. »Ich dachte an dich und mich.«

19

FIEBERTRÄUME

Dem Königsgleichen war seine Macht zu Kopf gestiegen. Anders konnte ich mir seinen völlig absurden Plan nicht erklären. Er hatte mir keine Gelegenheit gegeben, meinem Widerwillen Ausdruck zu verleihen, sondern hatte mich mit selbstzufriedener Miene einfach stehen gelassen. Dabei musste er doch einsehen, dass sein Plan völlig daneben war. *Ich* würde ihn ganz sicher nicht heiraten.

Und als hätte Nina vor der Tür mit den Uniformierten Wache gestanden, rauschte sie, nur einen Augenblick nachdem der Königsgleiche gegangen war, zur Tür herein und eilte durch das Zimmer. Ich verließ die Balkonplattform und kehrte ins Schlafgemach zurück.

Als ihr Blick auf meine mit zahlreichen Buchstaben überzogenen Hände und Arme fiel, wurde sie bleich. »Euch kann man nicht einmal ein paar Stunden allein lassen!« Sie eilte an meine Seite. »Habt Ihr den Königsgleichen verärgert?«, fragte sie unerwartet bang. »Ist das eine Art Strafe?«

Ich verschränkte die Arme hastig hinter dem Rücken, obgleich ich wusste, dass sie früher oder später dennoch freie Sicht auf meine Haut bekommen würde. »Es war eher andersherum«, murmelte ich ausweichend.

Nina stieß ein erleichtertes Schnauben aus. »Nun, wenn das einer wagt, dann wohl Ihr. Kommt, ich helfe Euch beim Auskleiden. Ihr seid sicher müde.«

Das war ich tatsächlich, und nicht nur das. Ich wollte allein sein, also sah ich zu, dass ich Nina bei jeder Anweisung gehorchte, damit ihre Arbeit schnell erledigt war.

»Ich habe eine gute Nachricht für Euch«, verkündete Nina, als sie hinter mich trat und mir half, mich nach und nach aus den Kleiderschichten zu schälen.

»Und die wäre?«

»Der Königsgleiche hat mir soeben mitgeteilt, dass Ihr Euch frei im Schloss bewegen dürft. Ist das nicht großartig?«

Natürlich. Uns verband der Vertrag nun stärker, als es jeder Wächter gekonnt hätte.

»Außerordentlich großartig«, stimmte ich ihr zu, da ich ihr die offensichtliche Freude nicht verderben wollte.

Kurze Zeit später war ich umgezogen und bettfertig und schickte Nina in den Feierabend. Als die Tür hinter ihr zufiel, ließ ich mich aufs Bett fallen und zog die Decke über mich. Plötzlich war ich so müde, dass ich kaum mehr die Augen offen halten konnte.

Ich schlief ein und träumte mich fort, träumte mich an einen Ort am rauschenden Meer und mit einer Ruine, die keine war, sondern ein Bauwerk voller Leben und Menschen, die Blumen und Obst vor den Altar legten, träumte von einer Frau, die mich entfernt an Nan erinnerte, in einem Blumenmeer, umgeben von friedlichen Dunkeldornen. Ich träumte von einer Vergangenheit, von der ich nicht einmal wusste, ob sie existierte.

Als ich aufwachte, war ich schweißgebadet.

Im ersten Augenblick glaubte ich, das wäre eine Folge der

üblichen Albträume, die mich Nacht für Nacht heimsuchten. Ich wollte mich aufrappeln, um ins Bad zu gelangen und mir den Schweiß abzuwaschen, doch ich hatte das Gefühl, die Felsmauern um mich herum wären eingebrochen und auf meinem Brustkorb zum Erliegen gekommen.

Ich hob eine bleischwere Hand und legte sie gegen meine Stirn. Das war nicht der Schweiß meiner Todesträume. Mein Körper glühte vor Fieber.

Schwer atmend sank ich zurück ins Kissen. Ein Blick vorbei an den dünnen weißen Leinenvorhängen verriet mir, dass draußen tiefste Nacht herrschte. Hoffentlich kam Nina bald. Ich hatte das Gefühl, zu verdursten, und der Wasserkrug stand drüben auf dem kleinen Schminktisch; so weit entfernt, dass ich nicht einmal im Traum daran denken konnte, dorthin zu kriechen.

Ich ließ die Augen wieder zufallen, das Gewicht meiner Lider war viel zu schwer, selbst jede einzelne Wimper schien so viel zu wiegen wie der Rest meines Körpers.

Und ich träumte.

Ich träumte von einer Brücke aus Glas, unter der lange nichts und dann schwarzer Abgrund war. Das Glas war splittrig, und dicke Risse zogen sich hindurch. Wie erstarrt harrte ich aus, weil jeder Schritt die Risse vertiefen und das Glas zum Brechen bringen konnte.

Und dann, dann verfärbte sich das Glas rot. Blutrot wie die Farbe des Bodens in der Dahlischen Ruine. Mahnend rot, beschuldigend rot, anklagend rot. Das Rot übertrug sich auf mich, überzog meinen Körper, lief in meine Hände, die vor lauter tropfendem Blut glänzten und brannten, und ein Schmerz strahlte von dort aus, dass ich mich am liebsten gewunden und geschrien hätte, aber ich musste doch stillstehen, denn das Glas, das Glas konnte brechen und dann …

»Opal! Verdammt, wach auf!«

Etwas Nasses, Kühles legte sich wohltuend auf meine Stirn, hinter der es so laut hämmerte, dass es alle anderen Laute übertönte. Einen Moment lang war ich orientierungslos. Die Geräusche, die Gerüche, das Knacksen des Holzbetts, all das konnte ich nicht einordnen. Erst als die Stimme wieder zu mir sprach, begann ich zu verstehen, wo ich war: im Dornenpalast.

»Na also, ich sehe doch, dass du wach bist. Deine Wimpern zittern.« Mein Oberkörper wurde hochgehoben, und ein anderer schob sich hinter mich, um mich wie eine Stütze zu halten, damit ich gerade sitzen konnte.

Die zusätzliche Körperwärme brachte mich allerdings sofort zum Kochen. Mir war doch ohnehin schon so heiß.

»Wasser bitte«, krächzte ich. Nur Sekundenbruchteile später hielt Nina, die ich nach dem Blinzeln meiner verklebten Augen erkennen konnte, mir ein Glas Wasser an die Lippen. Gierig trank ich es zur Hälfte leer, ehe es mir wieder weggenommen wurde, und genoss die Kühle, die meine Kehle hinabrann.

Ich spürte den Atem des Königsgleichen im Haar und lehnte den Kopf unter sein Kinn. Seine Beine waren zu meinen Seiten ausgestreckt, und ich sah, dass er noch eine Schlafhose trug. Offenbar hatte Nina ihn direkt aus dem Bett geholt. Aber warum?

»Was ist passiert?«, hauchte ich heiser. »Bin ich krank?«

Nina wechselte einen bangen Blick mit dem Königsgleichen. Offenbar musste sie sich vergewissern, ob es ihr zustand, mir eine Antwort zu erteilen.

»Lass uns bitte allein, Nina«, sagte der Königsgleiche leise, aber bestimmt. »Und richte den Wachen aus, dass ihre Dienste nicht länger vonnöten sind.«

Ein ungutes Gefühl beschlich mich. Was hatte der Königsgleiche vor, wenn er die Uniformierten abbestellte? Etwas, wofür er keine Zeugen gebrauchen konnte? Aber gehorchten die Uniformierten ihm nicht so oder so, ganz gleich, welche Gräueltaten er beging?

Ich wollte mich aufrichten, doch genauso gut hätte ich versuchen können, einen Felsen von meinem Brustkorb stemmen zu wollen. Es fühlte sich an, als hätte über Nacht jedes Fünkchen Kraft meinen Körper verlassen.

Das Glas Wasser tauchte wieder vor meinem Gesicht auf, als Nina verschwand. Bevor die Tür hinter ihr ins Schloss fiel, schenkte sie mir ein missglücktes Lächeln.

»Trink das.« Die Stimme des Königsgleichen klang genauso befehlsgewohnt wie zuvor, als sie an Nina adressiert gewesen war. Er hielt mir das Wasserglas an den Mund. Weil der Drang zu trinken immer noch so gegenwärtig war, tat ich es, ohne zu widersprechen. Ich hatte nicht die Kraft, dem Königsgleichen eine Stärke vorzugaukeln, die ich gerade nicht ansatzweise empfand.

Nach dem letzten Schluck schloss ich die Augen. Ich lehnte mich gegen den warmen Körper, der zum ersten Mal, seit ich im Dornenpalast war, ohne den Schatten der Dunkeldornmagie auskam.

»Was ist passiert?«, wiederholte ich müde.

»Das«, ertönte die Stimme des Königsgleichen an meinem Ohr, »würde ich auch gern wissen.« Er streckte die rechte Hand aus und nahm meine, die lose auf der Bettdecke lag. Langsam beugte er meinen Ellenbogen, damit ich eine bessere Sicht hatte. »Was hast du getan?«

Im ersten Augenblick begriff ich nicht, was er meinte. Mein Gedankenfluss war langsam und zäh, und Klarheit zu erlangen setzte einen Kraftakt voraus, den ich kaum aufzubringen in der Lage war. Nach mehreren Atemzügen endlich fiel der Groschen.

Die Schrift auf meinen Armen war verschwunden. Die Haut war feuerrot und druckempfindlich, sodass ein feiner Schmerz durch meine Finger schoss, als der Königsgleiche sie berührte, auch wenn er sanft war.

Ich keuchte. »Ich weiß es nicht. Ich habe nichts getan, ich … Vielleicht war Eure Magie zu schwach?«

»Zu schwach?« Kälte drang zu mir. Trotz des Nebels in meinem Kopf erkannte ich, dass ich den Stolz des Königsgleichen verletzt hatte.

Ich wollte mich aufsetzen und ein Stück von ihm wegrutschen, doch so weit kam ich nicht: Ein Arm schlang sich sachte, aber bestimmt um meinen Oberkörper, dann legte der Königsgleiche seine Hand direkt unterhalb meiner Kehle ab, um mich an sich gedrückt zu halten.

»Pst«, flüsterte er, als ich schneller atmete und mich reflexartig gegen seinen Druck wehrte. Panik drohte mich zu überkommen, weil ich mich eingesperrt sah.

»Still, Opal. Ich tue dir nicht weh. Aber du musst mir die Wahrheit sagen.« Sein Atem liebkoste meinen Hals und war zugleich kalt wie Eis.

Nicht durchdrehen. Einfach nur ruhig ein- und ausatmen. Ich zwang mich, meinen Widerstand aufzugeben.

»So ist es gut.« Sein Daumen strich sanft über meinen Hals. Mein Herzschlag raste unter seiner Fingerkuppe. So nahe war mir zuletzt Julian gewesen. Julian, dem ich mein Leben anvertrauen würde. Julian, der wusste, dass ich alles tun, dass ich jeden Weg gehen musste, um lebend aus diesem Schloss hinauszukommen und etwas für *unsere* Leute da draußen bewirken zu können. Ich verdrängte die Erinnerung an ihn. Sie nahm den Platz in meinen Gedanken weg, den ich für den Königsgleichen brauchte, und pflanzte dort Schuldgefühle und ein schweres Herz ein.

»Also, noch einmal von vorne«, sagte der Königsgleiche so gedämpft, dass sich meine Panik sofort wieder in den Vordergrund drängen wollte. Diese Sanftheit war wie die Ruhe vor dem Sturm und mit absoluter Vorsicht zu genießen. Und ich wusste nicht, ob ich in meinem Zustand der Dunkeldornmagie gewachsen war, sollte er sie rufen.

»Was hast du getan?«

»Nichts«, flüsterte ich und hasste mich für den beruhigenden Unterton in meiner Stimme. »Ich schwöre es Euch, ich habe nur geschlafen. Als ich heute Nacht wach wurde, ging es mir so schlecht. Ich dachte, ich bin einfach nur … einfach nur krank.«

Das Streicheln seines Daumens, das kurz innegehalten hatte, setzte nun wieder ein. »Einfach nur krank?«, wiederholte der Königsgleiche. »Dabei macht es vielmehr den Anschein, dass du mich ein weiteres Mal reingelegt hast.«

Nein, nein, nein.

Ich wünschte, ich könnte mich bewegen. Könnte den Geruch meiner eigenen Angst wegwaschen. Könnte mich so einfach an einen anderen Ort zaubern, wie es der Königsgleiche getan hatte. Könnte weg von hier, raus aus dem Klammergriff, aus der schweren Bettdecke, weil alles davon mir die Luft zum Atmen nahm. Ich würde ersticken, wenn er mich nicht bald losließ. Ich würde an meiner eigenen Angst ersticken.

Dabei hatte ich keine Angst um mich, sondern um Julian. Um die Feldarbeiter. Um all jene, für die ich just in diesem Moment zu kämpfen versuchte.

»Wie sollte ich das denn getan haben?«

»Du hast die Dunkeldornmagie in dir zerstört: deinen Teil des Vertrages. Du hast deine Gabe benutzt, um die Magie des Vertrages aus deinem Körper zu lösen, sodass er für dich nun nicht mehr gilt, für mich aber schon. Ich bin an mein Wort gebunden und du an deines nicht mehr. Das wäre ein geschickter Schachzug, Opal. Sehr geschickt.«

Seine Stimme war noch immer ruhig, noch immer kontrolliert, aber so kalt, wie ich sie nie zuvor erlebt hatte. Ich wusste, dass ich gefährlich nahe davorstand, in ernsthafte Schwierigkeiten zu geraten. Er konnte mich nicht töten. Das war eine meiner Bedingungen gewesen. Aber er konnte viele andere Grausamkeiten mit mir anstellen. Das war im Vertrag nicht ausgeschlossen worden. Er musste mich nicht töten, um mich zu bestrafen. Es gab vielerlei Arten, mit denen man einen Menschen verwunden konnte.

»Lasst mich Euch ansehen«, bat ich. Ich wollte nicht, dass jetzt alles, wofür ich arbeitete, wegen dieser Sache in sich zusammenbrach. Ich wollte diese Möglichkeit, mit dem Königsgleichen zusammenzuarbeiten, für all die Menschen da draußen unbedingt nutzen. Also musste ich ihn überzeugen. »Bitte lasst mich Euch ansehen.«

Er zögerte, das konnte ich in der plötzlichen Anspannung seines Körpers spüren. Dann aber ließ er die Hand von meinem Hals sinken und gab mich frei. Ich mobilisierte all meine verbleibende Kraft dafür, von ihm wegzurücken und mich umzudrehen, halb rutschend und mich halb mit den Händen auf das Bett stützend.

Das Gesicht des Königsgleichen war von mühsam im Zaum gehaltener, kalter Wut verzerrt. Die Muskeln seines Kiefers malmten, als müsste er mit aller Gewalt unterbinden, sich auf mich zu stürzen und mich niederzubrüllen.

»Eure Majestät«, sagte ich. So hatte ich ihn noch nie angesprochen, aber jetzt erschien es die einzig angemessene Anrede. »Eure Majestät, ich will nicht ausschließen, dass meine Gabe die Dunkeldornmagie in mir neutralisiert hat. Aber wenn dem so ist, dann ... war es nicht willentlich, nicht bewusst. Möglicherweise ist es im Schlaf passiert, aus einer Art Instinkt oder Selbstschutz meines Körpers heraus. Ich habe es aber nicht bewusst gesteuert. Ich habe offenbar zu wenig Kontrolle über meine Fähigkeiten, weil ich nie Gelegenheit hatte, sie zu erkunden.«

»Du hast es also nicht bewusst gesteuert.« Seine Augen blitzten bedrohlich.

Damit er nicht sah, was in mir vorging, senkte ich den Blick. »Ich stehe zu dem, was ich heute Nacht gesagt habe. Ich möchte versuchen, mit Euch etwas Besseres für Tensia zu schaffen. Ich möchte ... etwas bewirken. Für meine Leute da draußen.«

Ich wusste nicht, ob meine Worte überzeugend genug waren angesichts des Fiebers und der Angst, die mir im Gesicht geschrieben stehen musste.

»Was kann ich tun, damit Ihr mir glaubt?«

Der kühle Blick des Königsgleichen bohrte sich eindringlich in meinen. Ich konnte sehen, wie zwei Seiten in ihm kämpften: eine verletzte, sich verraten fühlende und eine hoffnungsvolle.

»Ich glaube dir«, sagte er dann langsam. »Die Angst in deinen Augen wirkt echt, und ich weiß sehr genau, wie wahre

Angst aussieht.« Er blickte auf mich herunter. Dann hob er die Hand und strich sanft über meine schweißnasse Stirn. »Ich schicke dir Nina, damit sie sich um dich kümmert, bis du wieder gesund bist.«

20

Die Dornenfamilie

Schaut, die Königin hat mir ein Genesungsgeschenk für Euch mitgegeben«, weckte Nina mich am nächsten Morgen unsanft aus meinem Dämmerschlaf. Ich hatte den ganzen Vortag vor Erschöpfung verschlafen und nachts den Preis dafür gezahlt, indem ich kaum ein Auge zugetan hatte.

Die Kammerzofe riss den weißen Vorhang zur Seite, den sie am Vorabend noch vollständig um mein Bett gezogen hatte. In der Hand hielt sie eine kleine Schatulle, um die eine schwarze Schleife gewickelt war. Schwungvoll ließ sie das Geschenk auf meine Bettdecke fallen.

Unter Ninas neugierigem Blick verstaute ich die Schatulle in meinem Nachttischschränkchen.

»Ich schaue nachher rein«, erklärte ich zu ihrer offensichtlichen Enttäuschung. »Jetzt würde ich gern versuchen, ins Bad zu kommen und wieder ein menschliches Wesen aus mir zu machen.«

»Das klingt nach einem guten Plan, wenn ich das so sagen darf«, sagte Nina mit gerümpfter Nase.

Ich lächelte müde und zwang mich aus dem Bett. Im ersten Moment fühlte Stehen sich anstrengend an, doch der eine Tag Bettruhe hatte erstaunlich viel zu meiner Genesung beigetragen. Ich fühlte mich noch schwach und wackelig, aber nach ein paar Schritten konnte ich ohne Ninas Hilfe ins Bad gehen. Dort zog ich die durchgeschwitzte Kleidung aus und stieg in das bereits nach Lavendel duftende heiße Wasser in der Badewanne. Die Haut, auf der gestern noch die Worte des magischen Vertrages niedergeschrieben worden waren, war während des Schlafes weiter abgeheilt. Die roten Stellen waren nur noch zartrosa und würden sicher bald völlig verschwunden sein.

Die Tür hatte ich angelehnt gelassen, falls ich doch Ninas Hilfe benötigte. So konnte ich die Kammerzofe aus der Wanne heraus dabei beobachten, wie sie gut gelaunt das Bett frisch bezog.

Ich stieg aus der steinernen Wanne, als sie mit dem Bett fertig war, und ließ zu, dass sie mir in eine bequeme schwarze Hose und eine dunkelgrüne Bluse half und mir anschließend die Haare flocht.

»Der Königsgleiche bat um Eure Anwesenheit beim großen Frühstück, wenn Ihr Euch gut genug fühlt«, sagte die Kammerzofe und betrachtete ihr Werk dabei prüfend.

»Was genau ist ein großes Frühstück?«, hakte ich skeptisch nach.

»Die gesamte Dornenfamilie nimmt daran teil. Meistens speist jeder für sich, aber an einem Tag in der Woche versammelt sich die Familie zum Frühstück.«

»Und ich soll daran teilnehmen?«

Nina nickte.

»Na großartig«, murmelte ich.

Ich hatte kaum Gelegenheit gehabt, über den gestrigen Morgen nachzudenken, aber die Angst saß noch unverhohlen in meinen Gliedern. Hatte ich den Königsgleichen wirklich von meinen Absichten überzeugt? Oder tappte ich nun in eine weitere Falle?

Ich schenkte meinem müden Spiegelbild mit Augenringen ein aufmunterndes Lächeln. Es blieb nur ein Weg, das herauszufinden.

»Dann lass uns gehen.«

Ich folgte Nina nach draußen in den Korridor. Die Wachposten hatten ihre Position aufs Neue eingenommen. Vielleicht war die Freiheit, mich selbstständig innerhalb des Schlossgeländes zu bewegen, nun wieder dahin, wo mein Teil des Vertrages einfach verschwunden war und nicht mehr als Absicherung für den Königsgleichen dienen konnte.

Wir brauchten doppelt so lange wie beim letzten Mal für den Weg nach unten. Ich war noch kurzatmig und musste alle paar Stufen eine kurze Pause einlegen.

»Wieso wird Dunkeldornmagie eigentlich nicht für sinnvolle Dinge genutzt?«, keuchte ich, als wir die Etage des Speisesaals erreicht hatten. »Zum Beispiel für magische Treppen, die sich selbst bewegen können.«

»Dazu würde ich nicht Nein sagen«, erwiderte Nina amüsiert.

Wir gingen durch die Gänge, die heute deutlich voller waren. Viele Bedienstete hasteten durch die Flure und trugen Geschirr, Putzeimer oder kostbar aussehende Tischdecken. Obwohl es so viel zu sehen gab, versuchte ich mich auf den Weg zu konzentrieren. Ich hatte das Gefühl, dass wir dieses Mal einen anderen nahmen.

»Wohin gehen wir?«, fragte ich, als es offensichtlich war, dass wir uns in einem völlig anderen Teil des Dornenschlosses bewegten.

»Oh, hatte ich Euch das nicht gesagt? Das Frühstück findet draußen statt. Es ist ein herrlicher Morgen, und den möchte die Dornenfamilie unter freiem Himmel verbringen.« Nina schaute sich verstohlen um, ehe sie geheimnistuerisch die Stimme senkte. »Da ist die Wahrscheinlichkeit höher, dass sie sich nicht gegenseitig an die Gurgel gehen. Oder es zumindest keine zerbrochenen Teller gibt.«

»Tun sie das sonst?«, hakte ich interessiert nach. Mir war vor Nervosität, in Kürze nicht nur einer, sondern gleich mehreren Personen königlichen Blutes zu begegnen, übel geworden. Ich hatte bislang lediglich die Dornenkönigin kennengelernt und eine eher düstere Erinnerung an seinen Bruder, der mich in den Wäldern vor Florentia aufgelesen und an den Königsgleichen verraten hatte.

»Oh ja. Vor allem, wenn beide Söhne gleichzeitig im Schloss weilen.«

Ich spitzte die Ohren. »Wohnen denn nicht beide hier?«

Nina blickte sich ertappt um, als überlegte sie, ob sie bereits zu viel erzählt hatte. Am Ende des Tages war ich immer noch eine Gefangene des Königsgleichen, eine mögliche Feindin. Ich sah ihr an, dass sich in ihrem Kopf widerstreitende Gefühle breitmachten.

»Nein«, sagte sie zögernd. »Der Königsgleiche hat bis vor Kurzem einige Tage in der Woche in der Universität gewohnt, und sein Bruder hat ein Haus in der Stadt. Er ist schon vor einiger Zeit in den Augen des Königsgleichen in Ungnade gefallen.«

»Wieso das denn?«, fragte ich möglichst gelangweilt. Dabei interessierte mich dieser Tratsch brennend. Jede Möglichkeit, tiefer in die Familienverhältnisse des Königsgleichen vorzudringen, bedeutete, Schwachstellen finden zu können.

»Er geht einer Arbeit nach, statt … seinen Bruder zu unterstützen.«

Ich wartete, dass sie zum Punkt kam, an dem es brisant wurde. Aber Nina schwieg.

Nun dämmerte es mir. »Deswegen ist er in Ungnade gefallen? Weil er nicht hier auf einem Sofa sitzt und sich den ganzen Tag – mit Verlaub – bedienen lässt?«

Ninas Unbehagen schien zu wachsen. »Nun, es ist vielmehr die Art seiner Arbeit.«

Ich nickte ihr auffordernd zu. *Jetzt spuck es schon aus.*

»Er ist im Vorstand der Zermahlerin.«

Beinahe wäre ich gestolpert. Lucius, ein Dornenprinz, wie es der Königsgleiche war, arbeitete in einer Fabrik, die die Quelle der Macht für den Dunklen Rat darstellte. Dass das für Zwist innerhalb der Familie sorgte, lag auf der Hand.

»Außerdem«, flüsterte Nina, »ist Lucius der ältere Prinz und wäre der eigentliche Thronerbe gewesen, wäre sein Bruder Ivar eben nicht … der Auserwählte, der Königsgleiche. So musste Lucius vor nicht allzu langer Zeit seinen Platz räumen, und Ihr könnt Euch vorstellen, dass das nicht so einfach war …«

Für mehr blieb mir keine Gelegenheit, denn in diesem Moment hatten wir eine riesige Terrassentür erreicht, die aus zwei weißen Flügeln bestand. Zwei Uniformierte standen dort Wache. Beide zogen gequälte Mienen, die sie sofort zu verbergen versuchten, als wir uns näherten.

»Ab hier kommt Ihr ohne mich zurecht«, flüsterte Nina und verschwand schleunigst, sodass ich den Verdacht nicht loswurde, dass sie froh war, meinen neugierigen Fragen entkommen zu können.

Als ich nach draußen trat, hatte ich das Gefühl, in den Ring einer Arena zu steigen. Fünf Augenpaare richteten sich taxierend auf mich, Gespräche, die ohnehin schon einen unterschwellig aggressiven Unterton gehabt hatten, verebbten.

Weil ich nicht wusste, was ich mit meinen Händen und Füßen tun sollte, blieb ich stehen und verbeugte mich tief. Immerhin befand ich mich vor dem Dornenkönig, der – zumindest *noch* – das Oberhaupt Tensias war. Das repräsentative Oberhaupt jedenfalls.

Der Königsgleiche sprang von seinem Platz auf. In seinem Gesicht stand die Erleichterung darüber geschrieben, dass ich da war und etwas Ablenkung von den anscheinend unangenehmen Gesprächsthemen bot.

»Guten Morgen, Opal«, rief er erfreut. Nichts an seinem freundlichen Lächeln und der höflich ausgestreckten Hand, mit der er meine ergriff, um mich an meinen Platz zu geleiten, erinnerte an den gestrigen Morgen oder an die Bedrohlichkeit, die er ausgestrahlt hatte. Er hatte das Dunkle wieder gut behütet weggeschlossen und die Miene eines Adeligen aufgesetzt.

Während er mich zu meinem Platz führte, nutzte ich die kurze Zeit als Gelegenheit, meine Umgebung und die anderen vier Personen zu mustern. Die Terrasse war ein ebenso kunstvoller Ort wie die anderen Räume des Schlosses und zeugte von nicht weniger Prunk. Der Untergrund bestand aus dunkelgrünen Mosaiksteinchen, deren Motiv an eine Blumenwiese erinnern sollte. Ein runder Steintisch prangte in der Mitte des steinernen Areals, um das sechs Stühle angeordnet waren. Üppige Speisen bedeckten den Tisch, und aus dem angrenzenden, wild belassenen Garten hinter der Tischgruppe hörte ich Bienensummen und das seichte Plätschern eines Brunnens.

»Darf ich dir meine Familie vorstellen?«, fragte der Königsgleiche steif. »Lucius und meine Mutter hast du ja bereits kennengelernt. Das ist mein Vater, Seine Königliche Majestät.« Seine Stimme wurde fast ironisch, beißend. Sein Vater war ein erstaunlich jung anmutender Mann Anfang fünfzig mit noch vollem dunklem Haar, das er im Nacken zusammengebunden hatte, und blauen Augen, in denen ein Ausdruck höchster Wachsamkeit lag, als traute er seinem Sohn keinen Fußbreit über den Weg.

Verständlich.

»Und das«, seine Stimme wurde ungewöhnlich weich, »ist meine Schwester Estelle.«

Als ich den Tisch fast bis zu meinem Platz umrundet hatte, fiel mir auf, dass ich mich geirrt hatte: Es gab nicht sechs Stühle, sondern nur fünf. Die junge Frau, die mir der Königsgleiche als Schwester vorgestellt hatte, saß in einem offenbar extra für sie angefertigten Stuhl mit Rädern aus Speichen und einem Material, das ich noch nie gesehen hatte. Ihr zierlicher Körper lehnte gegen ein Kissen, das man ihr in den Rücken geschoben hatte. Ihr Blick war offen und zugänglich und heiter, ihr Lächeln echt. Sie war die Einzige, die mir nicht mit Desinteresse oder Feindseligkeit begegnete. Trotz der Wärme des Sommermorgens trug sie ein weiches Tuch über den Schultern. Das Sonnenlicht spielte in ihrem kinnlangen Haar, das genauso schwarz war wie das des Königsgleichen. Ihre feingliedrigen Finger hatte sie steif, als strengte sie diese simple Bewegung körperlich an, um eine heiße Tasse Tee geschlungen. Dabei strahlte sie eine Gelassenheit und Sympathie aus, dass es mir den Atem verschlug.

»Hallo, Opal«, grüßte sie. »Ivar hat schon so viel von dir erzählt, ich konnte es kaum erwarten, dich kennenzulernen. Ich fürchte, es ist auf meinem Mist gewachsen, dass du dich heute zu uns gesellen musst. Aber mir kann Ivar keinen Wunsch abschlagen, nicht wahr?« Ihre Augen funkelten spitzbübisch, und ich konnte sehen, wie sich die Mundwinkel des Königsgleichen für den Bruchteil einer Sekunde hoben. Es war das erste Mal, dass ich so etwas wie Wärme an ihm spüren konnte. Nicht Feuer, nicht Verlangen, nicht dieses wilde, sengende Gefühl, das sich manchmal in seiner Anwesenheit auf mich übertrug, sondern echte Wärme. Eine *menschliche* Regung.

»Kein Problem«, sagte ich ruhig. »Ich hatte sowieso nichts Besseres vor.«

»Wenigstens hat sie Humor«, sagte die Dornenkönigin und winkte eine der beiden Dienerinnen herbei, die mit gesenkten Köpfen in einiger Entfernung darauf warteten, Befehle zu erhalten.

»Tee bitte«, ergänzte sie herrisch, als der Königsgleiche den letzten freien Stuhl neben Estelle zurückschob und mir bedeutete, darauf Platz zu nehmen.

Himmel, ich passte doch überhaupt nicht hierhin. Wie, verdammt, war ich in diesen Schlamassel geraten?

Die Porzellantassen, die mit einem floralen schwarzen Muster verziert waren, wurden mit dampfendem Tee gefüllt. Dann scheuchte die Dornenkönigin die beiden jungen Frauen mit einer wedelnden Handbewegung davon. »Ich rufe euch, wenn wir noch etwas benötigen.«

Mittlerweile hatte sich auch der Königsgleiche wieder hingesetzt. Die Anordnung eines runden Tisches verhinderte, dass jemand in der Hierarchieordnung hervorstach. Niemand saß am Kopf des Tisches und nahm damit eine besondere Rolle ein, im Gegenteil. Auf den ersten Blick wäre so nicht aufgefallen, wer hier der Herrscher war, wäre die schwarze

Krone aus Dornen nicht gewesen, die auf dem Haupt des Königs saß.

Estelle schien die angespannte Stimmung, in die man mich hineingezwängt hatte, nicht zu bemerken – oder sie ignorierte sie geflissentlich.

Sie drehte den Kopf zu mir und lächelte strahlend. »Ich bin erstaunt, wie gut du es verkraftest, Zeit mit meinem Bruder verbringen zu müssen«, sagte sie leicht und hob die Hand, um sich eine Haarsträhne hinter das Ohr zu stecken, die ihr ins Gesicht gefallen war. Diese kleine, simple Bewegung wirkte angestrengt.

»Estelle«, murmelte der Königsgleiche warnend.

»Ich meine«, fuhr sie unbekümmert fort, »wo dieser Schatten, der ihn neuerdings ständig umgibt, und seine Launen einen ganz schön runterziehen können, nicht wahr, Opal?«

Ich hatte den letzten Morgen nicht vergessen. Das Fieber trübte meine Erinnerungen, aber was noch ganz klar war, war die Panik, die ich empfunden hatte; war die Erkenntnis, dass ich nicht immer so stark und widerstandsfähig war, wie ich es von mir selbst geglaubt hatte; war das Wissen, dass ich meinen Gegner unterschätzt hatte, der in so kurzer Zeit so viel Macht gewonnen hatte, während ich selbst keine Gelegenheit gehabt hatte, meine eigene auszuprobieren, sie zu festigen, sie zu fokussieren. Wie sollte ich da den Königsgleichen zerstören und die Dunkeldornen in den Gewächshäusern der Universität gleich mit?

Ich musste wieder Stärke und Selbstvertrauen zurückgewinnen. Und ich musste hier und jetzt damit beginnen.

»Da sagt Ihr was«, antwortete ich grinsend. »Aber so viel Auswahl an Gesellschaft habe ich nicht. Die Uniformierten vor meiner Tür versprühen leider auch keine bessere Laune.«

In den Augen des Königsgleichen funkelte es, doch es war kein Zorn. Es war anerkennende Belustigung.

Der Dornenkönig, der das Frühstück bislang noch nicht angerührt hatte, lehnte sich in seinem gepolsterten Stuhl mit dem grünen Samtbezug zurück. »Mein Sohn hat mich um die Erlaubnis gebeten, eine Verlobung mit dir nicht nur gutzuheißen, sondern sie auch zum nahenden Fest zu verkünden.«

Verlobung? Hatte er wirklich vor, diese wahnwitzige Idee durchzuziehen? Ich würde später noch mal mit ihm darüber reden müssen und mich vergewissern, dass er nicht wirklich plante, mich zu ehelichen, sondern nur einen Vorwand brauchte, den Dunklen Rat in den Dornenpalast zu treiben.

»Nun, ich bin kaum mehr in der Lage, meinem Sohn eine *Bitte* abzuschlagen«, fügte er hinzu. »Aber zumindest wollte ich das Mädchen, das er irgendwo im Wald aufgelesen und das offenbar sein Herz erobert hat, wenigstens einmal zu Gesicht bekommen.« Seine Stimme triefte vor Ironie. Jeder Person am Tisch war bewusst, dass seine Tage als Dornenkönig gezählt waren. Aber niemand sprach es laut aus.

»Lächerlich«, murmelte Lucius, der auf meiner anderen Seite saß. Seine Anwesenheit verursachte mir Unbehagen, immerhin hatte er mich im Wald an seinen Bruder verraten. »Das ist einfach lächerlich. Der Königsgleiche«, er spie das Wort beinahe aus, »und eine Feldarbeiterin. Was für ein Märchen soll das sein?«

Ich fragte mich, wie weit der Königsgleiche seine Familie eingeweiht hatte, was meine seltene Fähigkeit betraf, oder ob auch das eines seiner vielen Geheimnisse war.

»Die Realität, Bruderherz«, sagte der Königsgleiche messerscharf. »Näher dran am Volk, an *unserem* Volk, kann man kaum sein.«

»Indem du dir eine Gossenhure ins Bett holst, glaubst du, dich beim Volk beliebt zu machen?«

Stille senkte sich über den Frühstückstisch. Ich hielt den Atem an und ballte unter der Tischplatte die Faust.

»Was hast du da gesagt?«, fragte der Königsgleiche quälend langsam, bevor ich den Mund öffnen und selbst zu einer scharfen Erwiderung ansetzen konnte. Er fläzte sich lässig in seinem Stuhl, aber ich kannte ihn mittlerweile gut genug, um hinter die Fassade zu schauen: Dort brodelte es.

Lucius war bleich geworden, doch er ruderte nicht zurück. »Du hast mich schon verstanden.«

Das morgendliche Sonnenlicht verblasste. Der Königsgleiche hatte die Hand gehoben, und Dunkelheit strömte aus ihr, so viel Dunkelheit, dass ich fast instinktiv nach Estelles Hand griff, die kraftlos auf der Tischplatte lag. Sicher hatte sie am allerwenigsten von dem Königsgleichen zu befürchten, trotzdem verspürte ich den Drang, sie zu beschützen. Sie war in dieser Runde die Einzige, an der sich nicht alles falsch und schmutzig anfühlte.

Binnen Sekunden war die gesamte Umgebung finster.

»Was hast du gesagt?«, wiederholte der Königsgleiche scheinbar geduldig. Seine Stimme aber war so eisig, dass ich Böses ahnte.

Und tatsächlich, im nächsten Augenblick hörte ich ein entsetztes Keuchen. Lucius griff mit beiden Händen an seine Kehle, während er verzweifelt nach Luft rang. Der Königsgleiche bewegte die Finger kaum merklich, und Speichel und Rotz trieften aus Lucius' Mund und Nase, rannen auf sein feines Hemd. Für einen kurzen Moment erlaubte ich mir den Anflug von Genugtuung.

»Seltsam«, sagte der Königsgleiche gelangweilt. »Ich habe

das Gefühl, du willst etwas sagen, aber ich kann dich leider nicht verstehen. Versuch es noch mal, geliebter Bruder.«

Statt eine Antwort zu geben, lief Lucius blau an. Die Dornenkönigin sprang in Todesangst um ihren ältesten Sohn auf und wollte sich auf den Königsgleichen stürzen. Aber als wäre zwischen ihnen beiden eine Mauer, prallte sie kurz vor ihm ab und schrie vor Schmerz auf.

»Ivar, es reicht.« Estelles Stimme war klar und so ruhig, dass ich sie um ihre Gelassenheit beneidete. Immerhin ging sich gerade ihre Familie gegenseitig an die Gurgel, und zwar im wahrsten Sinne des Wortes.

Lucius' Hände begannen zu zucken, dann auch der Rest seines Leibes.

»Ivar«, wiederholte Estelle bittend, so zart und zerbrechlich, dass sie zu ihm durchdrang. Abrupt ließ der Königsgleiche die Hand sinken und ballte sie zur Faust. Im nächsten Augenblick war die Dunkelheit einfach verschwunden. Lucius sank in sich zusammen und röchelte erbärmlich. Seine Mutter stürzte zu ihm und packte ihn bei den Schultern, um ihn aus der Bewusstlosigkeit zu schütteln.

»Zur Hölle mit dir«, schimpfte sie vor sich hin und winkte hastig einem der beiden Uniformierten zu. »Wieso gebe ich dir Weißlilienfuß, wenn du es nicht bei dir trägst?«

Sie rüttelte an Lucius, schüttelte ihn und gab ihm eine Ohrfeige. Trotzdem rührte er sich nicht. Ich konnte nicht sehen, ob sich sein Brustkorb überhaupt noch hob und senkte.

»Opal, würdest du Lucius bitte helfen?«, fragte der Königsgleiche so höflich, als bäte er mich darum, ihm die Butter zu reichen.

Und da dämmerte es mir. Er wollte, dass ich meine Gabe vor den Augen der versammelten Familie vorführte wie ein

Zirkustier. Wut stieg in mir auf, und ich hatte Mühe, sie vor den anderen zu verbergen. Er hatte mich nicht einfach gefragt, nein, sondern mich in eine Situation gebracht, in der es um Leben und Tod ging.

Zornig sprang ich auf die Beine und umrundete den Tisch, bis ich neben Lucius stand. Der Königsgleiche gab den beiden Uniformierten, die sich genähert hatten, einen Wink, aufgrund dessen sie die schreiende Dornenkönigin packten und sie von ihrem ohnmächtigen Sohn wegzerrten. Sie schenkte dem Königsgleichen eine hasserfüllte Tirade aus Flüchen und wilden Drohungen, die dieser mit stoischer Miene über sich ergehen ließ.

Ich ging neben Lucius in die Knie. Alles in mir wehrte sich dagegen, jemandem aus der Dornenfamilie zu helfen, jemandem, der so wenig Respekt für Menschen wie mich an den Tag gelegt hatte, aber es brachte ja nichts. Ich konnte niemanden tatenlos sterben lassen. Und womöglich machte ich so ein wenig gut, was ich bei Julians Flucht verbrochen hatte. Ein Menschenleben gegen das andere funktionierte vielleicht nicht, aber wenigstens meinem Gewissen würde es ein wenig Linderung verschaffen.

Ich legte die Hand auf Lucius' Brustkorb und schloss die Augen. Sofort spürte ich das schwarze Loch in seinem Körper, die Dunkelheit, die sich um sein Herz und seine Lunge schlang und ihm das Leben auspressen wollte. Ich erhöhte den Druck, grub meine Finger in den Stoff seines Hemdes und ließ meinen Instinkt übernehmen, der die Dunkelheit aus ihm heraussaugen wollte, damit er wieder atmen konnte. Es fiel mir schwer, nachdem ich diese Gabe einige Zeit nicht mehr benutzt hatte und sie mir noch immer fremd erschien, aber nach einigen Wimpernschlägen gelang es mir dennoch.

Lucius tat einen rasselnden Atemzug, dann schlug er die Augen auf und hustete. Der Blick, den er mir schenkte, war hasserfüllt, und ich wich zurück.

Auf ein weiteres Zeichen des Königsgleichen hin ergriff einer der beiden Uniformierten Lucius' Arm und zog ihn hoch.

»Geleitet ihn in sein Gemach, damit er sich erholen kann«, befahl der Königsgleiche.

»Erholen von deinen schwarzen Künsten, du Monster«, höhnte sein Bruder. Der Königsgleiche zuckte nicht mit der Wimper.

Der Dornenkönig saß zwischen all der Unruhe und beobachtete mich. Dann erhob er sich, ohne sich um Lucius zu scheren, und wandte sich noch einmal zu mir um.

»Meinen Segen habt ihr«, sagte er gedehnt. »Besser, du musst dich mit ihm rumschlagen, als ich.«

Und dann ging er, der Dornenkönig, so schweren Schrittes, als wüsste er, dass jeder Gang sein letzter sein konnte, denn er war das einzige Hindernis, das den Königsgleichen davon trennte, die Krone an sich zu reißen und der wahre Herrscher über Tensia zu werden, sobald er den Dunklen Rat ausgeschaltet hatte.

»Lass uns ein paar Schritte gehen«, forderte der Königsgleiche mich auf, als bis auf Estelle alle fort waren. Die Schwester des Königsgleichen war mit zitternden Händen und enttäuschter Miene in ihrem Rollstuhl über einen gepflasterten Weg zum Springbrunnen gefahren. In ihrem Schoß lag ein Buch, das sie dort, im Sonnenschein und von emsig summenden Wildbienen umgeben, aufschlug, um die Nase darin zu verbergen.

Erleichtert, mir nach diesem Desaster die Beine vertreten

zu können, folgte ich dem Königsgleichen, der über den sauber geschnittenen Rasen in die andere Richtung ging. In der Ferne sah ich die hohen Mauern, die das kleine, parkähnliche Gartenstück im Schloss umringten. Ich fragte mich, ob die Grünflächen, die zum Dornenpalast gehörten, schon immer verhältnismäßig spärlich angelegt waren oder ob Florentia diesem im Laufe der Jahrhunderte immer dichter auf den Leib gerückt war.

»Macht das nie wieder«, sagte ich, als ich zu ihm aufgeschlossen hatte.

Er warf mir einen Seitenblick zu. »Was genau?«

»Mich in Eure Familienstreitigkeiten einzubeziehen. Euch zu helfen ist eine Sache, aber das hier …« Ich gestikulierte wild mit den Händen. »Das ist zu viel des Guten. Ich bin keine Marionette, die Ihr einsetzen könnt, wie es Euch beliebt.«

»Ich brauchte eine Machtdemonstration«, sagte der Königsgleiche schulterzuckend. »Mein Bruder nimmt sich zu viel raus. Er glaubt, mir ebenbürtig zu sein, wenn er nur an mein Pulver herankäme, und vergisst dabei, dass die Tatsache, dass ich es erfunden habe, mich über ihn erhebt. Zugleich war es eine gute Gelegenheit, zu beweisen, dass du für meine Pläne der passende Schlüssel bist.«

»Eure Familie scheint nicht hinter Euren Plänen zu stehen. Und zumindest einen gewissen fehlenden Respekt gegenüber Euch unterstellten Personen scheint Ihr mit Eurem Bruder zu teilen.«

»Meine Familie ist komplexer, als es den Anschein hat.«

Ja, das hatte man gesehen.

»Zumindest funktioniert deine Gabe des Entgiftens noch«, fügte der Königsgleiche besänftigend hinzu.

»Aber wohl kaum gut genug, um den gesamten Dunklen Rat auf einen Schlag auszuschalten. Und solange es niemanden gibt, der diese Gabe selbst beherrscht, kann mir auch niemand Unterricht darin geben.«

»Das ist auch gar nicht vonnöten«, sagte der Königsgleiche.

Ich zog eine Augenbraue hoch. »Inwiefern? Habt Ihr vor, Weißlilienfuß ins Festessen zu mischen, damit ich es leichter habe?«

Der Königsgleiche lachte. »Das wäre auffällig. Dunkeldornmagier sind auf Weißlilienfuß sensibilisiert, weil er einen sehr bitteren Nachgeschmack hat, den auch die besten Köche nicht übertünchen können. Darauf würden sie nicht reinfallen.«

»Also was dann?«

»Geduld, Geduld«, mahnte er und machte deutlich, dass ich erst einmal dies betreffend kein weiteres Wort aus ihm herausbekommen würde.

Wir betraten durch eine weitere Flügeltür einen anderen Teil des Dornenpalasts. Zielstrebig führte der Königsgleiche mich durch das Gangsystem. Wann immer uns Bedienstete begegneten, verbeugten sie sich mit unterwürfigen Mienen, ehe sie wie aufgeschreckte Rehe davonhuschten.

»Das hier ist unser Ballsaal«, erklärte der Königsgleiche, als wir einen Korridor erreicht hatten, der geradewegs auf einen ovalförmigen, offen stehenden Eingang zulief.

Ich trat hinter ihm in den gewaltigen Saal, der von der Größe durchaus der Bibliothek der Universität Konkurrenz machen konnte. Breite schwarze Säulen, wie sie im Schloss überall zu finden waren, stützten die gewölbte Decke, die vollkommen mit schwarzem Efeu bedeckt war, der sich, wenn man genauer hinsah, über das Mauerwerk bewegte und sich an den Säulen entlangschlängelte. Drei Kamine sorgten im Winter für eine behagliche Wärme angesichts des kalt wirkenden Raumes. Lange Tafeln waren an den Wänden aufgestellt, sodass sie wie ein Hufeisen den Tanzbereich in der Mitte umschlossen. Unzählige Bedienstete waren bereits dabei, die Stühle mit dunkelroten Samtüberzügen zu bestücken und die Tische mit getrockneten Blumensträußen aus Eukalyptus in gläsernen Vasen zu schmücken. Sie alle hielten gebührenden Abstand zum Königsgleichen und wichen seinem Blick aus, so gut sie konnten.

»Das ist ja nett«, sagte ich. »Aber ich verstehe immer noch nicht, worauf Ihr hinauswollt.«

»Dieser Raum ist etwas ganz Besonderes«, sagte der Königsgleiche, als hätte er mich nicht gehört. »Ich habe hier wochenlang geübt, Dunkeldornmagie zu praktizieren, da er geräumig und stabil ist.«

»Das sehe ich.« Unruhig trat ich von einem Bein aufs andere.

»Dunkeldornmagie zu praktizieren ist schwieriger, als man denkt, vor allem, wenn man lange nur theoretisches Wissen erlernen konnte, wie es bei mir der Fall war. Ich war zwar Studierender an der Universität, aber die praktische Übung der anderen fehlte mir.«

Ich horchte auf. »Wie habt Ihr es all die Jahre verbergen können, dass Ihr nicht über die Fähigkeit der Dunkeldornmagie verfügt? Ich meine, Ihr wart an der Universität umgeben von Studierenden, von Lehrkräften, von Personal. Wieso seid Ihr nicht längst aufgeflogen, wenn sogar jemandem wie mir das auffallen konnte?«

»Du meinst, dass es *den Anschein erweckte*, als würde ich nicht über Dunkeldornmagie verfügen«, korrigierte er mich sanft. »Nun, das war nicht schwer. Die Lehrkräfte haben Geld dafür bekommen, den Mund zu halten. Nicht gerade wenig, wie ich zugeben muss. Meine Familie hat mich in meinem Anliegen nicht unterstützt, weshalb ich das aus eigener Tasche und mithilfe einiger loyaler Kontakte bewerkstelligen musste. Und meine Mitstudierenden … Vielleicht haben es einige geahnt, vielleicht auch nicht. Aber niemand hätte es gewagt, eine solche Vermutung offen auszusprechen. Immerhin war ich der Königsgleiche, der Mann aus der Prophezeiung. Laut zu verkünden, dass ich nur ein Hochstapler war, wäre Hochverrat gleichgekommen. Und natürlich war ich von besonderen Sicherheitsvorkehrungen umgeben. Es gab Unterricht, in dem Dunkeldornmagie gewirkt wurde. Zu gefährlich für mich. Man stelle sich vor, dem Königsgleichen wäre etwas zugestoßen.« Leises Bedauern schlich sich in seine Stimme. »Ich wünschte nur manchmal, der Professorin wäre es früher gelungen, das passende Dunkeldornpulver für mich herzustellen. Dann hätte ich es diesen überheblichen Gockeln und der Verachtung in ihren Augen zeigen können.«

Ich wünschte ebenfalls, dass es ihr früher gelungen wäre. Und ich wünschte noch mehr, dass er das Zurückgewinnen seiner Macht nicht über alles andere gestellt hätte. Wenn seine Reue jetzt echt war … Sie kam zu spät. Ohne die Professorin und ohne den Königsgleichen hätten Julian und all die anderen nicht so furchtbar leiden müssen. Sie hätte nicht diese Dornenmonster erschaffen, die nichts Menschliches mehr an sich hatten und die sie entweder irgendwo hinter Gittern verborgen hielt oder längst getötet hatte. Und das Unglück in Elver wäre vielleicht nie geschehen. Meine Familie wäre noch am Leben.

Nichts davon sprach ich laut aus. Allein der Gedanke, dass

ich um das Leid Julians und der anderen Versuchskaninchen wusste und trotzdem hier neben dem Königsgleichen stand, ohne ihm und all seinen Gehilfen einen Dolch ins Herz zu stoßen, zerriss mich innerlich. Ich war zutiefst aufgewühlt und unsicher und stellte mich selbst infrage.

»Jetzt habt Ihr mir all das mitgeteilt, und ich weiß immer noch nicht, wieso ich hier bin«, sagte ich schließlich vorsichtig, weil der Blick des Königsgleichen abwesend geworden war. Er folgte dem Treiben eines jungen Mannes, der versuchte, einem Efeuzweig Herr zu werden, welcher sich an einem Stuhl zu schaffen machte und ihn immer, wenn er ihn gerade und ordentlich neben die anderen gestellt hatte, wieder verrückte. Dabei hob der Königsgleiche die Hand und berührte den Eukalyptus-Strauß, der neben ihm auf der hellen Leinentischdecke stand. Der Schatten umwölkte ihn, dann wurde die Pflanze pechschwarz und zerbröselte vor meinen Augen.

Ich hob den Arm und umfasste das Handgelenk des Königsgleichen. Jede Berührung war noch immer ein Rätsel für mich. Ich war fasziniert, und zugleich war die altbekannte Abscheu in mir vorhanden. Sein Blick wurde sofort wieder klar. Er setzte sich abermals in Bewegung und bedeutete mir, ihm zu folgen. Wir schritten über die riesige, gebohnerte Tanzfläche, die so glatt war, dass ich aufpassen musste, nicht zu schwungvoll darüber zu gleiten, um nicht auszurutschen.

»Dieser Efeu war eine Erfindung von mir«, sagte er nun im Plauderton. Seine Augen waren jedoch dunkel und abgrundtief. »Du hast mich vorhin im Scherz gefragt, ob wir den Dunklen Rat nicht einfach mit Weißlilienfuß vergiften oder schwächen können, den wir ihnen ins Essen mischen.«

»Und Ihr sagtet, das wäre zu auffällig«, nickte ich.

»Das sagte ich«, bestätigte er. »Aber es gibt einen anderen Weg, den ich mit Professorin Weisdorn ausgearbeitet habe.«

Mit Professorin Weisdorn.

Alles in mir zog sich krampfartig zusammen. Es war eine Bürde, mit ihm zusammenzuarbeiten, um ihn dazu zu bringen, meine Wünsche für ein besseres Leben für die Feldarbeiter umzusetzen. Aber es war ein Ding der Unmöglichkeit, es mit ihr zu tun. Was immer sie anfasste, hatte Leid, Folter und Tod zur Folge. Das konnte ich nicht. Ich konnte es einfach nicht.

Der Königsgleiche war höflich genug, mir einen Augenblick Zeit zu lassen, um den Schock zu verarbeiten. Er drehte sich zu mir und legte eine Hand, die ungewöhnlich warm dafür war, dass er einen Moment zuvor Dunkeldornmagie gewirkt hatte, an meine Wange. Sein Daumen strich fast zärtlich über meine Haut.

»Ich weiß, was ich dir abverlange«, sagte er so leise, dass es das Personal um uns herum nicht mitbekommen konnte. »Ich weiß, dass du immer noch wütend auf sie bist und das Gespräch, das ich ihr mit dir zugestanden habe, nicht gut verlaufen ist.«

»Das Ihr *ihr* zugestanden habt?« Meine Augen wollten förmlich Blitze vor Wut versprühen. »Was wäre mit dem gewesen, was Ihr *mir* zugestanden hättet? Nämlich Ruhe vor ihr? Sie hat an Menschen herumexperimentiert, die ich kenne, die aus meiner Heimat stammen. Die mir etwas bedeuten.«

Die letzten Worte kamen nur noch flüsternd über meine Lippen, und als sie den Königsgleichen erreichten, flackerte etwas in seinem Blick, ein nahender Donner, ein Sturm, der sich zusammenbraute.

Er zog die Hand zurück, als hätte er sich an mir verbrannt.

»Ich weiß«, sagte er knapp und distanziert. Die Zärtlichkeit, die in seiner Berührung gelegen hatte, war verschwunden. »Aber sie leistet nun mal die Arbeit und macht die Erfindungen, die ich benötige. Und auch wenn du nicht mehr an deinen Teil des Vertrages gebunden bist«, sagte er mit zunehmender Schärfe in der Stimme, »erwarte ich dennoch, dass du dich an unsere Abmachung hältst, denn du hast durchaus einiges zu gewinnen. Ich erwarte, dass du dafür das eine oder andere Opfer bringen wirst, wie ich es auch tue. Und ich glaube, eine kurzzeitige Zusammenarbeit mit der Professorin, bei der du sie nicht einmal zu Gesicht bekommen wirst, sollte zu verkraften sein.«

Ich nickte wortlos. Hätte ich nur ein Wort sagen müssen, hätte ich ihn angeschrien.

»Soll ich dir nun erklären, weshalb wir hier sind?«

Eine ironische Bemerkung lag mir auf der Zunge, aber angesichts des bedrohlichen Gewitters auf seiner Miene verkniff ich sie mir. »Ich nehme an, Ihr wollt mich jetzt endlich in Euren konkreten Plan einweihen, wie ich den Dunklen Rat um seine Magie bringen kann?«

Er nickte. »Dieser Efeu«, er wies mit der Hand auf das dichte schwarze Pflanzengewächs, das sich munter ineinander verschlungen wie Liebhaber bewegte, »ist eine ganz besondere Sorte. Für nicht sonderlich sorgfältige Beobachter ist er eine magisch verschönerte, aber simple Art, wie man sie an jeder Hauswand wiederfindet.«

Er legte eine Hand unter meinen Ellenbogen und drängte mich zu einer Säule, an welcher sich der Efeu entlanghangelte. Dort griff er selbstbewusst in das dichte Gemenge aus breiten Blättern und löste einen Zweig behutsam von der Oberfläche des dunklen Steins.

»Dabei ist er viel mehr als das.« Stolz schwang in seinen Worten mit. Unverkennbarer Stolz auf das, was er erschaffen hatte.

Er zog mich dichter neben sich, bis wir Schulter an Schulter nebeneinanderstanden und ich seine Körperwärme spüren konnte.

»Siehst du das?«, fragte er ganz leise, als hätte er Angst, die Pflanze in seiner Hand zu verschrecken.

Ich lehnte mich weiter vor und kniff die Augen zu einem Spalt zusammen, um besser sehen zu können, worauf er hinauswollte. »Da sind … kleine Beutel?«

Er nickte zufrieden. Seine Distanziertheit von eben schien angesichts meines schnellen Begreifens besänftigt zu sein. »Richtig. Und diese Beutel sind die perfekte Tarnung für den Weißlilienfuß, den die Professorin zu Pulver zermahlen hat.«

Mein Blick wanderte unweigerlich nach oben zur Gewölbedecke, deren eigentliche Oberfläche man hinter dem Blattwerk kaum erahnen konnte. Wie viel Weißlilienfuß man auf diese Weise überall verstecken konnte? Es mussten Unmengen sein.

Der Königsgleiche schien meine Gedanken an meinem fassungslosen Gesichtsausdruck ablesen zu können. Er ließ den Zweig in seiner Hand los, der sich sofort wieder an die Säule schmiegte. »Ich sehe, du verstehst, worauf ich hinauswill.«

»Ihr wollt Eure Gäste auf diese Art betäuben? Durch eine Art Nebel?«

»Ja. Und wenn sie derart geschwächt sind, haben sie dir nicht mehr viel entgegenzusetzen. Und beide würde ich mit einem magischen Schild von dem Pulver abschirmen.«

Ich starrte ihn an. »Und was genau verlangt Ihr von mir zu tun? Wenn sie bereits betäubt sind, könnt Ihr oder Eure Uniformierten ihnen das Dunkeldornpulver, das sie bei sich tragen, abnehmen. Ohne dieses habt Ihr nichts zu befürchten.«

»Liegt das nicht auf der Hand, Opal?«

»Würde ich sonst fragen?«, erwiderte ich fast trotzig.

Der Königsgleiche schnaubte. Dann schloss er die Augen, und für einen Moment schien das Gewicht seines Vorhabens ihn erdrücken zu wollen. Seine Schultern sanken herab, und tiefe Falten gruben sich in seine Stirn.

»Du kannst nicht nur Dunkeldornmagie neutralisieren. Du kannst auch die Fähigkeit selbst ausschalten. Du kannst einem Dunkeldornmagier seinen innersten Kern nehmen, nämlich sein magisches Talent – das, was ihn zum Dunkeldornmagier macht.«

Ich blickte dem Königsgleichen offen ins Gesicht. »Weshalb seid Ihr Euch da so sicher? So etwas habe ich noch nie gemacht. Hätte ich das gewusst, hätte ich andere Wege einschlagen können, Julian aus Euren Fängen zu befreien.«

Die Wimpern des Königsgleichen flatterten. »Weil ich es spüren kann. Seit meine Fähigkeit erwacht ist, kann ich es spüren. Jedes Mal, wenn ich dir nahe bin.«

Mir stockte der Atem. »Wie meint Ihr das? Was bedeutet es, dass Ihr es spüren könnt?«

Seine Miene wurde ernst, als er mit seiner Hand nach meiner griff und sie sich selbst auf den Brustkorb legte. Sein Herzschlag war schnell und unruhig und rasend unter meinen Fingerspitzen.

»Weil mein Körper mir befehlen will, wegzulaufen. Weil mein Herz mich davor warnt, dich in meine Nähe zu lassen, dich zu berühren, mich von dir berühren zu lassen. Weil mein Verstand mir sagt, dass du gar nicht weißt, wie stark du sein könntest, und dass du, wenn du es wüsstest, wenn du dieses Wissen nur zulassen würdest, mich so leicht zerstören könntest, als wäre ich eine Fliege, die du zertrittst.«

Ich starrte ihn mit weit geöffneten Augen an. Alles um uns herum schien zum Stillstand gekommen zu sein, die emsigen Menschen waren ausgeblendet, das Geklapper von Geschirr oder das Quietschen von gerückten Stühlen wurde verschluckt von der Intensität unserer Berührung, von unseren bebenden Herzschlägen, von dem Feuer, das sich an unseren Blicken nährte.

»Und warum tut Ihr das denn nicht?«, wisperte ich, ohne mich zu rühren. Ich fühlte mich, als wäre ich am Boden festgefroren, unfähig, mich jemals wieder zu regen, so gewaltig war dieser Moment. »Warum lauft Ihr dann nicht weg, wenn Ihr doch davon überzeugt seid, dass ich Euch nehmen könnte, was Ihr gerade erst gewonnen habt? Unter so hohen Anstrengungen und Opfern? Angesichts der Ambitionen, die Ihr habt?« Meine Stimme war verzerrt von Schmerz. Und gleichzeitig war tief in mir etwas weich geworden; war tief in mir etwas geschmolzen, der harte Klumpen, aus dem mein Herz bestand, war formbar geworden. Formbar durch die Hände des Königsgleichen. Er zeigte sich mir zum ersten Mal so verletzlich. So nahbar.

»Ich vertraue dir.«

»Den Eindruck habt Ihr gestern nicht gemacht.«

Ein Schatten verdunkelte sein Gesicht, und ein eigenartiger Ausdruck von Traurigkeit stahl sich in seine Augen.

»Ich habe lange Zeit für mein Anliegen allein gekämpft. Ich muss noch lernen, dass du mir ebenbürtig bist.« Er lächelte schief und lehnte sich vor, bis seine Stirn fast die meine berührte. »Lass uns jetzt damit beginnen. Lass uns damit beginnen, einander ebenbürtig zu sein, indem du mich beim Namen nennst, wie ich es auch bei dir tue. Lass uns damit ein Zeichen nach außen setzen, dass du und ich nicht nur eine Farce sind.«

Dass du und ich nicht nur eine Farce sind.

Ich wusste, dass ich aufpassen musste, dass ich mein Herz fest umklammern musste, damit er es mir nicht heimlich, still und leise stahl, wenn ich nicht aufpasste, damit seine Worte nicht Wurzeln in mir schlugen.

Aber hatten sie das nicht längst getan? Glaubte ich nicht langsam selbst daran, dass er die Geschicke Tensias und aller darin Lebenden wirklich zum Besseren lenken wollte? Und dass wir dies zusammen taten? Oder war das genau das, was er beabsichtigte? Ein Täuschungsmanöver?

»Ivar«, flüsterte ich und probierte den Klang seines Namens auf meinen Lippen, meiner Zunge. Ich war mir nicht sicher, was ich davon halten sollte.

Sein Atem kitzelte auf meiner Nase, als er leise lachte. »Ungewohnt. Ungewohnt, aber angenehm.« Mit den Fingerkuppen strich er sanft über mein Kinn. Ein Teil von mir, der immer noch misstrauisch war, wollte zurückzucken. »Das waren viele neue Informationen auf einmal. Ruh dich aus und gehe in dich. Finde das Selbstvertrauen, das du für unsere Aufgabe brauchst. Ich bin davon überzeugt, du bist dazu in der Lage, den Angehörigen des Dunklen Rates die Grundlage ihrer Macht zu nehmen. Wenn sie erst einmal entmachtet sind, müssen wir sie weder einsperren noch sie töten. Sie werden so oder so gebrochen sein und alles tun, was ich von ihnen verlange. Und das wäre doch genau in deinem Sinne, nicht wahr? Kein weiteres Töten. Kein Leid mehr. Keine Opfer auf dem Weg nach oben.«

Er hatte recht, ich war von all den Informationen, von

dem Plan und den verwirrenden Gefühlen aufgewühlt. Ich musste all das später oben in meinem Turmzimmer, in meinem Rückzugsort unter dem freien Himmel und in wunderbarer Ruhe, noch einmal durchgehen und analysieren, musste trennen, was Herz und Kopf mir einflüstern wollten. Ich musste einen Weg finden, mein wild schlagendes Herz zur Besinnung zu bringen. Ich hatte das Gefühl, mich selbst mehr und mehr zu verlieren, und das konnte ich auf keinen Fall zulassen.

»Lasst mich das verarbeiten.«

Er nickte. »Ich bringe dir heute Abend noch ein Buch vorbei, das ich in den verbotenen Abteilungen gefunden habe und das dir nützlich sein könnte.«

Mir wurde heiß. »Über das Entgiften?«

»Ja. Dort bin ich zum ersten Mal darauf gestoßen. Vielleicht hilft es dir weiter, mehr über dich selbst herauszufinden.«

Hoffentlich. Wie sonst sollte ich Herrin über mich selbst werden, wenn mir bei dieser Gabe niemand sonst zur Seite stehen konnte?

Als ich mich umdrehen wollte, kam mir noch ein Gedanke. »Wollt Ihr wirklich bei der Geschichte mit der Verlobung bleiben?«

Der Königsgleiche – nein, *Ivar Hohenfels* – lächelte breit. »Wer sagt, dass es nur eine Geschichte ist?«, fragte er gedehnt.

»Ihr sagtet das«, antwortete ich perplex. »Als Vorwand, um den Dunklen Rat hierherzulocken. Wir werden nicht *tatsächlich* heiraten, richtig?«

Er deutete eine Verbeugung an. Sein schwarzes Haar fiel ihm dabei verwegen in die Stirn. Seine Augen funkelten herausfordernd. »Das, liebe Opal, liegt ganz bei dir.«

Ich runzelte die Stirn. »Das, *Königsgleicher*, wäre der bemitleidenswerteste Antrag, den eine Frau jemals bekommen hat«, sagte ich schnippisch.

Ivar brach in schallendes Gelächter aus, so laut, dass die Bediensteten erschrocken zusammenzuckten und ihn anstarrten, als hätten sie ihn noch nie lachen gesehen, als hätten sie ihn noch nie als menschliches Wesen betrachtet, das zu Gefühlen fähig war.

Und vielleicht, dachte ich, hatten sie das auch nicht. Vielleicht hatten sie ihn noch nie zufrieden und gelöst gesehen, und vielleicht war das die größte Falle, in die ich hineintappen konnte.

21

Zwiespalt des Gewissens

Stärke bedeutet nicht die Abwesenheit von Schwäche. Auch und gerade starke Menschen sind hier und da schwach, sichtbar oder gut verborgen, laut oder leise.

Auch ich war manchmal schwach, obwohl ich es nicht wollte und mich dagegen wehrte, obwohl ich nicht recht verstand, wieso es so war. Ich war schwach, wenn der Königsgleiche mich mit diesem feinen Versprechen auf den Lippen anlächelte, wenn in seinen hellen Augen dieses dunkle Funkeln war, das mir einen Schauer aus Sehnsucht und Unbehagen zugleich über die Haut jagte. Ich war schwach, wenn ich die Visionen davon, wie wir zusammen etwas Gutes aus dem Dunkeldorn schufen, wie wir Tensia zu einem besseren Ort machten, wieder und wieder durchdachte, bis sie bunte, klare Bilder in meinem Kopf erzeugten. Ich war schwach, wenn ich wirklich daran zu glauben begann, obwohl es keine Gewissheit gab, ob diese Visionen Wahrheit wurden. Ich war schwach, wenn er mir etwas ins Ohr flüsterte und sein warmer Atem meine Wange und meinen Hals streifte.

Ich war schwach in diesen Momenten. Und vielleicht war meine große Stärke, dass ich diese Schwäche zuließ, sie vielleicht sogar in den wenigen Augenblicken, die ich mir selbst erlaubte, genoss; dass ich um diese Schwäche wusste.

Ich wusste, dass all das eine Illusion, eine Lüge sein konnte, dass ich nur Teil eines Spiels war, in dem der Königsgleiche spinnwebhafte Fäden um mich zog.

Die Vorbereitungen für das große Fest liefen auf Hochtouren. Im Dornenpalast herrschte emsiges Treiben, in jedem Gang begegneten mir, die ich mich nun frei und ohne Uniformierte im Nacken hier bewegte und mich immer besser zurechtfand, gestresste Männer und Frauen, die mir, wenn sie mir beinahe in die Arme rannten, ein höfliches Lächeln und eine angespannte, hastige Verbeugung schenkten, als wäre ich plötzlich selbst eine Adelige.

Ich hatte die Zeit genutzt, mich mit dem Buch zu befassen, das Ivar mir noch am selben Abend wie versprochen gebracht hatte: *Alexander Münzenfänger und wie er den Dunkeldorn fand.* Auf den ersten Blick erkannte man nicht, dass zwischen den Seiten auch nur eine einzige Information über die Gabe des Entgiftens enthalten sein sollte.

Das Buch war mehr eine Hommage an den machthungrigen Abenteurer, der sich mit seiner Mannschaft zweifellos unerschrocken über das tödliche Wellengrab gewagt hatte. Nun, da ich aber dank Ivar einen Blick auf die Dahlischen Inseln und auf die Schönheit der einst von Tensias gierigen Tentakeln unberührten Natur geworfen hatte, erfüllte mich der mit Protz und Angeberei durchzogene Text mit Abscheu. Mit keinem Wort wurde darauf eingegangen, was der Raub des Dunkeldorns – und die brutale Art und Weise, mit der die Bande im Auftrag des späteren Dunklen Rates vorgegangen war – den Männern und Frauen, die auf den Dahlischen Inseln lebten, und ihrer Kultur angetan hatte.

Aber nachdem ich das erste Drittel gelesen hatte, fand ich die Hinweise, die Ivar vor mir entdeckt hatte. Alexander Münzenfänger berichtete in aller Ausführlichkeit über den Tag, an dem er mit seinem Schiff und seiner Mannschaft am Ufer der Dahlischen Inseln angelegt und den Fuß auf das Land gesetzt hatte. Es folgte eine seitenlange Ausführung eines Gemetzels, das er in heroischen und blumigen Worten schöner zeichnete, als es sich in der Realität abgespielt haben musste. Er beschrieb, dass sie einige der Bewohner gefangen nahmen, um sie mit dem Dunkeldorn zu verschleppen – dabei musste es sich um Ivars Blutlinie handeln –, und berichtete dann von einem Zwischenfall, der die Mission beinahe ruiniert hätte: Eine Geistliche vom Schrein der Dornenmutter – ihr Name war Naemi Liliengrab – hatte ihre Magie eingesetzt, die den Dunkeldorn auf den Wiesen zerstören sollte, bevor die Fremden kamen und ihn ausbuddelten und mitnahmen. Sie war nur teilweise erfolgreich: Den Großteil der Dunkeldornen tötete sie, aber es gelang Alexanders Männern, ihr einen Dolch ins Herz zu stoßen, bevor sie ihr Vorhaben beenden konnte.

»Es ist frustrierend«, murmelte ich und warf das Buch neben mich auf die Bettdecke. Ich hatte das Gefühl, dass Naemi Liliengrab die Schlüsselfigur, die Antwort auf meine Frage war, aber sie war in dieser selbstverherrlichenden Lektüre nur eine Nebenfigur, nur ein weiteres Hindernis, das der glorreiche Alexander Münzenjäger beseitigte, um seinen Auftrag zu erfüllen und den kostbarsten Schatz nach Hause zu bringen, den je eine Person nach Tensia gekarrt hatte.

Das half mir nicht weiter. Um mein Ziel zu erreichen,

brauchte ich keinen einseitigen, unsensiblen Geschichtsunterricht, sondern echte Hinweise, wie ich meine Gabe nutzen, wie ich sie anwenden konnte. Also entschloss ich mich dazu, mir die Füße zu vertreten und einen Platz im Dornenpalast zu finden, an dem ich in Ruhe in mich hineinhorchen und meine Fähigkeiten kennenlernen konnte. Ich entfloh dem Trubel, der innerhalb der Schlossmauern herrschte, und flüchtete in den überschaubaren Garten.

Dort traf ich auf Estelle, die unter einem schattigen Baum über etwas gebeugt saß, das ich aus der Ferne nicht erkennen konnte.

Unschlüssig, da ich sie nicht stören wollte, machte ich Anstalten, einen anderen Weg einzuschlagen, als sie mich bemerkte.

»Opal«, rief sie gut gelaunt. »Willst du dich zu mir gesellen?«

»Ich weiß nicht«, antwortete ich und tat zögernd ein paar Schritte in ihre Richtung. »Ich möchte Euch nicht stören.«

»Tust du nicht, komm zu mir.« Sie winkte einem Uniformierten zu. »Bring uns bitte noch einen Stuhl.«

Ich wartete, bis der Uniformierte der Bitte Folge geleistet hatte, und setzte mich dann zu ihr. Aus der Nähe betrachtet erkannte ich, dass sie zeichnete. Auf dem weißen Blatt prangte ein auf den ersten Blick beunruhigendes Schauspiel. Ein Mann war an einen Baum gefesselt, mächtige Dunkeldornranken hielten ihn an den Stamm gedrückt. Die schmerzvoll verzogenen Gesichtszüge des Mannes kamen mir allzu vertraut vor.

»Nenn mich bitte Estelle, ja?«, sagte sie und lehnte sich zurück. Es schien ihr keinerlei Unbehagen zu bereiten, dass ich ihre Zeichnung sehen konnte.

»Du sahst aus, als würdest du etwas suchen? Vielleicht kann ich dir behilflich sein?«, fragte sie freundlich.

Ich neigte zweifelnd den Kopf. »Ich weiß selbst nicht genau, was ich suche. Einen Ort, an dem ich allein sein und den *großen* Tag vorbereiten kann, fürchte ich.«

Und Antworten. Immer wieder nur Antworten, die mir vermutlich nur eine Tote geben könnte.

Estelle musterte mich nachdenklich. Es war schwierig, abzuschätzen, was hinter ihrer Stirn vor sich ging, was sie dachte, was sie von mir hielt.

»Mein Bruder hat dich ganz schön eingespannt, was?«, fragte sie grinsend. Trotzdem war ich auf der Hut. Sie ließ die Abneigung gegen mich und Ivar nicht so offen raushängen, wie Lucius es tat, aber das bedeutete nicht, dass sie mich wirklich mochte.

»Sieht so aus«, antwortete ich ausweichend.

Eine Weile schwiegen wir, während Schmetterlinge mit schwarzen Flügeln und pelzigen Leibern um uns herumschwirrten.

»Ich glaube, du denkst, dass Ivar uns alle völlig untergebuttert hat, nicht wahr?«, fragte sie dann in die Stille. »Mein Vater rührt kaum noch einen Bissen von dem Essen an, das man ihm vorsetzt, obwohl er einen Vorkoster hat. Er hat sich schon so sehr in seine Wahnvorstellungen verrannt, dass es nur noch eine Frage der Zeit ist, bis Ivar ihn tötet, um den Thron zu erben. Und meine Mutter …« Sie suchte nach Worten. »Sie mochte Ivar nie. Lucius hätte auf den Dornenthron folgen sollen, nicht Ivar, der ohnehin nie ihr Lieblingssohn war und der nur wegen seines Status als Königsgleicher aufgestiegen ist. Das verbittert sie. Und angesichts dieser Tatsache ist Ivar noch erstaunlich geduldig mit uns.«

Ich lehnte mich in dem harten Stuhl aus Metall und dem floralen Mosaik auf der Sitzfläche zurück. »Und was ist mit dir?«

Estelle rollte mit den Augen. »Das ist kompliziert.«

»Das ist keine Antwort«, widersprach ich sanft.

»Hat dir mein Bruder erklärt, was er vorhat?«

Ich zögerte. »Nun, ja. Soweit es ein Königsgleicher wohl tun würde. Ich lege nicht die Hand dafür ins Feuer, dass er mich wirklich in all seine Pläne eingeweiht hat.«

»Dann weißt du aber, was seine Gründe für all das sind, oder?« Mit einer schwachen Handbewegung deutete sie auf fast ein Dutzend Männer, die dabei waren, den kompletten Garten mit Lichterketten zu behängen. Von einem Baum zum nächsten schwangen sie in der Windbrise hin und her.

»Er will zurückhaben, was ihm zusteht«, sagte ich leise. »Was eurer Familie zusteht.«

Estelle nickte. Das Sonnenlicht spiegelte sich in ihrem kinnlangen Haar, wo es durch die Blätter fiel. »Wusstest du, dass Dunkeldornmagier, die keine Dunkeldornmagie wirken, schneller altern? Dass sie gesundheitlich anfälliger sind als gewöhnliche Menschen?«

Ich war überrascht. »Nein, das wusste ich nicht. Also das mit den gesundheitlichen Folgen zumindest nicht.« Dass die Geschwister des Königsgleichen möglicherweise eine ähnliche Veranlagung für Dunkeldornmagie in sich trugen, hätte ich mir eigentlich denken können.

So viel dazu, dass Ivar mir alles sagte.

»Das dachte ich mir«, sagte sie mild und ohne Groll in der Stimme. Sie nahm den Kohlestift, der neben dem Papier gelegen hatte, wieder in die Hand und zeichnete gedankenverloren einige Konturen nach.

»Die königlichen Heilkundigen vermuten, dass dies die Ursache für mein Leiden ist.«

»Könntest du nicht ebenfalls das Dunkeldornpulver nehmen, das Ivar genommen hat?«, fragte ich zögernd. Ohne es genau benennen zu können, hatte ich das Gefühl, dass das Gespräch sich nun auf zerbrechlichem Boden bewegte.

»Das könnte ich.« Estelles Blick fand meinen. Für den Bruchteil eines Augenblicks glaubte ich, dort denselben Weltschmerz und die unendliche Wut wiederzufinden, die ich manchmal bei Ivar gesehen hatte. Aber dann blinzelte Estelle, und der Eindruck war weg.

»Aber dann wäre ich nicht mehr ich.« Ein Schleier der Traurigkeit umfing ihre schmale Gestalt, als sich ihre Finger fest um das Stück Kohle schlossen. »Was würde das denn aussagen, wenn ich so, wie ich jetzt bin, nicht in Ordnung wäre? Wenn ich verlangen würde, dass mich jemand heilt, damit ich besser für andere bin?« Sie schüttelte heftig den Kopf. »Das will ich nicht. Und sollte Ivar mir das jemals aufzwingen, werde ich ihn mit meinen eigenen Händen umbringen.«

Eine Weile starrte ich sie wortlos an, ließ mir ihre Worte und die leise Verzweiflung, die in ihnen mitgeschwungen hatte, durch den Kopf gehen. Dann stand ich auf.

»Du hast recht«, sagte ich mit einem Augenzwinkern. »Diese Familie ist kompliziert. Aber mir scheint, du bist diejenige, die am meisten Verstand hat, und darauf kannst du dir echt was einbilden.«

Wir tauschten ein verschwörerisches Lächeln, ehe ich die Flucht antrat. Die Männer mit den Lichterketten hatten unseren Baum erreicht, und für leichtes Geplänkel reichte meine Geduld nicht.

Am Vorabend des großen Festes brach ich vollends in Panik aus. Ich verbarrikadierte mich in meinem Zimmer und befahl Nina, mich in Ruhe zu lassen. Trotz der Tatsache, dass sie beharrlich im Flur stand und sich weigerte zu gehen, für den Fall, dass ich es mir doch noch anders überlegte, schob ich einen Riegel vor die Tür, der verhinderte, dass sie unaufgefordert hereinkommen könnte.

Dann riss ich die weißen Vorhänge, die das Bett umrahmten, zur Seite und ließ möglichst viel Nachthimmel ein. Ließ Freiheit und raue Luft und Sternenlicht ein, das jede Nacht sein Bestes gab, um mich aufzumuntern, wenn meine Gedanken doch entgegen meiner eisernen Absicht nach Elver, Thiwa oder zu Julian abzugleiten drohten.

Morgen. Ab morgen war alles anders. Aber was, wenn es nicht besser werden würde? Was, wenn ich nur Teil von etwas Schlechtem, Bösartigem war? Was, wenn ich Ivar falsch einschätzte?

Wie ein aufgescheuchtes Tier lief ich mit nackten Füßen auf dem kalten Boden auf und ab.

Was, wenn ich alles vermasselte? Was, wenn Ivar zu große Hoffnungen in mich setzte? Was, wenn ich diese Erwartungen gar nicht erfüllen konnte? Wie auch, ich war ungeübt, ich traute meinen Kräften nicht, ich beherrschte sie kaum, wie sollte ich da einem ganzen Rat gegenübertreten, selbst wenn alle Mitglieder geschwächt waren und …

Ein energisches Klopfen an der Tür unterbrach mein Gedankenkarussell. Es war nicht Nina, das erkannte ich sofort. Obwohl sie nicht müde wurde, freundschaftlich an mir herumzumäkeln und über meinen Körper und mich zu befehligen, besaß sie trotzdem nicht das Selbstbewusstsein, mit einer solchen Selbstverständlichkeit zu klopfen, wo ich ihr ausdrücklich gesagt hatte, dass ich allein sein wollte.

Ich erstarrte und wartete. Wartete, dass die Person auf der anderen Seite der Tür müde wurde, auf meine Antwort zu warten. Wartete, dass sie ging und ich wieder auf und ab marschieren konnte, dass ich zulassen konnte, dass die Zweifel mich übermannten und niederdrückten und ich morgen genauso hilflos sein würde wie in Elver und in Thiwa und …

Es klopfte ein zweites Mal. Nicht ungeduldig, nicht genervt oder fordernd. Es war ein sanftes, aber nachdrückliches Klopfen. Dieses Klopfen sagte: *Ich bin da, und ich werde nicht gehen, bis du diese verdammte Tür öffnest.*

Ich wusste genau, wer da stand, und ich verfluchte ihn. Verfluchte Ivar, den Königsgleichen, dass er mich nicht einmal heute Abend in Ruhe lassen konnte, dass er selbst hier und jetzt noch versuchen würde, in meinem Kopf und in meinem Herzen herumzupfuschen, obwohl er dort nichts, absolut nichts verloren hatte.

Mit langen Schritten überbrückte ich den Weg bis zur Tür, entriegelte sie und riss sie dann auf. Wütend starrte ich Ivar an, der mit einer Seelenruhe vor mir stand, als gehörte ihm das alles … nicht nur der Dornenpalast, sondern die ganze Welt und ich gleich mit ihr.

»Was willst du?«, blaffte ich ihn an. Erst nachdem die Worte meine Lippen verlassen hatten, wurde mir bewusst, in welchem Ton ich mit dem Königsgleichen sprach. Trotzig presste ich die Lippen aufeinander.

Er neigte den Kopf. Es war dunkel im Flur, und das Licht der Lampen in meinem Zimmer ließ seine hellen Augen selbst wie einen Feuerschein brennen.

»Die Frage wollte ich eigentlich dir stellen«, gab er, von

meiner harschen Anrede unbeeindruckt, zurück. »Mir wurde zugetragen, du wärst unruhig. Würdest das Abendessen verweigern. Und dich hier verbarrikadieren.«

Nina, du Verräterin.

Sein Blick glitt kurz an mir vorbei und nahm den Raum hinter mir in Augenschein. Was er sah, schien ihn zumindest nicht zu beunruhigen, denn seine Körperhaltung entspannte sich. Ohne mich um Erlaubnis zu bitten, drängte er sich an mir vorbei in den Raum.

»Ich habe etwas mitgebracht, das dich hoffentlich ein wenig zur Ruhe bringt«, sagte er und drehte sich in der Mitte des Zimmers wieder zu mir um. In der Hand hielt er einen Teller, den ich in der Finsternis des Korridors nicht bemerkt hatte.

Argwöhnisch kniff ich die Augen zusammen. »Was soll das sein?«

Ivar grinste. Er trug eine hellgraue Stoffhose und einen dünnen Pullover, als wäre er bereits selbst auf dem Weg ins Bett gewesen, bevor Nina ihn davon abgehalten hatte.

Ohne Umschweife ging er auf mein Bett zu. »Darf ich?«, fragte er.

Ich nickte mit einem gleichzeitigen Schulterzucken.

Mit einem zufriedenen Seufzer sank er auf die Matratze, lehnte sich an die mit unzähligen Kissen gepolsterte Rückwand und deutete dann mit einem vielsagenden Blick neben sich.

»Überzeug dich doch selbst davon.«

Ich hasste solche Spielchen. Ungeduldig kam ich seiner Bitte nach und setzte mich im Schneidersitz neben ihn, darauf bedacht, genügend Abstand zwischen uns zu halten.

Er stellte den Teller vor mich. In Schokolade getauchte Obststückchen auf zwei Waffeln lagen auf dem Porzellan und sahen so köstlich aus, dass mir sofort das Wasser im Mund zusammenlief.

»Du musst etwas essen, damit du morgen bei Kräften bist«, sagte Ivar und schob den Teller vorsichtig in meine Richtung.

Ich starrte den Teller an, ohne Anstalten zu machen, ihn an mich zu nehmen. »Das ist alles, worum du dich sorgst, nicht wahr? Dass ich morgen nicht so funktioniere, wie du es dir wünschst? Dass etwas schiefgehen könnte. Dass du … verlieren könntest.«

Ivar begab sich in dieselbe Sitzposition wie ich, sodass wir uns nun gegenübersaßen. Der Schalk in seinen Augen verschwand.

»Willst du eine ehrliche Antwort?«, fragte er ruhig.

Ich schnaubte. »Natürlich will ich das.«

»Ich habe Angst, dass einer von uns beiden morgen einen Fehler macht oder dass mein, nein, *unser* Plan schiefgeht. Dass es einer von uns beiden richtig versaut. Aber«, er sprach lauter, als er merkte, dass ich ihn unterbrechen wollte, »ich habe auch Angst, dass der Druck für dich zu stark wird. Ich habe auch Angst um *dich*, Opal. Ich weiß, dass die Last, die auf deinen Schultern ruht, nicht minder schwer als meine ist, auch wenn du noch nicht im Fokus der Öffentlichkeit stehst.«

Ich rieb mir die Augen. Plötzlich war ich müde, so unglaublich müde. »Das klingt nicht viel anders als das, was ich gerade gesagt habe.«

Ivar verzog das Gesicht. Wortlos zog er den Teller wieder an sich und nahm ihn auf den Schoß. Er lehnte sich zurück und klopfte mit der freien Hand neben sich.

»Komm her.«

Ich neigte den Kopf. »Warum?«

»Tu's einfach.« Er hielt kurz inne. »Bitte.«

Kurz flimmerte die Erinnerung daran auf, als ich mich im Fieberwahn genau an dieser Stelle im Bett herumgewälzt hatte und er plötzlich da gewesen war. Wie er schwarz wie die Nacht und dunkler als jeder natürliche Schatten hier gelauert hatte, bis ich vor Angst nicht mehr hatte atmen können.

Aber jetzt war es anders. Jetzt waren wir einander ebenbürtig. Ich wusste, dass er sich in gewisser Weise auch vor mir fürchtete. Also rutschte ich zögernd neben ihn. Ivar schob einen Arm hinter meinen Rücken und zog mich so an sich, dass mein Kopf an seiner Schulter zum Liegen kam.

»Als ich klein war und meine Großmutter noch lebte, war die Atmosphäre in diesem Schloss eine andere als heute«, murmelte er gegen mein Ohr. »Damals gab es Wärme hier. Wärme und Leben und lautes Lachen und Berührungen. Und obwohl meine Großmutter eine Königin war, bevorzugte sie es, das Ruder in der Küche selbst zu führen. Sie hat es geliebt, zu backen und Rezepte zu erfinden, von denen einige heute in ganz Tensia bekannt sind. Und weißt du, was ihr bestes Rezept überhaupt war?«

Ich schloss die Augen. »Lass mich raten: Obst in Schokoladenhülle.«

Sein warmes Lachen kitzelte an meinem Ohr. »Ja und nein. Das allein ist kein besonders originelles Rezept. Aber sie hat die Schokolade selbst gemacht. Sie hatte ein Händchen dafür, das, was sie für ihre Eigenkreationen brauchte, selbst anzubauen.«

»Keinen Dunkeldorn, vermute ich«, murmelte ich trocken.

»Keinen Dunkeldorn«, bestätigte Ivar. Er langte nach einem Stück Schokolade und hielt es mir vor den Mund. Ich nahm das Dargebotene an, weil mein Magen bereits vor Hunger knurrte. Und tatsächlich ergoss sich eine Geschmacksexplosion auf meiner Zunge.

»Deine Großmutter hatte offenbar wirklich Talent«, sagte ich und bekräftigte meine Aussage, indem ich noch einmal beherzt zugriff.

Ivar lächelte nur zufrieden, während ich langsam das Schokoladenobst und auch die Waffeln verspeiste. Vielleicht war das nicht die gesündeste Mahlzeit vor einem Tag wie dem morgigen, aber meine Seele hatte so etwas offensichtlich dringend gebraucht.

Als ich satt war, stellte ich den Teller neben mir auf dem Nachttischchen ab und zerrte die Bettdecke über meinen Körper.

»Besser?«, fragte Ivar und blickte mir aufmerksam ins Gesicht, als traute er meiner Mimik mehr als den Worten, die meine Lippen verließen.

»Ja«, sagte ich überrascht. »Das bedeutet nicht, dass es morgen früh oder mitten in der Nacht nicht wieder von vorne losgeht, aber für den Augenblick … geht es mir gut.« Dann fiel mir etwas siedend heiß ein, und ich wunderte mich, dass ich nicht früher dran gedacht hatte. »Sag mal, erkennen die Leute mich morgen nicht? Eine Weile hast du öffentlich nach mir gesucht. Vielleicht weiß die eine oder andere, wie ich aussehe. Und die Hohe Rätin Malefizia kennt mich durch Keyas Prozess auch. Und vielleicht weiß jemand durch die Universität von meiner Gabe, immerhin gibt es Aufzeichnungen von mir, und ich weiß nicht, wie gut die Professorin diese schützt …«

Doch Ivar schien meine Bedenken nicht ernst zu nehmen, sondern winkte ab. »Nina wird morgen das Beste aus dir herausholen. Niemand wird in dir die heruntergekommene Frau von der Straße sehen. Ab morgen bist du jemand anderes.«

Ab morgen bist du jemand anderes.

Seine Worte verursachten einen Stich in meinem Herzen. Ich wollte niemand anderes sein. Ich wollte ich sein, nur eben … *besser*. Stärker. Wie ein Phönix aus der Asche. Aber bloß niemand anderes.

»Ab morgen wirst du wie jemand aussehen, der die Frau eines Königsgleichen sein könnte.«

Ich legte den Kopf in den Nacken. »Aber nur damit das klar ist: Ich heirate dich nicht. Das ist nur eine Farce.« Es *musste* eine Farce sein. Und ich hoffte, dass Julian, sollte er irgendwann Kunde davon bekommen, diese durchschaute. Dass er mich gut genug kannte, um zu wissen, dass ich den Königsgleichen niemals aus Liebe heiraten würde. Oder sonst jemanden. Sonst jemanden, außer …

Der Königsgleiche grinste. »Wie ich schon sagte: Das liegt bei dir.«

Ich spürte einen leichten Druck an der Seite. Ivar hatte mich enger an sich gezogen. Sein Griff war locker genug, sodass ich mich jederzeit befreien konnte, wenn ich das wollte, und doch so selbstverständlich, als hätte er nie etwas anderes getan. Sein Körper war ganz warm und drahtig und so frei von Dunkeldornmagie wie schon lange nicht mehr. Trotzdem lag das dünne Goldkettchen halb verborgen unter dem Stoff seines Oberteils, unter dem sich die Ampulle mit dem Dunkeldornpulver abzeichnete. Einen Moment lang fragte ich mich, was geschehen würde, wenn ich es von seiner Brust riss und vom Turm in die Tiefe schleuderte und ihn daran hinderte, das Zeug jemals wieder in die Finger zu bekommen. Wäre er dann noch derselbe? Oder würde langsam, aber sicher eine andere Person zutage treten?

»Dann«, sagte er leise, »bleibe ich noch eine Weile, damit du nicht allein bist.«

»Das musst du nicht«, widersprach ich.

»Ich weiß. Aber ich will es. Und vielleicht, Opal, will ich auch nicht allein sein. Vielleicht bist du nicht die Einzige, die Angst hat. Und ganz vielleicht sind wir füreinander jetzt genau das, was wir brauchen.«

Ich hob das Kinn und starrte ihn an. Ich hatte das dumpfe Gefühl, mich selbst in seinen grauen Augen spiegeln zu können, meine Angst und einen dunklen Abgrund in ihnen zu sehen. War es mein Abgrund oder seiner? Hatte er mich bereits hinab in die tiefe Finsternis gezogen?

Also nickte ich. Ich nickte und schlang die Arme um mich, als er mich noch enger an sich zog, bis unsere Wärme die klamme, innerliche Kälte aus uns heraustrieb und ich eingehüllt in einen süßen und zugleich herben Geruch und die Erinnerung von Salz auf den Lippen einschlief.

Ich schlief ein, und Ivar hielt in dieser Nacht die Albträume fern.

22

EINSTÜRZENDE TRÄUME

Als ich am nächsten Morgen aufwachte, fühlte ich mich leichter. Verschlafen rieb ich mir die Augen, ehe ich mit der Hand tastend über die Kissen fuhr.

Leere. Neben mir war Leere. Nur eine kaum spürbare Restwärme war Beweis dafür, dass bis vor Kurzem noch jemand an dieser Stelle gelegen hatte. Aber nun war Ivar weg, obwohl die Sonne sich gerade erst wie ein sich ausbreitender Waldbrand in der Ferne abzeichnete.

Ich wusste nicht, ob ich enttäuscht oder erleichtert sein sollte, dass Ivar ohne ein Wort verschwunden war. Nicht einmal eine Nachricht hatte er hinterlassen, keine flüchtige Berührung.

Hatte ich das erwartet? Wollte ich das erwarten?

Entschieden den Kopf schüttelnd warf ich mich auf die andere Seite und beschloss, noch ein wenig zu dösen, bis Nina mich endgültig aus dem Bett scheuchen würde.

Ich schlief länger als erwartet. Als ich wach wurde, stand die Sonne bereits hoch am Himmel.

Verdammt! Sofort saß ich kerzengerade im Bett. Hatte ich verschlafen? Aber wo war Nina, und warum hatte sie mich nicht geweckt? Und als wäre sie imstande, meine Gedanken zu lesen, hämmerte es an der Tür. Meine Kammerzofe machte sich gar nicht erst die Mühe, die Erlaubnis abzuwarten, eintreten zu dürfen, sondern stand im nächsten Augenblick neben mir am Bett. Ich hielt die Luft an und erwartete eine Schimpftirade, warum ich nicht schon längst aufgestanden war und wenigstens schon mal ein Bad genommen hatte, aber offenbar hatte die junge Frau heute einen guten Tag.

»Raus aus den Federn«, sagte sie stattdessen. »Der Königsgleiche hat mir aufgetragen, Euch ausschlafen zu lassen, aber jetzt haben wir nicht mehr sonderlich viel Zeit. Euer Zeitplan ist straff, und wir müssen Euch heute besonders rausputzen.«

»Du weißt über meinen Zeitplan besser Bescheid als ich«, jammerte ich, während ich mich aufrichtete und die Zehenspitzen auf den eiskalten Boden setzte, ehe ich sie doch in die bereitstehenden Hausschuhe schob. »Kannst du mir die einzelnen Punkte aufzählen, damit ich einen Überblick bekomme?«

»Ja, gleich. Ihr müsst erst in die Wanne. Wir haben später Zeit dafür, wenn ich Eure Haare mache und daraus …«, sie wedelte mit der Hand vor meinem Gesicht herum, »etwas Anständiges mache.«

Ah, da ist sie wieder, die alte Nina.

Trotzdem musste ich grinsen, als ich ins angrenzende Badezimmer tappte und mich der Kleidung entledigte. Ich wusste, dass ich das Bad heute nicht ausgiebig genießen konnte, trotzdem versuchte ich, mir ein paar Augenblicke der Ruhe zu nehmen und mich zu fokussieren.

Heute ist der große Tag. Wenn du es nicht versaust … werden wir für meine Leute eine bessere Zukunft erschaffen. Niemand muss mehr Angst davor haben, dass sich so etwas wie in Elver wiederholt. Das lasse ich nicht zu.

Die Gedanken an all die Menschen, die, vielleicht ohne es zu wissen, auf mich setzten und hofften, sorgten dafür, dass die Aufregung, die mein Herz zum Rasen brachte, sich legte.

Ich verließ die Wanne, trocknete mich ab und wickelte das weiche Handtuch um meinen Körper. Dann kehrte ich zu Nina ins Schlafgemach zurück. Ein Teil von mir war gespannt darauf, was Ivar und sie für ein Kleid ausgesucht hatten. Denn dass Ivar seine Finger dabei im Spiel gehabt hatte, war sonnenklar: Er würde jede Kleinigkeit an diesem Tag bis ins Detail durchgeplant haben und nichts dem Zufall überlassen.

»Ihr habt Euch beeilt!«, rief Nina erfreut, als sie mich sah. In meiner Abwesenheit hatte sie eine Garderobe ins Zimmer gekarrt, an deren Stange das Kleid hing, das ich heute tragen sollte.

Ich hielt den Atem an. Wenn ich geglaubt hatte, dass das Kleid, das ich bereits neulich getragen hatte, wunderschön gewesen war, dann stellte dieses es mühelos in den Schatten.

»Es sieht aus wie …«, setzte ich an. »Wie …«

»Wie ein Sternenhimmel?«, half Nina aus. Ihr Blick hing so sehnsüchtig an dem teuren Stoff, der sich zwischen ihren Fingern ergoss, dass ich ein schlechtes Gewissen verspürte. Sie würde so etwas vermutlich niemals in ihrem Leben tragen. Und dass ich es durfte, war nur mehr oder weniger glücklichen Umständen zu verdanken. Ich fing an, sie für selbstverständlich zu nehmen, und das gefiel mir nicht.

»Eher wie eine Sternschnuppe«, sagte ich, als ich meine Stimme wiedergefunden hatte. Das Kleid war bis zur Taille eng anliegend und nachtschwarz. Dunkle Edelsteine zierten den Saum, die Schultern blieben frei. Unterhalb der Taille verlor sich das Schwarz in einem nach unten immer heller werdenden, schimmernden Silber, in welchem sich das Licht verfing.

Wir wechselten kein Wort miteinander, als Nina mir half, das Kleid anzuziehen. Es bedurfte diesmal keiner Unterkleider oder eines Korsetts, leichte Unterwäsche genügte.

Das Kleid, das sich wie eine zweite Haut an meinen Körper legte, hatte eine Schleppe, die sich um mich herum über den Fußboden ergoss. Als ich mich probeweise im Kreis drehte, schwang der Stoff wie Wellen mit.

»Ihr seht wunderschön aus«, sagte Nina beinahe ehrfürchtig. »Jetzt noch der Rest.« Sie wies auf das Tischchen mit dem Spiegel, wo sie schon alles Notwendige bereitgestellt hatte.

Ich machte einen Schritt und trat dabei auf den Saum der Schleppe. Instinktiv lehnte ich mich zurück, um zu verhindern, dass der Stoff zu reißen begann, und geriet dabei ins Taumeln.

Ninas Arm schnellte hervor, um mich zu packen, bevor ich aus dem Tritt kam. Dabei rutschte der Ärmel ihres Hemdes ein Stück nach oben. Der Augenblick währte kaum länger als den Bruchteil einer Sekunde, ehe sie meinen Blick registrierte und den Stoff rasch mit der anderen Hand nach unten zerrte.

Aber ich hatte sie gesehen. Und sie wusste, dass ich sie gesehen hatte.

Die schwarzen Abdrücke auf ihrer Haut.

Die Kammerzofe, die sonst immer vorlaut und bestimmend war, starrte mich mit vor Panik weit aufgerissenen Augen an.

Und ich wusste, was sie sagen würde, noch ehe die Worte ihren Mund verlassen hatten.

Es ist nichts.

»Es ist nichts.«

Das waren immer die Worte von Menschen, die zu verbergen versuchten, welche Abgründe sie erlebt hatten – oder in welchen sie sich längst noch befanden.

Es ist nichts.

Worte, die das Gegenteil von dem bezeugten, was sie ausdrücken wollten: Schmerz, Ohnmacht, Wut, noch mehr Schmerz.

Ich musterte sie betont ruhig, obwohl in mir alles laut aufschrie. Ich war hier, um Zustände, die ich nicht ertragen konnte, aufzulösen, sie zu zerstören.

»Das ist Dunkeldornmagie.« Es war keine Frage. »Jemand hat dich mit Dunkeldornmagie bestraft, nicht wahr?«

Ninas Augen waren zwei unergründliche Ozeane. Ihre Unterlippe zitterte, während sie fieberhaft überlegte, was sie sagen sollte, was sie sagen *durfte*.

»Es ist nichts«, wiederholte sie, als würden diese drei Worte wahr werden, wenn sie sie immer und immer wieder aufsagte wie einen Zauberspruch.

Ich griff nun meinerseits nach ihrem Handgelenk und zog sie mit an den Frisiertisch. Aber statt mich selbst hinzusetzen, drückte ich die Kammerzofe auf den Stuhl. Sie wehrte sich nicht, als ich ihren Ärmel hochzog und das ganze Ausmaß dessen, was man ihr angetan hatte, freilegte.

Schwarze Striemen wanden sich ihren Arm hoch bis zum Ellenbogen und verschwanden dort unter ihrer Bluse.

»Geht das noch weiter?«, wollte ich wissen.

Nina war nicht in der Lage, zu sprechen, und nickte nur fahrig. Ich konnte erahnen, was in ihrem Kopf vorging: *Was, wenn sie mich verrät? Was, wenn sie jemandem sagt, was sie gesehen hat?*

»Keine Bange«, flüsterte ich, obgleich es mich alle Kraft

kostete, nicht zu schreien, nicht zu brüllen, nicht das ganze Schloss kurz und klein zu schlagen. »Ich werde schweigen, wenn das dein Wunsch ist.«

Die Kammerzofe nickte eifriger und räusperte sich. Ihre Augen schwammen in feuchten Tränen. Tränen der Angst? Des Zorns? Oder … der Scham?

Ich reichte ihr ein Taschentuch, das auf dem Nachttisch lag. Sie nahm es dankbar an und schnäuzte sich die Nase. Dann rieb sie ihre Augen trocken und stopfte das Taschentuch in ihre Rocktasche. »Verzeiht meinen Anfall.«

»Anfall?«, fragte ich ungläubig.

»Ja, das war nicht professionell. Wenn das der Königsgleiche erfährt …« Der ängstliche Ausdruck kehrte bei diesem Gedanken auf ihr Gesicht zurück und ließ mich nun endlich erahnen, vor wem genau sie solche Panik hatte.

Ich stemmte die Hände in die Seiten. »Wehe, du entschuldigst dich noch mal«, sagte ich streng. »Du bist die Person, bei der man sich entschuldigen sollte.« Ich zögerte kurz. Ich musste wissen, was dahintersteckte. Aber wie sollte ich das aus Nina herausbekommen? Sie war loyal und verängstigt. Das war keine gute Kombination.

Ich ging vor ihr in die Knie, auch wenn das in dem engen Kleid nicht so leicht war, und nahm ihre Hände. »Ich verspreche dir: Wenn wir heute erfolgreich sind und meine Stimme bald mehr Gewicht hat, dann setze ich mich dafür ein, dass du gehen darfst, wenn das dein Wille ist. Du musst nicht hierbleiben und so behandelt werden.«

Nina starrte mich mit großen Augen an. »Aber … wir können nicht gehen.«

»Oh doch, dafür werde ich sorgen.«

»Nein, ich meine … wir *können* nicht.«

Ich schüttelte verständnislos den Kopf. »Was meinst du damit?«

»Na ja.« Nina fuhr sich mit der Hand fahrig über die Augen. »Ich wünschte, ich könnte es Euch sagen, aber ich kann es nicht. Egal, wie sehr ich mich anstrenge.«

Nun dämmerte es mir. Wieder blickte ich auf die schwarzen Linien auf ihrem Arm. »Gib mir deine Hand«, bat ich leise.

Sofort spannte sich Ninas Körper an.

»Keine Sorge, ich tue dir nicht weh, im Gegenteil«, versuchte ich, sie zu beruhigen. »Ich will dich davon befreien.«

»Könnt Ihr das denn?«, fragte die Kammerzofe bang.

»Was glaubst du, wieso ich überhaupt in diesem Schloss bin?«, erwiderte ich mit einem schiefen Lächeln.

Zögernd reichte mir Nina die Hand, und ich verschränkte meine Finger mit ihren, ehe ich die andere Hand auf ihren Unterarm legte, dort, wo die Linien begannen.

Ich konzentrierte mich auf das Kribbeln unter meinen Fingerspitzen. Die Dunkeldornmagie pulsierte heftig und lebendig, sie war stark und dunkel. Sie musste eine furchtbare Belastung für Nina sein.

Aber nicht mehr lange.

Solche kleineren Aufgaben stellten mittlerweile kein Problem mehr für mich dar. Innerhalb von wenigen Atemzügen verblassten die Linien allmählich. Ich hörte, wie Nina scharf die Luft einsog, blickte aber nicht auf, um nicht aus dem Konzept zu kommen.

Und dann war auch der letzte Rest der Dunkeldornmagie fort. Die vertraute Übelkeit, die immer aufkam, wenn ich meine Gabe eingesetzt hatte, machte sich in mir breit, aber sie war auszuhalten und würde bald verfliegen.

»Unglaublich«, keuchte Nina, als ich fertig war und ihre

Hand losließ. Eine Mischung aus Angst – dieses Mal vor mir – und Faszination lag in ihrem zweifelnden Blick. »Ich wusste ja, dass Ihr etwas Besonderes können müsst, wenn man so ein Aufhebens um Euch macht, aber das ist wirklich …«

»Besonders?«, half ich scherzend.

Die Kammerzofe erwiderte mein Lächeln angespannt, dann zupfte sie den Ärmel ihrer Bluse herunter. Stille breitete sich zwischen uns aus.

»Also, Nina«, begann ich und holte tief Luft. »Sagst du mir, wer dir das angetan hat?«

Wieder wurde sie nervös. »Sie werden mich töten, wenn ich auch nur ein Sterbenswörtchen verrate.«

Sie. Die Dornenfamilie? Aber wer von ihnen?

Plötzlich wurde mir eiskalt. Es war so offensichtlich, so greifbar und zugleich so ungeheuerlich, dass ich es nicht wahrhaben wollte.

Es gab im Dornenpalast nur eine Person, die Dunkeldornmagie beherrschte und eine Motivation hatte, das Personal zum Schweigen zu bringen. Zum absoluten Gehorsam zu zwingen. Nur eine Person, die in der Lage war, Menschen so etwas anzutun.

»Warum hat er das gemacht?«, fragte ich tonlos, und auch wenn ich seinen Namen nicht aussprach, wusste Nina doch sofort, dass ich verstanden hatte. Den Namen nicht auszusprechen gab ihr außerdem die Möglichkeit, ihre erzwungene Treue nicht gänzlich zu verraten.

»Ach, wenn Ihr wüsstet«, flüsterte sie. Wieder stiegen Tränen in ihren Augen auf. »Wenn Ihr wüsstet, dass alles, was Ihr hier seht, nur Lug und Trug ist. Dass hier niemand freiwillig arbeitet, seit *er* die Macht an sich gerissen hat. Unsere Dienste, unsere Verschwiegenheit, unsere Hingabe, alles ist nur …« Sie hob den Arm. »Nur deswegen.« Wütend rieb sie sich die Tränen von den Wimpern. »Und wer nicht gehorcht oder Fragen stellt oder einfach zur falschen Zeit am falschen Ort ist …« Sie brach ab, ehe sie schluchzen musste. »Wusstet Ihr, dass es eine Folterkammer gibt? Wo er sich an uns und anderen Opfern austobt? Wo er seine Dunkeldornmagie austestet und ihre Grenzen auslotet?«

Kälte umfing mich. Ich hatte das Gefühl, den Boden unter den Füßen zu verlieren und im nächsten Augenblick von einem schwarzen Loch verschluckt zu werden.

Ich hätte es wissen sollen. Oder hatte ich es nicht bereits längst gewusst, es geahnt? Hatte ich mir nicht immer wieder gesagt, dass Ivars Verhalten und seine Versprechungen nur eine Illusion, eine Finte sein könnten, ein Versuch, mich gefügig zu machen? War denn gar nichts echt gewesen zwischen uns?

»Nein, ich hatte keine Ahnung«, hörte ich mich selbst tonlos sagen. »Es tut mir furchtbar leid, Nina.«

»Wieso tut es Euch leid?« Nun war sie diejenige, die nach meinen Händen griff. »Ihr könnt doch nichts dafür.«

Nein, das konnte ich nicht. Und trotzdem schlug das schlechte Gewissen, die unsichtbare Schuld, die ich seit Elver mit mir herumschleppte, der Fluch des Überlebens, mit geballter Wucht zu.

Ich konnte nichts dafür.

Aber ich war hergekommen, um die Dunkeldornen zu zerstören.

Und dieses Ziel hatte ich aus den Augen verloren.

»Wir müssen mich fertig machen«, sagte ich gefasst, obwohl ich am liebsten geschrien hätte. »Der Königsgleiche wird bald hier sein, und er sollte keinen Verdacht schöpfen.«

Er sollte nicht merken, dass Nina sich verändert hatte, aber auch nicht, dass ich mich verändert hatte.

Außerdem würde ich ihn nie mehr Ivar nennen.

23

Ein Ball aus Sternenlicht und Asche

Die Freude über das Kleid, über die Träume, die ich mit dem Königsgleichen für Tensia zu teilen gehofft hatte, die kribbelnde Anspannung – all das war verflogen, als ich neben ihm die lange Wendeltreppe nach unten stieg.

Ich hörte mich selbst reden und lachen, sah mich wie aus einem anderen Blickwinkel heraus eine Person spielen, die ich nicht war. Sogar die Wärme, die die Hand des Königsgleichen an meinem Ellenbogen ausstrahlte, fühlte sich eiskalt an.

Nur mit größter Anspannung gelang es mir, die Informationen aufzuschnappen, die der Königsgleiche in leisen, eindringlichen Worten herunterleierte. Immer wieder wurde ich durch das helle, spitzbübische Funkeln in seinen Augen abgelenkt; durch das feine Lächeln, das an seinen Mundwinkeln zupfte.

Alles nur eine Lüge.

Er war ein Tyrann. Seine ganze Familie wusste das, und jetzt konnte ich ihre Verbitterung besser verstehen. Es lag nicht in ihrer Macht, sich dem Königsgleichen entgegenzustellen. Er war ihnen längst überlegen.

Ich unterbrach den Königsgleichen, als er mir ein Dutzend Namen aufzählte, die ich alle bereits kannte. Die Männer und Frauen des Dunklen Rates. Ich sollte ihnen heute für immer die Dunkeldornmagie wegnehmen.

»Wann?«, fragte ich kurz angebunden.

Der Königsgleiche schien irritiert, hatte sich aber rasch wieder gefangen. »Wann was?«

»Wann kommt deine besondere Efeu-Sorte zum Einsatz?«

»Ah, das meinst du. Nach dem Hauptgang. Mein Vater wird eine kleine Rede zu unseren Ehren halten, und wenn er fertig ist …« Er ließ den Satz unbeendet verklingen.

Womit hast du deinen Vater erpresst?, fragte ich mich. *Oder hast du ihn auch mit Dunkeldornmagie dazu gezwungen?*

»In Ordnung.«

Als wir unten ankamen, konnte ich den Lärm des Festes bereits erahnen. Musik scholl durch die Gänge und füllte sie mit Leben und Fröhlichkeit. Bedienstete hasteten mit Essen und Servierwagen mit noch mehr Essen aus den Küchenräumen nach draußen. Jetzt, da ich Bescheid wusste, fiel mir sofort ins Auge, dass das Personal den direkten Blick scheute. Sie starrten zu Boden oder zur Seite, wenn ich versuchte, ihnen offen ins Gesicht zu sehen.

»Warte doch mal einen Moment.« Als ich weitergehen wollte, hielt der Königsgleiche mich am Handgelenk fest und drehte mich zu sich um. Sein Blick war forsch, fast ein wenig misstrauisch, während er in meinem Gesicht nach einem Zeichen suchte, ob etwas anders an mir war.

»Geht es dir gut?«, fragte er behutsam. »Du bist so still.«

Ich war nicht still. In mir wehte ein Orkan. Konnte er ihn nicht hören?

Ich zwang mich zu einem Lächeln. Zu einem sorglosen,

unbefangenen Lächeln. Und da war auch dieses Flüstern in meinem Hinterkopf, das sich fragte, ob ich ihn nicht doch konfrontieren sollte, ob ich ihn nicht doch nach seiner Sicht fragen sollte, ob das alles nicht nur ein großes Missverständnis war und …

Nein. Ich hatte meine Seite gewählt. Die Zeit für Verständnis war vorbei.

Innerlich gab etwas in mir auf. Ich konnte den Königsgleichen nicht retten. Die Faszination, die Hoffnung, aus ihm, aus *uns*, etwas Besseres formen zu können … All das löste sich in Luft auf. Nein, ich konnte ihn wirklich nicht retten. Nicht heute und auch nicht morgen. Vielleicht wäre es möglich, ihn aus seinem Abgrund zu ziehen, wenn mir Jahre zur Verfügung stünden, wenn ich wirklich eine echte Gelegenheit hätte, ihm zu zeigen, dass Macht, Rache und Einfluss nicht alles im Leben waren, dass es viel mehr gab. Wenn es überhaupt in meiner Verantwortung lag, einen anderen Menschen zu retten, dem die Macht über alles ging.

Ich konnte den Königsgleichen nicht retten. Das war auch nicht meine Aufgabe. Aber ich konnte etwas anderes; etwas, das ich inzwischen als meine Bestimmung ansah.

Ich konnte Tensia vor *ihm* retten.

Also hob ich das Kinn und erwiderte seinen Blick fest; so fest, wie es eine Ebenbürtige tun würde. »Ja«, sagte ich klar. »Es ist alles in Ordnung. Ich bin nur etwas angespannt, aber das wird sich legen.«

»Sehr gut«, nickte er und wollte weitergehen, aber nun war es an mir, ihn zurückzuhalten.

»Das Weißlilienfußpulver«, sagte ich, »es betäubt nur die Angehörigen des Dunklen Rates, oder? Die Bediensteten und deine Familie … ihnen schadet es nicht?«

Er schaute überrascht. »Natürlich nicht.«

»Hat es eine Auswirkung auf sie? Betäubt es sie trotzdem, schlafen sie oder dergleichen?«

»Nein. Sie werden vermutlich husten, weil es ihnen in der Nase kitzelt.« Wieder lächelte er. »Und du und ich werden nicht damit in Berührung kommen. Dafür sorge ich. Bleib nur eng bei mir und weiche nicht von meiner Seite.«

Ich nickte. Nichts lieber als das.

Der Königsgleiche trat unruhig von einem Bein aufs andere, ehe er den Blick an mir herabwandern ließ. »Ich habe es dir noch nicht gesagt, aber du siehst wunderschön aus«, murmelte er leise.

Innerlich stimmte ich ihm zu. Nina hatte, nachdem sie sich beruhigt hatte, alles gegeben. Sie hatte mein Haar offen frisiert und nur einen kleinen Teil am Oberkopf zusammengebunden, damit mir die Haare bei meiner wichtigen Aufgabe nicht ständig ins Gesicht fielen. Dazu hatte sie meine Augen rauchgrau und meine Lippen schwarz geschminkt. Ich sah aus wie ein wahr gewordener Sternenhimmel. Niemand würde mehr die junge Frau in mir finden, die sich vor einigen Wochen auf den Straßen Florentias auf der Flucht befunden hatte.

Ich ertrug das Kompliment kaum. Trotzdem rang ich mir ein dankbares Lächeln ab und schlug den Blick nieder, damit er nicht sah, dass ich ihm am liebsten an die Gurgel gegangen wäre.

»Dann komm«, sagte er und hielt mir seine Hand hin. »Gehen wir es an.«

Ja, gehen wir es an.

Der Ballsaal war prächtig geschmückt. War er zuvor schon erhaben und wunderschön gewesen, so hatten die Bediensteten unter der widerwilligen Anweisung der Dornenkönigin alles gegeben, den Saal in einen verspielten, funkelnden Ort der Feierlichkeit zu verwandeln. Die Lichterketten, deren Anbringung ich am Vortag schon im königlichen Garten bezeugt hatte, waren auch hier an Wänden und Decken aufgehängt worden, sodass der Raum von einem halb schattigen, halb schimmernden Leuchten erhellt wurde. Der Efeu hatte sich über Nacht – zweifellos als Folge der Dunkeldornmagie des Königsgleichen – über den halben Raum ausgebreitet und bedeckte nun auch zum Teil die marmornen grauen Wände. Die Tische waren nicht nur mit fast fünfzig Gedecken versehen, sondern auch selbst ein Lichtermeer, auf dem unzählige Kerzen flackerten.

In der Mitte der hufeisenförmigen Tischformation befanden sich zwei steinerne Stühle, die in der Nacht herangeschleppt worden sein mussten. Dort hatten der Dornenkönig und die Dornenkönigin Platz genommen und zierten damit einen Thron, der keiner war, zumindest nicht für sie. Neben mir erstarrte der Königsgleiche bei diesem Anblick, hatte sich aber schnell wieder im Griff.

Erträgst du es nicht, jemand anderen auf deinem Platz zu sehen, selbst wenn es deine eigenen Eltern sind?, hätte ich gern gefragt.

Der Saal war außerdem voller Menschen. Ich wusste, dass einige von ihnen gewöhnliche Adelige waren. Doch nur der Dunkle Rat und einige angesehene Dunkeldornmagierfamilien, von denen er ausging, dass sie sich nicht auf seine Seite schlagen würden, gehörten tatsächlich zu denjenigen, die der Königsgleiche heute eliminieren wollte.

Als wir Seite an Seite durch die hohen Flügeltüren schritten, brachen die lauten Gespräche ab. Nur die Musik des kleinen Orchesters, das im hinteren Teil des Saals untergebracht war, spielte in gemäßigter Lautstärke weiter und verhinderte so eine angespannte Stille.

Der Königsgleiche tat, als nähme er all die Blicke, die auf uns lagen, nicht wahr. Ohne nach links oder rechts zu sehen, stolzierte er über das Parkett der Tanzfläche und hielt dabei meine Hand fest, um jeder anwesenden Person zu demonstrieren, dass ich zu ihm gehörte und zu niemand anderem sonst.

Nach und nach fielen die Versammelten in eine Verbeugung. Nur ein paar Personen blieben aufrecht stehen, als wir sie passierten.

Der Dunkle Rat.

Der Dunkle Rat, der mit dieser fehlenden Verbeugung einmal mehr demonstrierte, dass er das wahre Machtmonopol in Tensia war, auch wenn die Dornenfamilie offiziell das Herrscher-Amt innehielt.

Der Druck um meine Finger verstärkte sich. Es fiel dem Königsgleichen offenbar schwer, diese offensichtliche Respektlosigkeit, die die anwesenden Mitglieder des Dunklen Rates ihm entgegenbrachten, auszuhalten, ohne dass man ihm seinen Zorn ansah. Der Schatten, der um ihn herumwallte, war unruhig und dicht und hüllte zum Teil auch mich ein. Und jedes Mal, wenn er das tat, stellten sich mir die Nackenhaare auf.

Diese Art von Dunkeldornmagie, die ihn umgab, fühlte sich noch dunkler, noch bösartiger an als jene, die aus dem natürlichen Dunkeldorn gemacht wurde. Sie musste verschwinden. Sie musste endlich aus Tensia verschwinden.

Wir hatten unsere Plätze auf der rechten Seite des Dornenkönigs erreicht und setzten uns. Die Gespräche, die kurzzeitig abgebrochen waren, wurden wieder aufgenommen, und ich atmete kurz durch, weil ich froh war, für einige Augenblicke nicht mehr im Fokus der Aufmerksamkeit zu stehen. Zu meiner Erleichterung fuhr im nächsten Augenblick Estelle an meine freie Seite.

»Na, aufgeregt?«, raunte sie mir zu, und tatsächlich fiel mir bei ihrem Anblick ein Stein vom Herzen.

»Es geht«, flüsterte ich zurück und lehnte mich zu ihr. »Ich freue mich, dass du meine Sitznachbarin bist. Ich hatte schon Angst, mir von irgendeinem alten Mann Vorträge über langweilige Themen anhören zu müssen.«

»Und woher willst du wissen, dass ich dir keine Vorträge über langweilige Themen halte?«

»Hoffnung«, gab ich zurück. »Reine Hoffnung.«

Estelle senkte feierlich den Blick. »Dann sei sie dir gegönnt.«

Ich lächelte und versuchte, mich zu entspannen. Von hinten erschien plötzlich ein Arm und stellte vor mir zwei gefüllte Gläser ab: eines mit Wasser und eines mit dunkelrotem Wein gefüllt.

»Kannst du mir sagen, wer hier wer ist?«, fragte ich, nachdem ich einen großen Schluck Wasser getrunken hatte. Trotzdem blieb mein Mund vor Nervosität staubtrocken.

»Von wem willst du denn die Namen wissen?«

Ich hielt das Wasserglas mit meinen Fingern umklammert. »Die Namen kenne ich. Mich würde nur vor allem beim Dunklen Rat interessieren, welcher Name zu welchem Gesicht gehört.«

Natürlich hatte der Königsgleiche mir das alles grob skizziert, aber nun, da die beschriebenen Personen sich bunt gemischt unter den anderen Gästen bewegten und sie alle dieselbe Kluft wie die übrigen Dunkeldornmagier trugen, fiel es mir schwer, die Anwesenden auseinanderzuhalten.

Einzig die Hohe Rätin Malefizia kannte ich, die schon auf der rechten Seite der Tafel saß, welche explizit für den Dunklen Rat vorgesehen war und mir das Auseinanderhalten zumindest auf diese Weise erleichterte. Verstohlen legte ich den Kopf ein wenig in den Nacken. Hoch oben über der rechten Seite des Saals, wo die Angehörigen des Dunklen Rates saßen, hatte sich das Efeu kaum merklich verdichtet, als spürte es, wo sich das Ziel des späteren Angriffs befand – oder als lenkte der Königsgleiche es bereits in diese Richtung.

»Am Tisch sitzen schon vier Ratsmitglieder«, riss mich Estelle aus meinen Gedanken. »Malefizia, die am unteren Ende sitzt, weil sie uns am wenigsten leiden kann und deswegen am meisten Abstand hält, ist die Vorsitzende des Hohen Gerichts. Der junge Mann neben ihr, Theodor, mit dem sie sich gerade unterhält, wird als Anwärter auf ihre Nachfolgerschaft gehandelt, allerdings bezweifle ich, dass sie sich in nächster Zeit zur Ruhe setzt. Dunkeldornmagier, die einen Sitz im Dunklen Rat innehalten, sind nicht dafür bekannt, ihre Macht freiwillig abzugeben. Meistens endet das in Blutvergießen, spurlosem Verschwinden oder Giftmorden.« Sie schwenkte das Weinglas, das sie in der Hand hielt und an dem sie genüsslich nippte. »Weswegen wir an Tagen wie diesem auch mehr Vorkoster als sonst beschäftigen. Man weiß ja nie, ob man am Ende nicht unbeabsichtigt oder beabsichtigt in die Schusslinie eines Giftanschlags gerät.«

»Verständlich«, murmelte ich und begutachtete mein Glas mit neuem Argwohn.

»Die beiden älteren Damen mit der totenbleichen Haut

daneben sind Aeleria und Aelara. Ich weiß, schwierig auseinanderzuhalten. Die beiden sind Zwillinge und galten früher als größte Dunkeldornmagierinnen, die je auf dieser Erde gewandelt sind. Mittlerweile ist ihre Macht allerdings fast erloschen. Trotzdem wagt es niemand, ihnen den Garaus zu machen und ihre Positionen im Dunklen Rat für sich zu beanspruchen, weil es einen Mythos über einen seltenen Fluch gibt.«

»Was für ein Fluch?«

Estelle kicherte. »Kindlicher Aberglaube, wenn du mich fragst. Wer je Hand an die beiden legt, soll angeblich auf der Stelle tot umfallen und als Feldarbeiter wiedergeboren werden.«

Mir blieb die Spucke weg. »Das ist aber nicht sehr nett. Feldarbeiter zu sein ist nichts Ehrenloses. Nichts, für das man sich schämen müsste.«

Die Schwester des Königsgleichen winkte ab. »Natürlich, aber du wolltest es wissen. Ich glaube ohnehin, dass das nur grober Unfug ist, den Aeleria und Aelara zu ihrer eigenen Sicherheit damals vorausschauend für ihre Altersvorsorge in die Welt gesetzt haben. Aber da sich auch die Prophezeiungen um den Königsgleichen bewahrheitet haben, sind die Dunkeldornmagier doch vorsichtiger im Umgang mit Voraussagen geworden.«

»Kluge Strategie«, murmelte ich. »Ich finde sie trotzdem ziemlich abwertend.«

»Oh, schau«, wisperte Estelle und riss die Augen auf. »Das muss Ida sein, die da gerade den Saal betritt. Sie ist das neueste Mitglied des Dunklen Rates. Ich glaube, sie ist erst vor wenigen Wochen aufgenommen worden, als jemand anderes, äh, nicht von einer Urlaubsreise zurückgekehrt ist.«

Mein Blick blieb an der jungen, selbstbewussten Frau mit olivfarbener Haut und kurzen dunklen Haaren hängen, die gerade mit schwebenden Schritten an Malefizia und Theodor vorbeiging und ihnen zunickte.

»Hüte dich vor ihr«, sagte eine Stimme dicht an meinem Ohr. Es war der Königsgleiche, der sich von der anderen Seite aus zu mir gelehnt hatte. »Sie ist die Skrupelloseste von allen und hält nicht viel davon, es zu verbergen. Außerdem kann sie Menschen ohne Dunkeldornmagiebegabung nicht ausstehen.«

Du doch auch nicht, dachte ich und ballte unter dem Tisch die Hände zu Fäusten. Die schwarzen Linien auf Ninas Körper waren in meinen Gedanken allgegenwärtig. Und die scheuen Blicke der Bediensteten, die alles taten, um die teils gelangweilte, teils boshafte Besucherschaft zufriedenzustellen.

»Wo sind die anderen sieben?«, fragte ich nun wieder Estelle.

Sie zuckte die Schultern. »Anscheinend noch nicht da. Ich habe sie bislang nicht gesehen.«

Ich wünschte, Estelle hätte Zeit gehabt, mir auch die übrigen Dunkeldornmagier vorzustellen, die sich ebenfalls auf der Abschussliste des Königsgleichen befanden, als die Musik leiser wurde und das Orchester sein Lied ausklingen ließ. In die einsetzende Stille hinein erhob sich der Dornenkönig mit aller Würde, die ihm angesichts der schwierigen Umstände möglich war.

»Willkommen in unseren königlichen Hallen«, sagte er. Auf seinem nur ansatzweise ergrauten Haupt trug er die Dornenkrone, und über seinen Schultern lag ein schwarzer Mantel mit silbernen Stickereien. Es war ein kleiner, subtiler und doch erkennbarer Unterschied, eine winzige Abwertung im Vergleich zu den Dunkeldornmagiern mit ihren goldenen Stickereien.

Die Anwesenden, die bislang noch in Gruppen zusammengestanden und sich unterhalten hatten, stellten ihre Gläser auf Tabletts ab, mit denen die Bediensteten herangeeilt waren, und begaben sich zu den Tischen. Ein paar wenige blieben am Rande des Saals stehen, als wollten sie mit der schieren Weigerung, sich zu setzen, Überlegenheit demonstrieren.

»Willkommen und herzlichen Dank, dass alle so zahlreich zu diesem freudigen Ereignis erschienen seid!«

»Von wegen *freudig*«, raunte der Königsgleiche in mein Ohr. Er hatte seinen Arm locker auf meine Lehne gelegt, sodass ich am liebsten unruhig auf dem Stuhl hin und her gerutscht wäre, weil ich mich eingeengt fühlte.

»Wie ihr unserer öffentlichen Ankündigung in dieser Woche bereits vernehmen konntet, hat mein jüngster Sohn beschlossen, in den Hafen der Ehe einzufahren und die Verlobung mit dieser jungen Dame einzugehen.«

Getuschel setzte ein, als die Blicke aller Anwesenden auf mich fielen und ich regelrecht von ihnen seziert wurde. Einige schienen mich wiederzuerkennen, und zum ersten Mal wurde mir bewusst, dass neben Professorin Weisdorn sicher auch anderes Lehrpersonal oder angesehene Forschungskräfte aus der Universität anwesend waren.

»Wir könnten uns kaum glücklicher schätzen, welch weise, bodenständige und dem Volke dienliche Gefährtin sich unser Sohn ausgesucht hat. Mit Opal Erlbaum, einer Feldarbeiterin, ist die Dornenfamilie bald noch näher an unser geliebtes Volk herangerückt. Es ehrt uns sehr, die Einfachheit dieser Leute besser kennenzulernen.«

Es fiel mir unsäglich schwer, nach vorne zu schauen und

keine Miene zu verziehen, während ich gerade vor den Augen aller vom Dornenkönig auf diese wenig subtile Weise beleidigt wurde. Vielleicht war das der Weg, seinem Sohn gegenüber doch noch Widerstand zu zeigen oder ihm die Suppe zu versalzen, denn ich konnte die nur mühsam im Zaum gehaltene Wut des Königsgleichen neben mir förmlich fühlen.

»Aber nun genug der Worte. Wir haben nicht umsonst ein prächtiges Mahl und die beste Musik des Landes kommen lassen, um ausgiebig zu feiern und eine neue Ära für Tensia einzuläuten. Genießt die Nacht, die für uns alle sicherlich unvergesslich sein wird.«

Eine neue Ära für Tensia. So konnte man die Umsturzpläne des Königsgleichen auch nennen. Oder seine Lügen.

Das Orchester setzte zu einem fröhlichen Lied an, das mich seltsamerweise an eines erinnerte, das Nan früher oft gesungen hatte, wenn Sina und ich noch zu aufgekratzt vom Tag gewesen waren und nicht hatten schlafen wollen. Die Erinnerung war so plötzlich und lebendig da, dass sie mir die Tränen in die Augen trieb und ich fast dankbar den Teller nahm, den ein Küchenmädchen vor mir abstellte. Darauf dampfte ein köstlich riechendes Mahl aus in schmale Scheiben geschnittenen und mit Rosmarin gewürzten Kartoffeln, einem Stück zartrosafarbenem Rindfleisch in dunkler Soße, bei dessen Anblick sich mein Magen kurz hob, und blanchierten grünen Bohnen in einer helleren, cremigen Soße. Ich hielt die Gabel mit der linken Hand umklammert, aber mein Hals fühlte sich an wie zugeschnürt. Wie sollte ich jetzt auch nur einen Bissen runterbekommen, wenn gleich … wenn gleich … nach dem Hauptmahl …

Der Königsgleiche schien meinen inneren Kampf zu begreifen, denn er lehnte sich in einer liebevoll anmutenden

Geste zu meinem Ohr, während er mit der Hand zärtlich über mein Haar streichelte.

»Du siehst aus, als würdest du dich gleich übergeben?«, murmelte er fragend.

»So fühle ich mich auch.« Das war zumindest nicht gelogen, wenn auch aus anderen Gründen, als er annahm. In mir wuchs die Verzweiflung, weil ich nicht wusste, was ich tun sollte. Ich durfte dem Königsgleichen nicht helfen. Aber was sollte ich stattdessen tun? Sollte ich mich mit dem Hinweis, dass mir nicht wohl sei, entschuldigen? Was könnte er vor der versammelten Schar an Gästen schon dagegen tun? Er würde mich wohl kaum dazu zwingen, neben ihm sitzen zu bleiben, weil er sich damit verdächtig machen würde. Aber was würde er mir nach dem Fest antun? Würde er dann die Maske fallen lassen?

Er hatte in einem Vertrag geschworen, mir nichts zu tun. Nein, mich nicht zu *töten*.

Aber würde das auch dann noch gelten, wenn ich meinen Part nicht einhielt?

Doch, sein Teil des Vertrages war bindend, nur meiner nicht.

»Iss wenigstens ein paar Bissen, damit es so aussieht, als würdest du das Fest genießen«, raunte er und hauchte mir einen flüchtigen Kuss auf die Schläfe, bei dem sich meine Übelkeit mehrte.

Ich spießte eine Kartoffelscheibe auf und schob sie zwischen meine Lippen. Mit mühsam aufgesetzter fröhlicher Miene kaute ich darauf herum, bis sie nur noch Brei in meinem Mund war. Es dauerte eine Ewigkeit, bis ich auf diese Weise einige Scheiben und drei Bohnen heruntergewürgt hatte. Zum Glück lenkte Estelle, die meine Unruhe zu spüren schien, mich ab, indem sie mir peinliche Geschichten von den adeligen Familien erzählte, die mir hier und da ein Grinsen entlockten.

Aber nichts davon konnte den Sturm in meinem Kopf zur Ruhe bringen. Ich war gefangen zwischen zwei Lagern, die beide nichts Gutes für den Großteil Tensias im Schilde führten und Politik machten, die für viele Menschen schädlich war. Ich musste raus hier. Musste Zeit schinden, musste mehr in Erfahrung bringen, musste besser und stärker werden, musste …

Eine Hand erschien vor mir und nahm den Teller mit, auf dem ich das übrige Essen hin- und hergeschoben hatte.

Nach dem Hauptmahl.

Nach.

Dem.

Hauptmahl.

Das war jetzt.

Endlose Panik raste durch meine Venen und setzte meinen Körper von innen in Flammen, während ich äußerlich zu einer Statue erstarrte. Ich hatte das Gefühl, die Kontrolle über mich zu verlieren und nicht mal einen Finger rühren zu können.

»Opal?« Die Stimme des Königsgleichen war sanft, und trotzdem hörte ich den Unterton genervter Ungeduld, die er verbergen wollte, um mich nicht mehr unter Druck zu setzen. »Verlier jetzt bitte nicht die Nerven, ja? Wir sind so nahe dran.«

Nein, DU bist so nahe dran.

»Ich brauche frische Luft«, sagte ich und stand unvermittelt auf. Ohne den Königsgleichen zu beachten, schob ich den Stuhl zurück und verließ meinen Platz. An der linken

Seite des Saals stand eine schmale Tür offen, die nach draußen auf die Terrasse führte, von der aus sich ein von Blumen gesäumter Weg aus Kieselsteinen zum geschmückten Garten wand. Dorthin zog es mich. Ich brauchte einen Moment, um wieder klar denken zu können.

Kurz machte der Königsgleiche Anstalten, mir zu folgen, doch die neugierigen Blicke der anderen hielten ihn davon ab, aufzuspringen und mir nachzulaufen. Er wollte ihnen keinen Anlass bieten, über uns zu tuscheln, und ihren Argwohn nicht wecken.

Es war früher Abend, und die Sonne stand noch am Himmel. Ich stellte mich unter den Schatten eines Baumes, in dessen Ästen sich die Lichterketten für die nächtliche Feier verfangen hatten, die nach den Plänen des Königsgleichen gar nicht mehr stattfinden würde.

Es war brütend heiß, und ich sehnte die Kühle der Nacht herbei, die mir auch das Grübeln erleichtert hätte.

»Zu viel Trubel da drinnen?«

Mir gefror das Blut.

Sie ist die Skrupelloseste von allen und hält nicht viel davon, es zu verbergen.

Ich hatte die Stimme des Königsgleichen noch im Kopf, als die jüngste Dunkeldornmagierin auf mich zukam. Ihre Bewegungen waren flüssig, fast gleitend wie die einer Katze, die sich an ihre Beute heranpirschte. War ich ihre Beute?

»Ein bisschen«, antwortete ich betont freundlich.

»Nicht gewohnt, nehme ich an?«, hakte sie nach und schnappte sich ein Glas Wein, nachdem sie eine junge Dienerin herangewinkt hatte.

»Den Trubel? Nein.« Ich war auf der Hut. »Auf den Plantagen gibt es eher eine andere Art von Trubel.«

»Einen, der vermutlich nicht minder gefährlich, aber dafür nicht ganz so heimtückisch ist«, mutmaßte Ida und nippte mit gelangweilter Miene an ihrem Glas. »Die Plörre ist wirklich ekelhaft, wisst Ihr?« Sie schwenkte das Glas in ihrer Hand. »Man sollte meinen, beim Königsgleichen gäbe es etwas Ordentliches zu trinken, wenn wir schon allesamt auf der Matte stehen müssen.«

»Ihr habt offenbar noch nie eng mit dem Dunkeldorn gearbeitet«, erwiderte ich. »Sonst würdet Ihr nicht davon sprechen, dass er weniger heimtückisch ist als eine Gruppe Adeliger oder Dunkeldornmagier.«

Ida lachte schallend. »Ihr habt einen morbiden Humor, das gefällt mir. Andere, die an der Universität studiert haben, würden Euch vielleicht darin widersprechen, dass wir nie eng mit dem Dunkeldorn gearbeitet haben. Aber vermutlich stimmt das im Vergleich zu dem, was Ihr auf den Plantagen geleistet habt, wo es kaum Sicherheitsvorkehrungen gibt.«

Ich nickte und sagte nichts. Eigentlich hoffte ich, dass die Dunkeldornmagierin den Rest ihres Weins trank und sich dann verzog, damit ich mich wieder mit meinem Dilemma beschäftigen konnte, ehe der Königsgleiche sich aus dem Saal loseisen und mir auf den Leib rücken konnte. Aber sie schien ebenso wenig Eile zu haben wie ich, in den spannungsgeladenen Saal zurückkehren zu wollen.

»Das sind nette Lichterketten, die hier überall verteilt wurden«, sagte Ida dann in einem leisen Singsang. »Ich würde ja zu gern mal sehen, wie sie funktionieren.«

»Da müsst Ihr wohl bis zum Anbruch der Nacht warten.« Ich zuckte mit den Schultern.

»Ach, muss ich das?«

Sie hob die freie Hand in einer fast lässigen Bewegung,

und der Schatten der Dunkeldornmagie schoss aus ihren Fingerspitzen, wie ich es noch nie gesehen hatte. Beim Königsgleichen hatte der Schatten seinen Körper immer wie eine Aura umgeben, während die Dunkeldornmagie Ida kaum berührte, als würde sie sie von sich selbst fernhalten.

Im nächsten Augenblick war Nacht um uns. Wir waren allein unter einer Kuppel aus Finsternis: Ida, der Baum mit seinen Lichtern und ich.

Ich starrte Ida an, die Beine leicht gespreizt gegen einen möglichen Angriff und die Hände abwehrend erhoben.

»Das kam überraschend«, murmelte ich.

»Das zeugt nur davon, wie schlecht der Königsgleiche Euch unterrichtet und vorbereitet hat«, antwortete Ida und zuckte die Schultern. »Er hat Euch nur das Nötigste gezeigt, um die Kontrolle über Euch zu behalten. Ein ziemlich kluger und zugleich unglaublich schwacher Zug. Sein Ego ist eben doch bedeutend größer als seine Voraussicht.«

Ich blieb in meiner kampfbereiten Haltung. »So oder so wird er gleich hier auftauchen. Eure Darbietung wird nicht lange unbemerkt bleiben.«

»Da liegt Ihr richtig. Uns bleibt also nicht viel Zeit, Euch hier herauszubekommen.«

»Mich?« Ich kniff die Augen zusammen.

Ida runzelte besorgt die Stirn. »Habt Ihr einen Schlag vor den Kopf bekommen?«

»Nein, ich … Wieso solltet Ihr mich aus dem Schloss holen wollen?«, hakte ich argwöhnisch nach. »Oder anders gefragt: Wieso sollte ich mit Euch kommen wollen?«

Ida grinste. »Schau, Opal, ich darf dich doch so nennen, oder? Lass uns ein wenig freundschaftlicher miteinander umgehen, die Zeit muss sein. Wir wissen sehr gut, wer du bist und was du kannst und mit welcher Motivation der Königsgleiche so verzweifelt nach dir hat suchen lassen. Auch wenn er die Universität auf seine Seite gebracht hat, bedeutet das nicht, dass der Dunkle Rat nicht trotzdem Spioninnen vor Ort hat. Wir wissen, dass du eine Entgifterin bist, Opal. Und wir wissen, wozu der Königsgleiche dich eingespannt hat.«

»Großartig«, war das Einzige, was mir einfiel. Ich war hier und jetzt der Spielball zwischen zwei riesigen Mächten.

»Finde ich auch«, pflichtete Ida mir bei. Das breite Kichern verschwand allerdings im nächsten Moment, als ein gewaltiger Schlag die Kuppel aus Dunkelheit zerstörte und die Lichter über unseren Köpfen ins Wanken gerieten.

»Sieh an, unser kleines Stelldichein wurde bemerkt«, seufzte Ida. »Deshalb mache ich es kurz: Lass uns zurück zum Essen gehen. Und wenn du dich uns anschließen willst, halte dich nach dem Nachtisch bereit.«

Nach dem Nachtisch. Wieder zog sich alles in mir zusammen.

Die Dunkelheit, die aus Idas Fingern sprühte, wurde intensiver und verwandelte sich in etwas Dunkelrotes, das immer heller aufleuchtete.

Es verwandelte sich in Feuer, in Hitze, ich konnte kaum atmen und musste die Hände vor die Augen schlagen, weil ich geblendet wurde.

Ida zischte leise, dann breitete sich die Feuerbrunst um uns herum aus, ehe sie in die Hände klatschte und die Flammen mit einem Mal kleiner wurden. Das Gras rings um uns herum kokelte und rauchte, und auch der arme Baum sah mitgenommen an. Seine Rinde glühte an manchen Stellen wie Kohle.

»Das ist mein Ernst«, sagte Ida drängend. »Halte dich bereit und achte auf meine Signale.«

»Aber …«

Ida fuhr zu mir herum. Ihre dunkelgrünen Augen blitzten nicht mehr, sondern starrten mich berechnend und kalt vor Wut an. »Du wirst sterben, wenn du hierbleibst. Du kannst das Risiko eingehen, dass auch wir dich abseits des Schlosses töten wollen, wenn es das ist, worüber du dir Sorgen machst, oder stattdessen bei ihm bleiben, wo du dir dessen gewiss sein kannst. Es ist deine Entscheidung. Im Gegensatz zum Königsgleichen zwingen wir niemanden zu irgendetwas.«

Außer die Männer und Frauen auf den Plantagen, euer Magiezeug anzubauen. Unter dem Einsatz ihres Lebens.

Aber ich wusste, dass dies nicht der richtige Ort war, um dergleichen zu besprechen, also wog ich innerhalb von Sekunden ab. Ida hatte recht. Mir blieb nicht wirklich eine Wahl.

»Hallo, Ida.«

Der Königsgleiche trat uns in den Weg. Riesige schwarze Schwaden zischten um ihn herum. So mächtig hatte ich ihn noch nie gesehen, und ich hätte schwören können, dass mir alle Farbe aus dem Gesicht wich.

»Oh, hallo, Ivar.« Ida grinste ihn rotzfrech an, doch da ich so dicht neben ihr stand, konnte ich sehen, wie angespannt ihre Muskeln waren. Sie war kampfbereit und rechnete jeden Augenblick mit einem Angriff.

»Ich glaube, du willst da etwas mitnehmen, das mir gehört«, sagte der Königsgleiche gedehnt. »Das kann ich leider nicht dulden.«

»Nein, da liegst du falsch, mein Lieber.« Idas Hand sauste in schnellem Tempo durch die Luft, und im nächsten Augenblick waren die spärlichen Flammen um uns herum gänzlich fort. Nur leichter Rauch, der von den verkohlten Grashalmen aufstieg, blieb zurück.

»Ach?« Der Königsgleiche zog eine Augenbraue hoch, als ich mich an Ida vorbeischob und zu ihm eilte. Sollte er doch glauben, dass ich Schutz bei ihm suchte.

»Ich wollte mit deiner Verlobten ein Gespräch unter Frauen führen. Glaubst du wirklich, ich will das Festmahl verpassen, indem ich hier einen Streit mit dir anfange?«, fragte sie und grinste mich an. Meine Miene war wie versteinert.

Der Königsgleiche wirkte nicht sehr überzeugt, was ich ihm kaum verdenken konnte. Aber er wusste, dass er hier und jetzt zwar unter Umständen eine Chance gegen Ida hätte, nicht aber gegen die anwesenden Mitglieder des Dunklen Rates, wenn der Ida zu Hilfe eilen sollte.

Er versuchte, seine Anspannung zu verbergen, und grinste nun seinerseits.

»Ein Gespräch unter Frauen also«, murmelte er gedehnt.

»Genau«, sagte Ida und stolzierte an uns vorbei. »*Ein letztes Mal* vor eurer wunderbar niedlichen Hochzeit.«

Ein letztes Mal.

Sie betonte die Worte nicht sonderlich auffällig, aber der Blick, den sie mir dabei zuwarf, war so eindringlich, als wollte sie mir damit etwas sagen, was Worte nicht vermochten. Als wollte sie mich dazu zwingen, die Bedeutung hinter diesen simplen drei Worten zu erkennen.

Ein letztes Mal.

Julians und meine Worte. Das konnte kein Zufall sein. Oder doch?

Julian, bist du dafür verantwortlich? Ist das ein Zeichen von dir? Soll ich … Kann ich Ida vertrauen?

Beinahe hätte ich zu zittern begonnen, so sehr waren mein Körper und meine Gedanken in Aufruhr. Doch mir blieb keine Gelegenheit, Ordnung in meinen Kopf zu bekommen. Die Hand des Königsgleichen schob sich unter meinen Ellenbogen, und er zog mich bestimmt wieder nach drinnen, zurück an meinen Platz, wo er mich mit seinem Körper davon abhielt, erneut die Flucht anzutreten. Ich ließ mich auf meinem Stuhl nieder. Auf der Tischplatte standen bereits unzählige Platten mit Süßspeisen, Quark, Pudding, Pralinen und Kuchen. Während meiner Abwesenheit war alles aufgetragen worden.

Aber ich konnte nicht an Essen denken, ich konnte nicht lächeln, nicht dem Königsgleichen lauschen, der mir ins Ohr zischte, mich gefälligst zusammenzureißen, weil es nach meiner Flucht nun jeden Moment so weit sein musste. Ich konnte nur an diese drei Worte denken und musste mich beherrschen, nicht alle paar Sekunden flehentlich zu Ida hinüberzustarren, die mit zufriedener und zugleich angewiderter Miene in ihrem Pudding herumstocherte.

Was sollte ich jetzt tun?

Das Orchester begleitete das Essen und die angeregten Gespräche am Tisch mit leiser Musik, die mich noch mehr in Unruhe versetzte, weil sie das Denken erschwerte.

Was zur Hölle sollte ich nur tun?

Der Königsgleiche beugte sich zu mir. Für Außenstehende sah es aus, als würde er mir einen liebevollen Kuss auf die Wange hauchen und mir zärtliche Worte ins Ohr wispern.

»Weil du den ersten Zeitpunkt vermasselt hast, machen wir es jetzt gleich. Wenn die Bediensteten die Teller abräumen und alle für einen Moment abgelenkt sind …« Sein Blick wanderte bedeutungsschwer zu dem schwarzen Efeu über uns.

Heilige Dornenmutter, ich habe nie um etwas gebeten, deswegen flehe ich dich an, gib mir ein Zeichen.

Aber waren Idas Worte nicht ein Zeichen gewesen? Sie kannte Julians und mein Ritual. Hatte sie es von ihm?

Mir blieb nicht viel Zeit, weiter abzuwägen. Im nächsten Augenblick geriet alles außer Kontrolle, und es fühlte sich an, als würde die Welt vor meinen Augen explodieren.

Weißer Nebel rieselte von oben herab, und obwohl die Dunkeldornmagier des Dunklen Rates blitzschnell reagierten, waren sie dennoch zu langsam, um aufzuhalten, dass der feine Staub, der da auf sie niederfiel, ihre Haut berührte und in ihre Atemwege drang. Schreie des Zornes gellten durch den Raum, und die Musik des Orchesters erstarb, als ein mächtiges Beben den Saal erschütterte.

Der Dunkle Rat würde sich nicht kampflos ergeben, das wusste ich.

Der Königsgleiche schob, umgeben von Dunkeldornmagie, die ihn pulsierend umfing, seinen Stuhl zurück. Ein triumphierendes, wildes, bösartiges Lächeln verunstaltete sein schönes Gesicht.

Doch der Dunkle Rat gab nicht auf. Die Zwillinge, die mir als alt, machtlos und tatterig beschrieben worden waren, hatten ihre Plätze nicht verlassen. Fast entspannt hatten sie die Hände erhoben und einen Schutzschild aus einer milchig schimmernden Schicht über sich und die anderen Mitglieder geworfen, das den restlichen Weißlilienfuß abschirmen und sie nicht weiter schwächen sollte.

»Jetzt, Opal«, sagte der Königsgleiche drängend. Mein Instinkt schien ihm gehorchen zu wollen, ich konnte die Dunkeldornmagie überall in meinem Körper spüren, als wäre sie ein Orkan, der durch mich hindurchwehte. Wie Lebensadern, die sich von den anwesenden Dunkeldornmagiern über den Boden zu mir schlängelten und nach denen ich einfach greifen musste, um sie zu zerstören.

Aber etwas hielt mich zurück.

Etwas ließ mich zögern.

Etwas.

Jemand.

Ein letztes Mal.

Eine Feuersalve strömte heiß durch den Saal und schoss in die Höhe. Mit schützend über den Kopf geschlagenen Händen warf ich mich unter den Tisch, aber die Flammen zielten nicht auf mich oder den neben mir stehenden Königsgleichen: Sie verbrannten den Efeu über uns.

Idas lautes, wenn auch angestrengtes Lachen hallte durch den Raum, sie kicherte, während Flammen aus ihren Fingern züngelten.

»Mehr hast du nicht zu bieten, Ivar?«, fragte sie.

Ida. Ich musste zu ihr. Ich musste irgendwie zu ihr. Sie war meine einzige Möglichkeit, hier rauszukommen.

Der Königsgleiche ignorierte sie, zerrte mich vom Boden hoch. Dann schlug er mich ins Gesicht. »Ich habe jetzt gesagt«, brüllte er.

Und obwohl ich nicht hätte überrascht sein sollen, zuckte ich zurück, und der letzte Zweifel, der vielleicht irgendwo in mir gelauert hatte, verschwand.

Ich starrte ihn an, diesen Mann, den ich immer noch nicht kannte, der mir das beeindruckendste Theaterstück überhaupt vorgespielt hatte, und spuckte dann neben ihn auf den Boden.

»Ich würde lieber sterben, als dir zu helfen«, sagte ich. Ich wandte mich um und wollte rennen, wollte nur fort von ihm, aber der Königsgleiche reagierte blitzschnell und hechtete mir nach. Brutal packte er mein Handgelenk und riss mich so heftig zurück, dass ich taumelte und wertvolle Sekunden verlor.

Von draußen stürmten Uniformierte rein, während die Mitglieder des Dunklen Rates sich mit Feuer, Wind und Schatten einen Weg freikämpften. Ich sah, dass Ida zurückblieb, dass sie darauf wartete, dass ich zu ihr rannte, aber es war zu spät: Zu viele Uniformierte befanden sich zwischen ihr und mir.

Und der Königsgleiche hatte auch nicht vor, mich gehen zu lassen.

Als er mit vor Abscheu glühenden Augen ausholte und mich ein zweites Mal schlug, glaubte ich, er würde meinen Schädel zertrümmern.

Und vielleicht, dachte ich, ehe mein Kopf explodierte, hatte er das wirklich getan.

24

Ein echtes Verlies

In meinem Kopf war ein Schmerz, als säße neben mir jemand, der penibel und mit sorgsam gesetzten Schlägen einen Nagel durch meine Schädeldecke treiben wollte, um sich dann an meinem Gehirn gütlich zu tun. Nein, der Schmerz war nicht nur in meinem Kopf, er saß wie ein triumphierender kleiner König in jedem Glied meines Körpers, in jeder Vene, in jeder Zelle.

Ich glaubte, auf Eis zu liegen, klarem, glattem, hartem Eis, unter dem ein Meer aus weiteren Eisblöcken war, so viel Kälte strahlte von unten auf mich ab. Ich regte mich. Nein, ich *versuchte* es. Der Schmerz in meinem Körper ließ nicht zu, dass ich mich aufrichten oder auch nur einen Millimeter bewegen konnte.

Komm, Kälte, mach es richtig. Lass es enden.

Ich schloss die Augen, die von irgendeiner dickflüssigen Substanz verklebt waren.

Lass es enden. Es ist sowieso vorbei.

Ich glaubte, in der Ferne, vielleicht in der Tiefe des Gesteins oder im Boden rings um mich herum Lachen zu hören. Stimmen, die mir zuflüsterten, manche von ihnen Worte der Boshaftigkeit und Schadenfreude, während andere mir Trost zusprachen.

Aber ich wollte nur schlafen.

Lasst mich schlafen, Dunkeldornen. Labt euch am Leid anderer.

Ein Schwall eiskaltes Wasser wurde über mir ausgeleert. Ich dachte, mein Herz würde stehen bleiben, so kalt war mir, so plötzlich war das Wasser in meiner Nase, meinem Mund, meinen Ohren, und kurz dachte ich, jetzt wäre es endlich so weit, jetzt würde ich ersticken, jetzt war es das.

Ich hustete und röchelte und blinzelte gegen das Wasser, spuckte es aus und hob nun doch die bleischweren Arme. Ketten rasselten bei meinen Bewegungen über den Boden, sie waren der Grund meiner eingeschränkten Bewegungsfreiheit. Meine Sicht war verschwommen, noch immer tropfte mir Wasser aus den Haaren ins Gesicht.

Ich zitterte vor Frost, als ich versuchte, mich in eine aufrechte Position zu hieven und dem Gewicht an meinen Extremitäten etwas entgegenzusetzen. Kurz bevor ich es geschafft hatte, nahm ich einen Schatten über mir wahr, und im nächsten Augenblick klickte es. Ketten fielen schwer zu Boden, und dann, dann explodierte ein Farbenregenbogen vor meinen Pupillen, als stählerne Stiefel mir mit voller Wucht gegen den Brustkorb traten. Ich fiel wieder zurück, während ich zu spüren glaubte, wie meine Rippen splitterten.

Ich schrie vor Schmerz auf, als mich jemand unter den Achseln packte und einige Meter weiter über den Boden schleifte. Jede Erschütterung, jeder grobe Ruck jagte eine Schmerzenssalve durch meinen gepeinigten Körper. Dann wurde ich mit einem letzten, gewollt gehässigen Wurf gegen die Wand gedonnert und fallen gelassen. Jeder Atemzug brannte wie Feuer.

Vor Schmerz wurde mir schwarz vor Augen.

Alles war schwarz.

Und irgendwo in der Schwärze hörte ich den Königsgleichen lachen, so laut, so hallend, dass es selbst hier unten im Eis, im Kerker, im Dreck zu hören war.

Tropf.

Tropf.

Tropf.

Ein leises Plätschern.

Tapsende winzige Füßchen.

Ein Huschen.

Hin und her,

hin und her.

Dann nagte etwas an mir.

Ich zuckte zusammen, als sich spitze Zähne in meinen Unterschenkel graben wollten, tastend, probierend. Wegen der ruckartigen Bewegung und des erschrockenen Aufschreis rannte etwas Pelziges, vermutlich eine Ratte, davon. Vorerst hatte ich Ruhe. Aber wie hungrig war sie? Und … gab es mehr von ihnen?

Orientierungslos hob ich den brummenden Schädel. Mein Körper fror nicht mehr, vielmehr stand er nun in Flammen. Mir war heiß, so heiß, als würde ein Feuer über meine Haut kriechen oder als hätte jemand eimerweise glühende Kohle auf mir ausgekippt. Mein Oberkörper fühlte sich merkwürdig fremd an, als würde ein Knochen nicht mehr auf den anderen passen, als würden sie aneinander schaben und reiben und bersten, wann immer ich mich regte. Das Atmen fiel schwer. So schwer.

Ich stöhnte leise, als ich mich vorsichtig auf die Seite rollte.

Etwas Warmes rann über mein Gesicht. Warm und schwer und metallisch riechend. Es war Blut, und es war meins, aber das war alles, was ich wusste. Ich hatte keine Ahnung, woher es kam.

Erstaunlicherweise waren die Ketten an meinen Armen und Beinen fort. Vielleicht dachten der Königsgleiche und seine Wachen, sie hätten meinen Körper und meine Seele und alles in mir zur Genüge zertrümmert und es gäbe keine Notwendigkeit mehr für Ketten. Was sollte ich auch anfangen mit diesem zerschundenen Überbleibsel meiner selbst? Ich war keine Waffe mehr. Ich war ein Wrack.

Julian. Julian, ich habe versagt.

All die Zeit hatte ich kaum an ihn zu denken gewagt, hatte ihn, den einzigen Menschen, der noch lebte und mir noch etwas bedeutete, der mir alles bedeutete, irgendwo in mir weggeschlossen, um meine Mission nicht zu gefährden, um dem Königsgleichen eine Chance geben zu können.

Alles umsonst, Julian. Was würdest du sagen, wenn du mich so sehen könntest?

Tränen stiegen mir in die Augen. Nichts würde er sagen, das wusste ich. Mir keine Vorhaltungen machen, sondern mich davon abhalten, so über mich zu reden, mich selbst zu zerstören und für meine Schwäche zu hassen.

Aber Julian war nicht hier. Julian konnte mich nicht davon abhalten, dass ich hier in meiner eigenen Pisse lag und mich hasste, weil mein Herz zu weich gewesen war, was am Ende vielleicht der Grund dafür gewesen war, dass ich versagt hatte.

Tropf.

Tropf.

Huschen.

Tropf.

Pfotentapsen.

Bleibt bloß weg von mir, hört ihr?

Ich wünschte, ich hätte eine Decke über mir. Nicht nur als Schutz gegen die Kälte, die sich nun wieder wie Tentakel in mir ausbreitete, sondern vielmehr gegen das klamme Gefühl der Hilflosigkeit, des Ausgeliefertseins. Ich fühlte mich nackt und schutzlos und zerbrochen in der Dunkelheit, die nur hier und da von Lichtreflexen aus dem Gang erhellt wurde, manchmal auch von weit entfernten Schreien oder Wimmern. Aber ich war derart gefangen zwischen Wachen und Bewusstlosigkeit und Dämmern, dass ich nicht wusste, was Traum und was Realität war.

Und dann war da Licht.

Gleißendes Licht, das meine Pupillen verbrannte, bis ich weinte und wimmerte, dabei musste ich doch stillhalten, damit meine gebrochenen Rippen nicht tiefer in mein Herz stachen und mich nicht verbluten ließen.

Gleißendes Licht, das nicht mehr fortging.

Gleißendes Licht, an das ich mich erst nach einer Ewigkeit gewöhnte und das gar nicht so gleißend war, keine Sonne, kein Meteorit, sondern nur eine einzige Fackel, die jemand in eine Halterung an der Wand geschoben hatte, um den Raum notdürftig zu erhellen.

Den Raum.

Nein, das war kein Raum, das war ein Verlies für die schwersten aller Verbrecher. Nur Stein, nur Pfützen voller Feuchtigkeit, nur nackter Boden, keine Möbel, keine Matratze, nicht einmal Stroh, das man jedem Vieh zugestanden hätte. Schwere Eisenringe in der Wand, von denen Ketten abgingen, die halb zusammengerollt auf dem Boden lagen.

An ihnen hatte ich vermutlich vor Stunden, Tagen, Wochen, ich wusste nicht, wann, gelegen. Mein Martyrium musste seit einer Ewigkeit andauern.

Wieder dämmerte ich weg. Ich hatte keine Kraft mehr. Ich hatte seit einer Unendlichkeit nichts gegessen und nur wenige Tropfen des schmutzigen Wassers zu mir genommen, das zweimal am Tag über mir ausgegossen wurde. Manchmal rollte ich mich weinend zur Seite, bis ich mit dem Gesicht in den Pfützen unter mir lag und so ein paar Schlucke herunterwürgen konnte.

Vielleicht werde ich auch einfach ohnmächtig und ertrinke in einer verdammten Pfütze, anstatt glorreich für Tensia im Kampf gegen den Königsgleichen und seine Dunkeldornen zu sterben. Was sagst du dazu, Julian? Schämst du dich nun doch für mich? Bereust du die Worte, die du kurz vor unserer Trennung gesagt hast? Bereust du die Küsse, die Leidenschaft, die wir geteilt haben? Wärst du angewidert, wenn du mich so sehen würdest? Ich bin es, Julian. Ich bin es so sehr.

Salz berührte meine aufgesprungenen Lippen. An Julian zu denken, war Trost und Schmerz zugleich. Nie schien er mir ferner gewesen zu sein als hier und jetzt, selbst dann nicht, als ich gedacht hatte, er wäre tot.

Vielleicht bin ich tot. Vielleicht fühlt es sich deswegen so an.

Tropf.

Tropf.

Schritte.

Tropf.

Tropf.

Wasserspritzen.

Metall auf Metall.

Tropf.

Tropf.

Das Klacken eines Riegels.

Mehr Licht.

Viel zu viel Licht, ich war doch schon selbst Dunkelheit.

»Hallo, Opal«, sagte eine Stimme, bei der ich ihm am liebsten ins Gesicht gespuckt hätte.

Ich versuchte, die Augen zu öffnen. Zwischen meinen Wimpern klebten Dreckklumpen, und ich hatte nicht die Kraft, sie mit der Hand wegzuwischen.

»Fahrt zur Hölle«, hauchte ich.

Schemenhaft erkannte ich, wie er neben mir in die Hocke ging und angesichts des Gestanks, der vom Verlies und zweifelsohne auch von mir ausging, angewidert das Gesicht verzog.

»Ich schätze, da bist du schon.« Er starrte mich an, als wäre ich ein Insekt und er nicht sicher, ob er mir nun endgültig den Garaus machen und mich zertreten sollte. Viel fehlte dafür nicht mehr.

»Was wollt Ihr?« Ich war müde, viel zu müde für ein solches Gespräch und unnötiges Geplänkel. Jedes Wort kostete Kraft, die ich nicht hatte. Ich lauschte in mich hinein, tastete nach meiner Gabe. Aber sie hatte sich weit in mir zurückgezogen. Ohne einen halbwegs intakten Körper hatte sie nichts, von dem sie sich nähren konnte.

»Liegt das nicht auf der Hand?«, fragte der Königsgleiche so samtweich, dass ich ihn am liebsten mit den Eisenketten verdroschen hätte.

»Ihr wollt mich sterben lassen.«

Der Königsgleiche stieß einen Laut des Bedauerns aus und hob die Hand. Ich konnte im Halbdunkeln nicht erkennen, worauf er anspielte, ahnte es aber. Der magische Vertrag.

»Das ist nicht so leicht«, murmelte er und seufzte. »Ich

habe es selbst versucht, und als das nicht geklappt hat, habe ich jemanden beauftragt, der das erledigen sollte. Leider ist er dabei von einer schwarzen Hand aus Dunkeldornmagie erwürgt worden, die meiner erstaunlich ähnlich sah.«

Er erhob sich aus seiner Position und klopfte sich angeekelt die Hose ab, auf der ein paar nasse Sprenkel zurückgeblieben waren.

Julian, ich glaube, wir müssen Abschied nehmen. Wo auch immer du bist, ich hoffe, du spürst, dass ich an dich denke, dass ich dir all meine Liebe schicke. Ein letztes Mal. Wir hatten nie die Gelegenheit, unsere Träume Wirklichkeit werden zu lassen, aber mit dir waren die Jahre auf der Plantage auszuhalten. Nein, sie waren mehr als das. Sie waren in ihrer Einfachheit hart, aber wunderschön. Du hast alles erträglich gemacht.

Vor meinem inneren Auge tauchte das Bild von Elver auf, von Julian vor der Sprinkleranlage, wie er mir freundlich grinsend entgegenkam, um mir den Wassereimer abzunehmen. Was würde ich dafür geben, ihn noch einmal in der Realität so sehen zu können, bevor Elver vernichtet wurde … noch einmal ohne diese seelischen Lasten, ohne das Wissen um die Tragödien, die uns noch auf dem Fuße folgen würden?

Wenigstens bin ich bald wieder bei meiner Familie, Julian. Ich vermisse Nan, meine Mutter und Sinah sehr. Der Gedanke an sie tröstet mich. Dann bin ich nicht mehr so allein.

Eine Ohrfeige traf mich. Der Schmerz war so allumfassend, dass ich nicht einmal mehr die Kraft hatte, zu schreien oder zu wimmern. Ich hielt ihn einfach stillschweigend aus, ließ zu, wie er mich von innen heraus langsam zersetzte.

Ich. Hielt. Ihn. Einfach. Aus.

»Nicht einschlafen, Opal«, sagte der Königsgleiche freundlich. »Schlafen kannst du später noch.«

Später.

Meinte er damit nach meiner Folter? Oder hatte er doch einen Weg gefunden, mich zu töten? Trotz des Vertrages?

Zwei Uniformierte kratzten meine kümmerlichen Reste vom Boden auf. Einer griff unter meine Achseln, der andere packte meine Beine. Sie trugen mich aus der Zelle, wohin, wusste ich nicht, mir war nur schwarz vor Augen, immer schwarz, alles voller Schmerz, Schmerz, Schmerz überall. Jede Bewegung, jeder Schritt, jede Unebenheit verursachte Höllenqualen in meinen gebrochenen Knochen und ließ mich nur noch rasselnd atmen.

Sie trugen mich an anderen Zellen vorbei. Zelle für Zelle, ein dunkles Loch nach dem anderen. Vor einem hielten sie inne, und der Königsgleiche packte grob mein Kinn, um mein Gesicht in eine bestimmte Richtung zu drehen.

Die Steintür zu dem Verlies, vor dem wir uns befanden, stand weit offen, und ein paar Lampen warfen einen spärlichen Lichtschein hinein. Auf dem Boden lag eine zusammengekrümmte Gestalt mit schlaffen Gliedern. Ich brauchte einen Moment, um zu erkennen, zu wem das zu Brei geschlagene, blutüberströmte Gesicht gehörte, weil es kaum wiederzuerkennen war. Ich kniff die Augen zusammen. Die leblose Gestalt regte sich nicht. Ihr Brustkorb hob und senkte sich nicht.

»Ist sie tot?«, fragte ich mit erstickter Stimme.

Die Finger des Königsgleichen gruben sich fester in mein Kinn. »Ja. Sie hat mich verraten. Du hast sie dazu gebracht, mich zu verraten.«

Nein. Nein, ich … Nein.

Heiße Tränen rannen mir aus den Augenwinkeln und tropften zu Boden, während ich Ninas toten Körper mit den leeren Augen anstarrte, als könnte ich ihn mit der Kraft meines Blickes und meiner Reue wieder zum Leben erwecken.

Es tut mir so leid. Hätte ich das gewusst, hätte ich das geahnt, hätte ich doch nur, verdammt, verdammt, verdammt …

Der Triumph in den Augen des Königsgleichen war schrecklicher als jeder einzelne Schlag oder Tritt, den er mir hätte verpassen können.

»Du Scheißkerl«, flüsterte ich erstickt.

Sein Griff lockerte sich, und er strich mir fast liebevoll mit dem Zeigefinger über die Wange. Wo seine Hand mir nun so nahe war, erkannte ich auch das getrocknete Blut an seinen Fingerknöcheln.

Ich hatte Nina dazu gebracht, sich mir anzuvertrauen. Und ich hatte nicht einmal in Erwägung gezogen, wie sehr ich sie der Gefahr ausgesetzt hatte. Ebenso könnte ihr Blut an meinen Händen kleben, es würde keinen Unterschied machen.

Ich starrte den Königsgleichen mit so viel Abscheu an, wie ich in meinen Blick legen konnte. Dann sammelte ich Speichel in meinem Mund und spuckte ihn an.

»Das war für sie.«

Der Königsgleiche fuhr wütend auf und machte Anstalten, mir mit der offenen Hand ins Gesicht zu schlagen, ehe er innehielt und dann die Schultern zuckte.

»Bringt sie an den Ort.«

Als ich weitergetragen wurde, wehte mir der Gestank von Blut entgegen. Und mit einer weiteren Brise der Gestank von Tod. Ich hielt den Kopf zur Seite geneigt und spie Gallenflüssigkeit aus, denn ich hatte keinen Mageninhalt mehr in mir, den ich auf die teuren Stiefel des Königsgleichen hätte erbrechen können.

Julian. Julian, ich wünschte, du wärst bei mir, hier in der

Dunkelheit. Ich glaube, das sind die letzten Gedanken, die ich an dich schicken kann, und ich wünschte, du könntest wenigstens meine Hand halten, ein bisschen Wärme an diesem Ort, an dem alles kalt ist, an dem sogar ich kalt geworden bin, zu sehr wie der Königsgleiche, dabei wollte ich doch anders sein. Ich wollte anders sein, Julian. Ich wollte etwas Gutes in Tensia hinterlassen.

Und dann war da plötzlich wieder Kälte unter mir. Steinernes Eis. Schwarzes Eis. Schwarzer Stein. Finsternis, aus der immer mehr Kälte kroch.

»Wo bin ich?«, presste ich schwach hervor. Ich hob mühsam den Kopf um einige Zentimeter und fand mich auf einer Steinplatte wieder, die von vielen Fackeln umgeben war.

Sonst war hier nichts. Nur schwarzer Stein und getrocknetes Blut. Getrocknetes Blut an den Wänden, getrocknetes Blut auf dem Boden, es tränkte den Stein und gab ihm seine dunkle Farbe.

Die Folterkammer. Das musste die Folterkammer sein, von der Nina gesprochen hatte. Nina, als sie noch gelebt hatte, als sie so mutig gewesen war, mir zu beichten, was man ihr angetan hatte.

Der Königsgleiche sagte nichts. Er schickte die beiden Uniformierten wortlos nach draußen und schloss die schwere Tür hinter ihnen.

Jetzt waren wir allein.

Ich hustete. Rang nach Atem. In meiner Luftröhre musste Blut gelandet sein. Jedes Husten schüttelte meinen Körper, und jedes Schütteln brachte die Hölle aus meinen gebrochenen Knochen hervor.

»Ihr habt einen Schwur geleistet«, röchelte ich zwischen zwei Hustenanfällen. »Ihr könnt mich nicht eigenhändig töten.«

Der Königsgleiche näherte sich mir wie ein Raubtier und

kniete sich neben mich auf den harten Boden. »Du hast recht, das kann ich nicht. Und das habe ich auch nicht vor.«

»Was dann?«

Ich wünschte, wir würden nicht sprechen, sondern es einfach hinter uns bringen. Ich konnte nicht mehr. Jedes Wort war eine Tortur. Jedes Wort war eine Schlacht für sich, und das in einem Krieg, den ich doch ohnehin nicht mehr gewinnen konnte. Die Schlacht war verloren, und den Krieg mussten nun andere ausfechten.

»Ich kann deinen Körper nicht töten. Aber dafür etwas anderes.«

Ich blinzelte unter meinen verquollenen Augen hervor. »Und das wäre?«

»So ungeduldig, Opal?« Der Königsgleiche lächelte so entspannt, als hätte er alle Zeit der Welt. Oder als würde er die Vorfreude auf das, was nun folgen mochte, bis aufs Letzte auskosten wollen.

»Ich war nicht in der Lage, dich zu töten, aber ich habe deinen Körper so geschwächt, dass du dem Tod näher bist als dem Leben. So geschwächt, dass du der Magie nicht mehr viel entgegenzusetzen hast.«

»Welcher Magie?«, fragte ich, obwohl mir die Antwort fast schon gleichgültig war.

»Die, die notwendig ist, um deine zu zerstören.« Sein Gesicht tauchte über mir auf, sein Blick suchte fast schon gierig meinen, als wollte er meine Reaktion aufsaugen.

Ich wollte die Hand heben, um ihn fortzuschieben. Aber ich konnte nicht. Ich konnte meine Hand nicht heben und auch sonst nichts tun. Es war, als gehorchte mein Körper mir nicht länger, als wäre jeder einzelne Knochen gebrochen und verweigerte seinen Dienst.

»Ihr wollt mir meine Gabe nehmen«, flüsterte ich ungläubig.

Der Königsgleiche nickte und lächelte zufrieden.

Ich deutete ein Kopfschütteln an. »Das ist … das ist nicht möglich.«

»Doch«, antwortete der Königsgleiche und beugte sich vor. Schatten umspielten ihn und hüllten auch mich ein, als er mir einen scheinbar zärtlichen Kuss auf die Stirn hauchte, der auf meiner Haut brannte.

»Und weißt du, was das Aufregendste daran ist?«

Ich schwieg.

Sein Lächeln vertiefte sich. »Ohne deine Gabe bist du wertlos, Opal. Du bist nur ein Mensch von vielen. Ich kann dich auf die Straße werfen oder in einem See versenken oder an die Schweine eines Bauerntölpels verfüttern lassen, es ist ganz gleich. Du kannst irgendwo da draußen ein jämmerliches Leben leben, ohne dass es mich oder sonst jemanden interessiert.«

Julian. Bitte hilf mir. Ich stehe das allein nicht durch. Hilf mir.

25

VERLOREN

»Wenn Ihr glaubt, mich damit brechen zu können, liegt Ihr falsch.«

Sein Lachen hallte unnatürlich von den Wänden wider. »Du bist schon längst gebrochen, Opal. Machen wir uns nichts vor.«

Ich drehte den Kopf weg. Seine Fratze ertrug ich nicht länger, und ich hatte nicht die Energie, ihm sein verdammtes Grinsen aus dem Gesicht zu schlagen.

Der Königsgleiche wartete einen Augenblick, ehe er einen enttäuschten Seufzer ausstieß, als hätte er Schreien, Flehen und Betteln von meiner Seite erwartet, aber wenigstens diesen Gefallen würde ich ihm nicht tun. Ja, er hatte recht, er hatte mich gebrochen. Aber wenigstens meinen Stolz wollte ich für mich behalten. Wenigstens meinen Stolz sollte er nicht auch noch kriegen.

»Nun gut«, murmelte er, als das Schweigen zwischen uns zu lang wurde. »Bringen wir es hinter uns.«

Er sprang auf die Füße und entfernte sich ein paar Schritte von mir. Ich spürte, wie mein treuloser Körper zu zittern begann. Auch wenn ich meine Würde wie einen schützenden Schild vor mich halten wollte, so war ich doch nicht vor der Todesangst gefeit, die mich ergriff. Ich war keine dieser Heldinnen, die mutig und furchtlos dem Tod und der Pein ins Gesicht lachten und keine Angst spürten.

Ich war nur ein Mensch wie jeder andere auch. Ich hatte Angst. Eine Scheißangst davor, was der Königsgleiche vorhatte. Denn selbst wenn er nicht das letzte Quäntchen Leben aus mir herauspressen würde, so war ich mir sicher, dass nicht mehr viel von mir übrig sein würde – das war es ja jetzt schon nicht mehr –, sobald er mit mir fertig wäre.

»Ich werde dich nicht töten«, sagte er ruhig. »Aber fast.«

Er machte eine Bewegung mit der rechten Hand, und eine riesige Wolke aus Finsternis schoss aus seinen Fingerspitzen hervor. Sie waberte wie Nebel auf mich zu und hüllte mich ein. Sie war so dicht, dass sie das Licht der flackernden Lampen um mich herum nur noch wie ferne Sterne wirken ließ. Ich presste die Lippen zusammen, als die Dunkeldornmagie sich an meinen Körper heranpirschte, aber wenn sie wollte, fand sie immer einen Weg: Der schwarze Nebel kroch in meine Ohren, in meine Augenhöhlen, in meine Nase und zwischen den winzigsten Spalt meiner Lippen. Von überall drang er in meinen Körper ein.

Und mein zerschundener, gebrochener, zersplitterter Körper holte noch irgendwo aus seinen Untiefen Kraftreserven heraus, die ich schon längst verloren geglaubt hatte. Ich bäumte mich auf, als sich die Dunkelheit in mir verteilte, durch meine Venen raste und mich von innen heraus auffraß. Das hier war eine Folter, eine Qual, die mit nichts anderem zu vergleichen war, nicht einmal mit dem unsichtbaren Massaker auf der Plantage in Elver. Jeder einzelne Millimeter meines Körpers wehrte sich gegen das Fremde in mir, meine Gabe brüllte wie ein angeschossenes Tier und wollte die Dunkeldornmagie zurückdrängen.

Eine unglaublich schwere Last machte sich auf meiner Brust breit. Helle Lichtfunken tanzten vor meinen Augen, als meine gebrochenen Rippen gegen das Gewicht eines ausgewachsenen, schweren Mannes protestierten und verloren.

Nur verschwommen nahm ich wahr, wie die Hand des Königsgleichen, aus der noch immer Dunkelmagie floss wie das unruhige schwarze Wasser des Schlaflosen, über meinem Hals schwebte, ohne sie zu berühren.

Und dann zog sich meine Kehle zusammen, ohne dass seine Hand mich berührte. Es war die Dunkeldornmagie in mir, die sich in meiner Luftröhre sammelte und sie blockierte.

Julian, hilf mir.

Ich versuchte, die wachsende Todesangst unter Kontrolle zu bekommen und mich nicht von ihr lähmen zu lassen. Irgendwo in mir musste doch noch etwas übrig sein, das ich dem Königsgleichen entgegensetzen konnte, irgendwo musste doch noch ein Funke Macht vorhanden sein.

Und da war etwas. Dünn wie ein im Windstoß hilfloses Kerzenlicht flammte meine Gabe in mir, flammte schwach und erschöpft und versuchte, den Schatten in mir niederzuringen.

Der Klumpen in meiner Luftröhre wurde dichter. Mein Herz raste, setzte aus, pochte unregelmäßig und panisch weiter. Ich begann, wild um mich zu schlagen, denn nun war die Todesangst größer als der Schmerz, den jede Bewegung in mir verursachte. Doch der Königsgleiche war stärker und rang mich mühelos mit seinem Körpergewicht nieder.

Die Lichter um mich herum verschwammen, verzerrten sich zu einem geisterhaften Flackern, ehe sie sich mit der Dunkelheit vereinten.

Noch nie hatte ich mich so allein gefühlt wie in diesem

Augenblick, nicht einmal, als ich im ratternden Wagen von Professorin Weisdorn aufgewacht war und sie mir mitgeteilt hatte, dass meine ganze Familie in den Dunkeldornen umgekommen war. Da war wenigstens noch das Leben selbst bei mir gewesen, das nun verblasste. Und damals hatte ich geglaubt, eine freundliche Person bei mir zu wissen.

Nun starb ich, egal, was der Vertrag besagte, denn so musste sich der Tod anfühlen, und nur der Königsgleiche war bei mir. So sollte niemand sterben. Nicht einmal ich, trotz der Schuld, die ich auf mich geladen hatte.

Tränen rannen mir haltlos aus den Augen, während der Königsgleiche meinen Blick gnadenlos mit seinem festhielt. In seinen hellen Augen standen keine Gnade, kein Mitgefühl, nicht einmal Interesse. Er wartete nur. Wartete auf den richtigen Augenblick. Auf das Ende? Worauf wartete er, wenn er mich nicht töten konnte?

Er wollte, nein, konnte mich nicht töten, hatte er gesagt. Nur fast.

Nur fast.

Julian …

Mir wurde schwarz vor Augen. Meine Arme und Beine zuckten noch schwach, als versuchte mein Körper instinktiv, sich zu wehren, aber mein Geist hatte kapituliert. Und die Flamme in mir war erloschen.

Bevor ich die Augen schloss und bewusstlos wurde, senkte der Königsgleiche seine Hand auf meine Brust an die Stelle, an der mein Herz immer langsamer schlug.

Und dann riss er mir einen Teil meiner selbst heraus.

26

LEERE

Über mir war Sonnenlicht.

Ich bin tot, dachte ich erleichtert.

Endlich war das Grauen vorbei. Ich war frei. Frei vom Königsgleichen, frei von der Last auf meinen Schultern, frei von der Verantwortung. Vielleicht würde ich jetzt meine Familie wiedersehen, vielleicht …

Aber wenn ich tot war, wieso war ich dann nicht leicht und schwebend und glücklich? Wieso war mein Körper schwer wie Blei, und wieso war jeder Versuch, mich zu bewegen und dem Sonnenlicht näher zu kommen, mit so viel Leid verbunden?

Ich blieb einfach liegen. Das Sonnenlicht war ein Fortschritt, denn es vertrieb die Eiseskälte aus meinen Knochen. Wenn ich lang genug hier liegen würde, wäre mir vielleicht sogar wieder warm, vielleicht würde das Sonnenlicht sich um mein verkümmertes Herz legen und auch dieses etwas leichter machen. Vielleicht würde das Sonnenlicht mir ein wenig Frieden schenken, ein wenig Linderung.

Aber nichts konnte die Leere in mir lindern, die ich verspürte, die tief unter dem körperlichen Schmerz verborgen war. Ich hatte das Gefühl, nicht mehr vollständig zu sein, so als hätte jemand einen wichtigen Teil von mir einfach mit Gewalt herausgerissen. Und jetzt, jetzt war ich nur noch ich, ein kümmerliches Spiegelbild meiner selbst.

Ich dämmerte immer wieder weg. Manchmal glaubte ich, jemand würde mir abwechselnd eine bittere Flüssigkeit und Wasser zwischen die aufgesprungenen Lippen einflößen, aber auch das mochte nur ein Traum sein. Mein Unterbewusstsein konnte schon lange nicht mehr zwischen Traum und Wirklichkeit unterscheiden.

Das Sonnenlicht aber blieb. Und das Sonnenlicht heilte. Es lag wie eine wärmende Decke auf meiner Haut und grub sich in meine Knochen, um sie Stück für Stück wieder zusammenzusetzen, Riss für Riss zusammenwachsen zu lassen. Manchmal tat das Wachsen weh, als würden meine Knochen und meine Zellen nicht mehr so richtig zusammenpassen und müssten sich erst finden lernen, denn wie konnte man auch aus etwas so Zerbrochenem wie mir wieder etwas Ganzes machen?

Einmal durchbrach ich den Nebel aus Betäubungsmitteln und Wärme, den jemand auf mich gelegt hatte, und sah über mir einen weißen Schleier, hinter dem sich ein vertrauter Sternenhimmel zeigte.

War ich im Turmzimmer? Und warum?

Ich drehte träge den Kopf zur Seite. Am Ende des Raumes stand eine junge Frau, eindeutig eine Dunkeldornmagierin, und wusch sich die Hände in einer Schüssel. Es roch nach Rosen.

»Wieso bin ich wieder hier?«, hustete ich. Die junge Frau drehte sich zu mir um. Ihr Gesicht war mir völlig fremd. Sonst hatte sich Nina um mich gekümmert.

Aber Nina war tot. Alles in mir tat weh. Nina war tot.

»Schlaf weiter«, murmelte die Frau und machte eine Handbewegung.

Ich schlief ein und wachte so schnell nicht wieder auf. Vielleicht war das auch gut so, denn alles in mir war wund, und dagegen konnte weder das Licht der Sonne noch das der Sterne etwas tun.

Ich musste Tage oder Wochen in einem künstlichen Schlaf gelegen haben, denn als ich das nächste Mal wach wurde, war ich nicht mehr im Turmzimmer, und meine Knochen waren nicht länger gebrochen.

In mir war es aber noch immer leer. Und mittlerweile wusste ich auch, was der Grund dafür war. Mein Unterbewusstsein hatte es geahnt, und mein Verstand begriff es auch allmählich.

Ich war orientierungslos, und zugleich hatte ich das Gefühl, in einer Erinnerung gefangen zu sein. Ich musste mich in einem rollenden Wagen befinden, denn unter mir schaukelte es sanft. Ich wappnete mich innerlich, ehe ich die Augen öffnete, obwohl mich eigentlich nichts mehr ängstigen sollte.

Ich saß – oder lehnte vielmehr – auf einer Bank in einer Kutsche, die mit samtig weichem schwarzem Stoff ausgestattet war. Mir gegenüber saß mit breitem Grinsen der Königsgleiche.

Ich fuhr erschrocken hoch. »Ihr!«

»Ja, ich.« Der Königsgleiche schien angesichts des Schocks, der sich in meiner Miene widerspiegelte, köstlich amüsiert zu sein. »Aber keine Bange, dies wird unsere letzte gemeinsame Reise sein. Bald hast du Ruhe vor mir.«

»Ich kann es kaum erwarten.« Mein Herz raste bei seinem Anblick. Niemals würde ich vergessen, wie er über mir kniete, wie er meine Rippen brach, wie er mich von innen heraus fast erstickte, um dann …

Diese Leere.

Diese Leere in mir, die so gegenwärtig war, da und zugleich nicht, wie ein Loch, das jemand in meinen offenen Brustkorb geschlagen hatte.

»Was habt Ihr mir angetan?«, flüsterte ich.

Die Schmerzen körperlicher Art waren weg. Aber alle anderen waren noch da.

Sie waren noch da.

»Musst du das wirklich fragen? Muss ich es laut aussprechen?«, erkundigte er sich mit hochgezogener Augenbraue. Die Art, wie er da saß und noch viel mehr Selbstbewusstsein ausstrahlte als zuvor, machte mich rasend vor Wut und zugleich unglaublich müde. Ich war ihm kein Gegner, keine Gefahr mehr. Das zeigte die entspannte, arrogante Körperhaltung, mit der er ausdrückte, dass ihm aller Platz der Welt zustünde.

»Ja, müsst Ihr«, sagte ich.

Er seufzte und rollte mit den Augen, als hätte er ein kleines Kind vor sich sitzen, das schwer von Begriff war, und nicht die Frau, die er bis vor einigen Tagen oder Wochen noch als ebenbürtig bezeichnet hatte.

»Ich habe deinen Körper so gebrochen und gedrosselt, bis du schwach genug warst. Und dann habe ich dir deine Gabe genommen.«

»Wie habt Ihr das gemacht?«

Er vollführte eine wegwerfende Handbewegung. »Es gibt ein paar verbotene, aber sehr lehrreiche Magiebücher, in denen solche Dinge stehen. Da konnte ich einiges über die Gabe des Entgiftens lernen.«

Mir wich alle Farbe aus dem Gesicht. »Aber das Buch, das Ihr mir gegeben habt … Da stand doch gar nichts drin, das …« Ich hielt inne und verzog schmerzlich das Gesicht. »Ihr habt mir diese Bücher, die mir *wirklich* hätten helfen können, vorenthalten. Ida hatte recht. Ihr wolltet mich kleinhalten.«

Der Königsgleiche stieß ein Schnauben aus. »Alles andere hätte bedeutet, dass ich dir hätte vertrauen müssen. Und jemand wie ich vertraut nur sich selbst. Deine Hilfe hätte meinem Aufstieg gutgetan und ihn schneller vorangebracht. Es ist ärgerlich, dass es nun anders gekommen ist. Aber das wird auch ohne dich möglich sein. Damit du mir aber nicht doch noch irgendwann gefährlich werden kannst, musste ich dich ausschalten, ohne mir durch den verdammten Vertrag selbst zu schaden.

»Ihr seid ein Mistkerl«, sagte ich hasserfüllt, während die Kutsche rumpelnd zum Stehen kam.

Der Königsgleiche zuckte gleichgültig mit den Schultern. »Mag sein. Aber sieh es positiv: Du bist lebend aus der Sache herausgekommen. Ich habe dich sogar heilen lassen, damit du das, was dich erwartet, nicht mit gebrochenen, falsch zusammenwachsenden Knochen durchstehen musst. Das ist mehr, als viele andere hätten erwarten können. Oder haben.« Das Funkeln in seinen Augen verriet, dass wir beide an Nina dachten, und mein Hass steigerte sich ins Unendliche.

Der Königsgleiche hatte vielleicht meine körperlichen Wunden heilen lassen, aber das, was er meiner Seele angetan hatte, wie sollte das jemals wieder heilen können?

»Soll ich Euch dafür etwa noch dankbar sein?«

»Opal, das ist mir eigentlich ziemlich gleich. Du spielst jetzt keine Rolle mehr in meinem Leben. Und ich glaube, du hast bald andere Sorgen als mich.« Sein breites Grinsen ließ mich Unheil ahnen, und ich schob den Vorhang des Kutschfensters zur Seite.

Ich starrte auf die hohen, unüberwindbar anmutenden Mauern der Zermahlerin.

»Ist das Euer Ernst?«, fragte ich tonlos.

Er nickte. »Natürlich. Ich konnte dich nicht töten. Durfte dich nicht töten. Sieh das als meine Strafe dafür an, dass du mich reingelegt hast.«

»Und Ihr glaubt, es wäre noch nicht Strafe genug, mich fast umzubringen und mir meine Gabe herauszureißen?«

»Du konntest die Gabe des Entgiftens sowieso kaum beherrschen. Ich glaube nicht, dass sie dir fehlen wird. Vielleicht habe ich dir damit sogar einen Gefallen getan. Nun brauchst du nicht länger die Verantwortung dafür auf den Schultern zu tragen, dass du glaubst, Tensia vor mir retten zu müssen.«

Ich blickte unentwegt auf die Fabrik. Wenn ich einmal drin war, würde ich nur noch tot wieder herauskommen, das wusste ich.

Er hätte mich sterben lassen sollen. Aber so gnädig war er nicht. Er hatte mir meine Gabe genommen, und das war noch nicht Strafe genug.

Die Tür der Kutsche wurde geöffnet, und zwei Uniformierte zerrten mich unsanft von der Bank nach draußen. Ich warf einen Blick zurück, ein letztes Flehen, eine letzte Frage, ob das alles ein schlechter Scherz war, aber die Genugtuung in den grauen Augen des Königsgleichen war Antwort genug.

Die Uniformierten schleiften mich, obgleich ich mich mit Händen und Füßen wehrte, zum Tor und übergaben mich dort zwei weiteren Wachmännern. Der eine schlug mir so fest ins Gesicht, dass ich beinahe zu Boden gegangen wäre.

»Der vornehmen Dame muss man offenbar noch Manieren beibringen«, grunzte er und schubste mich durch den Eingang.

Als das Sicherheitstor hinter mir ins Schloss fiel, hatte ich das Gefühl, lebendig begraben worden zu sein. Ich wusste, ich hatte keine Chance, jemals wieder aus diesen Mauern entfliehen zu können.

Nicht lebendig.

Julian. Bitte hilf mir.

DANKSAGUNG

Auch in der Mitte von Opals Reise möchte ich einigen Menschen danken, die mir dabei geholfen haben, ebendiese Reise zu einer ganz besonderen zu machen.

Neben dem Verlag und allen Teammitgliedern, die die Dunkeldorn-Chroniken tatkräftig unterstützt haben, gilt mein Dank hier natürlich wieder besonders meiner Lektorin Beatrice Lampe und meiner Redakteurin Angela Kuepper, die das Beste aus der Geschichte herausgeholt haben und deren Begeisterung meiner nicht im Geringsten nachsteht. Danke dafür!

Nie unerwähnt bleibt meine Agentur Thomas Schlück, vor allem meine Agentin Kathrin Nehm.

Ein von Herzen kommender Dank geht auch an meine Testleserinnen: Franzi Kopka, meine persönliche Testlese-Queen, Every-day-coworking-Buddy und überhaupt erste Anlaufstelle im Buchleben!

Außerdem: Leni Wambach und Isabelle Benz, die superflott und superhilfreich erst den ersten Band inhaliert haben, um mir dann beim zweiten zu helfen. Ihr wart spitze!

Last, but not least geht ein dickes Danke an meine Co-Working-Group raus. Neben Franzi sind da: Simone, Marie,

Natalie, Laili, Emy, Patty, Julia, April und Ann-Kathrin und meine jüngste Seelenschwester Ju. Ihr seid die coolsten Kolleginnen, echt! Und an dieser Stelle auch noch ein Dank an Thilo fürs Zuhören und immer spannende Gespräche!

LESEPROBE

aus
Die Dunkeldorn-Chroniken
Knospen aus Finsternis

von Katharina Seck
Erscheinungstermin: Februar 2023

1

Die dunkle Seite Tensias

Im Vergleich zur Zermahlerin war die Arbeit auf den Plantagen Luxus gewesen. Im Vergleich zur Zermahlerin hatten die Menschen, die auf den Plantagen von frühmorgens bis spätabends säten und ernteten, einen Stand, der zumindest in den Augen der meisten Menschen ehrenhaft war.

In der Zermahlerin waren die Arbeitenden hingegen weniger wert als der Dreck unter ihren oftmals nackten Füßen. Sie waren austauschbar, leicht zu ersetzen, und wenn sie nicht mehr leistungsfähig genug oder zu krank waren, landeten sie – so munkelte man – im Schutz der Dunkelheit in den unruhigen Gewässern des Schlaflosen.

Das war jetzt meine Welt.

Und das einzig Gute daran war, dass ich keine Zeit hatte, an die Welt zu denken, die ich verlassen hatte, die draußen hinter dem dicken schwarzen Backstein, hinter den Sicherheitsvorkehrungen, hinter den bewaffneten Männern mit ihren Peitschen, Stöcken und Gewehren lag.

Es war noch stockfinster an diesem Morgen. Stille hatte sich über uns gebreitet, während ich mit etwa einem halben Dutzend Frauen dicht an dicht auf dem Boden der kühlen Kammer lag. Es war keine angenehme Stille, keine jener Art, die andächtig und vorfreudig angesichts des kommenden Tages war, sondern schwer und bedrückend. Dieser Tag würde wie der gestrige werden und wie der davor und der davor.

Jeder einzelne Tag war die Hölle und ein Kampf, den man ausfocht, um bis zum Abend, manchmal sogar bis in die Nacht zu überleben und nicht zu schwach und damit als Arbeitskraft unattraktiv zu werden.

Ich lag zusammengerollt da und hatte die schmutzige dünne Decke, die halb zerrissen und von irgendeiner Vorgängerin geerbt war, nachts unter unruhigen Albträumen weggestrampelt. Ja, sie waren wieder da, die Albträume, und nun noch schlimmer als zuvor. Und zugleich waren sie die einzige Zeit, in der ich mir gestattete, an Julian und meine verstorbene Familie zu denken, denn wenn ich es im wachen Zustand tun würde, würde das letzte bisschen, was mich noch zusammenhielt, einfach zerbrechen und mich als Scherbenhaufen zurücklassen.

Wir lagen wie Fische in einem Netz aneinandergepresst. Es gab nur viel zu schmale, dreckige Matratzen, die nicht dick genug waren, uns die Härte des Bodens nicht spüren zu lassen. Die Wände waren aus tristem grauem Stein, aber das Schlimmste war, dass wir keine Fenster hatten. Es gab kein Tageslicht, kein Morgengrauen, keine Abenddämmerung, nichts, das uns von den immer gleichen Tagesabläufen und der Fabrikhalle abgelenkt hätte; das uns hier und da etwas Tröstendes wie den Anblick von Sternen oder einem Vogelschwarm geboten hätte.

Stattdessen kauerten wir hier wie Tiere, und die Luft war immer stickig und verbraucht. Wir hatten kaum Gelegenheit, uns zu waschen, weshalb der Gestank von Schweiß, Blut und Dunkeldornpulver an uns klebte und den Raum erfüllte.

Ich lag bereits wach und starrte in die Dunkelheit, als

das mittlerweile vertraute Glockenklingeln ertönte, das uns weit vor Sonnenaufgang aus dem Bett scheuchen sollte. Der Schichtführer machte sich gar nicht erst die Mühe, uns persönlich zu wecken. Er wusste genau, dass wir pünktlich sein würden. Wer einmal zu spät war und die entsprechende Strafe verpasst bekommen hatte, riskierte das, was uns dann blühte, kein zweites Mal.

Mit der Glocke sprang auch ein grelles Licht an. In weiser Voraussicht hatte ich den Blick von den magischen Lampenröhren abgewandt, die es überall in der Zermahlerin gab, um nicht geblendet zu werden.

»Verdammt, ich habe die halbe Nacht kein Auge zugetan«, murmelte Bee, ein junges Mädchen mit krummem Rücken, das von einer südlich in Tensia gelegenen Plantage direkt in die Fabrik gekarrt worden war, als es sich ein Bein gebrochen hatte und kein Wasser mehr schleppen konnte. In der Fabrik gab es Tätigkeiten, für die man keine gesunden Beine brauchte. Man brauchte dafür nur die Hände und ein geschultes Auge – und beides machte man sich über die Jahre kaputt.

»Ach, erzähl mir nichts, du hast geschnarcht wie ein Ochse. *Ich* habe die halbe Nacht kein Auge zugetan«, grunzte Tama. Die hochgewachsene, dürre Frau aus meinem Nachbardorf Oranien war so etwas wie die Anführerin der wenigen anwesenden Frauen, die sich überhaupt länger als einige Wochen in der Fabrik durchschlugen, denn die meisten hielten das hohe Arbeitspensum nicht aus und starben entweder durch körperliche Überanstrengung oder wegen der Bestrafungen, die uns erwarteten, wenn wir nicht mit den Männern mithalten konnten.

Bee rollte mit den Augen. Ich verlor das Interesse an dem Schlagabtausch der beiden Frauen, als mein Blick auf das

Bündel ineinander verschlungener Arme und Beine fiel, das sich in der Ecke des Raumes wie ein angeschossenes Reh zusammengekauert hatte.

Meine Gefühle waren nach dem, was ich im Dornenpalast und seitdem in der Zermahlerin erlebt hatte, abgestumpft. Nein, sie waren nahezu tot. Ich schleppte mich von Tag zu Tag, ohne eine Emotion zuzulassen. Nur durchhalten, war meine Devise. Irgendwie durchhalten. Wofür überhaupt, hatte ich vergessen.

Aber bei dem Anblick, der sich mir bot, krampfte sich mein apathisches Herz zusammen. Obwohl die Zeit drängte und ich kaum Gelegenheit haben würde, mich zu erleichtern und die Hände einmal in den Wassereimer zu tauchen, um wenigstens mein Gesicht zu benetzen, eilte ich neben die gekrümmte Gestalt und ging in die Hocke.

Vorsichtig berührte ich sie an der Schulter und drehte das junge Mädchen, von dem wir nicht einmal den Namen wussten, weil es nicht sprach, zu mir um. Ihre Augen waren halb offen, wirkten aber abwesend. Ich legte meinen Handrücken gegen ihre Stirn. Ihre Haut glühte.

»Sie hat Fieber«, verkündete ich besorgt.

Schweigen begegnete mir. Tama und Bee hatten ihren morgendlichen Streit beigelegt. Auch Mika und Tessa, die Letzte im Bunde, waren inzwischen wach und auf den Beinen. Alle vier beäugten uns unschlüssig, der innere Konflikt war ihren Mienen deutlich zu entnehmen.

Ich wusste, was ihre Blicke mir sagen wollten. Aber ich konnte es nicht akzeptieren. Sobald ich so weit war, die unausgesprochenen Worte zu akzeptieren, war ich verloren. Dann war das letzte Überbleibsel Menschlichkeit in mir wahrhaft gestorben.

»Wir können sie doch nicht hierlassen«, flüsterte ich erstickt und sprach damit aus, was in den Mienen der anderen geschrieben stand.

»Wir können sie auch nicht mitnehmen. Sie überlebt keine halbe Stunde in der Fabrikhalle. Sie verträgt die Dämpfe nicht«, sagte Tama ruhig.

»Niemand verträgt diese beschissenen Dämpfe«, murmelte Bee.

»Aber wir können sie doch nicht hierlassen«, wiederholte ich beharrlich. Ich ließ das Mädchen los, das sich sofort wieder zusammenrollte und leise vor sich hin flüsterte. Namen, Orte, Erinnerungen ... Ich hatte in den vergangenen Wochen so oft erlebt, wie Menschen sich in ihrer Verzweiflung in Bereiche in ihren Gedanken zurückzogen, zu denen ihnen niemand folgen konnte, nicht einmal das Grauen, das ihnen hier widerfuhr.

Mika schien sichtlich beunruhigt, weil wir Zeit vertrödelten, trotzdem kam sie kurz zu mir und warf einen Blick auf das fiebernde Mädchen. Dann zuckte sie mit den Schultern.

»Ohne medizinische Behandlung ist da wahrscheinlich eh nichts mehr zu machen. Ich habe vor dem Schlafengehen gestern Abend gesehen, dass sie einige Wunden hat. Vermutlich haben sie sich entzündet, und nun hat sie eine Sepsis. Wenn die sich nicht sofort ein Heilkundiger ansieht, hat sie keine Chance.«

Ich starrte Mika hoffnungslos an. Sie war von einem Sklavenhändler über eine verbotene Route durch das Ödgebirge nach Tensia geschleppt und für eine lachhafte Summe als Sklavin an die Zermahlerin verkauft worden. Offiziell galt Sklaverei in Tensia als barbarisch und stand unter Strafe. Aber ich hatte mittlerweile begriffen, dass, nur weil etwas verboten war, dies noch lange nicht bedeutete, dass es nicht auch praktiziert wurde. Wer Geld hatte, konnte sich alles erlauben. Und wer keines hatte, konnte sich kaum wehren.

»Bist du dir sicher?«, fragte ich leise.

Sie nickte. Der harte Zug um ihre schmalen Lippen verstärkte die Endgültigkeit ihrer Worte, deren Einschätzung ich nicht anzweifelte. In ihrer Heimat war Mika selbst bekannt dafür gewesen, sich als Heilkundige zu verdingen. Vielleicht hätte sie dem Mädchen sogar helfen können, wenn sie die notwendigen Mittel dafür zur Verfügung gehabt hätte.

Der zweite Glockenschlag ertönte, und alle zuckten zusammen. Ich hasste mich dafür, dass ich selbst beinahe panisch auf die Beine sprang. Es wurde höchste Zeit. Ich warf dem jungen Mädchen einen letzten Blick zu. Tama hatte recht, sie würde in der Fabrikhalle nicht überleben. Entweder würde das Dunkeldornpulver sie töten oder die Bestrafung durch den Schichtführer, weil sie offenkundig nicht arbeiten konnte. Die höchste Wahrscheinlichkeit, zu überleben, bestand darin, dass sie still und leise in diesem Zimmer liegen blieb und mit viel Glück niemand ihr Fehlen bemerkte.

Wenn die Sepsis sie bis zu unserer Rückkehr nicht dahingerafft hatte.

Ich huschte hinter Mika zur Tür hinaus, und wir drängten uns im Gang zwischen die anderen Nachzügler. Diese Zeit am Tag hasste ich am meisten; weil wir so wenige Frauen waren, mussten wir uns den heruntergekommenen Waschbereich mit den Männern teilen. Ich hatte ziemlich schnell jede Scham verloren, mich vor ihnen zu entblößen, denn der Luxus von Wasser, das an seltenen Tagen sogar mal sauber war, auf der Haut war kostbarer, als ein paar aufdringlichen Blicken zu entgehen. Und solange Tama und Mika bei uns anderen waren, waren wir zumindest nicht allein und wehrlos. Tama flößte den meisten aufgrund ihres Alters und ihrer burschikosen Art Respekt ein, während die meisten um Mika wegen ihrer Herkunft einen Bogen machten. Ihre kurz geschorenen Haare, die markanten Gesichtszüge, ihr drahtiger Körperbau und ihre zugleich unglaublich sanften braunen Augen wirkten auf mich beruhigend an diesem Ort der Grausamkeiten. Ich war froh, dass ich an ihrer Seite arbeiten durfte und mich so nicht vollkommen allein gegen die Aufseher stellen musste, die es seit meiner Ankunft vor etlichen Wochen auf mich abgesehen hatten.

Oh, sieh an, die feine Dame ist angekommen. Hat der Königsgleiche dich gut in seiner Kutsche zu uns befördert? Hast du vorher auch noch mal ordentlich gespeist? Denn hier wirst du solche Mahlzeiten leider nicht aufgetischt bekommen. Hier wirst du dir die weichen Hände schmutzig machen müssen, verstehst du das, hm? Dein Gesicht ist ja recht ansehnlich, aber du schaust auch etwas dümmlich drein, kann das sein? Kein Wunder, dass der Königsgleiche nicht lange Spaß mit dir hatte, was? Aber Spaß werden wir bald mit dir haben, du wirst schon sehen.

Eine Faust donnerte mit solcher Wucht gegen meinen Kiefer, dass er fast brach. Da war mein Körper gerade erst geheilt worden, nur um erneuten Qualen ausgesetzt zu werden.

Julian, hilf mir …

Der Waschbereich war früher einmal eine Therme gewesen. Zwei große, meist leere Becken, in denen sich lediglich dreckige Pfützen des spritzenden Wassers gebildet hatten, zierten die Mitte des Raumes. In den hinteren Ecken gab es zwei Toiletten, vielmehr zwei Löcher im Boden. Außerdem waren einige Wassereimer im Raum verteilt, um die sich die Leute schweigend versammelten. Wir mussten uns um unsere spärliche Versorgung selbst kümmern, und weil es Wasserleitungen nur für das höherrangige Personal gab, musste eine Handvoll armer Gestalten noch vor dem Glockenschlag Wasser aus einem Brunnen draußen schöpfen und hereinschleppen.

Unsere Arbeitskleidung – grobe, löchrige Hemden und Hosen, deren ursprüngliche Farben man nicht mehr erkennen konnte, so oft waren sie bereits im dreckigen Wasser geschrubbt worden – hing an langen Stangen an der Wand. Es gab nur wenige Größen, sodass sie den meisten von uns um die abgemagerten Knochen schlotterte.

Als ich in eine Montur schlüpfte, krempelte ich mir den überlangen Stoff an Armen und Beinen nach oben. Meine Gedanken schweiften immer wieder zu dem armen Mädchen, das wir in unserem Loch von Kammer zurückgelassen hatten. Wann würde den Wärtern auffallen, dass sie fehlte? Und welche Strafe würden sie sich für sie einfallen lassen?

Ein unangenehmer Schauer jagte mir über den Rücken. Ich wollte gar nicht darüber nachdenken, vor allem nicht über die Schuldgefühle, die ich empfand. Was konnte ich allein schon ausrichten? Ich konnte sie ebenso wenig retten wie Keya, wie Nina, wie meine Familie, wie die Menschen in Thiwa. Ich konnte niemanden retten, auch wenn ich das früher geglaubt hatte.

»Lass das.« Mika stieß mich hart gegen die Seite.

Ich blitzte sie wütend an. Ich hatte keine Fettreserven mehr, weil Hunger und Durst hier eine beliebte Strafe für zu langsames Arbeiten waren, weshalb ihr Stoß wirklich wehgetan hatte.

»Was lassen?«, knurrte ich wütend und blickte mich nach

Schuhen um. Es gab nicht viele Schuhe hier, sondern nur diejenigen, die Neulinge mitbrachten. Regelmäßig kam es zu Schlägereien um solche Schätze, aber da wir so spät im Waschraum angekommen waren, waren die wenigen, die manchmal hier vergessen wurden, bereits weg.

»Ich sehe, dass du dir wieder die Schuld für alles und jeden gibst«, murmelte Mika leise, weil sich eine Gruppe Arbeiter an uns vorbeischob. Die Männer sahen kaum besser aus als wir. Dünn bis auf die Knochen, geschwächt, mit toten Augen. Mika rückte näher zu mir. Mittlerweile hatte ich keine Angst mehr vor Nachstellungen, dafür war fast jede Seele in diesem Mauerwerk zu erschöpft und darauf konzentriert, diesen und vielleicht auch den nächsten Tag irgendwie zu überleben.

»Tue ich nicht«, log ich.

Mika grinste. Ihr Lächeln entblößte eine Lücke in ihrer oberen hinteren Zahnreihe. Da hatte ihr ein Wärter erst vor Kurzem einen Zahn ausgeschlagen, weil ihr ein Glasrohr heruntergefallen war und sie sich geweigert hatte, für eine Entschuldigung *wortwörtlich* zu Kreuze zu kriechen.

»Man sollte meinen, nach drei Monaten in der Zermahlerin könntest du besser lügen.«

»Kann ich auch«, erwiderte ich unbeeindruckt. »Du kennst ja mein früheres Ich nicht.«

»Du meinst das frühere Ich, das mit Samtschuhen durch den Dornenpalast gelaufen ist?«, neckte Mika mich. Ich lächelte schwach, aber meine Magengegend zog sich zusammen.

Mikas Grinsen verschwand. »Entschuldige, das war gemein. Ich will ja nicht genauso werden wie diese Scheißkerle von Wärtern, aber manchmal wird man zynisch.«

Ich winkte ab, und zusammen folgten wir Tama, Bee und

Tessa durch die Flure in die riesige Fabrikhalle, in der wir uns bis heute Abend oder gar tief in die Nacht – je nach Lieferbedarf – die Beine in den Bauch stehen würden.

Unsere Schritte waren leise. Je näher wir dem Hallenbereich kamen, in dem wir Frauen arbeiteten, desto unsichtbarer wurde jede von uns. Bloß nicht auffallen, bloß niemandem ins Auge stechen, bloß niemandem die Gelegenheit geben, verärgert zu sein.

Unsichtbar sein. Einfach unsichtbar sein.

Und dann hatten wir unseren Arbeitsplatz erreicht. Als ich die gewaltige Halle früher mit Keya betreten hatte, hatte ich sie aus einem anderen Blickwinkel heraus gesehen. Damals war ich eine freie Frau gewesen. Ja, ich hatte keinen hohen Stand und kein eigenes Geld besessen, aber ich war nie eine Sklavin gewesen. Ich hatte das Grauen, die Höllenarbeit, die Risiken, denen wir hier ausgesetzt waren, unter der Voraussetzung betrachtet, sie wenige Augenblicke später wieder hinter mir lassen zu können.

Was für ein Privileg das gewesen war, konnte ich erst heute verstehen. Dass selbst das winzigste Stück Freiheit ein Geschenk war, hatte ich damals noch nicht begreifen können. Heute konnte ich es. Und die Ohnmacht, dieses Privileg niemals wieder erlangen zu können, zerstörte mich so langsam von innen heraus wie ein schleichendes Gift.

Oder wie Dunkeldornpulver.

Zwei Männer öffneten die Eingangstür, die hinter uns direkt wieder verschlossen wurde. Sie kannten unsere Gesichter und notierten unser Kommen auf einem Zettel.

Einen Namen würden sie nicht notieren. Sie würden noch einige Minuten warten, und dann … Dann würden sie die Schlafräume nach den Personen durchsuchen, die nicht aufgetaucht waren. Die krank oder tot auf ihren Decken lagen.

Ich presste die Lippen aufeinander. Am liebsten hätte ich geschrien, aber in dieser Halle herrschte, wie auch auf den Gängen, Schweigeverbot für uns. Wir durften nur sprechen, wenn unser Schichtführer oder ein Wärter uns direkt ansprach.

Ich atmete dichte, von Dunkeldornpulver zersetzte Luft ein, als wir uns durch die Reihen auf unsere Plätze zubewegten. Es gab unzählige Tischplatten, an denen vier Personen gleichzeitig im Stehen arbeiten konnten. Über unseren Köpfen verlief ein Schachtsystem, das zu einer benachbarten Halle führte, in welcher der Nektar des Dunkeldorns von den Plantagen angeliefert und sortiert wurde. Mancher überlebte die Fahrt von den Plantagen zur Hauptstadt in der sengenden Sommerhitze nicht und musste – vermutlich im Sharza, der nah an der Fabrik vorbeiführte – entsorgt werden. Die verwertbaren Reste wurden über dieses Schachtsystem in unsere Halle geleitet und von Leuten eimerweise zu unseren Tischen gebracht.

Neidisch starrte ich einen Jungen mit schwarzen Locken und blasser Haut mit Sommersprossen an, der mit einem solchen Eimer auf uns zusteuerte. Ich hätte viel darum gegeben, meine Tätigkeit mit ihm tauschen zu können, damit ich nicht in direkten Kontakt mit den Dunkeldornen kommen musste.

Der Junge wuchtete den Eimer in die Mitte unseres Tischs. Mika und ich warfen einander einen wortlosen, tröstenden Blick zu, ehe wir die ersten Röhrchen aus dem Eimer zogen und unsere Arbeitsmaterialien aus dem Schrank hinter uns fischten, die die Nachtschicht in pingeliger Kleinarbeit hatte reinigen müssen. So schmutzig es in unseren Räumen war, so sauber war es in der Halle, denn das Dunkeldornpulver durfte nicht durch Dreck, Staub oder Fremdkörper verunreinigt werden. Und so viele Kosten, wie man auf das Pulver verbrauchte, so wenig blieb dann für uns und unsere Versorgung übrig.

Ich zog einen Mörser und den dazugehörigen Stößel zu mir heran. Gern hätte ich einen Augenblick innegehalten, ein paar Atemzüge geholt, bei denen ich durch meine Arbeit noch keine schwarzstaubige Luft aufwirbelte, die ich unweigerlich einatmen musste. Die dann in meiner Luftröhre und in meiner Lunge brannte, bis ich – wie alle anderen – husten und krächzen musste, aber bitte nicht zu viel, denn die Wärter standen mit ihren Masken in sicherer Entfernung und beobachteten uns mit Argusaugen.

Nein, vor allem beobachteten sie *mich* mit Argusaugen.

Arbeite ruhig und konzentriert. Wenn du ordentlich arbeitest, finden sie auch nichts an dir auszusetzen. Das waren Tamas Worte an meinem ersten Arbeitstag gewesen.

Ich sprach mir selbst Mut zu, aber ich wusste genau, dass hier niemand einen Grund brauchte, um uns Arbeitende zu bestrafen. Sie konnten sogar einen augenscheinlichen Grund erfinden oder uns ins Gesicht lügen. Sie waren trotzdem dazu befugt, uns zu schlagen, zu treten, zu verbrennen, zu würgen oder was immer ihnen beliebte, um uns anzutreiben.

Ich reihte einige Röhrchen vor mir auf, die ich nach und nach abarbeiten würde. Der Tisch hatte an jedem Platz flache Kuhlen in der Platte, damit die Röhrchen nicht so leicht über die Oberfläche rollen und zu Boden fallen konnten. Trotzdem musste man aufpassen, dass man nicht dagegen stieß oder am Tisch rüttelte.

Vorsichtig öffnete ich den Drehverschluss des Röhrchens und zog den Deckel ab. Neben mir stand – wie bei allen anderen auch – ein hölzerner Kasten, in dem wir die leeren Röhrchen ablegten, wenn wir den Nektar herausgeholt hatten. Diese wurden dann über den Tag verteilt abgeholt und in der Halle nebenan, in welcher sich der Reinigungsbereich befand, akribisch gesäubert.

Aus dem Nektar Dunkeldornpulver zu formen war Knochenarbeit. Der schwarze Nektar war in seiner Urform eher von klebriger Substanz. Es erforderte Fingerspitzengefühl, ihn mit einem dünnen Stäbchen aus dem gläsernen Röhrchen zu kratzen, ohne dass zu viele Reste darin stecken blieben. Je mehr wir übrig ließen, desto stärker liefen wir Gefahr, den Unmut der Wärter am eigenen Leib zu spüren zu bekommen. Auf der anderen Seite durften wir uns nicht zu viel Zeit lassen. Zeit, die man allerdings brauchte, um wirklich sorgfältig arbeiten zu können. Manchmal hatte man nur die Wahl, für Langsamkeit oder für Achtlosigkeit bestraft zu werden.

Eine Wahl zwischen Pest und Cholera also.

Mit dem schmalen Stäbchen kratzte ich den Nektar aus dem Röhrchen und legte selbiges in die leere Kiste. Mir gegenüber bewegte ein Mann, der fast schon das Greisenalter erreicht hatte und neu hier sein musste, tonlos die Lippen. Seine Finger zitterten bei der Aufgabe, die einiges an Präzision voraussetzte. Die Augen hielt er zusammengekniffen, während sein Stäbchen über das Glas schabte.

Schnell senkte ich den Blick wieder. Der alte Mann hatte weder die Fingerfertigkeiten noch eine gute Sicht. Seine Tage hier waren gezählt. Und allein, dass ich schon so rational dachte, dass ich gar nicht mehr die Menschen als sie selbst sah, sondern nur noch ihre Überlebenschancen, ließ Übelkeit in mir aufsteigen.

Nicht dran denken. Ich musste mich auf meine Arbeit konzentrieren und alles andere ausblenden. Rasch hatte ich den Inhalt von drei Röhrchen in meinen Mörser entleert und drehte mich abermals zu dem Regal in meinem Rücken um. Der Nektar allein war zu klebrig, um ihn zu Pulver zu verarbeiten; damit man ihn andererseits nicht verunreinigte, wurden die getrockneten Blätter der Dunkeldornen benutzt, um die gewünschte Konsistenz zu erlangen. Ich nahm ein volles Glas und schraubte den Deckel auf. Dann ließ ich eine großzügige Portion in meinen Mörser wandern. Mittlerweile war mein Augenmaß gut genug, und ich konnte das korrekte Verhältnis der beiden Zutaten einschätzen. Das war wichtig, denn wenn man sich dabei vertat, waren sowohl der Nektar als auch die getrockneten Blätter wertlos und landeten im Müll – oder im Sharza.

Und beides nahmen die Wärter nicht gut auf.

Ich umklammerte den Stößel. Jetzt begann der unangenehmste Teil der Arbeit. Mit dem Stößel musste der Nektar so lange in die zerbröselten Blätter eingestampft werden, bis er eine pulverartige Konsistenz erlangte. Durch die permanente Bewegung des Zerstampfens stob feiner Staub auf, der sich nicht nur in den eigenen Atemwegen festsetzte, sondern sich im Laufe des Tages auch in der riesigen Halle verteilte und die Arbeit zunehmend erschwerte. Nicht selten brachen ab der Mittagsstunde die ersten Männer und Frauen zusammen. Und die körperliche Belastung wuchs mit jedem Tag, den man in dieser Halle ausharren musste.

Der Inhalt meines Stößels nahm allmählich Formen an, mit denen ich zufrieden war. Auch Mika lag gut in der Zeit und machte einen den Umständen entsprechend entspannten Eindruck. Sie steckte den Staub offenbar besser weg als ich. Mein Hals kratzte und brannte, und ich musste immer wieder ein Husten unterdrücken, um die Wärter nicht unnötig auf mich aufmerksam zu machen.

Manchmal wünschte ich, von meinem alten Leben wäre mehr übrig als nur Erinnerungen, die wie schlecht heilende Wunden nässten und immer wieder aufbrachen. Ich wünschte, meine Gabe wäre an diesem Ort noch da. Doch seit der Königsgleiche sie genommen hatte, war mir auch meine Immunität gegen den Dunkeldorn fast vollständig abhandengekommen. Ab und an hatte ich das Gefühl, dass irgendwo in mir noch ein winziges Flämmchen übrig geblieben war, das der Königsgleiche nicht hatte löschen und zertreten können, dass ich zumindest nicht so sehr litt wie die meisten anderen in der Zermahlerin, aber dann verbrannte ich mir doch wieder die Finger oder die Lunge, und die Hoffnung, dass die Gabe sich an die Oberfläche zurückkämpfen würde, zerfiel zu Asche.

Mein Blick wanderte wieder zu dem alten Mann, der sich gegenüber von mir noch immer mit seinen ersten Röhrchen abmühte. Besorgt warf ich einen Blick auf die riesige Uhr, die für uns alle unübersehbar und gnadenlos die verstreichende Zeit und somit auch unseren Fortschritt dokumentierte. Drei Röhrchen ergaben eine Ampulle Dunkeldornpulver. Wir alle mussten am Tag ein Dutzend Ampullen herstellen.

Die Zeit tickte, und sie tat es für den alten Mann gerade in diesem Augenblick besonders erbarmungslos.

Ich blickte mich verstohlen um. Die diensthabenden Wärter schlichen durch die Reihen und schauten den Arbeitenden hier und da kritisch, beinahe argwöhnisch über die Schultern.

Seit der Königsgleiche vor einigen Wochen die Vorherrschaft über die Zermahlerin übernommen und sie dem Dunklen Rat in einer deutlichen Machtdemonstration abgeluchst hatte, hatten sich die Zustände verschlimmert. Seine Männer waren noch brutaler und gewaltbereiter als diejenigen, die für den Dunklen Rat tätig gewesen waren.

Als ich mich unbeobachtet wähnte, tat ich etwas, wovon ich selbst nicht mehr geglaubt hätte, den Mut dafür aufzubringen: Ich lehnte mich in einer blitzschnellen Bewegung nach vorne, schob dem alten Mann meinen Mörser zu und schnappte mir seinen und das letzte Röhrchen, mit dem er noch immer kämpfte.

Mit großen Augen starrte er mich an. Seine Hände zitterten, als er die fertige Portion in seinem Stößel sah, die er nun einfach nur noch in eine Ampulle umfüllen musste.

»Danke«, formte er mit den Lippen, und ich lächelte. Zum ersten Mal seit Wochen fühlte sich die Dunkelheit in mir ein wenig lichter an.

Als mein Blick über Mikas Gesicht wanderte, sah ich den alarmierten Ausdruck darin. Ich fragte mich, was der Grund dafür sein mochte, dass etwas Ängstliches in ihren Augen aufblitzte, als von hinten ein Schatten über meinen Bereich der Arbeitsplatte fiel.

Ein Wärter hatte sich genähert, und anhand des schweren, fast trägen Schritts wusste ich genau, welcher es war.

Es war Karl, der Grobschnäuzige, wie wir ihn hinter verschlossenen Türen nannten, weil er ein großer, bulliger Klotz mit Schnauzbart war. Und er war zugleich der Wärter, der es am meisten auf mich abgesehen hatte und seine Grausamkeiten am liebsten an mir ausließ – bevorzugt dann, wenn er möglichst viele Zuschauer hatte.

»Wenn ich mich nicht täusche, hast du gerade die Stößel getauscht«, sagte er. Ich hasste den zufriedenen Unterton in seiner Stimme.

»Und wenn dem so wäre?« Es verlangte mir alles ab, nicht zu herausfordernd zu fragen.

Karl baute sich breitbeinig neben mir auf. Mika, der alte Mann und der Vierte an unserem Tisch, ebenfalls ein neues, männliches Gesicht, hielten in ihrer Tätigkeit inne. Auf Mikas Gesicht spiegelte sich Schrecken. *Halt den Mund, Opal,* schien ihr verzweifelter Blick zu sagen. *Halt einfach den Mund.*

»Dann würde das gegen die Regeln verstoßen.«

Ich kaute auf der Innenseite meiner Wange herum und biss so fest zu, bis ich einen metallischen Geschmack bemerkte. Blut.

Halt einfach den Mund, Opal.

Karl trat von einem Bein aufs andere, offenbar noch unschlüssig, ob er Bedarf zum Eingreifen sah. Ich hielt den Blick auf meinen Tisch gesenkt, wo sich mein Arbeitspensum nun wieder auf Anfang gesetzt hatte.

Karl trat dichter an mich heran. Trotz der Schutzmaske, die er über Mund und Nase trug, roch ich seinen schlechten Atem und die stechenden Körperausdünstungen, die sich unter seiner Uniform in der Hitze hier in der schlecht belüfteten Halle gebildet hatten.

»Regelbrüche sind ja meistens Ermessenssache, weißt du?«, fragte er genüsslich.

Ich musste ihn ignorieren.

Doch dann hob ich den Kopf und drehte ihn zur Seite. Er war mir so nahe auf die Pelle gerückt, dass Brechreiz in mir aufstieg.

»Ich dachte, euch Wärtern ist es wichtig, dass die Arbeit am Ende des Tages gemacht ist«, sagte ich ruhig.

Rings um mich herum wurde es so still, dass man eine Stecknadel hätte fallen hören können. Einige hielten sogar den Atem an, als könnte es das, was nun folgen würde, aufhalten.

Ich fing Mikas Blick auf und saugte das Mitgefühl darin auf, ehe mich der Kinnhaken traf und ich fast zu Boden ging.

»Da hat wohl jemand immer noch nicht gelernt, dass er hier nicht mehr die feine Dame des Hauses ist«, knurrte Karl.

Die Wucht des Schlags hätte mich beinahe von den Füßen gerissen. Kurz wurde mir schwarz vor Augen, aber ich hatte mich rechtzeitig an der Tischkante festgekrallt und konnte mich so auf den Beinen halten. Mein Gesicht glühte dort, wo mich die Faust getroffen hatte, und der Schmerz zog sich quer über meinen Kiefer, der vor einigen Wochen schon gelitten hatte.

Hat er mir Zähne ausgeschlagen? Nein, noch alles da. Das Blut ist nur, weil ich mir auf die Zunge gebissen habe.

Karl kam noch dichter heran, zog die Maske für einen kurzen Moment herunter, und ich wappnete mich für den nächsten Schlag, denn wenn er einmal in Rage geriet, musste man aufpassen, dass er einen nicht zu Tode prügelte. Auch das hatte ich schon mit eigenen Augen gesehen.

Aber heute hatte Karl keine Lust, sich zu verausgaben. Heute grinste er mich mit seinen schiefen Zähnen unter dem Schnauzer an, und ich wusste, dass dieses Grinsen nur die Ankündigung von weiterem Unheil war.

»Da du ja so großzügig bist, habe ich eine wunderbare Idee«, sagte er langsam. Speicheltröpfchen fielen beim Reden auf den Boden.

Ich erwiderte nichts. Das wollte er, genau das: dass ich es noch einmal zu weit trieb und ihn provozierte, damit er eine Ausrede für seine Gewalt hatte. Ein blau geschlagenes Kinn reichte ihm nicht.

»Bis heute Abend wirst du nicht nur dein Pensum ableisten, sondern seins gleich mit«, sagte er und deutete auf den alten Mann, dem das schlechte Gewissen ins Gesicht geschrieben stand.

Ich nickte wortlos, und fröhlich pfeifend rückte Karl ab. Auf dem Weg in den Hauptgang ging er an dem alten Mann vorbei und schubste ihn so hart mit dem Ellenbogen in den Rücken, dass er gegen die Tischkante fiel und einen Schmerzenslaut ausstieß.

»Nicht, dass du denkst, du könntest dich dann heute ausruhen und faul die Beine hochlegen, alter Mann«, knurrte er. »Dein Arbeitspensum musst du trotzdem schaffen. Und das, was die feine Dame dir abgenommen hat, zählt nicht.«

Hass stieg in mir auf. Nur Mikas warnender Blick und ihr kaum merkliches Kopfschütteln hielten mich davon ab, mich ins endgültige Verderben zu stürzen und mit wütendem Fauchen zu Karls Verfolgung anzusetzen.

Die Uhr tickte. Und nun tickte sie noch erbarmungsloser als an den Tagen zuvor.

Sie tickte.

Und tickte.

Und während sie das tat, brach der alte Mann an unserem Tisch zusammen. Er krümmte sich auf dem Boden und rieb sich immer wieder über das Gesicht, griff sich dann an den Hals.

Er bekam kaum Luft.

Die Wärter interessierte das nicht. Sie liefen an ihm vorbei, als wäre er ein Insekt, das gerade in der Sonne verendete oder versehentlich zertreten worden war. Sie würden ihn da liegen lassen, bis Abend war, und ihn wegtragen, wenn er tot oder zu krank war, sich zu regen.

Ich hielt den Blick auf meine Arbeit gerichtet, damit niemand die Tränen sah, die in meinen Augen schimmerten. Mein Einsatz hatte nichts gebracht, hatte niemanden gerettet, hatte nicht mal Linderung gebracht, und am Ende hatte ich nur noch mehr Arbeit, die ich kaum bewältigen konnte.

Julian. Ich glaube, ich kann nicht mehr.

Ich war die Letzte, die die Halle verließ, aber ich hatte es geschafft, das doppelte Pensum vor Mitternacht abzuleisten, wenn die Halle zur Reinigung aufbereitet wurde, Ich wusste nicht, wie, denn irgendwann hatte ich die Zeit vergessen und einfach Röhrchen für Röhrchen zerstampft und zermahlen. Ich hatte es geschafft und war so todmüde wie in all der Zeit hier noch nicht, nicht einmal in meinen ersten Tagen, als ich noch frisch traumatisiert von den Erlebnissen im Dornenpalast gewesen war.

Während ich den Weg in den Waschraum anvisierte, betrachtete ich meine Hände. Sie waren feuerrot, und an manchen Stellen bildeten sich bereits Blasen. Ich war sicher, dass am nächsten Tag einige beim Arbeiten aufplatzen würden, und dann würde jeder Handgriff unerträglich sein, wenn sich das feine Dunkeldornpulver bis ins Fleisch durchfressen konnte.

Julian, wie soll ich nur noch einen weiteren Tag hier durchhalten?

Mika wartete im Waschraum auf mich. Sie wartete nicht nur, sie hatte sich sogar die Mühe gemacht, draußen einen

Eimer mit frischem Wasser zu holen, damit ich mich nicht in der übrig gebliebenen Plörre der anderen waschen musste. Außerdem hatte sie vom Abendessen eine Schüssel Haferbrei mitgehen lassen, über die ich mich hungrig hermachte. Diese Geste hätte mir fast die Tränen in die Augen getrieben. Aber zu Emotionen wie Freude und Rührung war ich kaum fähig. Manchmal schwelte noch unbändiger Zorn in mir.

Und meistens war da nichts mehr. Gar nichts mehr.

Nur noch Leere. Als hätte der Königsgleiche nicht nur meine Gabe aus mir herausgeholt, sondern alles, was mich ausgemacht hatte.

»Du hast es geschafft«, sagte Mika zur Begrüßung. Ihr Blick fiel auf meine Hände, und die Falten auf ihrer Stirn vertieften sich. »Auch wenn der Preis hoch war, wenn ich das richtig sehe.«

Ich nickte schwach. Meine Füße schmerzten, wo ich auf dem Rückweg über verstaubten Boden gelaufen war.

»Komm, lass uns den Mist abwaschen, bevor er dich ganz verätzt.«

Ihr kurzes Haar glänzte feucht dort, wo sie sich zuvor selbst mit dem kalten Wasser aus dem Brunnen gewaschen hatte.

»Ich mache das schon«, wehrte ich ab. »Geh schlafen. Du vergeudest deine kurze Erholungsphase hier mit mir. Du brauchst doch selbst genauso Ruhe.«

Mika schüttelte den Kopf und krempelte sich die Ärmel ihres Hemdes hoch. Dunkle Linien eines Tattoos rankten sich über ihre Haut. Sie hatten die Form einer grünen Pflanze mit hellblauen Blüten, die mich entfernt an Hibiskus erinnerten.

Sie bemerkte meinen interessierten Blick. »Diese Pflanze gibt es hier nicht. Sie hat es nie über die Grenzen meiner Heimat geschafft«, murmelte Mika und deutete auf einen umgedrehten Eimer, den sie als Sitzgelegenheit umfunktioniert hatte.

Ohne zu widersprechen, ließ ich mich darauf nieder. Wenn Mika sich einmal etwas in den Kopf gesetzt hatte, würde ich sie nicht davon abbringen können.

Als sie kühles Wasser über meine Füße und dann über meine geschundenen Hände kippte, biss ich die Zähne zusammen. Im ersten Augenblick tat das Reinigen weh und brannte wie Feuer, aber ich wusste, dass es sein musste und langfristig half. Nachdem meine Hände sauber waren, zog ich die Arbeitskleidung aus und tunkte sie in das restliche Wasser. Wir waren für die Reinigung unserer Kleidung selbst verantwortlich, wenn wir auch außer Wasser keine Seife oder Bürsten zur Verfügung gestellt bekamen.

»Da hast du dich ja heute ganz schön in die Scheiße geritten«, sagte Mika und reichte mir ein halbwegs sauberes Hemd, das mir bis zu den Knien reichte und das ich zum Schlafen tragen konnte.

Ich zuckte die Schultern. »Mag sein.«

»Wenn du so weitermachst, bringst du dich noch um. Ist es das wert?«

»Karl oder einer der anderen Säcke bringen mich um«, korrigierte ich sie und wandte mich zum Gehen. Ich war müde. Ich wollte schlafen. Ich wollte nicht mehr nachdenken.

Ich wollte nicht mehr hoffen.

»Du hast meine Frage nicht beantwortet. Ist es das wert?«

Ich ignorierte sie. Es war zu spät für Gespräche wie diese.

Aber Mika hielt mich fest, eine zu schnelle, zu unvorsichtige Bewegung, auf die ich nicht vorbereitet war. Sie griff genau auf die verbrannten Blasen an meiner Handinnenfläche. Ich keuchte auf und riss meine Hand los.

»Entschuldige«, sagte sie rasch. »Ich wollte dir nicht wehtun. Aber ich mache mir Sorgen um dich. Du bewegst dich auf Messers Schneide, Opal.«

Ich hielt die brennende Hand gegen meinen Körper und schloss die Augen. »Ich weiß.«

Kleidung raschelte, dann war Mika neben mir. Sie mochte Körperlichkeit und Nähe genauso wenig wie ich, denn sie war an diesem Ort fast immer nur mit Schmerzen und Folter verbunden. Aber ich ließ zu, dass sie nach meinen Schultern griff.

»Opal, das ist mein Ernst. Du wirst hier bald tot rausgekarrt und in den Sharza geschmissen, wenn du so weitermachst. Ist das dein eigentliches Ziel?«

Ihre Worte versetzten mir einen Stich. Hatte sie recht? *War* das mein eigentliches Ziel? Hatte ich so sehr aufgegeben, dass ich mich absichtlich in Gefahr begab, dass ich die Wärter provozierte, um mich in bedrohliche Situationen zu bringen?

»Verdammt«, flüsterte ich.

Julian, wo bist du? Ich kann nicht mehr, Julian. Ich kann nicht mehr. Ich weiß nicht, wie ich noch einen weiteren Tag hier aushalten soll, ohne dabei innerlich zu sterben.

»Gib noch nicht auf, Opal.« Mikas Stimme war ganz ruhig und klar.

Ich öffnete die Augen wieder und musterte ihre schmale, noch erstaunlich kräftige Gestalt. »Woher holst du die Hoffnung überhaupt? Und den Willen, durchzuhalten?«

Mika lächelte. »Ich habe keinen Willen. Ich bin eine Sklavin aus einem fernen Land. Niemand wird kommen und mich retten, Opal, das weiß ich. Die wenigsten Menschen schaffen es durch das Ödgebirge. Aber bei dir ist es anders. Du hast da draußen noch Leute, die an dich glauben und die dich nicht vergessen haben.«

»Selbst wenn es so wäre«, widersprach ich, um die Hoffnung gar nicht erst aufkeimen zu lassen. »Selbst wenn es so wäre, käme niemand von ihnen hier rein. Das Gebäude ist eine Festung. Und wir sind darin gefangen. Es gibt ebenso wenig einen Weg herein, wie es einen Weg hinaus gibt.«

Ich glaubte, für einen Augenblick Niedergeschlagenheit und zugleich einen Funken Rebellion in Mikas Blick aufleuchten zu sehen. Aber vielleicht irrte ich mich hier im Halbdunkeln und mit meinem erschöpften Geist auch.

»Lass uns schlafen gehen«, sagte sie.

Als wir in die Kammer traten, war der Platz, an dem heute Morgen das junge, fiebernde Mädchen geruht hatte, leer. Nur die zerwühlte Decke erinnerte daran, dass dort jemand gelegen hatte. Wir löschten die Kerze, welche die anderen uns angelassen hatten, und legten uns schweigend schlafen.

In der Nacht träumte ich davon, wie Karl mich feixend in das dunkle Wasser des Schlaflosen warf und ich darin ertrank, während sein Lachen mich bis auf den Grund verfolgte. Auf dem Grund des schwarzen Flusses warteten die Leichen meiner Familie auf mich.

In der Zermahlerin kämpfte ich nicht nur am Tag, sondern auch Nacht für Nacht meinen eigenen unsichtbaren Kampf darum, nicht aufzugeben.

Aber wie viele Tage und wie viele Nächte würde ich noch durchhalten?

Wenn Sie wissen möchten, wie es weitergeht, lesen Sie

Katharina Seck
Die Dunkeldorn-Chroniken
Knospen aus Finsternis
ISBN 978-3-7341-6342-5
ISBN 978-3-641-29343-7 (E-Book)
Blanvalet Verlag

»Wenn ihr meinem Kanal abonniert habt, wisst ihr, was ich hinter mir habe. Wer ich bin. Was ich vorhabe. Und jetzt bin ich hier. Hier an dem Ort, wo der ganze Scheiß angefangen hat.« *Robin, Malus Domestica*

448 Seiten. ISBN 978-3-7341-6290-9

Blutrünstig, voller Action und perfekt in Szene gesetzt: Robin Martine ist ein YouTube-Star – ihrem Kanal »Malus Domestica« folgen Tausende, die Robin für ihre erschreckend realistischen Hexenjagd-Videos feiern. Doch was niemand ahnt: Robins Videos sind nicht inszeniert – sie sind real! Die junge Hexenjäger-Punkerin reist mit ihrem Lieferwagen durchs Land, um den Hexenzirkel auszulöschen, der für den Tod ihrer Mutter verantwortlich ist. Aber als Robin ihrem Ziel so nah wie nie ist, erkennt sie, dass die wahre Bedrohung von jemand anderem ausgeht: dem dämonischen Roten Lord, dessen Ankunft die Hexen preisen und der enger mit Robins Familiengeschichte verbunden scheint, als ihr lieb ist …

Lesen Sie mehr unter: **www.blanvalet.de**

»Wortgewaltig und poetisch zugleich webt C.E. Bernard die Magie ihrer Geschichten.«

Bernhard Hennen

416 Seiten. ISBN 978-3-7645-3263-5

»Ich erzähle euch eine Geschichte. Sie beginnt in einem finsteren Tal mit hohen, schneebedeckten Bäumen. Sie beginnt mit einem einsamen Wanderer in den fahlen Stunden des Zwielichts, in der bläulich glänzenden Dämmerung. Sie beginnt mit einer Frage. Fürchtet ihr euch?«

C.E. Bernard hat mit »Das Lied der Nacht« ein episches, bewegendes Meisterwerk geschaffen. Es ist die Geschichte des Wanderers Weyd und der mutigen Bardin Caer, die gemeinsam vor einer fast nicht zu bewältigenden Aufgabe stehen: Feuer in einer Welt entzünden, in der Schatten, Albträume und Furcht regieren. Und die einzige Hoffnung, die sie in diesem Kampf haben, ist ein Lied …

Lesen Sie mehr unter: **www.penhaligon.de**

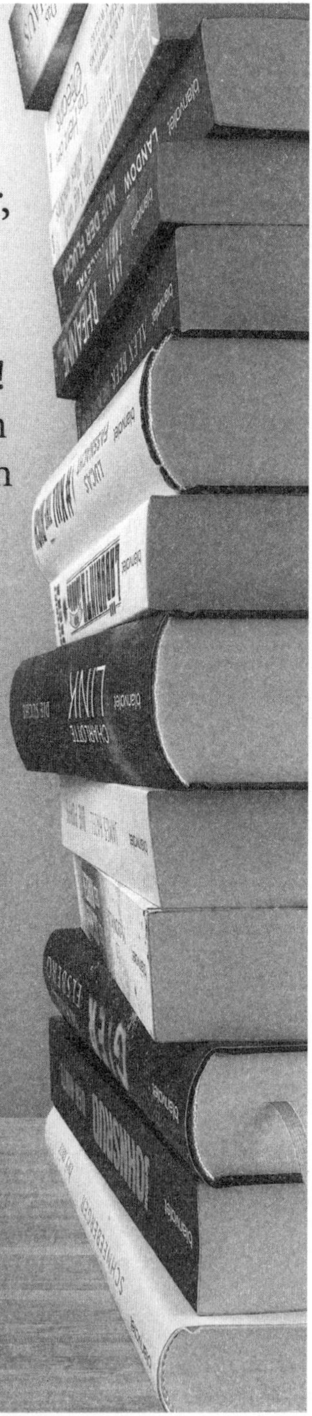